滄海叢刊
哲學類

語言哲學

劉福增 著

東大圖書公司

網路書店位址 http://www.sanmin.com.tw

© 語 言 哲 學

著作人　劉福增
發行人　劉仲文
著作財
產權人　東大圖書股份有限公司
　　　　臺北市復興北路三八六號
發行所　東大圖書股份有限公司
　　　　地址／臺北市復興北路三八六號
　　　　電話／二五〇〇六六〇〇
　　　　郵撥／〇一〇七一七五——〇號
印刷所　東大圖書股份有限公司
門市部　復北店／臺北市復興北路三八六號
　　　　重南店／臺北市重慶南路一段六十一號
初版一刷　中華民國七十年十二月
初版三刷　中華民國九十年四月
編　　號　E 15013
基本定價　肆　　元
行政院新聞局登記證局版臺業字第〇一九七號

ISBN　957-19-0211-X　（平裝）

序

　　語言哲學可以說是對日常語言和抽象的語言，做有系統的哲學和邏輯研究的學問。

　　人類的語言和人類的文明，一樣久遠。但是，和各種基本的系統之學比較起來，語言哲學的產生，則相當晚。到十九世紀末葉，有第一個現代哲學家聲譽的弗列格 (G. Frege, 1848-1925) 才開始。然而，這門學問，很快發展成為當代哲學上的顯學。

　　自十七世紀中葉笛卡兒 (1591-1650) 以後，知識論被認為是哲學之基礎。但是，自弗列格以來，許多哲學家認為，語言哲學才是哲學之基礎了。

　　不論怎樣，語言哲學在今天，不但是一門內容豐富，根枝葉都日益茂盛的哲學，而且對任何需要借重語言來做的行為和思想活動及研究活動，它是一把非常有用和有力的工具。一些在傳統的哲學課程長大，而很少接觸現代哲學，尤其是英美和英語系國家哲學的人，也許還沒有看到這一點。對中國傳統哲學的研究和重建上，我相信，語言哲學也是一門有力的新工具。

　　本書除了闡釋和批評 在語言哲學上有重要貢獻的 哲學家弗列格、羅素、奧斯丁和史陶生，等人的若干重要的語言哲學學說和觀念以外，還包括著者一些在語言哲學上的專題論著。語言哲學還有許多重要的學說和觀

念。對想知道語言哲學一些重要觀念和想研究語言哲學的人，本書也許可以當做一座可靠的橋樑。本書每一篇都可以獨立閱讀。但大部分必須耐心的閱讀。本書也可以說是第一本語言哲學中文著作。

　　本書大部分文章，都曾在一些學術雜誌上發表過。這次編輯成冊，都經過修正。

　　書後的參考書目，只列舉本書直接參考的文獻。到今天，語言哲學還有許多其他重要的文獻。

劉　福　增

1981 年 11 月

國立臺灣大學

語言哲學　目次

弗列格論意思與稱指

一

弗列格 (Gottlob Frege, 1848–1925) 是德國數學家、哲學家，也是現代數理邏輯的創建者。生於德國威士瑪 (Wismar)。 在耶拿大學和哥丁根大學念書。1873 年在哥丁根大學獲得博士學位。 他一生的職業生涯 (1874–1914) 都花在耶拿大學數學系。他的出版著作大半都是哲學方面，而不是數學方面的。卽令在數學方面的，也很少超出邏輯以外的。他的哲學著作涉及範圍也很狹，只限於語言哲學、邏輯哲學和數理哲學方面的。

著名的邏輯史家倪爾(William Kneale)寫道，當弗列格去逝時，「我是一個大學生，已經對邏輯有興趣。我想在那一年，如果有辦什麼演講或出版什麼論文來紀念他，我應該留意。可是，我不能記起有任何這類事❶。」事實上，弗列格在世時，只有少數哲學家和數學家讀過他的著作。例如，胡賽爾 (E. Husserl, 1959–1938)、羅素 (B. Russell, 1872–1970) 和維根斯坦 (L. Wittgenstein, 1889–1951) 這三個大哲學家便讀過他的著作，

---

❶ 見倪爾著 "Gottlob Frege and Mathematical Logic," 收集在艾爾 (A. J. Ayer) 等編 *The Revolution in Philosophy*, p. 26。

並且受他的影響❷。但是，一般哲學界大都不知道他。因此，他在世時並沒有獲得哲學界的聲譽。這可能由於幾個原因。一、他的著作極富原創性。二、他創用的邏輯符號相當臃腫。三、學數學的人認爲他的著作是哲學的，而學哲學的人則認爲它是數學的，因此，兩方的人都沒注意它。

可是，現在情況徹底改變了。在過去三十年來，哲學界——尤其是英美哲學界——對弗列格的著作，已經掀起熱烈的興趣和研究，並且推崇備至。美國加州大學邏輯教授丘崎(A. Church, 1903-   )斷然地說，弗列格「毫無疑問是現代最偉大的邏輯家❸。」瑞士福立蒲 (Fribourg) 大學邏輯及哲學教授包忱斯基 (I. M. Bochenski) 把弗列格稱爲「毫無疑問，數理邏輯領域中最傑出的思想者❹。」牛津大學哲學教授譚美 (M. Dummett) 認爲，「弗列格可以被認爲是『語言哲學』（linguistic philosophy）之父❺。」他更稱他爲「第一個現代哲學家❻。」

上段最後一句話需要加以解說。在哲學上顯然某一（些）支哲學，在邏輯上要優先於其它支哲學的。也就是說，在次後支哲學裏的問題獲得回答之前，在優先支哲學裏的問題要先獲得回答。在這一意義下，例如，形上學優先於神學，心之哲學優先於倫理學。然而，哲學家之間對那一支哲學要被認爲哲學的起點，也就是要被認爲優先於所有其它支哲學，卻有不同的看法。譚美認爲，笛卡兒在哲學革命上影響最遠大的地方，就是把知識論賦予這個優先地位。在笛卡兒以前，知識論從沒有佔據這個地位。

❷ 大家都知道，羅素是學數學出身，維根斯坦是學機械出身。但很少人知道胡賽爾是學數學出身。胡賽爾在 1881 年於德國獲得數學方面的博士學位後，曾在著名數學家韋斯濤 (K. T. Weierstrass) 之下當過助手。在他移居維也納，上哲學家布蘭塔諾 (F. Brentano) 的哲學課 (1884-1886) 後，才決定獻身哲學。

❸ 見丘崎著"Logic"條，1956版《大英百科全書》(*Encyclopaedia Britannica*)。

❹ 見包忱斯基著 *A History of Formal Logic*, Notre Dame, 1961。

❺ 譚美著 Frege: *Philosophy of Language*, Harper & Row, 1973, p. 683.

❻ 譚美著 "Gottlob Frege" 條, *The Encyclopaedia of Philosophy*, 1967。

從笛卡兒時代直到最近，西方哲學的首要問題是：我們能知道什麼，我們如何能提出理由來主張說，我們有這種知識。同時，基本的哲學問題是，到什麼地步懷疑論可予以承認。譚美認爲，弗列格是笛卡兒之後，第一個完全拒絕這種景觀的哲學家。弗列格越過笛卡兒，看到亞里士多德和士林哲學家 (Scholastics)，認爲邏輯是哲學的起點。對弗列格來說，更嚴格一點，應該是說邏輯和意義理論是哲學的起點。如果我們不把邏輯和語言的意義弄正確，就不能把別的任何思想弄正確。知識論不是所有哲學的基礎；邏輯和意義理論才是所有哲學的基礎。知識論不優先於任何其它支哲學。我們不用先做任何知識論的探討，就可從事數理哲學、科學哲學、形上學，或任何其它哲學領域的研究。當代哲學與其先前者的主要差別，就在這一景觀的轉變。弗列格不但發覺邏輯和意義理論是所有哲學的基礎，同時也是現代第一個提出嚴密的意義理論，以及以嚴密的符號創建現代邏輯的人。就在這一意義上，我們很可把他稱爲第一個現代哲學家。

二

弗列格的意思 (sense) 和稱指 (reference) 的學說，是他的意義理論中最著名的學說。本文將討論他這一學說。我們的討論主要根據他著名的一篇論文〈論意思與稱指〉❼。

弗列格把任何代表某一象目 (object) 的記號，稱爲專有名稱 (proper

---

❼ 這一篇論文的原名爲 "Ueder Sinn und Bedeutung"。此文首次登在 *Zeit-schribt für Philosophie und Philosophische Kritik*, Vol, 100 (1892), pp. 25-50。此文有兩種英譯，一爲布拉克 (Max Black) 譯的，叫做 "On Sense and Reference"，收集在布拉克和紀其 (P. Geach) 合編的 *Translations from the Philosophical Writings of Gottlob Frege*。另一爲菲格 (H. Feigl) 譯的，叫做 "On Sense and Nominatum"，收集在菲格和 W. S. Sellars 合編的 *Readings in Philosophical Analysis*。本文的討論主要根據布拉克的譯文。

name)❽。例如，亞里士多德、孫中山、朱元璋，和英文的 The morning star（晨星），等等都是專有名稱❾。爲簡便起見，我們有時將把「專有名稱」簡稱爲「專名」。弗列格把一個專名所指的那個東西或人物，叫做該專名的稱目(referent)。例如，明代那個開國的皇帝便是「朱元璋」這個專名的稱目。在弗列格以前，英國思想家穆勒（J. S. Mill, 1806-1873）關於專名的著名主張認爲，只有那些不含帶 (connote) 什麼性質的象目的名稱才是專名。因此，他認爲專名只有稱目 (denotation)，而沒有意含 (signification)❿。弗列格一反這個說法而主張說，專名除了有稱目以外，必定具有意思 (sense)⓫。

專名會有稱目，是顯而易見的。可是，專名爲什麼具有意思呢？卽令有，至少在直覺上是很不明顯的。因此，弗列格必須提出他這一主張的理由。他的論證可以重述如下⓬。

現在設「＝」爲等號或相同號 (identity, equality)。又設 a, b 爲某一專名。那麼，「$a = b$」的意思是 a 和 b 相等或等同。弗列格認爲，專名除了會有稱目以外，必定具有意思，否則我們就不能說明「$a = a$」和「$a = b$」這兩句話之間，有什麼認知上的不同。「$a = a$」和「$a = b$」這兩句話顯然有認知上的不同。例如，「孫文＝孫文」和「孫文＝孫中山」

---

❽　見 "On Concept and Object"，布拉克和紀其合編前書，p. 47。

❾　爲種種理由，有時我將用英文而不用該英文的中譯當例子。例如，在這裏我用「The morning star」而不用「晨星」當例子。

❿　穆勒著 *A System of Logic* (London, Longmans, 1843)，第二章。

⓫　德文原文爲 Sinn。在這裏我們把「sense」一詞譯爲「意義」、「意含」、「意味」等等都無不可。但爲了把後面這些名詞留當「meaning」，「signification」的譯名，我們選「意思」當 'sense' 的譯名。這裏意思一詞要看成專技用語。

⓬　弗列格本身的論證不很完整。我這裏的重述參考 Paul D. Wienpahl 的 "Frege's Sinn und Bedeutung"。此文載於 *Mind*, LIX (1950), pp. 483-494。也收集在 E. D. Klemke 編的 *Essays on Frege*, University of Illinois Press, 1968。

這兩句話顯然有認知上的不同。現在假定有一個人不知道《三民主義》的作者是否是孫中山。我們無法用告訴他,《三民主義》的作者是孫文,並且孫文是孫文,而讓他知道《三民主義》的作者就是孫中山。可是,我們可以用告訴他,《三民主義》的作者是孫文,並且孫文就是孫中山,而讓他知道《三民主義》的作者就是孫中山。由此可見,「孫文是孫文」和「孫文是孫中山」,這兩句話有認知意義的不同。

　　其次讓我們考慮一下,當我們說「$a=b$」時,我們到底斷說了什麼樣的項目,存在於這個等同關係之間。假如我們斷說的是「a」和「b」所指的象目,亦卽「a」和「b」的稱目,存在於這個等同關係之間,那麼,只要「$a=b$」成立,則「$a=b$」和「$a=a$」具有相同的認知意義,而沒有什麼認知上的不同,因為它們都只不過說,一個象目與其本身等同而已。例如,我們都知道,「孫文是孫中山」是表示等同關係的一句眞話。現在假定我們斷說的這個等同關係,是存在於「孫文」和「孫中山」這兩者的稱目之間的,則這句話不過是說,我們所知的《三民主義》的作者那個人與其本身是等同的。這和以同一方式來了解的「孫文是孫文」所說的,並沒有什麼不同。現在假定我們斷說的這個等同關係,是存在於記號「a」和「b」之間的,則「$a=b$」所說的是關於記號的,而不是別的,這也就是說「$a=b$」是一句後視語言 (metalanguage)。那麼,在這種情況下,「$a=b$」除了說及記號以外,並沒有表示什麼眞正知識 (proper knowledge)。當然,有時我們是拿「$a=b$」來說及記號本身的,也就是拿它當一句後視語言。可是,有時我們要拿它來表示記號以外的知識。例如,通常我們說「孫文是孫中山」時,我們很可能是用這一句話來顯示一個歷史事實。當我們拿「$a=a$」和「$a=b$」來表示記號以外的知識時,如果「$a=b$」成立,則除非我們認定「a」和「b」除了具有稱目以外,另外還具有什麼不同的東西,否則我們無法說明「$a=a$」和「$a=b$」之間,有什麼認知意義的不同。這除了稱目以外,「a」和「b」具有的

不同東西，就是「a」和「b」各別具有的「意思」。「a」和「b」所具有的不同意思，使「a＝a」和「a＝b」具有不同的認知意義。設 a，b，c 爲某一個三角形的三中線。那麼「a 與 b 的交點」和「b 與 c 的交點」雖然具有相同的稱目，但卻具有不同的意思。

　　弗列格就這樣證明了，專名除了有稱目以外，必定還具有意思。但是，什麼是一個專名的意思呢？ 弗列格自己雖然一再使用意思這一字眼來討論許多問題，但是對這一字眼本身所做的說明和討論卻不多。因此學者間對什麼是專名的意思便有許多揣測和爭論❸。 我們現在列述弗列格對意思一詞本身的說法如下。他說，雖然「evening star」和「morning star」的稱目相同，但其意思不同。一個專名以其表現模式 (mode of presentation) 來稱指其稱目。表現模式含在專名的意思裏。如果我們熟悉一個專名所屬的語言或所屬的記號全體，則我們就把握 (grasp) 該專名的意思。「亞里士多德」這一專名的意思， 可以是 「柏拉圖的學生和亞力山大的老師」，也可以是「在斯達吉拉出生的亞力山大的老師」。專名、意思以及稱目這三者之間的正常關連是，對每一個專名，有一個確定的意思和它對應；依次，對此意思，有一個確定的稱目和它對應；然而，對每一所予稱目（象目）並不是只有單一個專名和它對應。在不同的語言或者甚至在同一個語言裏，同一個意思可以具有不同的詞組 (expressions)。一個專名表示 (expresses) 其意思， 代表 (stands for) 或稱指 (designates) 其稱目。 我們拿專名表示其意思，並拿它去稱指其稱目。

　　在這裏我們似乎有必要討論一下，弗列格的「Sinn」和「Bedeutung」這兩個字的用法，及其中譯和英譯的問題。學者間對「Sinn」的英譯相當一

---

❸　例如見薩爾 (J. R. Searle) 的 "Proper Names", *Mind*, LXVII, No. 266 (1958), 166-73; 薩爾的 "Proper Names and Descriptions", Paul Edwards 編《哲學百科全書》。註❷ Wienpahl 文。 R. Rudner 的 "On Sinn as a Combination of Physical Properties", *Mind*, LXI (1952), 82-84。

致，大都譯成「sense」❹。在中文我把它譯成「意思」。但是，學者間對「Bedeutung」一詞的英譯，卻有不同的做法。羅素和丘崎把它譯成「denotation」。我相信這個譯法是受穆勒對「denotation」一詞用法的影響。卡納普 (R. Carnap, 1891-1970) 主張把它譯成「Nominatum」。菲格 (H. Feigl) 從這個譯法。布拉克 (M. Black) 則把它譯成「reference」。現在一般學者大都從這個譯法。在中文，我把它譯成「稱指」❺。在弗列格的用法中，「Bedeutung」有三種意義。這三種意義就是：(1)指一個字與其所代表的東西（或人物）之間的關係；(2)指這一字代表某一特定東西這一事實；(3)指這一字所代表的東西本身。這一字雖然有這三個用法，但是在弗列格自己的著作中，一直分辨的很清楚。現在，有的學者拿「reference」去譯相當於有上述三個意義的「Bedeutung」；有的學者則拿「reference」去譯相當於有上述前兩個意義的「Bedeutung」，而拿「referent」去譯僅僅具有上述第三個意義的「Bedeutung」。我現在採用這種有區分的譯法。我把「reference」譯成「稱指」；把「referent」譯成「稱目」。有一點得注意的，在採用這種有區分的譯法中，在必要的時候，有時還是拿「稱指」(reference) 來當具有上述三個意義的「Bedeutung」的。也就是說，有時候，我們還是拿「稱指」一詞去指「稱目」。例如，本文題目中的「稱指」便是這種用法。

以上我們把弗列格的意思與稱指的學說，做了最初步的解說。從這個解說中，我們可以看到弗列格這個學說的一個基本命題是：

㈠每一專名必定具有意思。

下面我們進一步看看弗列格如何發展他這個學說。

---

❹ 羅素把它譯成「meaning」，學者間很少採用這。羅素的譯法可參見他的 "On Denoting"，收集在他的 *Logic and Knowledge*, ed. R. C. Marsh (Allen & Unwin, 1956)

❺ 我將把「指稱」一詞留來譯史陶生 (P. F. Strawson) 的「referring」，見他的 "On Referring", *Mind*, Vol. 59 (1950), pp. 320-44。

三

一個哲學家或思想家的思想，通常都與歷史上某些思想有顯著和密切的關連。這種關連通常有下列幾種形態。(1)接受歷史上某些思想的基本觀點，然後加以發展。(2)把歷史上某些思想的基本觀點加以修正後，予以接受。(3)把歷史上若干支思想的基本觀點加以綜合。(4)拒絕歷史上某些思想的基本觀點。就這種關連來說，弗列格的意思卻是一個相當的例外。他的思想可以被視為幾乎獨立於歷史上任何一支特定的思想。他的思想獨創的成分非常高。我們幾乎可以忽略他以前任何一支特定的思想，而直接研究和了解他的思想。不過，當弗列格構作他的思想時，相信穆勒的思想及其所代表的派別，特別引起他的注意。

前面我們說過，穆勒認為專名只有稱目，而沒有意含。但是，一個專名的稱目是象目（東西）本身呢，還是我們對象目的觀念呢？當然，我們一般都會認為是前者。可是，也有形上學者認為是後者的。在這一點上，穆勒認為是前者。弗列格也持相同的看法。不過，就如上面說過的，穆勒認為專名只有稱目，而沒有意含。可是，弗列格卻認為，專名不但有稱目，而且必定有意思。那麼，什麼是專名的意思呢？一個專名的意思，會不會是我們對該專名的稱目所具有的觀念呢？對這一點，弗列格斷然地說：

㈡專名的意思並不由心理意象 (mental image) 組成。

這是弗列格學說的另一個基本命題。弗列格告訴我們，一個專名的意思與我們對該專名的稱目所產生的相連觀念，是不同的。他認為，我們對可由感官察覺的象目所生的觀念，是一種內在意象。他說，這種意象充滿個人的感情。因此，這種觀念是主觀的。對同一象目所生的觀念，因人而異。同一個意思並不都和同一個觀念相連結，即令對同一個人也是如此。

對同一意思經常有各種不同的觀念和它相連。一個專名的意思可為許多人所共有。 因此， 意思並不是一個個人心中的一部分， 也不是一個個人心中的一個模式。人類具有世世代代相傳的共同思想。這思想是由意思所組成。個人的心理意象是不能相傳的。觀念是主觀的，但意思卻不是。和一個字相關的，有觀念（心理意象）、意思，和稱目。這三者雖然具有某種關連，但各自不同。

弗列格一再強調意思不是觀念，這有他特別的用意。原來在弗列格以前，十九世紀之初，在德國有所謂心理主義之興起。心理主義者認為，哲學的地位完全建立在心理學之上。哲學的研究除了從自我觀察做起以外，別無他途。到了十九世紀中葉，穆勒更明白地說，內省是數學公理和邏輯原理唯一的基礎⑯。他把邏輯分類在心理學之下，而認為前者是後者的一部分⑰。 到了弗列格，他便猛烈抨擊心理主義的這種見解。因為，假如數學和邏輯是建立在因人而異的心理基礎上，則它們便不能成立一種嚴格的有效推論之學了。弗列格斷然地說:

> 「我們決不要把對一個觀念起源的描述，看成一種定義。我們也決不要把我們藉之而知悉一個命題的心理和物理條件的說明，看成是該命題的一個證明。 一個命題可被思及， 一個命題也可為真。 但是，我們決不要把這兩者混同。我們必須記住的，當我閉上我的眼睛時，太陽不會停止存在。當我停止思及一個命題時，這個命題不會停止為真。後者似乎不會比前者更不真確⑱。」

弗列格在哲學邏輯上努力的目標之一，是要建立意義的邏輯; 也就是要建立稱目和意思的邏輯。要是意思就是因人而異的觀念，或者和因人而異的觀念糾連在一起， 則實在無法建立獨立於心理意象的邏輯。 而事實

⑯ 見穆勒前書。
⑰ 穆勒著 *Examination of Sir William Hamilton's Philosophy*, London, 1865。
⑱ G. Frege 的 *Die Grundlagen der Arithmetik*, 序文。

上，我們也有世代相傳的思想。這思想不可能是由因人而異的心理意象所組成的。

四

在意義研究中，有三種語言的單位一向特別被人注意。這三種單位就是專名、述詞 (predicate)，和語句 (sentence)。弗列格在確定專名不單有稱目，而且有意思以後，自然會進一步想到，他這一學說可不可推廣到述詞和語句的問題。現在我們來看看他如何考慮這個問題。

專名之會有稱目，是顯而易見的。但是，專名是否有意思，卻是一個令人爭論的問題。前面我們已經討論了，弗列格如何提出理由來支持他對這個問題的肯定的回答。

述詞之有意思，也是顯而易見的。然而，述詞是否有稱目呢？弗列格主張說：

㈡述詞的稱目是概念 (concept)。

這是弗列格的意思與稱指學說中，另一個很別出的基本命題。在這裏我們不想詳細討論他這一命題。但是，我們得注意的，在這裏概念一詞是專門用語，我們不要把它和日常用法的「概念」混同。如果述詞的稱目是概念，那麼述詞的稱目和意思會不會是同一個東西呢？學者間對這一問題有不同的看法。這需要專文來討論。

現在我們就這樣跳過有關述詞的討論。下面我們要進一步問，語句是否有稱目和意思。弗列格認為都有。那麼，什麼是一個（直述）語句的意思和稱目呢？弗列格認為，一個語句含有一個思想 (thought, Gedanke)。這是顯而易見的。弗列格認定，一個語句含有的思想不是這個語句的意思，便是它的稱目。那麼，到底是那一個呢？弗列格論證的結果是，一個語句含有的思想是這一語句的意思。有人也許會以為這是想當然的事。可是，

如果我們記起，一個述詞的稱目是概念這個說法時，便未必是想當然的了。

在討論弗列格所提，思想是語句的意思的論證以前，我們必須先說一下他的意思與稱指學說中，另兩個重要的基本命題。讓我們稱一個合語法的詞的排列為詞組 (expression)。這樣，一個專名，一個述詞，和一個語句，都是詞組。弗列格學說中，這兩個重要的基本命題是：

㈣一個詞組的意思，是由其成分詞組的諸意思合成的。

㈤一個詞組的稱目，是由其成分詞組的稱目決定的。

讓我們先對這兩個命題做一點語意解說。設 A 為某一詞組；B_1, B_2 和 B_3 為 A 的成分詞組。又設 s 為 A 的意思；s_1, s_2, 和 s_3 分別為 B_1, B_2, 和 B_3 的意思。那麼，如果 A 的意思是由 B_1, B_2, 和 B_3 的意思合成的，則 s 中必定含有成分 s_1, s_2, 和 s_3，而且 s 也由 s_1, s_2. 和 s_3 決定。設 r 為 A 的稱目；r_1, r_2, 和 r_3 分別為 B_1, B_2, 和 B_3 的稱目。那麼，如果 A 的稱目是由 B_1, B_2, 和 B_3 的稱目決定的，則 r 中未必含有 r_1, r_2, 和 r_3。因此，這裏「合成」的意義強於「決定」。這也就是說，如果 X 由 Y 合成，則 Y 決定 X。但反之未必然。

現在讓我們看看，弗列格如何主張說，一個語句含有的思想，是該語句的意思而不是其稱目。弗列格叫我們先假定語句具有稱目。然後他說，如果我們拿和某一語句的某一個字，具有相同的稱目但不同的意思之另一個字，去取代這一個字，則所得新語句的稱目和原語句的稱目，不會有什麼不同。但是，我們可以看到的，這個新語句的意思改變了，它和原語句的意思不同。例如，弗列格舉例說，「晨星 (the morning star) 是一個為太陽所照亮的天體」這句話的思想，和「晚星 (the evening star) 是一個為太陽照亮的天體」這句話的思想，是不同的。一個不知道晨星就是晚星的人，也許會認為其中一個思想為真，而另一個思想為假。我們也可舉個例子。譬如，一個不知道孫逸仙就是《三民主義》的作者的人，也許會認為「孫逸仙是個革命家」為真，而認為 「《三民主義》的作者是個革命

家」爲假。於是，弗列格便下結論說，思想不會是語句的稱目，而寧可必須視爲是語句的意思。

弗列格這個論證是否有效呢？如果就結論的頭一節話——思想不是語句的稱目——來說，是有效的。但是，就結論的後一節——思想是語句的意思——來說，是無效的，除非增加諸如下面三句話當前提：

(1)語句的意思決定於其成分詞組的意思。

(2)語句的稱目決定於其成分詞組的稱目。

(3)思想不是語句的稱目，便是其意思。

前面所提弗列格學說的基本命題㈣和㈤，可以視爲分別涵蘊(1)和(2)。上面(3)顯然爲弗列格所認定。所以，弗列格這個關於思想不是語句的稱目，而是語句的意思的論證，應該視爲有效。

弗列格在完成思想是語句的意思之論證以後，就進一步檢討先前所做的語句具有稱目的假定。每一句話含有思想。所以，如果思想是語句的意思，則每一語句必定具有意思。有一個顯然的事實是，專名雖可有稱目，但是，有的專名事實上缺少稱目。例如，在「孫悟空一躍十萬八千里」這句話中，「孫悟空」這個專名便缺少稱目。這也就是說，在世界上沒有所謂孫悟空這個象目。根據前面的命題㈤，語句的稱目決定於其成分詞組的稱目，那末，如果一個語句中有缺少稱目的詞組的話，這個語句便缺少稱目了。例如，上面「孫悟空一躍十萬八千里」這句話，就沒有稱目了。可是，這句話顯然含有思想。因此，在弗列格的學說中，便有另一個重要命題。這就是：

㈥一個詞組可具有意思，但缺少稱目。

根據弗列格，如果我們認眞考慮諸如「孫悟空一躍十萬八千里」這種話爲眞或爲假時，我們就不但會把意思而且會把稱目，賦給專名「孫悟空」。這是因爲述詞「一躍十萬八千里」所肯斷或否斷的，是專名「孫悟空」的稱目。任何人如果不承認「孫悟空」具有稱目，就不能應用，也不

能拒絕述詞「一躍十萬八千里」。當然，通常我們說「孫悟空一躍十萬八千里」時，我們不會認眞考慮到「孫悟空」的稱目的問題。如果我們關心的東西不超出思想，則我們關心意思就夠了。如果我們關心的僅僅是這句話的意思——這句話的思想，則我們不需要爲這句話的某一成分詞組的稱目所干擾；因爲，和整句話的意思有關的，只有成分詞組的意思，而不是成分詞組的稱目。不論「孫悟空」有沒有稱目，這句話的意思都不變。可是，事實上，當我們考慮諸如「吳承恩是《西遊記》的作者」這類話時，我們是關心其成分詞組的稱目的。例如，我們會去考證吳承恩和《西遊記》的作者到底是什麼人？是否有這種人？如果有這種人，「他們」是否就是同一個人？等等的問題。弗列格說，我們關心一句話的某一成分詞組的稱目這一事實，顯示我們通常都認識和期待一句話本身有一個稱目。由此可知，我們通常不但想關心語句的意思，而且還想關心語句的稱目。弗列格認爲，我們之不但要專名具有意思，而且要專名具有稱目，以及單單語句的思想不足滿足我們，是因爲我們關心語句的眞假。眞理之追求，驅使我們從考慮語句的意思，撥進到考慮語句的稱目。他說，當而且只當我們在探究語句的眞假時，我們就在追求語句的稱目。由此，他下結論說：

　　㈢眞假值是語句的稱目。

　　這是弗列格學說中一個很別出的基本命題。從上面的討論，我們可以看出弗列格如何推得這個命題。那麼,他的理由是否充分呢？爲顯眼起見，我們不妨把他的理由重述如下：

　　我們關心語句中成分詞組（例如專名）的稱目。

　　當我們關心語句中成分詞組的稱目時,我們會關心語句本身的稱目。

　　並且，反之亦然。

　　語句的稱目決定於其成分詞組的稱目。

　　當而且只當我們在探究語句的眞假時，我們就在追求語句的稱目。

在這些理由中，最後一個是關鍵的一個。現在讓我們承認這個理由以及其

它的理由。那麼,我們是否就很有理由說,眞假值是語句的稱目呢?我認
爲不見得有。最重要的理由是,當而且只當我們在探究語句的眞假時,我
們「也」在探究語句所敍說的是否合乎「事實」。例如,當我們探究「吳
承恩是《西遊記》的作者」時, 我們也在探究吳承恩這個人, 是否撰寫
《西遊記》這部書這個事實。如果是這樣的話,那麼,爲什麼我們一定要
說,「眞假值」是語句的稱目,而不說語句所敍說的「事實」是語句的稱
目呢❶?弗列格似乎也覺察到他的理由不很充分, 因爲當他提到眞假值是
語句的稱目時,一再說這是一種「設定」(supposition)。

五

　　現在讓我們看看,弗列格如何檢視眞假值爲語句的稱目這個設定。弗列
列格說:
　　㈧我們以通常方式使用一句話時, 詞組的稱目是我們所談到的。
　　這是弗列格學說中的另一個基本命題。根據弗列格,一個詞組不但具
有意思,而且具有稱目。那麼,當我們使用一句話時,我們所談到的是詞
組的意思,還是詞組的稱目呢?根據弗列格的說法,在通常使用方式中,
我們所談到的是詞組的稱目,而不是詞組的意思。例如,當我們說「晨星
是一個爲太陽所照亮的天體」時,我們談到的是專名「晨星」的稱目,而
不是其意思。同樣,我們談到的是述詞「是一個爲太陽所照亮的天體」的
稱目,而不是其意思。如果我們想談到一個詞組的意思時,要如何辦理呢?
弗列格說,我們可以使用諸如「詞組『晨星』的意思」這種方式來談到一
個詞組的意思。如果我們想談到一個詞組本身時, 我們可以使用引號來達

❶ Jeremy D. B. Walker 曾提出弗列格從未考慮把語句所指陳的「事實」, 當
　　做語句的稱目。見氏著 *A Study of Frege*, Cornell University Press, 1965,
　　p. 79。

成這個目的。例如，我們可以說，「『晨星』是一個星球的名字」，或者說，「『晨星』是兩個中國字。」像這樣，當「晨星」一詞被放到引號中來使用時，我們就不談到它的通常稱目了。

現在讓我們來看看弗列格所謂間接（indirect）意思與間接稱目，以及所謂慣常（customary）意思與慣常稱目，是什麼意思。試看下面的語句：

(1)行星的軌道是圓的。

(2)太陽的貌似運動是由地球的真實運動造成的。

(3)哥白尼相信行星的軌道是圓的。

(4)哥白尼相信太陽的貌似運動是由地球的真實運動造成的。

根據弗列格的學說，這四個語句的稱目都是真假值。天文學家告訴我們，語句(1)和(2)都真，所以這兩個語句的稱目都是真的值。語句「行星的軌道是圓的」是語句(3)中的一個成分詞組。根據弗列格，語句的稱目決定於其成分詞組的稱目。那麼，語句(3)的稱目要受語句「行星的軌道是圓的」的稱目所決定。我們可把語句(4)視為拿語句(2)取代語句(3)中的「行星的軌道是圓的」，所得的新語句。由於語句(1)和(2)的稱目都是真的值，因此，根據語句的稱目決定於其成分詞組的稱目這一原理，語句(3)和(4)的稱目應該相同。可是，事實上，當(3)為真時，(4)可能為假。或者，當(3)為假時，(4)可能為真。這樣，除非語句的稱目決定於其成分詞組的稱目這一原理有問題，否則一定別的什麼有問題。但是，弗列格似乎一直堅持他這一原理沒什麼問題。因此，他必須從別的地方去修正。為了做這種修正，他提出了所謂間接意思和間接稱目，以及所謂慣常意思和慣常稱目，等等觀念。

我們知道，在說話中，有所謂直接引述（direct quotation）和間接引述的情形。例如，試看下面的語句：

(5)哥白尼說：「行星的軌道是圓的」。

(6)哥白尼說行星的軌道是圓的。

在語句(5)中，哥白尼說的話——行星的軌道是圓的，被直接引述。但在語

句(6)中，他的話則被間接引述。弗列格把含有直接引述的語句，叫做直接說話 (direct speech)；而把含有間接引述的語句，叫做間接說話 (indirect speech)。弗列格學說中另一個重要的基本命題是：

　　(九)在間接說話裏面的詞組，不具有它的通常 (ordinary) 稱目。
例如，「行星的軌道是圓的」這句話的通常稱目是眞假值。但是，這句話在語句(6)中就沒有這種通常稱目。根據弗列格，這句話在(6)中只具有間接稱目——它所含有的思想，也就是這句話的通常意思。弗列格把通常意思和通常稱目，分別叫做慣常意思和慣常稱目。這些名詞組的間接稱目，實際上是指該一詞組的直接意思，也就是它所含有的思想。至於什麼是一個詞組的間接意思，弗列格自己似乎沒有明白說出來。

　　在直接引述裏的詞組稱指什麼呢？根據弗列格，是稱指該詞組本身。例如，「行星的軌道是圓的」這句話在語句(5)中，是稱指「行星的軌道是圓的」這個詞組本身。

　　我們前面拿間接引述的觀念來定義間接說話的觀念。在弗列格的學說中，可把間接說話的觀念推廣到含蓋諸如「某某相信……」、「某某以為……」、「某某遺憾……」、「某某贊同……」等等這一類的說話情形。因此，前面語句(3)和(4)也是間接說話情形。設 A 為一個詞組，我們可把 A 在「某某相信 A」、「某某以為 A」、「某某遺憾 A」……中所在的地方，叫做間接系絡 (context)。其實，所謂間接系絡只是間接說話的一種更廣泛，或者更清楚的說法而已。

　　現在我們可以回過頭來看看，弗列格如何解決我們在前面討論語句(1)到(4)時，所產生的困難。我們說過，如果語句的稱目決定於其成分詞組的稱目，則從語句(1)和(2)都眞，我們應該可以推得，語句(3)和(4)具有相同的稱目——相同的眞值。可是，事實上，我們推不得這種結論。弗列格對這個問題的解法是，在間接系絡中，一個詞組不具有其通常稱目，而只具有其間接稱目，而這間接稱目就是其慣常意思。這也就是說,在間接系絡中,

我們所談到的是該詞組的慣常意思，而不是其慣常稱目。這可以視爲我們
在前面所提基命本題㈧的一種例外，或但書情形。雖然語句 (1) 和 (2) 具有
相同的稱目——眞的值，但不具有相同的意思。因此，「行星的軌道是圓
的」在語句(3)中的間接稱目，和「太陽的貌似運動是由地球的眞實運動造
成的」在語句(4)中的間接稱目，並不相同。因此，語句(3)本身和語句(4)本
身，未必具有相同的稱目——相同的眞假值。

讓我們再看下面一個例子：

(7)哥倫布從地球是圓的，推得向西旅行他可到達印度。

這句話的眞假，並不決定於「地球是圓的」，和「向西旅行哥倫布可到達
印度」的眞假。因此，這兩句話的慣常稱目，並不影響語句(7)的稱目。和
語句(7)的眞假有關的是，哥倫布是否眞的這樣推過，他是否相信地球是圓
的，以及是否相信向西旅行他可到達印度。

利用意思、稱目，和間接稱目的觀念，弗列格還對其它許多種語句，
做很嚴密的語意解析。本文不想進一步討論這些解析。

本文的目的在向讀者介紹被稱爲現代哲學之父，現代最偉大的邏輯家
的弗列格，以及對他的著名的意思與稱指的學說，做通盤而有深度的解說。
在他這個學說中，當然還有許多問題值得並且需要詳細研究的地方。在這
個解說的基礎上，我希望將來能對這些問題，做一系列詳細的探究。

——原載《思與言》第14卷 6 期1977年 3 月

羅素的確定描述詞論

一

毫無疑問的，羅素 (B. Russell, 1872-1970) 是二十世紀名聲最響亮的哲學家。不過，大多數人知道他，並不是由於他的（專門）哲學，而主要是由於(1)他的豐富的通俗著作中，所散發的許多鼓舞人心的人道思想和政治思想；(2)他走遍世界各大洲，到處演講；(3)他爲世界和平和人類正義所做的言論和行動；以及(4)他獲得諾貝爾文學獎金。在哲學專門領域方面，羅素的貢獻除了以他犀利的解析之筆，對各樣纏人的哲學問題，做了許多精密的解析以外，主要是在邏輯哲學和語言哲學方面的。在這方面，他最著名的學說是描述詞論 (theory of descriptions)❶。

❶ 在把羅素的「theory of descriptions」譯成中文時，向來都沒有加上「詞」一字。這是不十分正確的。羅素有「親得知和描得知」 (knowledge by acquaintance and knowledge by description) 的學說。這兩個學說雖然可能有某種關連，但卻是不同種類的學說。前者是邏輯哲學和語言哲學方面的，而後者是知識論方面的。在「knowledge by description」中，「description」是一個抽象作用的名詞，所以它應譯爲「描述」。但是在「theory of descriptions」中，「descriptions」一詞是指「descriptive phrase」，所以應譯爲「描述詞」。這種區別，一方可以從羅素在討論這兩種學說的文字中明白看出來；另一方面也可以從下述情形中看出來，那就是，在「knowledge by description」中「description」爲單數；在「theory of descriptions」中，「descriptions」爲複數。

英年早逝，天才燦爛的英國劍橋數學家和哲學家賴姆塞（F. P. Ramsey, 1903-1930）說， 羅素的「描述詞論」是「哲學之典範」（paradigm of philosophy)❷。羅素名著《邏輯與知識》的編者馬時（R. C. Marsh）說，羅素的這一理論是當代哲學發展上的一個里程碑❸。

本文的目的在剖析羅素的這一學說。

羅素在 1903 年出版的 《數學原理》 一書裏， 提出他的 「稱指論」（theory of denoting)❹。1905 年，羅素在他劃時代的論文〈論稱指〉裏，提出了一個和他 1903 年很不一樣的學說❺。在這個學說中， 羅素展佈了初型的描述詞論。1910 年，在他和懷德海（A. Whitehead, 1861-1947）合著的《數理原論》第一卷裏，充分發展了他的描述詞論❻。 羅素的「描述詞」（descriptions）一語也首次在本書中出現。自此以後，羅素在許多場合中討論過他一學說。其中比較詳細的地方是， 一、在他的《數理哲學導論》一書❼；二、在他的〈邏輯原子論哲學〉的演講❽。

---

❷ 賴姆塞著 *The Foundations of Mathematics and Other Logical Essays,* Littlefield, Adams & Co. Paterson, New Jersey, 1960, p. 263, n. 就像我們後面所要說的，羅素的描述詞論包括確定（definite）描述詞論和不確定（indefinite）描述詞論。顯然，賴姆塞這裏所說描述詞是指確定描述詞論而言。穆爾（G. E. Moore）也持這個看法。見他的 "Russell's "Theory of Descriptions"", *The Philosophy of Bertrand Russell*, ed. P. A. Schilpp, p. 177, 1963.

❸ 見羅素著《邏輯與知識》(*Logic and Knowledge*) ed. R. C. Marsh, Capricorn Books, New York, p. 41, 1971.

❹ 見羅素《數學原理》(*Principles of Mathematics*), Chap. V, §476.

❺ 見羅素著 "On Denoting"（論稱指）, *Mind* (1905)。此文收集在羅素的《邏輯與知識》，也收集在其他許多哲學文集裏。

❻ 羅素和懷德海合著《數理原論》(*Principia Mathematica*) 第一卷，p. 30, 67及173, 1910出版，1925修訂再版。注意，羅素的《數學原理》和他的《數理原論》是兩本不同的書。學者常用「POM」和「PM」分別簡稱這兩本書。

❼ 羅素著《數理哲學導論》(*Introduction to Mathematical Philosophy*) 第 16 章, London: George Allen & Unwin Ltd., 1919.

❽ 羅素的演講〈邏輯原子論哲學〉(The Philosophy of Logical Atomism) 在 1919 年寫成，1919 年在倫敦發表，並刊登在 *The Monist* XXIX, 2(April, 1919), 205ff. 此文收集在羅素的《邏輯與知識》。

二

　　羅素描述詞論的核心部分, 並不難理解。 可是這一理論的「 前由後
果」, 卻不是很好把握的。 換句話說, 羅素要提出這一理論的原由, 以及
這一理論提出後的邏輯後果, 要比這一理論本身複雜得多。 可是, 如果不
了解這一理論的前由後果,就無法充分了解這一理論在哲學上的重要涵意。
我們先從簡單的部分開始討論。

　　羅素說: 「『描述詞』可有確定的和不確定的（或有歧義的）兩種。
不確定描述詞是具有『a so-and-so』這種形式的詞組, 而確定描述詞是具
有『the so-and-so』（在單數）這個形式的詞組❾。」例如, a man（一個
人）, a Cabinet Minister（一個內閣部長）, a unicorn（一條獨角獸）,
等等為不確定描述詞; the present King of France（現任法國國王）, the
present King of England（現任英國國王）, the author of Waverley（
≪維法利≫的作者）, the last person who came into this room（最後一
個來了這房間的人）, the number of the inhabitants of London（倫敦
居民的人數）, the sum of 43 and 34（43 與 34 之和）, 等等為確定描
述詞。羅素的描述詞論是要給一個含有描述詞的命題之意義, 做適當的邏
輯解析。 羅素的描述詞論包括確定描述詞論和不確定描述詞論。 在本文

❾　見羅素的≪數理哲學導論≫, p. 167。有一點必須注意的, 在這個敍說中, 我
　們沒把「a so-and-so」和「the so-and-so」譯成中文。這是有特別顧慮的。
　我很懷疑在羅素理論中的這兩個詞組, 可以有適當的中譯。 在本書〈一個沒
　有確定描述詞的語言〉一文中, 我鄭重顯示, 在中文裏沒有羅素意味的確定
　描述詞。 當然在不特別深究這兩種形式的詞組的語義之討論中, 我們可給它
　們提出粗略的中譯。可是, 在本文中, 我們卻正要深究它們的意義結構, 因
　此, 只好保留「原文」。 這是很不得已的痛苦的作法。 嚴格的說, 本文的象
　目語言（object language）是英文, 而不是中文。因此, 在以後的討論中,
　我們的例子都是英文。 英文旁邊的中譯, 只是為參考而加的。

中，我們只想討論確定描述詞論。在以後的討論中，如果沒有特別敍明，我們所謂描述詞是指確定描述詞。

我們看看羅素討論過的三個命題❿。這些命題看來像是簡單的基本命題，但是根據羅素的解析，它們事實上並非基本命題。先看下個命題：

(1) Scott is the author of _Waverley_(司各脫是《維法利》的作者)。在這個命題裏，「the author of _Waverley_」(《維法利》的作者) 是確定描述詞。這個命題恰確斷說什麼呢？根據羅素的解析，顯然它在斷說，有人撰寫《維法利》一書，並且撰寫《維法利》的人不會多於一個。這是因為確定冠詞 (definite article)「the」在這個命題中，顯示「有人」撰寫《維法利》，或是說，顯示《維法利》的作者是存在的，而且名詞「author」的單數，顯示《維法利》的作者只是一個人。這個命題也斷說，除了司各脫以外沒有人撰寫《維法利》。因此，「Scott is the author of _Waverley_」(司各脫是《維法利》的作者) 這個命題和下列三個命題的連言 (conjunction) 等值：

(ⅰ) At least one person wrote _Waverley_ (至少有一個人撰寫《維法利》)。

(ⅱ) At most one person wrote _Waverley_ (至多有一個人撰寫《維法利》)。

(ⅲ) There in nobody who both wrote _Waverley_ and is not identical with Scott (沒有既撰寫《維法利》又和司各脫不是同一個人的人)❶。

---

❿ 在討論描述詞論中，羅素一直用命題 (proposition) 這一字眼來稱呼他的例子。但有的學者也有用語句 (sentence) 的。深究起來，這兩個字眼是有很大不同的。在本文中，我們從羅素的用法。

❶ 這第三個命題，羅素原來的分析應為「Whoever wrote Waverley is identical with Scott」。但根據穆爾的分析，認為有毛病，而應改如本文所寫那樣。見穆爾前文，參看本文註❷。羅素本人也接受這個指正。見羅素的〈答諸批評〉 (Reply to Criticisms), _The Philosophy of Bertrand Russell_, ed. P. A. Schilpp, p. 690.

因此，這三個命題中，有任何一個爲假，則這個命題就假。換句話說，如果沒有人撰寫過《維法利》，或者不只一個人撰寫《維法利》，或者有一個人撰寫過《維法利》，但那人不是司各脫，則這個命題就假。由此看來，「Scott is the author of *Waverley*」這句話，在字面看來似乎是一個單純的命題，其實它卻涵蘊許多個基本命題，所以它本身並不是基本命題。

(2) **The author of *Waverley* was Scotch** （《維法利》的作者是蘇格蘭人）。

根據羅素，這個命題和下列三個命題的連言等值：

(ⅰ) At least one person wrote *Waverley* （至少有一個人撰寫《維法利》）；

(ⅱ) At most one person wrote *Waverley* （至多有一個人撰寫《維法利》）；

(ⅲ) There is nobody who both wrote *Waverley* and was not Scotch （沒有既撰寫《維法利》而又不是蘇格蘭人的人）。

(3) **The author of *Waverley* exists** （有《維法利》的作者存在）。

根據羅素，這個命題和下列兩個命題的連言等值：

(ⅰ) At least one person wrote *Waverley* （至少有一個人撰寫《維法利》）；

(ⅱ) At most one person wrote *Waverley* （至多有一個人撰寫《維法利》）。

利用量號邏輯或述詞邏輯的符號，我們可把上面三個例子做如下處理：

(1′) Scott is the author of *Waverley*（司各脫是《維法利》的作者）。

設　　$Wa \mapsto a$ Wrote *Waverley* （a 撰寫《維法利》）。

　　　$s =$ Scott。

那麼，我們可把上面(1)的 (ⅰ)，(ⅱ)，和 (ⅲ)，分別寫成：

(ⅰ′) $(\exists x)Wx$

(ii′) $(x)(y)[(Wx \ \& \ Wy)\rightarrow x=y]$

(iii′) $\sim(\exists x)[Wx \ \&\sim(x=s)]$ 或者 $(x)(Wx\rightarrow x=s)$

從述詞演算，我們可以得知，這三個句式的連言和下式等值[12]:

$$(\exists x)[(y)(Wy\leftrightarrow y=x)\&x=s]$$

這個式子可以念成：「有一個項目 x，使得對所有項目 y，y 撰寫≪維法利≫恰好如果 y 與 x 等同，並且使得 x 是司各脫。」或者可念成：「有而且只有一個人撰寫≪維法利≫，而且此人就是司各脫」。

(2′) The author of *Waverley* was Scotch（≪維法利≫ 的作者是蘇格蘭人）。

設 $Wa\leftrightarrow a$ 撰寫≪維法利≫。

$Sa\leftrightarrow a$ 是蘇格蘭人。

那麼，我們可把上面(2)的 (i)，(ii)，和 (iii)，分別寫成：

(i′) $(\exists x)Wx$

(ii′) $(x)(y)[(Wx \ \& \ Wy)\rightarrow x=y]$

(iii′) $\sim(\exists x)(Wx \ \& \ Sx)$ 或者 $(x)(Wx\rightarrow Sx)$

這三個句式的連言和下式等值[13]:

$$(\exists x)[(y)(Wy\leftrightarrow y=x) \ \& \ Sx]$$

這個式子可以念成：「有一個項目 x，使得對所有項目 y，y 撰寫≪維法利≫恰好如果 y 與 x 等同，並且使得 x 是蘇格蘭人。」或者可念成：「有而且只有一個人撰寫≪維法利≫，而且此人是蘇格蘭人。」

----

[12] 利用 D. Kalish 和 R. Montague 合著 *Logic: Techniques of Formal Reasoning* 一書定理 209, 31, 及 324, 很容易證得這個等值。這三個定理分別為

T209 $(\exists x)(Fx \ \& \ Gx)\rightarrow(\exists x)Fx \ \& \ (\exists x)Gx$

T318 $(\exists x)Fx \ \&(x)(y)(Fx \ \& \ Fy\rightarrow x=y)\leftrightarrow(\exists y)(x)(Fx\leftrightarrow x=y)$

T324 $(\exists y)((x)[Fx\leftrightarrow x=y] \ \& \ Gy) \leftrightarrow (\exists y)(x)(Fx\leftrightarrow x=y)\&$
$(x)(Fx\rightarrow Gx)$

[13] 參考註[12]。

(3′) The author of *Waverley* exists（有《維法利》的作者存在）。

設　　$Wa \leftrightarrow a$ 撰寫《維法利》。

那麼，我們可把上面(3)的 (i) 和 (ii) 分別寫成：

(i′) $(\exists x)Wx$

(ii′) $(x)(y)[(Wx \& Wy) \rightarrow x = y]$

這兩個句式的連言和下式等值：

$$(\exists x)(y)(Wy \leftrightarrow y = x)$$

這個式子可以念成：「有一個項目 x，使得對所有項目 y，y 撰寫《維法利》恰好如果 y 與 x 等同。」或者可念成：「有而且只有一個人撰寫《維法利》。」

　　以上三個例子，可以顯示羅素描述詞論的核心部分[14]。這些例子告訴我們，根據羅素的理論，我們要如何解析和了解一個含有確定描述詞的命題。這個核心部分顯然不難了解。可是，就如我們前面提過的，羅素所以要提出這個理論的哲學和邏輯上的理由，以及這一理論的邏輯後果，就比較不容易了解。我們不要以為，知道如何根據羅素的解析模式來處理一個含有確定描述詞的命題，就表示已經充分了解羅素確定描述詞論的真正涵意。要達到這一點，非確實了解羅素所以要提出這一理論的理由，以及這一理論的邏輯後果不可。

三

　　在探討這些理由和後果以前，先讓我們解說下面一些觀念。知悉這些觀念，一方面有助於我們閱讀羅素自己以及其他人討論描述詞論的作品，

---

[14] 上面三個例子是羅素自己常用的例子。但是把它們並排在一起來說明羅素描述詞論的，是 L.S. Stebbing. 見氏著 *A Modern Introduction to Logic*, p. 145.

另一方面也爲我們探討這些理由和後果，做一些準備。

1. 命題函題 (propositional function) 和數學解析上數函應(number function) 類似的命題函應(題)這一觀念，是自德國邏輯家及哲學家弗列格(G. Frege, 1848-1925)開始的[15]。但是，「命題」函應(題)一詞則爲羅素所創用[16]。在羅素早期的用法中，命題函應(題)一詞的意義並不完全清楚。這可從兩方面來看。一方面是羅素並沒把一個表詞(an expression)和這一表詞所表示的東西 (what is expressed by the expression) 經常分清楚。在《數理哲學導論》裏，他給命題函題定義成「一個含有一個或多個未定成元 (constituent) 的表詞， 當這些成元被賦以值時，這個表詞就變成一個命題。」例如，他舉例說，「x是人」是一個命題函題[17]。正如同牛津大學哲學教授艾爾(A. J. Ayer, 1910-) 所指陳的，這個定義會令人誤解，因爲它把命題和命題函題當符號來處理，可是事實上，羅素通常把命題和命題函應(題)看成符號所符示的東西[18]。爲去掉這個毛病，艾爾把這個定義修正爲「命題函題是一個含有一個或多個未定成元的〔開放〕語句所表示的東西，當這些未定成元所標記的空隙被填補時，〔所得〕語句就表示一個命題。」他舉例說，開放語句「x是聰慧的」表示一個命題函題，並且當某個人名取代「x」時，所得語句就表示一個命題[19]。例如，如果我們拿

[15] 參見丘崎 (A. Church) 著 *Introduction to Mathematical Logic*, 1956, p. 28, n. 74; 布拉克 (M. Black) 和紀其 (P. Geach) 合編 *Translations from the Philosophical Writings of Gottlob Frege*, 1960, pp. 152-158.

[16] 參看羅素著《數學原理》，1903, p. 19; 他的《數理原論》第一卷， 1910 初版，1925 再版的第 38 頁; 他的《數理哲學導論》第 15 章。有一點得注意的，在弗列格觀念中的命題函題 (他沒有使用「命題」一詞)之值是眞假值，但羅素的命題函題之值是命題。因此，根據丘崎 (A. Church) 教授的說法 (1971 至 1975 年間，我在美國洛杉磯加州大學 (UCLA) 上丘崎教授的課時，聽他所講的)，弗列格的邏輯是範程性的 (extensional)，而羅素的邏輯是意合性的 (intensional)。

[17] 羅素著《數理哲學導論》，pp. 155-156.

[18] 艾爾著 *Bertrant Russell*, 1972, p. 40.

[19] 艾爾著 The *Central Questions of Philosophy*, 1973, p. 187.

「蘇格拉底」這一人名去取代「x」時，就可得到表示命題的語句「蘇格拉底是聰慧的。」

在另一方面，羅素似乎沒有把一個函應(題)f本身，和對應於定義域（domain)某一分子(譬如「x」)的此一函應(題)的值$f(x)$，分得十分清楚。所謂函應f，是指存於集合A和B之間的一個關係(relation)$\{(x, y)\}$，其中x屬於A而y屬於B，並對每一分子x有而且只有一個對應的分子y；換句話說，$(x, y) \in f$和$(x, z) \in f$涵蘊$y = z$。集合A和B分別稱為f的定義域 (domain) 和值域(range)。這樣，對函應f的定義域中的任一分子x，有唯一的y使得$(x, y) \in f$。這個唯一的分子y，用$f(x)$來表示。數 (number) 函應是指其值域由數所構成的函應。眞值 (truth) 函應是指其值域由眞和假這兩個值所構成的函應。這樣，羅素所謂命題函應(題)，應該是指其值域由命題所構成的函應。在《數理原論》中，羅素說：

> 「所謂『命題函題(應)』，我們是指含有變元x的東西，當有一個值賦給x時，這一東西就表示一個命題。這就是說，它和命題不同的地方，只在它是有歧義的這一事實，那就是，它含有其值未經賦給的變元。它和數學中普通的函應相符的地方，是含有未經賦值的變元這個事實；相異的地方，是這函應的值是命題這個事實。」[20]

從上面對函應的定義可以看出，函應是存於兩個集合之間的一種抽象關係。這關係被某一條件所決定。一個關係和決定這一關係的條件並不是同一個東西。在羅素上述說明中，似乎把這兩者混為一體。「x是聰明的」可當做決定某一關係的條件，但它本身並非該關係。但根據羅素上述說明，「x是聰明的」是一個命題函題（應）。又根據羅素，命題函題（應）和命題唯一不同的地方，是前者是「有歧義的」。這裏，「有歧義」一詞意義不明。它似乎是指「未決定」的意思。譬如，「x是聰明的」是未決定的，也就是說它到底表示什麼命題還未決定，除非「x」的值決定了。其

---

[20] 羅素著《數理原論》第一卷，p. 38.

實「x是聰明的」所表示的應該是決定某一個函應的條件，而不是該函應本身。羅素似乎也覺察到這一點，因此他說，在實用上，我們必須要區分一個函應本身與這一函應的某一個未決定的值。他認為，我們可把一個函應本身看成有歧義地稱指，而把函應的未定的值看成被有歧義地稱指。如果把某一函應的未定的值寫成 ϕx，則將把該函應本身寫成 $\phi \hat{x}$[21]。羅素雖然有這些認識，但他還是沒有把命題函應觀念本身弄得十分清楚。他一直都說 ϕx 是一個命題函應。

在討論描述詞論時，羅素常用到命題函題（應）這個觀念。可是我認為，這個觀念在別的討論裏也許需要，但是在描述詞論的討論裏，卻不是非要不可。在描述詞論的討論中，所需要的也許是含有變元（譬如 x）的句式 Fx。我們不需要把這種句式稱為命題函應。這種稱呼是不妥當的。現在我們已經有很好的名稱來稱呼這種含有（自由）變元的句式，那就是開放語句(open sentence)。所謂開放語句就是一個含有自由變元的句式。例如，Fx，「x是聰明的」，等等都是開放語句。我們有兩種方式可使一個開放語句變成語句，也就是變成可表示命題的語句。一個方式是用適當的值賦給當中的自由變元。另一個方式是利用量詞（或量號）把自由變元閉束起來。例如，我們可把值「蘇格拉底」賦給「x是聰明的」中的「x」，而得到語句「蘇格拉底是聰明的」。這個語句就表示一個命題。或者我們可用量號「(x)」把「x是聰明的」中的自由變元閉束起來，而得到語句(x)(x是聰明的)。這個語句也表示一個命題。

在討論羅素的描述詞論中，我們很可以使用開放語句的觀念來取代命題函應的觀念。以下我們便這樣做。

2. *描述運算號* (descriptive operator) 在《數理原論》裏，羅素首次給確定描述詞引進「ι」這個運算號[22]。這是希臘小寫字母，念成「

---

[21] 前書 p. 40.

[22] 前書 p. 30

iota」。有人把這個符號叫做 iota 運算號或描述運算號❷。我們將把它簡稱為描述號。有時，我們要表示唯一的值滿足開放語句 Fx。這可表示為

$$(\iota x)Fx$$

這可念成「the object x satisfying Fx」（滿足 Fx 的唯一項目 x），或者念成「the object x such that Fx」，（使得 Fx 的唯一項目 x）。這樣，設 $Wa \leftrightarrow a$ wrote $Waverley$（a 撰寫《維法利》）。那麼確定描述詞「the author of $Waverley$」（《維法利》的作者），可表示為

$$(\iota x)Wx$$

假如我們要說滿足「Fx」的唯一項目 x 存在，我們可使用符號

$$E!(\iota x)Fx$$

這個符號可念成「the object x satisfying Fx exists」（滿足 Fx 的唯一項目 x 存在）。符號「E!」也是羅素引進來的❷。其實，「E!$(\iota x)Fx$」的意思就是，有而且只有一個項目 x 滿足 Fx。利用普通的量號，我們可把「有而且只有一個項目 x 滿足 Fx」表示為

$$(\exists x)(y)(Fy \leftrightarrow y=x)$$

因此，「E!$(\iota x)Fx$」和「$(\exists x)(y)(Fy \leftrightarrow y=x)$」可視為等值。這樣，「the author of $Waverley$ exists」（《維法利》的作者存在）這句話，既可表示為「E!$(\iota x)Wx$」，也可表示為「$(\exists x)(y)(Wy \leftrightarrow y=x)$」。注意符號「E!」和「∃」不同的地方。從語法觀點看，(1)「E!」本身是一個完全的(complete) 符號，但「∃」本身則不是；「∃」必須和某一個變元（譬如 x）連在一起，譬如「$\exists x$」才是完全的。(2)「E!」後面跟著的最小的項是詞，而「$\exists x$」後面跟著的最小的項則為句子或句式。從語意觀點看，(1)「E!」的運算直接作用後面跟著的項，而「$\exists x$」則要借助變元「x」來作用後面跟著的項。(2)「E!」涉及的是純然存在的判斷，而「$\exists x$」涉及的，

❷ 羅素自己並沒有給它什麼名稱。
❷ 前書 p. 30。

除了有存在的判斷以外，還有「至少有一個」這種量的判斷。我們通常把「∃x」叫做存在量號 (existential quantifier) 或偏稱量號 (particular quantifier)。我們也許可把「E!」叫做存在號 (existence sign)。

　　3. 主出現和次出現

　　根據邏輯上所謂排中律，如果語句 P 為真，則其否言 ～P 必為假，而且如果 P 為假，～P 必為真。因此，如果語句「the present King of France is bald」（現任法國國王禿頭）為真，則其否言「the present King of France is not bald」（現任法國國王不禿頭）必為假；同時如果前者為假，後者必定為真。現在根據羅素的解析，「the present King of France is bald」這句話，應了解為下列三句話的連言：

　　（ⅰ）There is at least one present King of France（至少有一個現
　　　　　任法國國王）。

　　（ⅱ）There is at most one present King of France （至多有一個
　　　　　現任法國國王）。

　　（ⅲ）There is nobody who is present King of France and is not
　　　　　bald（沒有既是現任法國國王又不禿頭的人）。

但是，顯然沒有現任法國國王。因此，(ⅰ) 為假。因此，「the present King of Frace is bald」這句話應該為假。這樣，根據排中律，「the present Fing of Frace is not bald」（現任法國國王不禿頭）應該為真。可是，根據羅素的解析模式，這句話解析的結果，必含有以上述 (ⅰ) 為連項的連言。由於 (ⅰ) 為假，所以這句話又應為假。這樣便會產生矛盾。羅素為排除這個矛盾，認為這句話有歧義。這個歧義是由於「the present King of France」這個確定描述詞有所謂主出現 （primary occurence） 和次出現 (secondary occurrence) 而產生。根據羅素，「凡一個命題， 如果裏面不描述什麼的某一描述詞具有主出現，則為假㉕。」羅素的意思恐怕是說，一

㉕　見羅素著《數理哲學導論》，p. 179。

個含有不描述什麼的描述詞的命題，可能有兩種解釋。一個解釋可使這一命題爲眞，另一個則可使這一命題爲假。他的意思也許是說，在使這一命題爲眞的解釋裏，該不描述什麼的描述詞具有次出現；反之，在使這一命題爲假的解釋裏，該不描述什麼的描述詞具有主出現。當然，這裏所謂解釋，必須依據羅素的解析模式來做。根據羅素的解析模式，「The present King of France is bald」（現任法國國王禿頭）這句話只有解釋爲假的可能；因此，「The present King of France」（現任法國國王）這個描述詞在這句話裏只具有主出現。但是，「the present King of France is not bald」（現任法國國王不禿頭）這句話，卻有解釋爲眞和爲假兩種可能。當把這句話解釋爲前面 (i), (ii) 和 (iii) 的連言的否言——亦即解釋爲「it is false that the present King of France is bald」（現任法國國王禿頭是假的）——時，這句話便爲眞。這時候，「the present King of France」在「the present King of France is not bald」裏便具有次出現。反之，把這句話解釋爲前面 (i), (ii) 和下列語句

(iii)′ There is nobody who is present King of France and is bald
（沒有既是現任法國國王又是禿頭的人）。

之連言時，這句話便爲假。這時候，該描述詞在這句話裏便具有主出現。這樣，「the present King of France is bald」這句話的否言 (negation) 是「the present King of France」具有次出現的「the present King of France is not bald」。這樣，上述的矛盾情形便得以排除㉖。

㉖ 羅素在在＜論稱指＞，《數理原論》(pp. 68-69) 和《數理哲學導論》(p. 179)裏，都提出了區分主出現和次出現的「標準」。但 C. E. Cassin 認爲，羅素所提的標準都並不適當。他新提出了另一個標準。見他的 "Russell's Distinction between the Primary and Secondary Occurrence of Definite Descriptions"。此文收在 E. D. Klemke 編 Essays on Bertrand Russell, pp. 273-284。我在本文中提出的標準比較直覺。我不想在本文中詳細討論這些標準。在這裏只想提出主出現和次出現的簡單觀念，以及說明這些觀念的用處。

4. 「恒爲眞」和「有時爲眞」

在〈論稱指〉和《數理哲學導論》討論描述詞論的章次裏，羅素使用「『Fx』恒爲眞」 ("Fx" is always true) 和「『Fx』有時爲眞」("Fx" is sometimes true) 這些用語[27]。初讀者不容易了解這是什麼意思。其實利用量詞或量號的觀念，就很容易了解了。「『Fx』恒爲眞」用符號來表示就是

$$(x)Fx$$

這就是說，對所有x, Fx。「『Fx』有時爲眞」用符號來表示就是

$$(\exists x)Fx$$

這就是說，對有些x, Fx；或者說，至少有一個x使得Fx。「『"Fx"爲假』恒爲眞」 ("Fx" is false' is always true) 用符號表示就是

$$(x)\sim Fx$$

這就是說，對所有x，非Fx。這也就是，「『Fx』恒爲假」的意思；用符號來表示就是

$$\sim(\exists x)Fx$$

「『Fx』並不恒爲假」 ("Fx" is not always false) 用符號來表示就是

$$\sim\sim(\exists x)Fx$$

也就是

$$(\exists x)Fx$$

這也就是「『Fx』有時爲眞」的意思。「『Fx』有時爲假」 ("Fx" is sometimes false) 的意思就是「『「Fx」爲假』有時爲眞」 ("'Fx" is false' is sometimes true); 用符號來表示就是

$$(\exists x)\sim Fx$$

這也就是說，對有些x，非Fx。

在《數理哲學導論》中, 羅素把「the author of *Waverley* was Scotch」

---

[27] 在羅素自己的行文中，有時候寫成「"Fx" is always true」，有時候卻寫成「Fx is always true」。嚴格說起來，前一種寫法才是正確的寫法。

(≪維法利≫的作者是蘇格蘭人) 解析爲和下列三句話的連言等値❷。

(ⅰ) "x wrote *Waverley*" is not always false (「x 撰寫≪維法利≫」並不恒爲假);

(ⅱ) "if x and y wrote *Waverley*, x and y are identical" is always true (「如果 x 和 y 撰寫≪維法利≫,則 x 和 y 等同」恒爲眞);

(ⅲ) "if x wrote *Waverley*, x was Scotch" is always true (「如果 x 撰寫≪維法利≫,則 x 是蘇格蘭人」恒爲眞。)

根據前面的解說,我們可用量詞的觀念,把上面二句話分別改寫爲:

(ⅰ)′ 至少有一個 x 使得 x 撰寫≪維法利≫;

(ⅱ)′ 對所有 x 和 y,如果 x 和 y 撰寫≪維法利≫,則 x 和 y 等同;

(ⅲ)′ 對所有 x,如果 x 撰寫≪維法利≫,則 x 是蘇格蘭人。

這種利用量詞的解析,比起羅素早期利用「恒爲眞」和「有時爲眞」等的解析,有幾點益處。首先,利用量詞的解析,在直覺上似乎比較容易了解。例如,「至少有一個 x 使得 x 撰寫≪維法利≫」這一說法,比起「『x 撰寫≪維法利≫有時爲眞」這一說法,要容易讓人了解是說,至少有一個值滿足開放語句「x 撰寫『維法利』」。其次,利用量詞的解析,可以避免使用後視語言。這樣,一方面可以避免使人認爲,根據羅素的解析模式來處理含有確定描述詞的命題,需要使用後視語言來說及開放語句;二方面可對這種利用量詞的解析,直接予以符號化。

四

現在讓我們回過頭來看看前面第二節所討論的一些例句。在 例 1 「Scott is the author of *Waverley*」(司各脫是 ≪維法利≫ 的作者)中,

❷ 見該書 p. 177。

「Scott」和「the author of *Waverley*」都是單數名詞——前者是專名(proper name) 而後者是確定描述詞。所以,這是一個表示等同(identity)的句子。從日常觀點看,這個句子斷說一個等同關係,這個等同關係把兩個名稱應用於同一個個體。可是,像在前面第二節所示,根據羅素的解析模式解析的結果,這句話裏的確定描述詞不見了,而這句話變成斷說一個被稱呼 (named) 的象目 (object) 和一個被描述 (described) 的象目之間的等同關係。

又如在例 2 「the author of *Waverley* is Scotch」 (《維法利》的作者是蘇格蘭人) 中,主詞「the author of *Waverley*」是一個確定描述詞。從日常觀點看,這是一個表示有關「the author of *Waverley*」所稱指的象目具有什麼性質的句子。可是,像前面所示,根據羅素的解析模式解析的結果,這句話裏的這一確定描述詞不見了。因此,這句話應了解為,並不斷說有關這一確定描述詞所稱指的象目具有什麼性質。這句話應了解為,斷說(a)有而且只有一個人撰寫《維法利》,以及(b)沒有不是蘇格蘭人而又撰寫《維法利》的人。依此了解,那麼,如果沒有人撰寫《維法利》,或者不只一個人撰寫《維法利》,則這一句話應該為假。

這裏至少涉及三個重要問題。第一個是: 在解析諸如上述例 1 和例 2 的語句時,羅素為什麼要把確定描述詞消掉呢? 第二個是: 羅素這種解析模式算不算適當地了解日常語言呢? 第三個是: 羅素的這種解析在哲學和邏輯上有什麼重要意義呢? 這三個問題實際上有相關連的部分。但為討論方便,我們不妨分開來談。

讓我們先討論第一個問題。在解析像「Scott is the author of *Waverley*」和 「the author of *Waverley* is Scotch」 這類語句時, 為什麼要把確定描述詞 「the author of *Waverley*」 消掉呢? 羅素的用意是不要這種確定描述詞具有他賦給名稱 (names) 的性質。原來, 根據羅素的理論, 一個專名 (proper name) 或名稱的意義 (meaning), 是它所代表的殊象

(particular)。除此以外，一個狹義的邏輯意味的名稱，不具有任何其它意義。根據羅素，這種名稱只能應用於說者所親悉的殊象。這是因為我們不能給說者不親悉的東西取名。在這意義上，通常被視為是名稱的「蘇格拉底」和「倫敦」等等，都不是真正的名稱。這些應視為是確定描述詞的簡寫。例如，「蘇格拉底」應視為是「柏拉圖的老師」等的簡寫。「倫敦」應視為是「英國的首都」等的簡寫。在羅素的眼光中，日常語言具有這種邏輯意味的名稱資格的，幾乎只有單數指示名詞「this」（這）㉙㉚。

因此，如果把確定描述詞當名稱使用，則根據羅素的名稱理論，確定描述詞的意義應該是它所代表或稱指的殊象。如果這樣的話，就會產生一些不能回答的問題。例如，在〈論稱指〉裏，羅素就說，如果確定描述詞的意義是它所代表或稱指的殊象的話，當我們說「Scott is the author of *Waverley*」時，我們的意思只不過是說「Scott is Scott」（司各脫是司各脫）。但是他指出，當英王喬治第四想知道是否「Scott is the author of *Waverley*」時，他並不在表示對等同律有趣味。也就是說，他並不是想知道是否司各脫就是司各脫。羅素又指出，如果「the present King of France」一詞是稱指一個象目，而且如果排中律又成立的話，那麼，「the present King of France is bald」（現任法國國王禿頭）和「the present King of France is not bald」（現任法國國王不禿頭）這兩句話中，必定有一句為真。然而，如果我們把所有禿頭的東西和所有不禿頭的東西都列舉出來，不論在那一列中，我們都不會發現現任法國國王。羅素說，「喜歡綜合的黑格爾信徒們，也許會下斷語說他戴假髮㉛。」問題是「一個非元目怎可當做命題的主位（subject）呢？㉜」

有人也許會說，在「the present King of France is bald」裏，雖然

㉙ 羅素著《邏輯與知識》pp. 200-201。
㉚ 羅素著《意義與真理的探究》（*An Inquiry into Meaning and Truth*），p. 96。
㉛ 羅素著《邏輯與知識》p. 48。
㉜ 前書 p. 48。

沒有「現任法國國王」所稱指的殊象可當它的主位，可是也許有某種抽象的元目或非存在的東西可充當它。

最初，羅素在 1903 年出版的《數學原理》裏有個認定，那就是，名稱的意義是該名稱指 (denotes) 的象目 (object)❸。因此，任何東西要能被取名，其中一個必要但非充分的條件是，它要能被稱指。在撰寫《數學原理》時期，羅素把這種條件解釋得非常自由。他把任何可提及的東西，叫做項目 (term)。任何象目都可當命題的邏輯主位。而任何可當邏輯主位的東西都可取名。由這樣看來，在原則上，我們不但可用名稱去指稱任何殊象，而且可用名稱去指稱各種抽象元目，像現任俄國沙皇這種非存在的東西，像孫悟空這種神話上的元目，甚至去指稱像最大的素數這種邏輯上不可能的元目。這麼一來，不論有沒有現任法國國王這個殊象，我們仍可使用「the present King of France」一詞，去指稱現任法國國王這個非存在的東西。因此，「the present King of France is bald」仍然是有所說的句子，儘管沒有法國國王這個殊象。

然而，羅素採取這種自由解釋的時間並不很長。他不久就認為，在這樣自由解釋下，世界圖象擁擠得不堪忍受。他再也不能相信邏輯上不可能的元目之存在。他甚至也不相信雖然可能但已知不存在的東西的存在。在 1905 年發表的〈論稱指〉上，他就不再認為像「the present King of France」這種稱指詞組 (denoting phrase) 代表命題的真正成分。他借批評麥農 (A. Meinong, 1853-1920) 的理論來表示這種看法。

麥農認為，任何在文法上為正確的稱指詞(組)，都代表一個象目 (object)。例如，「the present King of France」，「the round square」(圓的方形物) 等等稱指詞，都代表真正的象目。但羅素批評說，承認這種象目顯然違反矛盾律❸。例如，承認這種象目，就會承認有存在的現任法國國

❸ 注意，這裏所謂象目要比前面所謂殊象，其所指要廣泛得多。
❸ 所謂矛盾律 (law of contradiction) 是說，一句話不能既為真又為假。

王，又承認沒有存在的現任法國國王；也會承認圓的方形物是圓的，和圓的方形物是不圓的。羅素認爲這是不能容忍的[35]。後來在 1919 年出版的《數理哲學導論》中，他也批評說，麥農之承認我們可說及「the golden mountain」（金山）和「the round square」等等[36]，是「對實是 (reality) 感覺之缺失。卽使在最抽象的研究中，這種感覺也應當保持着的[37]。」他繼續說：「我主張，邏輯也同動物學一樣，不能承認有什麼獨角獸；因爲邏輯所研究的雖然比動物學所研究的，要更抽象和更一般的特徵，但是它卻同動物學一樣，在研究眞實的世界[38]。」這也就是說，羅素認爲，除了有這個眞實的世界以外，再沒有有所謂獨角獸，金山或最大素數的世界。

　　從上面的討論我們可以得知，羅素是拿兩種理由來反對有所謂「the present King of France」，「the round square」等的象目的。一種是，如果承認這些象目，就會違反矛盾律。也就是會承認語句「the round square is round」（圓的方形物是圓的）及其否言都眞的情形。這是邏輯的理由。另一種是，承認這些項目是對實是感覺的一種缺失。這是存有論 (ontology) 的理由。雖然羅素對這兩種理由沒有做精密的解說，但是他明確反對有上述那些象目。

　　羅素這個反對，實際上等於明白放棄先前他在撰寫《數學原理》時所做的一個假定。這個假定就是，稱指詞具有他賦給名稱的性質。這個性質就如前面已說過的，名稱的意義是它所稱指的象目。其實，爲避免違反前述情形的矛盾律，他可以不必做這種放棄。他可另求補救的途徑。譬如，他可以修改他的名稱理論。可是，他似乎沒做過這種考慮。從他對弗列格 (G. Frege, 1848-1925) 的意思 (sense) 與稱指 (reference) 理論的批評，可以看出這一點。

---

[35]　羅素前書 p. 45。
[36]　羅素著《數理邏輯導論》p. 169。
[37]　前書 p. 169。
[38]　同前。

根據弗列格的理論❸，每一稱指詞——例如名稱或確定描述詞——必具有意思和可能具有稱目（referent）❹，例如，「《三民主義》的作者」可以是「孫中山」這個名稱的意思，而撰寫《三民主義》那個人是「孫中山」的稱目。羅素承認這個理論有兩個優點。一個優點是可以避免違反矛盾律。另一個優點是它顯示對等同關係的斷說，往往有用。例如，當我們說「Scott is the author of *Waverley*」時，我在斷說一個具有不同意思的稱目的等同關係，而不是僅僅斷說一個稱目的自相等同關係。

可是，羅素認為採取這個理論，我們會遇到一些困難。有一點我們得注意的，弗列格的許多學說是經由羅素的介述和批評才傳佈於世的。但他的介述往往有曲解的部分。現在讓我們討論一下若干羅素認為弗列格的理論會遇到的困難。在做這些討論時，我們要依據正確的了解，而不是依據羅素的了解來介述弗列格的理論。然後再就羅素的批評加以批評。

羅素認為採取弗列格的理論，我們會遇到的最重要的困難之一，是稱指詞沒有稱目的情況。根據弗列格，當我們說「the present president of the United States of America is bald」（美國現任總統禿頭）時，我們所說的似乎不是關於「the present president of the United States of America」（美國現任總統）這複雜的意思，而是關於為這個確定描述詞所稱指的那個美國現任總統。依同一形式，當我們說「the present King of France is bald」時，我們所說的也應該是關於「the present King of France」一詞的稱目。雖然只要「the present King of France」一詞有意義，它就有意思，但是在任何明顯的意味上，它卻沒有稱目。因此，羅素認為我們會以為「the present King of France is bald」這一句話，應該是了解無意

---

❸ 關於弗列格的意思與稱指理論，參看本書〈弗列格論意思與稱指〉一文。

❹ 弗列格的德文原文，意思為 Sinn，而稱指為 Bedeutung。現在一般學者把 Sinn 譯為 senes，Bedeutung 譯為 reference。但羅素把 Sinn 譯為 meaning，Bedeutung 譯為 denotation。

義的 (nonsense)。可是，他說，它不是了無意義，因為它全然為假。因此，他認為弗列格的理論會產生這一困局。

我們不知道羅素這裏所謂「了無意義」，是否就是弗列格意味的「沒有意思」(senseless)。姑且假定它就是吧。當然，根據弗列格的理論，一個有稱目——眞假值——的語句一定有意思。因此，如果「the present King of France is bald」全然為假，則它不是沒有意思。但羅素的論證有稻草人謬誤 (fallacy of straw man) 和乞求論點 (begging the question) 之嫌❹。根據弗列列，像「the present King of France is bald」這類語句顯然是有意思的。因此，羅素認為，根據弗格列的理論，我們會以為它了無意義，這是一種誤解。根據弗格列，一個語句的稱目決定於其成分詞組的稱目。因此，如果「the present King of France」一詞沒有稱目，則「the present King of France is bald」這句話，自然就沒有稱目。也就是沒有眞假值。可是，羅素卻以這一句話全然為假——也就是有稱目——為理由，來主張說弗格列的理論有缺點。有兩點要注意的。第一，像「the present King of France is bald」這類語句為沒有稱目，是弗列格理論的一個歸結。根據邏輯，我們要顯示一個理論有毛病，可以從假定其歸結成立，而導出一個不一致或令人不能接受的結果來做這。現在，羅素所做的並不是這樣。他所做的是以這一歸結之不成立——「the present King of France is bald」為有稱目為前提，而導出一個不一致的情形。假如這個不一致的情形眞的會產生，則根據導謬法 (reductio ad absurdum)，我們所能顯示的是：不是這一理論不成立，便是這一歸結成立。當然，實際上，這個不一致的情形並不發生；因為根據弗列格的理論，「the present

---

❹ 所謂稻草人謬誤是論證謬誤之一種。在這種論證裏，把別人的主張有意或無意加以誤解，然後企圖以拒絕被誤解後的主張來拒絕原主張。所謂乞求論點就是把結論當前提的論證。其形式有如：p 眞因為 q 眞。而 q 眞因為 r 眞。而 r 眞因為 p 眞。

❷ 羅素著《邏輯與知識》，p. 47。

King of France is bald」 這一語句不會沒有意思。 第二， 羅素不想要的結論，是像 「the present King of France is bald」 這一類語句為沒有稱目。他應該去做的是去顯示它沒有稱目。可是，他並沒有這樣做。他只是純然斷定它為有稱目。所以，他有乞求論點之嫌。

其實，羅素拒絕弗列格理論的一個重要理由是：這一理論雖然不違反矛盾律， 但卻違反排中律。 所謂排中律是說， 一個語句不是真便是假，並且不是假便是真。的確，根據弗列格的意思與稱指的理論，有的語句是沒有真假值的。例如， 「the present King of France is bald」 這句話便沒有真假值。這一情形弗列格本人知道得很清楚。他對這情形有兩種處理方法。一種是純然讓這種情形放在那裏。這就是所謂弗列格的真值空隙理論[43]。另一種是把所有那些沒有實際稱目的稱指詞， 都認為是稱指先前已選定的某一象目。拿先前已選定的某一象目，當這類沒有實際稱目的稱指詞的稱目，就是所謂弗列格的選定象目理論[44]。這樣， 如果拿影星尤勃廉納 (Yul Brynner) 當 「the present King of France」 的稱目， 則 「the present King of France is bald」 為真。 這一處理法雖然可避免違反排中律，可是，羅素認為「它雖然不會導致任何實際上的邏輯錯誤，但顯然是揉造的。因此，並沒有對實際問題提出正確的解析[45]。」

羅素似乎也認為，弗列格的理論不能解決下述問題[46]。萊布尼茲律 (Leibniz' law) 說，如果 a 與 b 等同，則對其中一個為真的事項也對另一個為真，並且如果拿其中任何一個代換任何命題中的另外一個，都不會改變該命題的真假值。英王喬治四世曾想知道是否 「Scott is the author of

---

[43] 這一理論為史陶生 (P. F. Strawson) 所發揮，見他的《邏輯理論導論》（ Introduction to Logical Theory）, London, 1952.

[44] 這一理論為卡納普(R. Carnap)所發揮，見他的《意義與必然》 (Meaning and Necessity）, Chicago, 1946, 尤其第八節。

[45] 羅素前書，p. 47.

[46] 同前，p. 47。

Waverley」（司各脫是《維法利》的作者）；而事實上司各脫是《維法利》的作者。因此，我們可拿「Scott」代換「the author of *Waverley*」，而證得喬治四世曾想知道「Scott is Scott」。但我們很難說喬治四世對等同律有興趣。這也就是說，我們似乎不能從喬治四世曾想知道是否「Scott is the author of *Waverley*」，證得他曾想知道是否「Scott is Scott」。如果羅素眞的認為弗列格的理論不能解決這個問題，他便錯了。

根據弗列格，「George IV wished to know whether Scott was the author of *Waverley*」（喬治四世曾想知道是否司各脫是《維法利》的作者），是一個含有間接引述的語句。所以，這是一個間接說話（indirect speech）[47]。在間接說話裏，間接引述的語句不具有其通常（ordinary）稱目，而只具有間接稱目。一個語句的間接稱目是這個語句的慣常意思（customary sense）。因此，在上述間接說話中的間接引述「Scott was the author of *Waverley*」只具有間接稱目。而此間接稱目就是這一間接引述語句的慣常意思；也就是這個語句所表示的命題。根據弗列格，由於「Scott」和「the author of *Waverley*」具有不同的意思，因此，「Scott was the author of *Waverley*」和「Scott was Scott」所表示的意思，也就是所表示的命題，並不相同。因此，這兩者的間接稱目，並不相同。這樣，「George IV wished to know whether Scott was the author of *Waverley*」和「George IV wished to know whether Scott was Scott」，就具有不同的稱目——不同的眞假值。因此，我們便不能從前者推得後者。由此可知，如果羅素認為弗列格的理論不能解決上述問題，他便錯了。

誠然，如果堅持羅素早期的假定——稱指詞具有名稱的性質，同時又堅持他的名稱理論的話，我們是會遇到前述羅素所提種種困難的。要解決這些困難，他得從下述三種途徑之一去做。一、尋找一個不同的名稱理

---

[47] 關於間接說話的觀念，參看本書〈弗列格論意思與稱指〉一文。

論；二、放棄這個惹麻煩的假定；三、同時做前面兩個。事實上，從前面的討論，我們可以知道，他是採取了第二個途徑。

五

從前面第二節的討論，我們已經知道，羅素怎樣處理一個含有確定描述詞的語句。現在我們要來看看，在他這樣處理下，確定描述詞的邏輯地位到底怎樣。

羅素曾明白地說：「關於確定描述詞，我們首須知道的是，它不是名稱[48]。」在一個命題中出現的確定描述詞，並不是該命題的成分。這是因為卽使這一描述詞不稱指什麼，這一命題也有意義[49]。因此，在文法上，雖然「the author of *Waverley*」是「the author of *Waverley* is Scotch」的主詞，但是在邏輯上，它卻不是這個命題的主位。但是，假如「Scott」是一個眞正的名稱，則它是「Scott is Scotch」（司各脫是蘇格蘭人）的主位。

那麼，確定描述詞到底是什麼呢？根據羅素的說法，它是不完全符號 (incomplete symbol)。根據羅素，所謂不完全符號，是指在一個命題中出現的文字，但是在這個命題經正確的解析後，它事實上不是這一命題的成分[50]。換句話說，所謂不完全符號，是指這麼一個詞組，這一詞組除了不需要具有稱目以外，它所在的任何命題經解析以後所得命題，可以不含有它或它的任何同義詞。羅素所謂的不完全符號因此有一個重要的特徵，那就是，當它在孤立 (in isolation) 時，沒有任何意義。它只在命題的系絡中獲得意義[51]。由此看來，羅素的描述詞論所要求的，是要提出顯示描述

---

[48] 羅素著《邏輯與知識》p. 224。
[49] 前書，p. 248。
[50] 前書，p. 253。
[51] 前書，p. 253。

詞爲不完全符號的機械程序。

在前面第二節裏，我們舉了三個例子，顯示羅素如何處理確定描述詞。爲方便起見，現在把它們重述如下：

(1) Scott is the author of *Waverley*.

根據羅素，這句話應析述爲下列三句話的連言：

(i) at least one person wrote *Waverley*;

(ii) at most one person wrote *Waverley*;

(iii) there is nobody who both wrote *Waverley* and is not identical with Scott.

(2) The author of *Waverley* was Scotch.

根據羅素，這句話應析述爲下列三句話的連言：

(i) at least one person wrote *Waverley*;

(ii) at most one person wrote *Waverley*;

(iii) there is nobody who both wrote *Waverley* and was not Scotch.

(3) The author of *Waverley* exists.

根據羅素，這句話應析述爲下列兩句話的連言：

(i) at least one person wrote *Waverley*;

(ii) at most one person wrote *Waverley*.

現在讓我們根據上面三個例子，進一步討論確定描述詞在一個命題中的地位。

通常我們很容易把上面例句1，看成和「Scott is Sir Walter」，具有相同的邏輯結構。由於「Scott」和「Sir Walter」都可視爲是名稱[52]，所

---

[52] 嚴格的說，根據羅素的名稱論，Scott 和 Sir Walter 都不是眞正的名稱。不過，在我們這個討論系絡內，把它們視爲名稱，並無妨害。羅素自己也這樣做。參看前書，p. 246。

以「Scott is Sir Walter」是一個等同句。因此，也就把例句1看成是一個等同句——斷說「Scott」和「the author of *Waverley*」所稱指的，是同一個東西或同一個人物。可是，根據羅素，「the author of *Waverley*」並不是一個名稱，所以例句1並不和「Scott is Sir Walter」具有相同的邏輯結構。因此，它並不是一個等同句，並不斷說有關「the author of *Waverley*」所稱指的那個人❸。

同樣，通常我們也很容易把上面例句2，看成和「Scott was Scotch」（司各脫是蘇格蘭人）具有相同的邏輯結構。由於「Scott」可視為是名稱，所以「Scott was Scotch」所斷說的是有關 Scott（司各脫）的事，也就是有關「Scott」這個名稱所稱指的那個人的事。這句話是說，司各脫這個人具有蘇格蘭人的性質；也就是說，他是蘇格蘭人。可是根據羅素，「the author of *Waverley*」並不是一個名稱。所以，他認為「the author of *Waverley* was Scoth」，並不和「Scott was Scotch」具有相同的邏輯結構。前者並不斷說有關「the author of *Waverley*」所稱指的那個人。

現在讓我們看看上述第三個例子。根據羅素的解析，這句話應了解為有而且只有一個人撰寫《維法利》。設 $Wa \leftrightarrow a$ wrote *Waverley*（a 撰寫《維法利》）。那麼，就像依前面第二節所講的，這個了解可符示為

（甲）　　$(\exists x)(y)(Wy \leftrightarrow y = x)$

但是，這個例子，似乎還另有兩種符示法。設 $s = $ Scott，$Ra \leftrightarrow a$ ran（a 跑步）。那麼，顯然「Scott ran」可符示為

　　　　　　Rs

同理，設 $a = $ the author of *Waverley*，$Eb \leftrightarrow b$ exists，我們似乎也可把上述第三例符示為

---

❸　嚴格的說，根據羅素的描述詞論，這一詞語並稱指什麼，因為它是不完全符號。

（乙）　　*Ea*

但是，那些把「the author of *Waverley*」視爲是名稱，可是，卻不把這裏的「exists」視爲是述詞的人，似乎要把這個句子符示爲

（丙）　　$(\exists x)(x=a)$

從前面第二節的討論，我們可以知道，根據羅素的解析，如果設 $Sb \rightarrow b$ was Scotch，則上述第一和第二個例子，可分別符示爲

$$(\exists x)[(y)(Wy \leftrightarrow y=x) \,\&\, x=s]$$

和　　　$(\exists x)[(y)(Wy \leftrightarrow y=x) \,\&\, Sx]$

這兩個式子分別涵蘊上面的（甲）式。由此可知，根據羅素的解析，在命題中出現的確定描述詞帶有一種斷說。這個斷說說，有而且只有一個象目具有這一描述詞所描述的性質。羅素的確定描述詞論就在提供我們一種程序，把這一個隱含的斷說顯現出來。這一程序告訴我們如何把確定描述詞解消，而擴散爲存在的敍說，並且把這敍說解釋爲，斷說有而且只有一個象目具有原確定描述詞中所含有的性質。

我們說過，上述第三個例子，即「the author of *Waverley* exists」，可有上述（甲），（乙）和（丙）三種不同的符示法。這三種不同的符示法實際上代表三種不同的哲學。（甲）法和（丙）法基本不同之點，在前者不把確定描述詞視爲名稱，而後者卻把它視爲是名稱。（甲），（丙）兩法和（乙）法基本不同之點，在前兩者把存在當開放語句的一種性質來處理，而後者則把存在當普通的述詞來處理。在本文裏，我們暫不討論這兩種處理，到底那一種更爲得當❺。所謂把存在當開放語句的一種性質來處理，到底是什麼意思呢？依據羅素的解析，一個存在命題實際上是說，有一個象目滿足某一個開放語句。或者更嚴格的說，有一個開放語句具有可爲某一象目所滿足的性質。依據這一解析，我們可把「the author of

---

❺　關於這一問題的討論，可參閱 G. E. Moore, "Is Existence a Predicate?" *Supplementary Proceedings of the Aristotelian Society*, XV (1936)。

Waverley was Scotch」 析述為「『 x 撰寫≪維法利≫』這個開放語句，具有可為一個而且僅僅一個象目所滿足的性質，同時這個象目是蘇格蘭人。」同理，我們可把「the present King of France is bald」析述為「『 x is present King of France』這個開放語句，具有可為一個而且僅僅一個象目所滿足的性質，同時這個象目禿頭。」現在，卽令沒有現任法國國王， 或者假定現任法國國王不只一個人， 也不會使「the present King of France is bald」這句話產生令人不能接受的邏輯結果。這是因為在這情況下，我們所說的只是「 x is present King of France」這個開放語句，不具有可為一個而且僅僅一個象目所滿足的性質，而不涉及有關稱不稱指的問題。

六

的確，羅素的確定描述詞論，一方面旣可以避免像麥農理論那樣違反矛眉律，也可避免像弗列格的眞值空隙理論那樣違反排中律，同時又沒有弗列格的選定象目理論那種揉造性，另一方面也不會遭遇什麼可預見的邏輯上的困難。因此，這個理論在1905年初次出現以後，受到廣泛的贊同。在 1929 年，就如我們在本文開始的時候提過的，賴姆塞把這個理論稱為「哲學之典範」。但是在本世紀五十年代以後，這個理論開始遭到反對之聲。從此確定描述詞的問題掀起熱烈的討論。這一問題並成為當代英美哲學的熱門問題之一。

在反對羅素的理論當中，最著名的是英國牛津哲學家史陶生 (P. F. Strawson, 1919-)。在1950年發表的〈論指稱〉(On Referring) 一文中⑮，他猛烈抨擊羅素的理論。他的主要論點有二。首先，他認為羅素沒把一個語句和該語句的使用分清楚。他認為，一個語句本身只有意義，而沒有所

⑮ *Mind*, Vol. 59 (1950), pp. 320-44。

謂眞假可言。語句只是被我們用來做一個眞斷說或假斷說而已。他的意思
是，只在被使用時，一個語句才有一個對應的眞的值或假的值。而羅素卻
在研究語句本身的眞假。這是不對的。史陶生這個批評有兩點值得注意。
一、羅素是否眞的只在研究「語句本身」的眞假。二、一個語句是否眞的
只在被使用時才有眞假可言。這兩點都不是一兩句話可以辨明的。我將在
別的文章再詳細討論它們⑤⑥。

　　史陶生批評羅素的另一要點是，在像「The author of *Waverley* was
Scott」或「The present King of France is bald」的語句中，確定描述詞
所要指稱的象目的存在性，不是被隱含地斷說，而寧爲是被預設 (presup-
posed)。因此，如果該象目不存在，則該語句應被視爲用來不是做一個假
的敍說，而是用來做一個缺少眞假值的敍說。

　　艾爾對史陶生這個論點的評論值得注意⑤⑦。他說，只要我們知道羅素
的理論，不在企圖給它所要處理的語句提供準確的翻譯，而在企圖給它們
重作敍述 (paraphrase)，史陶生這一反對就會失其效力。其重作敍述的方
法是，把隱含在專名使用中的資訊，或者留在要從系絡中拾取的資訊，顯
現出來。他說，這一點羅素自己並沒有完全清楚。其中部分原因，他認爲
是因爲羅素所使用的例子的緣故。在羅素所使用的例子中，確定描述詞借
專名的編入以獲得其稱目的唯一性。他說，如果我們把羅素的解析再延伸
一步，用≪維法利≫這本書的辨認描述詞 (identifying descriptions) 來取
代≪維法利≫一詞，並且用法國這個國家的辨認描述詞來取代「法國」一
詞，我們就不大會說，我們解析所得的語句，會跟我們從它開始解析的語
句，是同義的。他又說，假如我們拿「The policemen showed me the
way」當例子，這情形就更明顯。當我們要根據羅素的解析來處理這個句
子時，我們須從所在系絡取得辨認描述詞。在所有這類例子中，我們都要

---

⑤⑥　參考本書〈史陶生論指稱〉一文。
⑤⑦　艾爾著≪羅素≫ (*Bertrand Russell*)，pp. 56-57, 1970。

提供比我們對它做重述的語句所明白表達的更多的資訊,來做解析的終結。但是,艾爾認為,只要我們不要求保持意義的同一,這樣做並不要緊。

　很明顯的,如果我們要求保持意義的同一,根據艾爾的意思,羅素的解析應該不能算是正確的解說確定描述詞的日常用法。但是,根據我的看法,羅素的理論無論如何是要求意義的同一性的。羅素的理論可以評論的地方很多。在本文裏我們不打算詳細研究這些評論。在這裏,我想提出幾點基本的認識。我認為這幾點認識是所有探討羅素的確定描述詞論的人,不能不注意的。

　首先我們必須注意的是,羅素對確定描述詞的徵定過於寬泛。根據羅素,所謂確定描述詞就是具有「the so-and-so」(在單數)這個形式的詞組。他每次討論確定描述詞論時,都使用這樣的徵定。幾乎毫無例外。他對這個徵定也從來沒有加以任何限制。許多拒絕羅素理論或對他的理論不做同情了解的人,都抓住這個不適當的徵定大作文章。據我個人所知,曾經點出這個徵定不適當的人只有蘇珊司特賓 (L. Susan Stebbing)[39]。根據我們現在的認識,在英文裏具有「the so-and-so」(在單數)這個形式的詞組,至少有下列幾種不同類型的用法:

(1)唯一存在選定 (the uniqueness existence choice) 用法

(2)指稱輔助 (demonstrative) 用法

(3)標類 (class marking) 用法

(4)其他各種用法

但是,上述(2),(3)和(4)三種用法,顯然並不是羅素的確定描述詞論所要處理的。論者當然不會強其為難,拿用法(4)來抨擊羅素的理論。論者雖然曾拿用法(3)來表示對羅素的理論有所微詞,但還不至於拿它來抨擊他的理論。不過,對用法(3)我們另有一種看法。所謂標類用法,我們指的是拿具有「the so-and-so」(在單數)這個形式的詞組來表示類。例如,在「The whale

---

[39] 見她的 *A Modern Introduction to Logic*, 1933, p.149。

is a mammal」（鯨是哺乳動物）這句話中，詞組（the whale）便是用來表示類的。這句話可以說成是「鯨類是哺乳動物類」。在英文中，這句話的主詞被視為單數，其理由就是因為把「the whale」視為表示類。但是，我們也可從另一種角度來分析這句話。我們也可把它了解為「所有的鯨是哺乳動物」。在這樣了解之下，它的主詞便成為複數了。這用英文來表示更是清楚。用英文表示，這句話應該是「All whales are mammal」。從這裏我們可以提出一個有力的理由，來說明為什麼上述用法(3)不適於用羅素的解析模式來分析。這就是，在用法 (3) 中，其主詞雖然在文法上是單數，但是其語意所指實際上是多數。這也就是說，在羅素的定義中，所謂「the so-and-so」在單數的單數，應該是指語意上的單數，而不是指文法上表面的單數。這是我們要特別注意的地方。不論是羅素自己或是其他學者，似乎都不曾把這一點提出來叫人注意。

至於上述用法(1)和(2)的區別，也就是唯一存在選定用法和指稱輔助用法的區別，是一個耐人尋味和相當困難的問題。國際知名學者鄧南倫（K. S. Donnellan）曾對這個問題曾提一個著名的學說[59]。我個人在別的文章中，也對這個問題做了詳細的討論[60]。

總而言之，羅素的確定描述詞論仍然是當前哲學上一個熱門的論題。

——原載《思與言》第15卷第 5 期1978年 1 月

---

[59] K. S. Donnellan, "Reference and Definite Descriptions", *The Philosophical Review*, LXXV, No. 3 (1966)。

[60] 見本書〈一個沒有確定描述詞的語言〉。

史陶生論指稱

一、引語

　　自 1905 年羅素 (B. Russell, 1872-1970) 發表他著名的確定描述詞論以來❶，這個理論在哲學界——尤其是邏輯家之間，受到廣泛接受。它甚至被譽爲「哲學之典範」❷。直到 1950 年，突然有一個英國牛津的年輕哲學家在《心》哲學雜誌上發表〈論指稱〉一篇長文❸，猛烈攻擊羅素這個理論。這個年輕哲學家便因此一舉成名。他便是當今所謂「日常語言哲學」和「牛津哲學」領導健將之一的史陶生 (P. F. Strawson, 1919-)❹。

❶ 即 1905 年羅素在 *Mind* 發表的 "On Denoting"。有關羅素的確定描述詞論，參閱本書〈羅素的確定描述詞論〉。

❷ F. P. Ramsey 著 *The Foundations of Mathematics and Other Logical Essays*, Littlefield, Adams & Co. Paterson, New Jersey, 1960, p. 263, n.

❸ "On Referring", *Mind*, Vol. 59 (1950), pp. 320-44。這篇文章後來收集到許多文集裏。本文參考的頁次是收集在 G. H. R. Parkinson 編的 *The Theory of Meaning* (Oxford University Press, 1968) 的頁次。

❹ 史陶生 1919 年生於倫敦，牛津大學畢業，現任教牛津大學。他曾在大西洋兩岸許多國家教學和演講。他的主要著作有 *Introduction to Logical Theory* (1952), *Individuals: An Essay in Descriptive Metaphysics* (1959), *The Bounds of Sense* (1966). *Logico-Linguistic Papers* (1971), *Subject and Predicate in Logic and Grammar* (1974)。

　　自史陶生的〈論指稱〉發表以後，有關確定描述詞在哲學上的問題，便一直成爲哲學界——尤其是英美哲學界——最熱門的爭論問題之一。史陶生在這篇長文中提出來的有關指稱 (referring) 和意義 (meaning) 方面的見解，幾乎都是針對羅素的理論而發的。在本文中，我們除了要闡述史陶生有關指稱和意義方面的見解，以及解析他如何攻擊羅素的理論以外，還要討論若干學者對羅素和史陶生這項爭論的批評。當然，也要提出我個人對他們兩人之爭，以及對史陶生本人在指稱和意義問題方面的若干看法。這個研究，一方面可使我們了解史陶生有關指稱和意義方面的見解，另一方面也可使我們從另一個角度——完全反對的角度——去了解羅素的確定描述詞論。

　　史陶生在〈論指稱〉中所提出的許多見解，雖然可以說是直接針對羅素的理論而發的，可是這並不是說，他這些見解都是爲攻擊羅素而因勢鋪設 (ad hoc) 的。事實上，他這些見解頗多獨立的意義與價值。他後來的許多哲學見解，都建立在他這早期的見解上。不過，由於一方面他在提出這些見解，是在攻擊羅素的理論時參雜一起提出，二方面後來的學者在討論他這些見解時，又經常和討論羅素的理論相提並論，因此，很容易給人一種印象，認爲他這些見解只是爲攻擊羅素而提出的。

　　誠然，如果不討論史陶生如何攻擊羅素的理論，就不容易看到史陶生在指稱和意義方面見解的稜線。在下面的討論中，一方面爲避免使人有上述錯覺，二方面爲容易看到這個稜線，我們將採取下述做法。我們將把史陶生在指稱和意義方面的主要持題 (theses)❺，分 Rn 和 Sn 兩類標示出來。Rn 類表示他直接用來攻擊羅素理論的主要持題。Sn 類表示他在指稱和意義方面的基本持題。

---

❺　通常我們把某人在某些領域方面的基本主張，叫做他在這方面的 theses 或 propositions。我們現在都把 "propositions" 譯成「命題」。但是在上述意義的 "theses"，一直都還沒有很適當的中譯。我現在把它譯爲「持題」。

二、沒有確定描述詞

史陶生是從檢討和攻擊羅素的確定描述詞論，開始提出他在指稱和意義方面的見解的。

根據羅素的理論，任何具有「The *f* is *g*」這個形式的命題——例如，「The king of France is bald」（法國國王禿頭）——應析解爲下列三個命題的連言（就這個例子而言）❻：

(1)There is a king of France（有一個法國國王）。

(2)There is not more than one king of France（沒有多於一個以上的法國國王）。

(3)There is nothing which is king of France and is not bald（沒有旣是法國國王又不禿頭的東西）。

㈠ **R1** 史陶生認爲，羅素的理論是爲要避免下面含有諸如「The king of France is wise」（法國國王聰慧）這類語句的論證之歸結，而提出來的❼。

設使有人說了這麼一句話：「The king of France is wise（法國國王聰慧）。讓我們把它稱爲語句 *S*。相信沒有人會認爲語句 *S* 是無意義的。但是，我們都知道現在法國是沒有國王的。史陶生認爲，羅素的理論想要回答的問題之一是：當語句 *S* 所含的「the king of France」（法國國王）

---

❻ 羅素的確定描述詞論，請參看本書〈羅素的確定描述詞論〉。

❼ 有三點要注意。一、羅素使用的例子爲「The present King of France is bald（法國現任國王禿頭）」，而史陶生使用的例子爲「The king of France is wise（法國國王聰慧）」。二、羅素稱他的例子爲「命題」(proposition)，而史陶生稱他的例子爲語句 (sentence)。三、在討論羅素的確定描述詞論時，我們簡直不能拿中文當做被討論的例子；因此，我們只好拿英文當例子。

並不指及什麼時，S怎能有意義呢？羅素認爲，給這個問題提出一個正確的回答是很重要的。其理由之一是，他認爲對這個問題可能提出的另一個答案是錯的。因此，他急切要提供一個正確的答案。這個答案可能以下述（甲）和（乙）兩個論證的結論提出來。論證（甲）是這樣的：

論證甲：

前提：

(1)「The king of France」（法國國王）這個詞組是語句S的主詞。

(2)如果S是一個有意義的語句，則S是一個說及其主詞的語句，也就是一個說及法國國王（the king of France）的語句。

(3)如果沒有所謂法國國王，則S並不說及什麼，也就是並不說及法國國王。

(4)S是一個有意義的語句。

結論：

在某一意味上（在某一個世界中）一定有法國國王存在。

論證（乙）是這樣的：

論證乙：

前提：

(1)如果S是有意義的，則它或爲眞或爲假。

(2)如果法國國王聰慧，則S爲眞；如國法國國王不聰慧，則S爲假。

(3)不論拿S所做的敍說爲眞或假，（在某一意味上，在某一個世界中）都有某種法國國王存在。

(4)S是有意義的。

結論：

在某一意味上（在某一世界中）一定有法國國王存在❽。

顯然，羅素是不會接受這兩個論證的結論的。也就是說，他認為，旣然現在沒有法國國王，那麼「the king of France」（法國國王）一詞就不稱指什麼，就是再抽象的東西也不稱指。因為他認為，如果假定一個具有一些奇怪的元目的世界，是「對實是 (reality) 感覺之缺失。即使在最抽象的研究中，這種感覺也應當保持着的❾。」他還說：「我主張，邏輯也同動物學一樣，不能承認有什麼獨角獸；因為，邏輯所研究的雖然比動物學所研究的，要更抽象和更一般的特徵，但是，它卻同動物學一樣，在研究眞實的世界❿。」

仔細檢查上述兩個論證，我們會發現它們都無效 (invalid)⓫。要不接受一個有效論證的結論，最好的辦法之一，是顯示這個論證的前提有問題。根據史陶生的說法，羅素拒絕上述兩個論的理由是，論證甲的前提(2)和(3)以及論證乙的前提(3)有問題。設 D 為詞組「the king of France」。那麼，D 確實是 S 在文法上的主詞 (grammatical subject)。但是，羅素認為我們的錯誤是把 D 也當做 S 在邏輯上的主位 (logical subject)⓬。但 D 並不是

❽ 以上論證甲和乙是根據史陶生原來所提改寫的。 為方便討論，在不變更其效力下，我做了兩點更改。一、在原論證中含有中間論證， 我現在把中間論證的形式取消掉。二、在論證乙中，我改寫了其中若干語句。

❾ 見羅素著《數理哲學導論》(*Introduction to Mathematical Philosophy*) p. 169.

❿ 前書，p. 169。

⓫ 這裏「有效」是我用的。史陶生原來用的是 「謬誤」(fallacious) 和「壞」(bad)。在邏輯上，我們稱一個論證為有效，恰好如果其前提為眞時其結論不可能為假。這樣，一個有效論證的前提可能有假的情形。 但所謂謬誤的論證或壞的論證，意義則不十分清楚，可能指下述三種情形之一: (1)前提為假但卻有效; (2)前提為眞但卻無效; (3)前提為假而且無效。 從史陶生的討論中，我們知道他是認為上述兩個論證的前提有問題。 但是它們是否有效，他沒有明白說出來。

⓬ 注意，我在這裏把「grammatical subject」(文法上的主詞) 的 「subject」譯為「主詞」，而把 「logical subject」(邏輯上的主位) 的「subject」譯為「主位」，這是有用意的。 「主詞」是語言的， 而「主位」是語言以外的。在英文裏，「subject」可以有歧義地來指稱這兩種東西。 但在中文裏，我們卻不可拿 「主詞」來有歧義地指稱這兩種東西。 因此， 我另外拿「主位」來表示語言以外的東西。

S 在邏輯上的主位。羅素認爲，雖然事實上 *S* 在文法上具有一個單稱主詞和一個述詞，但卻不是一個邏輯上主位述位的語句。他認爲 *S* 所表示的是一個複雜的存在（existential）命題。爲顯示這個命題的邏輯形式，我們要把它重寫成一個在邏輯上適當的文法形式。這個適當的文法形式，就相當於本節開始所析解的那樣。在這個適當的文法形式中，*S* 表面上所具有的主詞述詞的形式不見了。這麼一來，上述論證（甲）的前提(2)和(3)以及論證（乙）的前提(3)都不見了。

史陶生自己也不接受上述（甲）（乙）兩個論證。但他是否接受該兩個論證的結論，則沒有明白表示出來。根據他自己對語句所持見解（見後面），他不贊同論證（甲）的前提(2)和論證（乙）的前提(1)，是顯而易見的。不管怎樣，他卻不贊同羅素上述反對論證（甲）的前提(2)和(3)以及論證（乙）的前提(3)所提出的理由。他不贊同的理由，主要是因爲他自己對專名（proper name）以及確定描述詞的見解，和羅素上述所提理由的邏輯歸結不符。

史陶生認爲，羅素上述所提理由似乎涵蘊着說，如果一個語句在下述兩點和上述語句 *S* 相似的話，則它要具有意義的唯一途徑是，把它看成在邏輯上不具有眞正主位述位的形式，而是具有某種很不同的形式。這兩個相似點就是：(1)在文法上具有主詞、述詞形式的語句；(2)其文法上的主詞並不指稱什麼。而這又似乎涵蘊着說，如果有一個在邏輯上眞正具有主位述位形式的語句，則這個語句具有意義這一事實，就保證了有某東西被這個語句的邏輯（而且文法）主位所指稱。再說，羅素的回答似乎涵蘊着說，確實有這種在邏輯上眞正具有主位述位形式的語句。這是因爲，假如我們眞的會被 *S* 和別的語句在文法上的相似所誤導，而認爲這些語句在文法上的主詞述詞的形式爲邏輯上的主位述位的形式，則誠然必有和 *S* 在文法上相似，而在邏輯上卻具有主位述位形式的語句。史陶生認爲，只要我們看看羅素對所謂「邏輯上的專名」（logically proper names）所說的話，以及對像上述 *D* 那樣所謂「確定描述詞」所說的話，就足以顯示，不但羅素

上述的答案似乎涵蘊着這些結論，並且他至少接受這些結論的前兩個。

史陶生認為，羅素關於邏輯上的專名的見解，至少涵蘊下列兩點[13]。

(1)有而且只有邏輯上的專名，才可出現做真正主位述位這種形式的語句之主詞；

(2)一個要成為邏輯上專名的詞組是無意義的 (meaningless)，除非有單一個象目為它所代表。這是因為這種詞組的意義 (meaning)，就是這個詞組所指稱的那個象目。這樣，一個專名必定指稱某一個東西。

當然，我們很容易看出，對任何相信上述兩點的人來說，要使上述語句 S 具有意義，唯一的辦法是否認它是一個邏輯上主位述位形式的語句。史陶生認為，對從其文法結構來看，一些似乎是說及某特定的人、特定的個元或特定的事件的語句，羅素只認得在下述兩種方式上才具有意義：

(a)第一，它們的文法形式被誤認為是它們的邏輯形式，並且像 S 那樣，它們的邏輯形式要可解析為某種存在語句；

(b)第二，它們文法上的主詞應為邏輯上的專名，這專名的意義就是它指稱的那個東西。

史陶生認為，毫無疑問這兩點都錯了。他認為：

㈠ **R2** 既沒有羅素意味的邏輯上的專名（對(b)而言），也沒有羅素理論上的確定描述詞（對(a)而言）。為什麼呢？就如我們說過的，承認這兩者會和他對指稱的見解不符。

下面先讓我們看看他對語句的見解。

三、史陶生的三分法以及他對羅素的批評

依照史陶生的約定，我們用「一個詞組」(an expression)當做一個具

---

[13] 關於羅素的專名理論，參看他的《邏輯與知識》(*Logic and Knowledge*)，pp. 200-201。

有唯一指稱使用（uniquely referring use）的詞組之簡稱；同時用「一個語句」當做一個以這種詞組當開頭的語句之簡稱。依據史陶生：

㈢ **S1** 下列三者是不相同的：

　　(A1) 一個語句，

　　(A2) 一個語句的某一個使用（use），

　　(A3) 一個語句的某一個說出（utterance）。

同樣，

㈣ **S2** 下列三者也不相同的：

　　(B1) 一個詞組，

　　(B2) 一個詞組的某一個使用，

　　(B3) 一個詞組的某一個說出。

現在我們引用史陶生自己的話來說明❹。他說：

「讓我們再看看「the king of France is wise」（法國國王禿頭）這個語句。我們很容易想像這個語句，譬如從十七世紀初開始，在每個連續的法國王朝，不同次數被說出。我們也很容易想像，這個語句在往後法國已不是君主政體的時期被說出。注意，對我來說這也很自然的，那就是，「這個語句」在這個時期也不同次數被說出；或者換句話說，這也很自然很正確的，那就是，一個而且同一個語句在所有這些不同場合被說出。……然而，這個語句的不同場合的使用之間，是有顯著的不同。例如，如果有一個人在路易十四時代說出這個語句，而另外一個人在路易十五時代說出這個語句，那麼，這是很自然的，我們說（或假定）他們分別談到不同的人。我們也許可以說，第一個人在使用這個語句中，做了一個真斷說

---

❹　我所以要使用史陶生自己的話，是因為使用別人的話，恐怕一不小心會走樣。他這兩個斷說是建立在某種語言哲學的假定上的。我想史陶生提這兩個斷說的時候，恐怕沒有覺察到這種假定。為了便於把這個假定顯現出來，最好利用他自己的話來說明這些斷說。在批評羅素與史陶生之爭時，我認為把這個假定顯現出來很有必要。

(assertion)，而第二個人在使用同一個語句中，做了一個假斷說。在另一方面，如果有兩個人在路易十四時代同時說出這個語句（例如，其中一個寫出它，另一個說出它），那麼，這是很自然的，我們說他們都說到同一個人。在這情況下，他們在使用這個語句時，必定都做了一個眞斷說，或者都做了一個假斷說。以上的例子，說明了我所謂一個語句以及一個語句的某一個使用，到底是什麼意思。說出這個語句的那兩個人——一個在路易十五而一個在路易十四——他們對同一個語句做了不同的使用；而在路易十四時代同時說出這個語句的那兩個人，都對同一個語句做了相同的使用。顯然，在這個語句以及其它許多語句的情形也一樣，我們不能說「這個語句」爲眞或爲假，我們只能說這個語句被使用來做一個眞斷說或假斷說，或者（如果這樣說更好）被使用來表示一個眞命題或假命題。顯然，同樣我們不能說這個語句是說及某一個特定的人，因爲這同一個語句在不同的時間，可被使用來說到很不相同的特定的人，而只有這個語句的某一個使用才說到某一個特定的人。最後，假如我說，在路易十四時代同時說出這個語句的兩個人，雖然都對這個語句做了相同的使用，但是他們卻對同一個語句做了兩個不同的說出❺。」

其次，讓我們看看史陶生對詞組的說法。詞組「the king of France」（法國國王）是「the king of France is wise」（法國國王禿頭）這個語句的部份。他說，這個詞組、這個詞組的某一個使用、和這個詞組的某一個說出，這三者之間的區別，雖然和這個語句、這個語句的某一使用、和這個語句的某一個說出，這三者之間的區別並不完全一樣，可是顯然我們可做類似的區別。他說：

「這個區別並不完全一樣。我們顯然不能正確地說『the king of France』這個詞組是被使用來表示一個眞命題或假命題；這是因爲一般說來，只有語句才可被使用來表示眞命題或假命題。同樣，只有使用語句

❺ G. H. R. Parkinson 編 *The Theory of Meaning*, pp. 66-67.

我們才能夠談到某一個特定的人，而僅僅使用詞組我們卻不能夠談到某一個特定的人。在使用這個語句來談到某一個特定的人中，我們說我們使用這個詞組來提到 (mention) 或指稱 (refers to) 他。但是在這裏，顯然正如我們不能說這個語句為真或為假，我們也不能說這個詞組提到或指稱什麼。正如同一個語句可被使用來做不同真值的敍說 (statements)，同一個詞組可有不同的提到之使用。「提到」或「指稱」並不是一個詞組所做的。「提到」或「指稱」是我們使用某一個詞組去做的。正如「說到」某某和真假，是一個語句的某一個「使用」的特性，提到或指稱某某，是一個詞組的某一個使用的特性❻。」

以上史陶生所做區分和說明，從「常識」觀點看，似乎滿有道理。可是，他這些見解是建立在語言哲學的若干假定之上的。這些假定很有爭論性。在史陶生提出上述見解當時，也許他並沒有覺察到這些假定。在研究和批評史陶生和羅素之爭時，把這些假定顯現出來，是非常重要的。我們將在後面做這項工作。現在就讓我們暫時假定，史陶生以上所做區分沒有什麼問題，看他怎樣批評羅素的理論。史陶生認為，

㈤ **R3** 羅素把我們談到語句和詞組的使用，誤認為我們談到語句和詞組。換句話說，羅素沒有把語句與語句的使用之間，以及詞組與詞組的使用之間，做適當的區分。

根據史陶生，

㈥ **S3** 意義 (meaning) 是語句或詞組的一種功能 (function)；提到和指稱是詞組的使用之功能，而真假是語句的使用之功能。

根據史陶生，要給一個詞組以意義，就是要給予它用來指稱或提到特定象目或人物之一般指引 (general directions)。要給一個語句以意義，就是給予它用來做真斷說或假斷說之一般指引。給予一個語句和一個詞組以意義，並不談到這個語句和這個詞組之任何特定場合的使用。我們不能把

❻　前書 pp. 67-68.

一個詞組的意義，和在某一特定場合這個詞組被用來指稱的象目，看成同一個東西。我們也不能把一個語句的意義，和在某一特定場合這個語句被用來做的斷說，看成同一個東西。這是因為當我們談到一個詞組或語句的意義時，我們並不是談到它在某一特定場合的使用，而是談到在所有場合，支持它正確使用來指稱或斷說的規則、習慣和約定。因此，一個語句是否有意義（significant）的問題，和在某一場合說出來的該語句，在該場合是否被用來做一個真斷說或假斷說的問題無關。同樣，一個詞組是否有意義的問題，和在某一場合說出來的該詞組，在該場合是否被用來提到或指稱無關。

　　這樣；根據史陶生的說法，就語句與語句的使用之區分，以及詞組與詞組的使用之區分，這一關連來說，和語句與詞組直接有關的是意義，而不是真假和指稱；而和語句與詞組的使用直接有關的是真假和指稱，而不是意義。因此，從上述持題 R3 和 S3，史陶生自然要批評說：

　　㈦　**R4 羅素錯誤的根源是他把意義和提到以及和指稱混在一起。**

　　史陶生也就利用這個持題，來說明持題 R2 中所謂沒有羅素意味的邏輯上的專名。他說，由於羅素把意義和提到混在一起，因此就以為，如果有所謂唯一指稱使用的詞組，它的意義必定「就是」拿它來指稱的那個特定的元目。這樣的詞組就是羅素心目中的邏輯上的專名。可是，史陶生反駁道，「這」（this）也許是羅素認為最有資格當這種專名的詞組。但是，假如有人問「這」的意義是什麼，我們並不交給他我們正拿它來指稱的象目而說：那就是它的意義，並且再說，我們每一次使用它時，它的意義會改變。我們也不會交給他所有我們過去拿它指稱的，或者我們可能拿它來指稱的象目而說：那些統統就是它的意義。假如有人問「這」的意思是什麼，我們會解釋並舉例說明，支配這個詞組的使用之種種約定。這個詞組的意義和用它來指稱的東西，是很不相同的；因為雖然這個詞組在不同場合可用來指稱數不盡的東西，可是它自身並不指稱什麼。

　　從上面的討論，我相信下述斷說是史陶生對詞組的見解中很重要的持

題：

(八) S4 詞組本身並不指稱什麼； 是人使用詞組去指稱什麼的。 詞組
的意義， 並不是它可正確地使用來指稱的東西之集合或單獨的東
西； 詞組的意義，是支配它用來指稱的規則、習慣和約定之集合。

史陶生認為在語句的情形也一樣，甚至於更明顯。他認為，

(九) S5

(1)語句本身只有意義，沒有所謂真假。

(2)語句的意義是支配它用來斷說的規則、習慣和約定之集合。

(3)只當使用語句的人「是」在談到什麼東西或人物時，該語句才
被用來做一個真斷說或假斷說。如果說出語句的人並不談到什
麼東西時，他對該語的使用並不是原本的 (primary) 使用，而
是副產的 (secondary) 使用[17]； 這時候，雖然他也許以為他做
了一個真斷說或假斷說，可是他並沒有做這個斷說。

史陶生說，「The table is covered with books」（（那）桌子蓋滿書
本）這個語句是有意義的，而且誰都知道它的意義是什麼。但是，假如我
們問：「這個語句談到什麼象目？」那麼， 我們就問了一個荒謬的問題
——因為對這個語句我們不能問這個問題，我們只能對這個語句的某種使
用才可以問這個問題。在這裏，我們並沒有使用這個語句，我們只把它當
做一個語句的例子而已。因此，這個語句並不談到什麼特定的象目。也因
為這樣，這個語句並沒有真假可言。因此，假如我們問：「這個語句是真
呢還是假呢？」我們也問了一個荒謬的問題。只當我們使用這個語句來談
到某一特定的東西時，我們才拿它來做一個真斷說或假斷說。但是，並不
是我們使用任何這一類語句時，我們都做了一個真斷說或假斷說。例如，

---

⑰ 當初史陶生發表〈論指稱〉時，原來使用「真實的 (genuine) 使用」和「擬
似的 (spurious 或 pseudo) 使用」 這些字眼。後來他發現這些用詞並不適
當，利用加註方式，把它們分別換為「原本的 (primary) 使用」和「副產的
(secondary) 使用」。

假如我們現在使用「The king of France is wise」（法國國王禿頭）這個
語句，我們就既不做一個眞斷說，也不做一個假斷說。這是因爲現在法國
並沒有國王，因此，我們雖然使用這個語句，但是我們並不拿它來談到什
麼象目，所以，我們並不使用它來做眞斷或假斷說。這時候我們對語句的
使用不是原本的使用，而是副產的使用。

　　史陶生認爲，這樣他就給前面論證（甲）和（乙）所產生的困惑，指
出正確答案的途徑。他認爲羅素確定描述詞論所提出的答案錯得很糟。這
個困惑就是，無論如何，我們似乎非接受有某種奇怪元目的法國國王不
可。但是，根據史陶生的見解，雖然 S 是一個有意義的語句，但是它本身
並不說到它的主詞，也就是並不說到法國國王。論證（甲）的前提(2)這樣
就錯了。於是，我們就不必接受這個論證的結論。再說，雖然 S 是一個有
意義的語句，但是它本身並沒有眞假可言。論證（乙）的前提(1)就這樣也
錯了。又卽使 S 是一個有意義的語句，它也未必可用來做一個眞斷說或假
斷說，除非眞的有法國國王的存在。這樣，我們也就不必接受這個論證的
結論了。總而言之，史陶生認爲，一個語句是否有意義的問題，極其獨立
於它在某一特定使用上可問的問題，也就是獨立於它是原本使用或副產使
用等的問題。一個語句是否有意義的問題，是有沒有某種語言習慣、約定
或規則，可使我們邏輯地能夠使用該語句來談到某種什麼的問題。因此，
這個問題獨立於它在某一個特定場合，是否被這樣使用的問題。

四、預設，指稱與存在斷說

　　讓我們再看看語句「The king of France is wise」（法國國王聰慧）。
根據史陶生，羅素會對這個語句說下列四點[18]：

---

[18]　也就是說，根據羅素的理論來解析這個語句時，可得本文第二節開頭時所析
　　　述的那三句話。而這個語句跟這三句話的連言在邏輯上爲等值。這三句話的
　　　連言就邏輯地涵蘊下列四點。

(1)它是有意義的; 如果有人現在說出它, 則他就說出一個有意義的語句。

(2)如果說出這個語句的人做了一個眞斷說, 則現在事實上有而且只有一個法國國王, 並且這個國王是聰慧的。

(3)任何現在說出這個語句的人, 會做一個眞斷說或假斷說。

(4)任何現在說出這個語句的人, 會斷說這個部分: 現在有而且只有一個法國國王。

史陶生認爲(1)和(2)爲眞, 而(3)和(4)則爲假。 從前面我們說過的史陶生關於語句和詞組的見解, 可以看出他把這後面兩點看成假的部分理由。現在, 他又從語言的實際使用情形來顯示它們爲假。

他說, 假如現在有人十分認眞跟我們說: 「The king of France is wise」（法國國王聰慧）, 我們會說: 「那不是眞的」嗎? 他認爲我們一定不會的。他認爲我們會認爲這句話是否爲眞的問題就是不會產生, 因爲現在並沒有法國國王嗎。 可是他說, 如果眞的有人很認眞說出這句話, 那麼, 說出這句話這個事實, 在某一意味上可當做他「相信」有一個法國國王的「證據」。換句話說, 在非虛構使用的場合, 說出「The king of France is wise」是預設（presupposes）了有一個法國國王⑲。所謂預設, 根據史陶生的解釋, 就是敍說 A 預設敍說 B 恰好如果 B 的眞爲 A 的眞或假的必要條件⑳。換句話說, 如果 B 不眞, 則 A 就沒有眞假可言。又根據史陶生, 預設的這個定義, 涵蘊着說, 在任何日常意味上, B 不是被 A 所斷說的任何成分。這個定義也不參及說者或聽者的信念。但它卻涵蘊着說, 在 A 預設 B 時, 除非說者相信或認定 B, 否則他去斷說 A 是不對的。

---

⑲ 在〈論指稱〉中, 史陶生用的是「在某種意味的「涵蘊」」（in some sense of imply）一詞, 而不是用「預設」。但是後來在《邏輯理論導論》（*Introduction to Logical Theory*）（p. 175）中, 他改用「預設」。

⑳ 參看史陶生著《邏輯理論導論》, p. 175.

但是，它並不涵蘊着說，如果有一個說者去斷說 *A* 就是囚這個理由而不對，則 *A* 就沒有眞假值；也並不涵蘊着說，如果有一個說者去斷說 *A* 並不因這個理由而不對，則 *A* 就有眞假值。*A* 是否有眞假值，是依據 *B* 是否爲眞而定。說者去斷說 *A* 是否爲對，是依據他是否相信 *B* 而定❷。

這樣，根據史陶生，

(三)　**R5**

(1)敍說「The king of France is wise」（法國國王聰慧）預設了有一個法國國王。

(2)當我們使用這一類語句時，我們並不斷說一個唯一存在命題；我們所說也不邏輯地涵蘊一個唯一存在命題。

有一點很重要我們必須注意。那就是，持題(1)並不涵蘊持題 (2)。也就是說，即使我們承認(1)也並不是非承認(2)不可。換句話說，(2)並不是(1)的邏輯歸結。這一點史陶生自己恐怕沒有覺察到。他對(1)做了一些解說，可是對(2)他幾乎只做斷說，而沒有提出論證。在反對羅素的理論上，(2)是一個非常重要的命題。

在史陶生的指稱見解中，一個很重要的持題是:

(二)　**S5** 在以「the such-and-such」開頭的語句中，確定冠詞「the」的約定功能之一，是當做一個信號——有一個唯一指稱正在做的信號，一個信號並不是一個喬裝的斷說。

根據史陶生，當我們使用一個以「the such-and-such」開頭的語句時，我們拿「the」來顯示，我們正在指稱或想要指稱「such-and-such」這一類東西或人物中特定的一個。但顯示並不是敍說。到底是那個特定的一個，要由說這句話的系絡、時間、地點以及其他情境的特色來決定。當一個人使用某一個詞組時，都假定他是正確地使用它。因此，當他以唯一指稱的

---

❷　以上解說，參考史陶生的 "A Reply to Mr. Sellars"，*The Philosphical Review*, 63 (1954)。

方式使用「the such-and-such」這個詞組時，都假定在該類東西或人物中「有」某一個分子，並且使用的系絡會充分決定他心目中到底指的是那一個。史陶生說，以這種方式使用「the」一詞，就預設羅素所描述的存在條件是滿足了。但是，以這種方式使用「the」，並不是「敍說」(state)這些條件是滿足了。

在本節開始我們說過，根據史陶生，羅素會認為現在說「The king of France is wise」（法國國王聰慧）的人，也斷說了「現在有而且只有一個法國國王」這個唯一存在斷說。這個斷說是由「現在有法國國王」和「現在最多只有一個法國國王」這兩個斷說的連言所構成。前者是存在斷說，後者是唯一斷說。我們以上所說，主要是關於存在斷說方面的。現在來看看在唯一斷說方面史陶生怎麼講。

史陶生認為，唯一斷說方面的例子會比存在斷說方面的例子，更清楚顯示以唯一指稱方式使用詞組，是預設而不是涵蘊唯一存在斷說。例如，我們再看看語句「The table is covered with books」（桌子蓋滿書本）。在這個語句的任何正常使用下，無疑的，「the table」這個詞組是用來做一個唯一指稱的，也就是用來指稱某一張桌子。但是，這裏的唯一性卻不是羅素意味的唯一性。根據羅素意味的唯一性，這裏的「the table」一詞在世界上有而且只有一張桌子的情況下才有應用[22]。史陶生說，這樣的唯一性顯然為假。他認為，這個詞組只要在有而且只有一張桌子「被指稱」的情況下就有應用。而且，只要我們知道有而且只有一張桌子被用這個詞組來指稱，我們就知道這個詞組有一個應用。當說者使用這個語句時，他並不斷說他所指稱的桌子只有一張。當說者使用這個語句時，他所做斷說只是預設他所指稱的桌子只有一張。指稱並不是斷說，雖然我們是為做斷說才指稱。我們在指稱桌子時，並不就是在指稱某一個特定的桌子。總之，史陶生認為，

---

[22] 參看羅素著《數理原論》(*Principia Mathematica*), p. 30.

㈡　**S6** 我們要區分下列兩者:

(1)使用詞組去做一個唯一指稱;

(2)斷說有而且只有一個具有某些特性的東西或人物。

換句話說,

㈢　**S7** 我們要區分下列兩者:

(1)含有用來提到或指稱某一特定的東西或人物的詞組之語句;

(2)唯一存在語句。

史陶生認爲,

㈣　**R6** 羅素的錯誤是逐步把上述(1)類的語句同化爲(2)類的語句。

以上我們已經把史陶生批評羅素確定描述詞論的要點,以及他自己對意義和指稱的基本見解,扼要討論完了。在結束本節以前,讓我們再看看史陶生對唯一指稱做行 (the act of uniquely referring)的說法㉓。

當我們做一個斷說來談到某一特定的人、象目、事件、地點或過程時,我們常使用某種詞組來提到或指稱該特定的人、象目、事件、地點或過程。史陶生把這種使用詞組的方式叫做「唯一指稱使用」(uniquely referring use)。我們也可以把這種唯一指稱使用那回事,叫做唯一指稱做行。

一般說來,做一個唯一指稱我們需要某種設計,用以顯示我們想要做一個唯一指稱以及那是什麼唯一指稱㉔; 我們也需要某種設計,用以要求和使聽者或讀者能夠辨認所談到的是什麼。爲獲得這個結果,說話的系絡

㉓　「唯一指稱行動」一詞是我用的。 史陶生自己並沒有使用這樣的字眼。既然他把「指稱」說成是人使用詞組去做的,我想把指稱看成是人的做行 (act)並無不可。

㉔　根據史陶生,在英文裏,下列各種詞組就是這些可能的設計: 單稱指示代名詞(「this」(這)和「that」(那); 專名(例如「Venice」(威尼斯),「Napoleon」(拿破崙), 「John」(約翰); 單稱人身和非人身代名詞(「he」(他), 「she」(她), 「I」(我), 「you」(你), 「it」(它)); 以及「the so-and-so」(在單數)的詞組(例如, 「the table」(那桌子), 「the old man」(那老人), 「the King of France」(法國國王))。

是很重要的。所謂系絡（context），至少指時間、地點、情境、說者的身分、注意的題目、說者和聽者的個人歷史等等。除了系絡以外，語言的約定也很重要。我們所指稱的東西要有和詞組的意義相稱的性質。

在以下幾節裏，我們要討論對史陶生以上見解（包括他與羅素之爭）的批評。

五、若干基本觀點

在還沒有做這些討論以前，先讓我們討論幾個基本觀點。在以後的討論中，我們需要利用這些觀點來做爲我們解析和批評的標尺。這些標尺是很重要的。它一方面可以幫助我們的解析弄得更清楚；二方面可讓人知道我們是從那些基本假定做批評。我們這裏的討論只是粗枝大葉的。在以後實際要應用這些觀點時，我們將在必要的範圍內再特定它們。

㈠基本觀點（甲）

根據維根斯坦（Ludwig Wittgenstein, 1889-1951），語言有數不盡種的使用。他說：「但是語句有多少種呢？例如，有斷說，有問話，和有命令？——有數不盡種：我們所謂的「符號」，「字」，「語句」，有數不盡的不同種的使用。而且這個多種性，並不是一下子都固定了的。新類型的語言，或是正如我們可以說的，新語言做戲（language-games）會出現，而其它的會廢棄，也會被遺忘㉕。」

從維根斯坦以上的話，我們可以說：

(1)語言的使用種類所成集合是無限集合。這種無限集合並且是潛(potential) 集合，而不是實（actual）集合的。也就是說，這種集合的分子不是固定的，而是會隨使用語言的人類歷史的演進而增減。

(2)就詞組使用的性質來分類，沒有一種分類可以窮盡所有可能的使用。

㉕ 維根斯坦著《哲學探究》（*Philosophical Investigation*），§23。

(3)同一種詞組在不同的使用場合❷，可能有很多甚或數不盡多不同的使用。不但如此，甚至同一種詞組在同一使用場合，也可能有很多甚或數不盡多不同的使用。

從上面幾點，我們可以獲得下面一個基本觀點：

（甲1）發現和確認一種詞組具有某一種使用，並不足以當做否認該種詞組不具有另一種使用的根據。

維根斯坦在講完上述的話後，又繼續說：「這裏『語言做戲』一詞的意思，是叫人注意一個突出的事實，那就是，用語言說話（the speaking of language）是生命活動（activity）或生命形式的一部分❷。」生命活動或生命形式本身有合邏輯的部分，但是也有不合邏輯的部分。顯然，相應於語言做戲那部分的生命活動或生命形式，包括這兩個部分。因此，語言做戲有合邏輯的部分，也有不合邏輯的部分❷。由此可進一步推得，語言的使用也有合邏輯的部分和不合邏輯的部分。如果是這樣的話，那末我們又可獲得下面一個基本觀點：

（甲2）對一種詞組的使用所做描述或理論是否正確，固然要考慮到邏輯上的正確性的問題，但是這個考慮並不是絕對的。

人類的生命形式或生命活動的樣態，可能因國家、文化等等因素的不同而有基本的不同。由此我們又可獲得下面一個基本觀點：

（甲3）一種詞組具有的某一種使用雖然在某一個自然語言裏出現，但是該使用在另一個自然語言裏可能並不出現，或是已經不

---

❷ 注意我這裏使用的是「同一種詞組」，而不是「同一個詞組」。我這樣使用是爲避免對語言的理論有一種認許，認爲一個而且同一個詞組（當然是就類型而言）可在不同場合使用。

❷ 維根斯坦著《哲學探究》，§23。

❷ 這裏所謂合不合邏輯應包括引伸意義的合不合邏輯。就最核心的意義來說，所謂合不合邏輯，當然是指語言或符號間所產生的合不合邏輯。所謂引伸意義的合不合邏輯，也許可以這樣來說，那就是，生命活動之間或生命形式之間爲合邏輯或不合邏輯，恰好如果適當地描述這些生命活動或生命形式的語言或符號，合邏輯或不合邏輯。

再出現，或是還沒有出現過。

㈡**基本觀點**（乙）

爲了說明基本觀點（乙），我們先說明下面幾個觀念。現在假定張先生在今年（1978）二月七日跟他一位朋友說：

　　(1)美金在日本又下跌了。

同時又假定張先生在今年三月八日跟他一位朋友說：

　　(2)美金在日本又下跌了。

有人會說，張先生在不同的場合使用相同的詞組「下跌」。不過這裏所謂相同是指同一個詞組類型（type）「下跌」而言。在上面(1)和(2)中，卻有兩個不同的詞組具現（token）。在(1)中，使用的是一個「下跌」具現；在(2)中，使用的是另一個「下跌」具現。但這兩個具現都共同具有一個「下跌」類型。僅僅就書寫的情形來說，一個詞組具現就是該詞組的某一個特定的書寫出現（occurrence）。一個詞組類型是從該詞組所有實際出現或可能出現中，抽象出來的元目。

有人也把這種非語句（sentence）詞組的這種類型和具現的區分，引伸到語句上面。他們認爲，上面(1)和(2)是兩個不同的語句具現，但卻是同一個語句類型。如果沒有仔細檢查，我們也許不會發現這種引伸會有什麼不適當的地方。而且，如果僅僅從語法方面來觀察，這種引伸確實也沒有什麼不適當的地方。可是一旦我們把語意方面的因素考慮進去，那就有問題了。在這種情況下，這種引伸是否適當，就要看我們對一種語言（a language）是什麼的問題，採取什麼說法而定。

設N爲某一種（自然）語言。W爲N的所有文字（words）所成集合。P爲N的所有片語（phrase）、成語（idioms）和俚語所成集合。G爲N的所有文法（規則）所成集合。S爲N的所有已有以及可能有的類型語句（如果類型語句這個觀念是有意義的）所成集合。S^*爲N的所有已有以及可能有的具現語句所成集合。那麼，根據不同的觀點，N至少可能有下列幾

種定義:

$$(1) N = \langle W, P, G \rangle$$

$$(2) N = \langle W, P, G, S \rangle$$

$$(3) N = \langle W, P, G, S^* \rangle$$

$$(4) N = \langle W, P, G, S \cup S^* \rangle$$

定義(1)說，語言 N 是由 N 的所有文字、片語、成語、俚語、以及文法規則所成集合。定義(2)說，語言 N 是由 N 的所有文字、片語、成語、俚語、以及文法規則、以及已有和可能有的類型語句所成集合。定義(3)和(4)可依此說明。萊爾（G. Ryle）說：「一種語言是文字、詞構、語調、俗詞等等的貯存 ❷。」淮蘭(J. N. Findlay) 說，以為萊爾不把文法規則包括在語言內，也許是錯的❸。因此我們可以認為，萊爾是主張上述定義(1)的人。至於淮蘭，他認為我們未嘗不可以採取定義(2)、(3)或(4)❸。他說：「在狹義觀念來看，一種語言包括字彙和規則。在廣義觀念來看，它也包括所有根據規則從字彙形成的可能語句❸。」他還說，假如後者的語言觀念荒唐得過廣的話，則前者的語言觀念就過分得狹。他還認為，把語句排除在語言以外，是任意的事❸。

從表面看來，要不要把語句算在同一種語言內，好像是廣狹和任意的問題而已。可是從深處看來，卻不是這樣的。就一種語言的構成部分看來，文字（包括片語、俚語等）和語句這兩類東西，在基本上是很不相同的。萊爾雖然沒有明白說出不把語句算在一種語言內的理由，可是他很早就已經看出，文字和語句是兩個種類很不相同的東西。他說「語句是我們所說

---

❷ 見萊爾講 "Use, Usage and Meaning" 座談會部份, *Proceeding of the Aristotelian Society*, Supp. Vol. 3 (1961), pp. 223-42.

❸ 見註❷，萊爾講部份。

❸ 這裏用「或」，是因為當淮蘭講到「語句」時，我們不知道他指的是「類型」還是「具現」。

❸ 見註❸。

❸ 見註❸。

的東西。文字和片語是我們拿來說東西的東西❸。」他還說: 「我們可有文字的字典和片語的字典。但是, 我們不可有語句的字典。這並不是因為這種字典會無限長, 因而也就不切實際的長。反而是因為這種字典甚至不能開始編起❸。」我個人並不贊同把語句算在一種語言內, 不過, 這不是本文主要爭點。所以, 我只想簡單補充幾個理由。

　　無疑的, 我們可把一種語言看成一組設計的東西。當我們把文字和形成規則 (formation rules) 設計好以後, 便造好了一種語言。把語句包括在語言內, 實質上並沒有給這種語言添加了什麼。語句只是我們依據形成規則使用文字的產品。我們借用形式系統來說明這一點也許更清楚。首先我們應該知道的, 一個形式系統和這個系統的語言是兩種不同的東西。一個形式系統的語言是指這個系統的文字和形成規則而已。但這個形式系統本身除了要包括它的語言以外, 還要包括形變 (transformation) 規則以及許多定理。這些定理就是這個系統所斷說的東西, 但它們並不是這個系統的語言。這個系統的語言並不因為定理的增減而增減。就日常語言來說, 我們易於把語句看成語言的一部分, 恐怕是因為我們實際上常常利用語句來學習文字和文法。可是我們應該知道的, 這種利用只是事實上的需要, 而不是邏輯上的需要。語句只是我們依據文法使用文字來做說話做行 (speech act) 的產品。萊爾說得好: 「文字、詞構等等是語言的原子; 語句是說話做行的單位。文字、詞構等等是在要精通一種語言時, 必須學習的東西; 語句是我們說東西時所製造的東西❸。」由此, 我們可得下面一個基本觀點:

　　(乙1)一種語言不包括語句。

<hr/>

❸　見他的 "Ordinary Language", *The Philosophical Review*, LXII (1953), 167-185。此文也收集在 Charles E. Caton 編的 *Philosophy and Ordinary Language*, (1963) 本文所引卽參考此書, p. 120。
❸　同註❸。
❸　同註❷。

可是我們也知道，有人主張把語句包括在一種語言裏。我想淮蘭並不反對這種主張。當維根斯坦說：「命題的總和是語言」時[37]，他無疑是主張這種見解的。對本文卽將要討論的爭點來說，一種語言包不包括語句，倒不是頂要緊的問題。不包括也罷了，假如包括的話，那末，這裏所謂語句是指那一種意義的語句呢？這是要緊的問題。我們已經講過，語句的觀念有類型語句和具現語句兩種。這是從語法方面的觀點來分的。當我們討論意義和指稱問題時，除了考慮語法方面的觀點以外，也要考慮語意方面的。從語意方面的觀點，我們也要把所謂語句分爲兩種，姑且叫它們爲附（下）標 (subscript) 語句和無標 (non-subscript) 語句。現在假定在今年 (1978) 二月十日，我跟一位朋友說：

(1)我那隻小鳥今晨又飛到對面山那邊去了。

同時又假定在今年三月十日，我一位朋友跟我說：

(2)我那隻小鳥今晨又飛到對面山那邊去了。

由前面的討論我們知道，從語法上看，語句(1)和(2)是具有同一個類型的兩個語句具現。從語法上看，這兩個語句具現除了在兩個不同的物理空理（也就是在不同的紙張，或同一紙張的不同位置，或不同的說話時空）出現以外，再也沒有什麼值得注意的不同。但是，當我們要考慮到它們的語意問題時，譬如當我們要考慮它們的意義和眞假問題時，它們之間值得注意的不同就很多了。例如，

（ i ）這兩句話說出的時間不同。

這兩句話說出的地點可能不同。

這兩句話說出的人不同。

這兩句話所描述的事態可能有基本上的不同[38]。

---

[37] 維根斯坦著《邏輯哲學論集》 (*Tractatus Logico-Philosophicus*)。

[38] 當然這兩句話所描述的事態不會是同一個的 (identical)。但兩個不同的事態，不一定有基本上不同的特徵。

我們爲什麼要注意上面這些點呢? 理由很簡單。那就是, 當我們要知道這
兩句話的意義和眞假値時, 我們非知道它們說出的時間, 地點和說話者,
以及它們是否眞的在描述某一事態不可。這兩句話的辨認 (identification)
不是僅僅考慮它們的語法特徵就可以, 我們還需要考慮它們說出的時間、
地點和說話者。 因此, 它們的辨認——當做一個具有語意的語句的辨認
——除了需要參考它們語法的特徵以外, 基本地還要參考它們說出的時
間、地點和說話者。(1)和(2)是兩個截然不同的語句。但是, 如果是僅僅從
它們所具有的語法上的特徵來觀察, 它們是毫無差別的。設 t_1, p_1 和 s_1
分別代表(1)的說出時間、地點、說話者; t_2, p_2 和 s_2 分別代表(2)的說出
時間、地點和說話者。那末, 這兩句話便可用下列方式適當地表示出來:

(1)(我那隻小鳥今晨又飛到對面山那邊去了) $t_1 p_1 s_1$。

(2)(我那隻小鳥今晨又飛到對面山那邊去了) $t_2 p_2 s_2$。

這是把一個語句說出的時間、地點和說話者,利用附標的方式標在語句上,
當做辨認該語句的參考資料。像這樣帶有附標的語句, 我們把它叫做附標
語句。反之, 不帶有這種附標的語句, 我們把它叫做無標語句。利用附標
語句的觀念和做法, 我們很容易看出, 上面(1)和(2)是兩個截然不同的語
句。這裏有幾點我們要注意的:

(a)如果兩個附標語句除了附標部分有所不同以外, 其它語法部分完全
一樣, 那末在通常情況下, 它們可能沒有什麼特別的差別存在。試看下面
兩個附標語句:

(i) (美國是一個地大物博的國家) $t_1 p_1 s_1$。

(ii) (美國是一個地大物博的國家) $t_1 p_1 s_2$。

這兩個語句的附標,顯示它們說出的時間和地點都一樣,但它們的說話者不
一樣。我們知道,只要這兩句話說出的時間和地點一樣,不管說話者是誰,
這兩句話一定永遠同眞或同假,而且幾乎也可以說是同義的。但是, 假如
這兩句話說出的時間不同, 則它們未必同眞或同假。既然, (i) 和 (ii) 永

遠同真或同假，那麼它們是不是完全無差別呢？並不是。因為它們仍代表兩個不同的說話做行的單位。因此，在討論說話做行的範疇內，它們仍可能有值得注意的不同。我們也可舉出其它的例子，來顯示在附標中其它因素的不同，而顯示出兩個附標語句可能沒有什麼特別值得注意的差別存在。

(b)在日常語言中,那些語句是附標語句？那些語句是無標語句？通常，我們利用語句的意義來表達我們的意思時所造的語句,都可視為附標語句。在這個意味下，通常我們所看到的語句都是附標語句。但是有時候，我們造的語句並不是要利用它的意義來表達我們的意思，而是別有用意。例如，在文法課上，我們是為學習語言而製造語句。在這種情況下所造的語句,就是無標語句。

(c)通常我們所看到的語句雖然都是附標語句，但實際上，它們幾乎都沒有附標。我們可把這種情形，看成是一種省略的寫法。這樣，省略附標的語句和無標語句是不同的。

(d)帶附標的附標語句可以有兩種重寫情形。一種是語句獨立(sentence-free) 的重寫。一種是語句依賴(sentence-dependent)的重寫。所謂語句獨立的重寫，是指一個附標語句在沒有其它語句的襯托之下，原原本本重新出現。例如，前面例(1)的附標語句可以語句獨立地重寫如下：

(A)　昨天他告訴我他的朋友說過：「（我那隻小鳥今晨又飛到對面山那邊去了） $t_1 p_1 s_1$。」

嚴格的說，附標語句的語句依賴的重寫並不是真正的重寫。這是因為在這種重寫下，原語句已成為新語句的一個部分或一個元素，而可能失去當做該原語句來使用的功能。例如，在上面例(A)中，引號裏和(A)的真假有關的是語法形式，不是語意。

不帶附標的附標語句簡直無法重寫。也許有人會反對說，下面一個語句不是≪論語≫頭一個語句的重寫嗎？

(B)　學而時習之，不亦悅乎？

可是， 你有什麼保證說， 它不是我們的朋友中某一個人所造的， 而卻是
《論語》頭一個語句呢?

利用附標語句的觀念，我們可得下面一個基本觀點❸:

一種語言如果要包括語句的話，所包括的是附標語句，而不是無標語
句。

六、鄧南倫對羅素和史陶生的批評

羅素的確定描述詞論，可從形式解析和非形式解析兩方面進行討論和
批評。在這兩方面學者們已做過不少。史陶生對羅素理論的批評顯然是屬
於非形式方面的。在以下的討論中，我們也將着重這方面的。

所謂形式解析方面的，主要是指研究一個含有確定描述詞的語句怎樣
形製在一個邏輯符號的系統中。所謂非形式解析方主面的，主要是指研究
人們怎樣使用一個含有確定描述詞的語句。 因此， 這裏所謂非形式解析
方面的研究，也可以說是社會學視面的研究。從這方面來批評史陶生和羅
素之爭中，最傑出的恐怕要推加州大學鄧南倫 (K. S. Donnellan) 教授
了。

鄧南倫認為，確定描述詞有兩種可能使用或功能。那就是他所謂的指
稱性使用 (referential use) 和描性性使用 (attributive use)❹。 根據鄧
南倫，一個在某一個斷說中描性性地使用某一個確定描述詞的說話者，對
適合這個描述詞的人或事物敍說一些事項。在另一方面，一個在某一個斷

---

❸ 關於附標語句和無標語句，我們已經說得不少， 但需要進一步解說的地方還
很多。我希望另寫專文來討論。

❹ 見鄧南倫著 "Reference and Definite Descriptions" （指稱與確定描述詞）
The Philosophical Review, LXXV, No. 3 (1966), 281-304。 本文也收集
在 Jay F. Rosenberg 和 Charles Travis 合編 *Readings in The Philo-
sophy of Language*, 1971。

說中指稱性地使用某一個確定描述詞的說話者，利用這個描述詞使他的聽眾，能够挑出他(指說話者)心目中所意欲的某一個特定的人或事物，並且對這個人或事物敍說一些事項。在描性性的場合，這個確定描述詞對辨認這個描述詞所要挑出的象目，是非有不可的。至於在指稱性的場合，這個確定描述詞只是叫人注意一個象目的方便工具而已；任何其它的設計——手勢，其它描述詞，名稱——都可充當同樣的功能。

用鄧南倫自己的例子來說明罷。假使我發現史密斯 (Smith) 死在那裏，身上有三十九個刀傷。我假定有人謀殺史密斯，但我不知道是誰。從刀傷的殘忍和史密斯無辜的性格，我大呼：「史密斯的兇手是瘋狂的」(Smith's murderer is insane)[41]。確定描述詞「史密斯的兇手」(Smith's murderer) 的這種使用是描性性的。反之，讓我們想像仲斯 (Jones) 被控謀殺史密斯而受審判。假定我在審判的聽眾席上，看到仲斯的古怪舉止，而相信仲斯確實幹了這愚蠢的行為。我也許會說：「史密斯的兇手是瘋狂的。」確定描述詞的這種使用是指稱性的。一般說來，一個確定描述詞是被描性性地使用還是被指稱性地使用，要看說話者在特定情況下的目的和行動來決定。

鄧南倫根據他這個區分，對史陶生和羅素之爭做了一些研究。他認為，羅素忽視確定描述詞的指稱性的使用，而史陶生卻沒有看到確定描述詞可被非指稱性的使用。羅素理論中所談的只是確定描述詞的描性性的使用，而史陶生所談的雖然只限於指稱性的使用，可是有時候他卻無意中混同地談到描性性的使用。因此，鄧南倫認為，不論是羅素的理論還是史陶生的

----

[41] 在這裏，當然鄧南倫認定「Smith's murderer」(史密斯的謀殺者) 是一個羅素意味的確定描述詞。 嚴格說這是有問題的。 「The murderer of Smith」當然可以當羅素意味的確定描述詞，但「Smith's murderer」卻不一定是。雖然鄧南倫也在同一篇文章中用了「the murderer of Smith is insane」，但在大部分場合他都使用「Smith's murderer is insane」。不過，這個問題不是本文的要點，我們不深究下去。

理論，都不能算是給確定描述詞做正確的說明❷。

　　我認爲鄧南倫理論最大的貢獻，在他明白確定確定描述詞，或者嚴格的說，具有「the so-and-so（在單數）」這種形式的詞組，可被描性性和指稱性的使用。在史陶生和羅素之爭的「混伏」之中，這個理論給予決定性的「清場」作用。借用鄧南倫的名詞來說，史陶生攻擊羅素的主要之點是：確定描述詞並沒有描性性的使用，而只有指稱性的使用。鄧南倫告訴我們，確定描述詞有這兩種使用。根據我們前述基本觀點（甲 1）：發現和確認一種詞組具有某一種使用，並不足以當做否認該種詞組不具有另一種使用的根據。我們可以說，史陶生的攻擊是錯誤的，雖然他自己確認了確定描述詞的一種很大的功能——指稱性的功能。這也就是說，即使史陶生確認確定描述詞具有指稱性的功能，也不能拿這來否認它沒有描性性的功能。假如眞的確定描述詞沒有描性性的功能，則羅素的理論就要變成無的放失了。在這一點上，鄧南倫告訴我們，史陶完全錯了。鄧南倫的理論，等於從社會學的視面確定羅素理論的價值。這是在他以前的學者從沒有做過的。以前學者們注意的視面主要在邏輯方面的。如果羅素理論無論從邏輯視面和社會學的視面，都站得住腳的話，無異在哲學上立於更堅固的地位。

　　至於鄧南倫批評羅素理論完全忽視確定描述詞的指稱性使用這一點，我想替羅素申辯和解說。

　　當羅素提出他的確定描述詞論時，他主要是從邏輯哲學的關心來考慮問題的。這也許可從兩項事實得到佐證。一，他是在受弗列格（G. Frege, 1848-1925）考慮類似問題的影響下，思考這個問題的。二，他把有關這個問題的成熟階段的寫作，放在他的《數理原論》和《數理哲學導論》兩部主著中。事實上，他並沒有從廣含的關心來討論具有「the so-and-so（在單數）」這種形式的詞組的使用。他並沒有從邏輯哲學以外的角度來討論

---

　❷　鄧南倫自己的理論以及他批評羅素和史陶生的細節部分，留待專文討論。

這種詞組的使用。他這樣原來並沒有什麼需要責難的地方。問題在他每次討論確定描述詞論時，都直截了當把他所謂確定描述詞的徵定，說成是具有「the so-and-so（在單數）」這種形式的詞組，毫無限制。在科學尤其是在數理科學的語言使用中，他這種徵定並沒有什麼不適當的地方。可是，在日常的語言使用中，這種徵定就顯然過於寬泛了。蘇珊司特賓（L. Susan Stebbing）早在 1933年，就指出這個徵定的不適當❸。但似乎沒有人注意到她這個意見。我認爲在批評羅素理論時，利用他這個過寬的徵定來攻擊他的理論，是沒有什麼價值的。最重要的是我們要問，在日常和科學的語言中，「the so-and-so（在單數）」這種形式的詞組，有沒有依羅素解析的或類似解析的那種使用。如果有的話，羅素的處理方式在理論上是否是較好的一個?

借助鄧南倫理論的提示❹，我們可以說，在英文裏具有「the so-and-so（在單數）」這種形式的詞組，至少有下列幾種不同類型的使用❺:

(1)唯一存在選定 (the uniqueness existence choice) 使用

(2)指稱輔助 (demonstrative) 使用

(3)標類 (class marking) 使用

(4)其它各種使用。

在「The whale is a mammal」（鯨是哺乳動物）這句話中，詞組「the whale」（鯨）便是表示類的。在「The Nile flows into the Mediterranean」（尼羅河流入地中海），詞組「the Nile」和「the Mediterranean」便是表示其它各種使用的。羅素理論中的確定描述詞，則爲唯一存在選定使用。史陶生說法中的唯一指稱使用，則爲指稱輔助使用。

鄧南倫認爲，對於確定描述詞怎樣使用的問題，史陶生和羅素有一個

---

❸ 見她的 *A Modern Introduction to Logic*, 1933, p. 149。

❹ 當然羅素和史陶生的理論也有。

❺ 參看本書〈羅素的確定描述詞論〉。

共同的假定，那就是，我們能夠獨立於一個語句的特定使用場合，而知道在這個語句中的某一個確定描述詞是怎樣使用的。鄧南倫對這個假定的形製有他自己的一個假定，那就是語句與語句的使用有所區別。史陶生當然接受這個假定，但羅素未必接受。不過對史陶生來說，一個語句在未使用時，裏面的詞組也一定未使用。既然未使用，當然就不知道怎樣使用。我想在鄧南倫心目中，史陶生和羅素的共同假定應該是：單單從語句本身我們可以知道其中的某一個確定描述詞，到底怎樣使用。譬如說，單單從語句本身看，我們可以知道「The president of the United States is Mary's boyfriend」（美國總統是瑪利的男朋友）中的詞組「the president of the United States」（美國總統），是唯一存在選定使用，還是指稱輔助使用。由於羅素忽視確定描述詞的指稱輔助使用，所以他當然會認爲上述詞組是唯一存在選定使用。由於史陶生否定確定描述詞的唯一存在選定使用，所以他當然會認爲上述詞組是指稱輔助使用。鄧南倫認爲他們有這個假定，當然不錯。不過，他實際上的意思應該是，如果不考慮說話者心中的目的和說話的環境，而認爲可從語句本身就知道確定描述詞是唯一存在選定或指稱輔助選定，是不對的。譬如，上述例子中，如果我們不考慮說話者的目的和環境，我們無法知道「the president of the United States」是唯一存在選定使用，還是指稱輔助使用。假如我這樣的解釋不錯的話，那末，鄧南倫這個看法是很有見地的。

譬如說，「The table is covered with books」（桌子滿蓋書本）這句話，史陶生會毫無疑問認爲其中的「the table」一詞，一定是指稱輔助使用。可是，我們有什麼確切的理由說，這個詞組不是唯一存在選定使用的？假如我們承認有唯一存在選定使用，我們有什麼不可把這一句話了解爲「There is one and only one table which is covered with books」（有而且只有一張桌子滿蓋書本）的理由？在這個了解之下，雖然這句話顯然爲假，但顯然爲假的事實，並不足以當做反對這樣了解的理由。

　　鄧南倫對於像「the murderer of Smith」（史密斯的兇手）這個詞組在「The murderer of Smith is insane」（史密斯的兇手是瘋狂的）這個語句中，可以描性性地使用，也可以指稱性地使用，要如何解說，感到一些困惑。他認為這似乎不能說是這個語句有歧義。因為，不論這個確定描述詞是用做描性性的還是指稱性的，這個語句的文法結構似乎都一樣；這樣，它就沒有語法上的歧義。而它又不像有文字上的歧義；所以，也不像是語意上的歧義。也許，它是語用上的歧義罷；也就是說，因說話者的意圖不同而使這個確定描述詞承當不同的功能。不過，這是很直覺的說法。鄧南倫認為他沒有什麼論證可支持這個論斷。

　　對這個問題，我似乎有個看法。也許我們可用所謂深層文法上的歧義來解說。這是說，一個含有「the so-and-so（在單數）」這種可描性性使用或指稱性使用的詞組之語句，確是有某種歧義的。這種歧義不在整個語句，而是在「the so-and-so」這個詞組中。但這種歧義也不是在整個詞組，而是在確定冠詞「the」上面。那就是說，這裏「the」有兩種可能的功能。一種是當做描性性使用的標記；另一種是當做指稱性使用的標記。但是這種歧義不能看成普通意味的語意上的歧義；因為「the」一詞在普通字典的定義上，並不具有這兩種可能的意義。而在普通文法上，「the」總是當做冠詞用的，因此也不會發生語法上歧義的問題。但是在對像「The murderer of Smith is insane（史密斯的兇手是瘋狂的）」這類語句做深入解析以後，我們會發現「the murderer of Smith」確實可能有這兩種使用。我們可借用詞組標記（phrase-marker）的方法，把它們分別出來。例如，我們可拿「a」和「r」當下標，分別把描性性使用和指稱性使用標示如下⑯：

---

⑯　有人看了下列標示以後也許會說，在中文裏，我們就無法做這種標示了。對的。這也是我主張在中文沒有羅素意味的確定描述詞的理由之一。參看本書〈一個沒有確定描述詞的語言〉。

(1)　The(a) murderer of Smith is insane.

(2)　The(r) murderer of Smith is insane.

在上述語句中，只有「the」部份適合做這種標記。羅素每次給確定描述詞做徵定時，都使用「the」。這裏我們可以看出他的直覺之深刻，利用詞組標記，我們也可把前面引用過的史陶生的例子標示如下：

(1)　The(a) table is covered with books.

(2)　The(r) table is covered with books.

七、史陶生三分法的批評

我們在前面已經說過，為攻擊羅素理論，史陶生提出了下述說法。那就是，一個語句，一個語句的某一個使用，和一個語句的某一個說出，這三者是不同的；而一個詞組，一個詞組的某一個使用，和一詞組的某一個說出，這三者也是不同的。乍看起來，這些分法似乎頗有道理。就個人所知，討論史陶生和羅素之爭的學者，從未對這種分法表示異議。在這裏我想顯示這種分法是錯的。

我主要的理由是，這種三分法暗中根據的一種錯誤的假定。史陶生自己也許沒有覺察到他這種三分法，是建立在這種假定之上的。這種假定就是，一個語言 $N = \langle W, P, G, S, \rangle$。也就是，語言 N 是由文字集合 W，片語集合 P，文法規則 G 以及類型語句集合 S 所成集合。根據我們以前提出的基本觀點（乙1），一種語言不包括語句。退一步說，根據我們以前提出的基本觀點（乙2），一種語言如果要包括語句的話，所包括的是附標語句，而不是無標語句。這樣，一種語言當然不包括類型語句。如果一種語言不包括語句，則任何算數的語句與該語句的某一個使用和說出，都是同一個東西。這樣，這三者都沒有什麼值得注意的分別。如果一種語言包括的是附標語句，則因為附標語句的重寫有語句獨立和語句依賴兩種情形，讓我

分別考慮如下。在語句獨立的重寫情況下，由於重寫的語句只能被當做原語句來使用，重寫的語句和原語句沒有任何值得注意的不同。這樣，每一語句都是該語句的使用和說出。這樣，就沒有史陶生心目中的三分法。在語句依賴的重寫下，由於重寫的語句已成爲新語句的一個部分或一個元素，因而就失去成爲該語句的獨立身分。這樣，史陶生心目中的三分法也就毫無意義可言。

附標語句的附標的觀念，一樣可應用到「the so-and-so（在單數）」這種詞組。這樣，對這類詞組而言，史陶生心目中的三分法也不成立。

如果我上面的說法成立，則前面所述史陶生的持題 R3, S3 和 R4 就無法成立了。

八、羅素的回辯

現在讓我們看看羅素自己怎樣回辯史陶生的攻擊。羅素的回辯〈史陶生先生論指稱〉一文，發表在 1957 年出版的《心》雜誌上[47]。在這個回辯中，他說到確定描述詞和名稱這兩個問題。在我們的討論中，主要是談確定描述詞的問題，因此在這裏我們不討論名稱問題。

羅素說史陶生〈論指稱〉一文的主要目的，是拒絕他的確定描述詞論。這是顯而易見的。羅素說：

「史陶生先生論證的要旨，在把我已經認爲十分分明的兩個問題，混同爲一個問題。這兩個問題就是描述詞的問題和自我中心的問題。我已經相當詳細處理這兩個問題了。但是，由於我把它們認爲是不同的問題，所以當我正在討論其中一個時，我就沒有處理其它一個。這使史陶生先生能夠聲稱，我忽略了自我中心的問題。」

[47] 羅素著 "Mr. Strawson on Referring", *Mind*, n. s. 66, (1957, 7 月), pp. 385-9。

　　羅素的意思是史陶生提出自我中心問題的學說，來攻擊他的確定描述詞論。他說，他在好幾個地方已經詳細討論過自我中心的問題了❹，而史陶生的文章中卻隻字不提，好像對這個問題史陶生發明一個理論似的。這裏羅素所謂自我中心問題，是指一個詞組指稱什麼，要依據它們使用的場所和時間來決定的問題。譬如，討論「this（這）」在一個語句中指稱什麼的問題。羅素引用他在《人類知識》中一段討論這個問題的話說❹：

　　「在『這』(this)這個字使用的時刻，它稱指 (denote) 什麼占據注意的中心。對不是自我中心的字眼來說，它恒常涉及的是它所指及的象目，但是『這』在它每一使用場合稱指一個不同的象目。『這』恒常涉及的不是被稱指的象目，而是它與特定使用場合的關係。每當使用這個字眼時，使用者就注意某一東西，而這個字眼就指及該東西。當我們使用一個不是自我中心的字眼時，我們不需區分使用它的不同場合。但是當我們使用自我中心的字眼時，我們必須做這種區分，因為這些字眼所指及的，是與特定使用場合有一定關係的東西。」

　　羅素認為,史陶生所討論的指稱問題，就是這種自我中心字眼的問題。我認為這部分對，但並不完全對。當史陶生討論指稱問題時，他是在討論他所謂的「唯一指稱使用」的問題。在他所謂的唯一指稱使用的詞組中，包括了單稱指示代名詞「this」（這）和「that」（那），以及「the so-and-so（在單數）」這種形式的詞組等等。可是在他整個討論中，主要拿後者當例子。雖然他所謂的唯一指稱使用的詞組包括種種樣態的詞組，但是就指稱的問題來說，這些各種樣態的詞組之間，還是有差別的地方，而羅素所謂自我中心字眼的問題，主要是討論「this」（這）的問題。因此，羅素所謂自我中心字眼的問題，雖然和史陶生所討論的唯一指稱問題，有相

❹　參看羅素著《意義與眞理探究》(*An Inquiry into Meaning and Truth*)，1940, ch. vii; 羅素著《人類知識：其範圍及限度》(*Human Knowledge: Its Scope and Limit*), Part II, ch. iv。

❹　羅素著《人類知識》, p. 107。

通的地方，但是也有不同的地方。因此，這兩者所討論的問題並不是完全相同。不過，在這裏羅素已經看出，他的確定描述詞的問題和史陶生的指稱問題，是兩個不同的問題。而他也承認這是兩個問題。但是，史陶生卻以爲只有唯一指稱問題，而沒有羅素意味的確定描述詞的問題。我想這是史陶生根本錯誤的地方。不過，由於羅素從沒有明確說，「the so-and-so（在單數）」這種形式的詞組，也有可當自我中心問題來討論的情形，這就難怪鄧南倫要說，他完全忽視指稱性使用的問題了。不過，從羅素沒有指摘史陶生不能拿「the so-and-so（在單數）」這種形式的詞組來討論指稱問題來看，他似乎默認這種詞組是可以這樣使用的。如果這種解說不錯的話，鄧南倫這個批評便不算對了。

　　至於羅素指摘史陶生故意盯住他「The present king of France is bald」（現在法國國王禿頭）這個例子，而忽略他「Scott is the author of *Waverley*」（司各脫是《維法利》的作者）這個例子，以便適於他討論指稱或自我中心問題，我想這是羅素的錯誤。羅素認爲史陶生盯住「present」（現在）這個自我中心的字眼，以便討論他的指稱問題。事實上，當史陶生討論這個例子時，他是去掉了這個字眼的。不過，正如羅素選擇比較有利於他的理論的例子，譬如「The author of *Waverley* was Scotch」（《維法利》的作者是蘇格蘭人）❺⓪，史陶生也選擇比較有利他講法的例子，譬如，「The king of France is wise」（法國國王聰慧）和「The table is covered with books」（桌子滿蓋書本）。眞的，正如羅素所說，如果史陶生拿「The square-root of minus one is half the square-root of minus four」（負一的平方根是負四的平方根之一半）這個例子，不知道要怎樣講他的指稱論。同樣，如果羅素拿「The table is covered with books」（桌子滿蓋書本）也很不好講他的確定描述詞論。

　　羅素說：

---

❺⓪　在《數理哲學導論》中（p. 177），羅素用這個例子。

「我的描述詞論，決不是想當做說出含有確定描述詞的語句之人的心態之解析。史陶生先生把名稱「S」賦給語句『The king of France is wise』（法國國王聰慧）。他提到我說『他達到這個解析的途徑，顯然是借問他自己，在什麼環境下我們會說，任何說出語句S的人，做了一個眞斷說。』這對我來說，似乎不是對我所做的一個正確的說明。」

他又說：

「我在找一個更精確和更有解析的思想，去取代多數人在多數時候，在他們腦筋中所存有的多少混淆的思想。」

在非形式解析視面或社會學視面，探討羅素的確定描述詞上，前面兩段話非常重要。這些話明白告訴我們兩點。一，在解析含有確定描述詞的語句時，羅素並不考慮說話者的目的和所在系絡。這告訴我們，他的理論不是指稱論，或是說，他並不討論指稱性使用的問題。既然他在討論確定描述詞時，並不討論指稱問題，人家就不應指摘他沒有注意指稱問題。我想把羅素的確定描述詞論看成意義的稱指論 (denotationist theory of meaning)，而不是看成意義的指稱論 (referring theory of meaning)⑤，也是一個有見地的看法。二，確定描述詞在一個語句中到底如何使用，確實有點模糊的。羅素的理論明白告訴我們，有那一意味的使用。這是語言使用的一個深刻的發現。而羅素的解析，也是語言的邏輯解析的一個偉大開端。羅素的解析，並沒有否認確定描述詞有別的使用。他的理論只告訴我們，確實有他所確認的那種使用。這的確使我們更清楚知道，確定描述詞有怎樣的使用。

羅素說：

「史陶生先生反對我說的，如果沒有法國國王，則『the king of France is wise』（法國國王聰慧）爲假。他承認，這句話有意義，並且不眞，但也不假。這只是字面方便的問題。他認爲，「假」這個字眼具有一個不

---

⑤ 參看 A. Jacobson: "Russell and Strawson on Referring"，收在 E. D. Klemke 編的 *Essays on Bertrand Russell*, 1971。

可更動的意義。雖然他謹慎地避免告訴我們這個意義是什麼，可是他認為把這個意義調整是有罪的。對我來說，我發現把『假』這個字眼，定義得使每一個有意義的語句不是真便是假，是更方便的。這是一個純粹字面問題，雖然我無意主張我的說法會得到普通用法的支持，但是我不認為，他也能够主張他的講法會得普通用法的支持。」

鄧南倫對這個問題有相當深刻的解析。他認為這個問題應依描性性使用和指稱性使用之不同，分開來談。我們在此不想對鄧南倫的解析做詳細的討論。就確定描述詞描性性的使用或唯一存在選定的使用來說，羅素的二值做法在直覺上並不牽強。在邏輯的處理上，比史陶生的空際理論更為簡潔。這些問題最好另寫專文討論❷。

在史陶生和羅素之爭中，還有一個重要的問題。那就是存在的涵蘊和存在的預設的問題。羅素在他的回辯中，卻沒有提到這個問題。這個問題最好也另寫專文討論，尤其是要跟上述的二值或空際理論一起討論。

如果我以上對羅素回辯的解析和批評適當的話，下面羅素回辯的總結是很公允的。

「我們有描述詞和自我中心這兩個問題。史陶生認為它們是一個而且是相同一個的問題。但是從他的討論裏，顯然可知，他並沒有把跟論證相干的那些種描述詞都加以討論。把兩個問題混同以後，他獨斷地斷定只有自我中心的問題需要解決。而他對這個問題提出一個解決。他似乎認為他的解決是新的。其實在他撰寫以前大家都熟悉它了。然後他以為他提出了一個適當的描述詞論，並以驚人的獨斷，確定宣稱他設想的成就。也許我對他不公，但我不能看出我不公的地方。」

——原載《思與言》第16卷第2期1978年7月

---

❷ 關於這個問題，可參考 H. Hochberg 著 "Strawson, Russell, and the King of France"，收在 Klemke 編前書。

量詞詞組的指稱

　　詞組（expressions）的指稱（reference）問題，是現代語言哲學上最重要的問題之一。但是，關於數詞詞組（numerical expressions）和量詞詞組（quantifier expressions）的指稱問題，就我所知，似乎還沒有人認眞談過。這或許是因爲大家以爲這類詞組的指稱行爲，與其他詞組的指稱行爲，沒有什麼基本的差異，所以，就沒有特別加以注意的必要。可是，最近我卻發現，這類詞組的指稱行爲相當特別。本文，就是要研究這類詞組的這個特別的指稱行爲。

　　我們將把「一」、「二」、「八」、「兩千九百」等等字眼，叫做數詞，而把「所有」、「一些」、「多少」、「很多」、「很少」、等等字眼，叫做量詞（quantifiers）❶。我們把數詞加計詞和名詞（卽，數詞＋計

---

❶　在英文裏，「quantifier」（量詞（號））一詞, 原來是邏輯家用來指一種運算詞或運算號的。根據丘崎（A. Church, 1903-），量詞（號）是一種運算詞（號）（operator），應用這種運算詞而產生的運算項（operand）和新的常項或形式，爲語句或命題形式。我們使用記號（∨x）或（x）（當運算變元是 x 時），當全稱（universal）量詞。同樣，使用（∃x）當存在量詞。用話來說，記號 "(x)" 和 "(∃x)" 可以分別唸成「對所有 x（或對每一 x）」和「有 x 使得」。〔見丘崎著《數理邏輯導論》(*Introduction to Mathematical Logic*), 1956, pp. 17-18。根據蒯英（W. V. Quine），所謂存在量號 "(∃x)" 是和「有某東西 x 使得」這一語詞對應的。〔見蒯英著《邏輯方法》 (*Methods of Logic*), 1972 年第三版, p. 111。〕從丘崎和蒯英的說法看來，邏輯家所謂量詞（號）似乎比 "all"（所有）, "some"（有些）這些字眼所表示的還要多一點。

詞十名詞），或數詞加名詞（卽，數詞十名詞），所構成的詞組叫做數詞
詞組。例如，「三個蘋果」(three apples)，「五箱蘋果」(five boxes of
apples)，「兩磅蘋果」(two pounds of apples)，「兩磅奶油」(two pounds
of butter)，「三杯水」(three glasse of water)，「兩把刀」(two knives)，
等等都是數詞詞組。我們把量詞加計詞和名詞，或者量詞加名詞，所構成
的詞組叫做量詞詞組。例如，「很多個蘋果」(many apples)，「很多
水」(much water)，「很多箱蘋果」(many boxes of apples)，「所有蘋
果」(all apples)，「一些蘋果」(some apples, a few apples)，等等都是
量詞詞組❷。我們將把上面諸數詞詞組和量詞詞組中的「個」、「箱」、
「磅」、「把」等字眼叫做計詞 (measure words)❸。為了討論的方便，在
不會混淆的場合，我們將把數詞看成是一種量詞。

一

我們的發現是：在一個語句中，我們拿量詞詞組所做的，通常是一種
二重的指稱行為。

試看下面的語句：

(1) 萍萍吃了三個蘋果。

在一個特定的系絡中，名稱萍萍（假定萍萍是某一個女孩的名字）是

❷ 參看趙元任(Yuen Ren Chao)著《中國話的文法》(*A Grammar of Spoken Chinese*), Umiversity of California Press, 1970, p. 507, §7. 9. Measure.
萊昂茲(J. Lycns)著《語意學》(*Semantics*), p. 463, Cambridge University Press 1977. 有的中國文法學家把我們這裏所謂計詞叫做單位詞。（例如，許世瑛著《中國文法講話》。開明書店，1969 年修訂三版, p. 32。又如，臺灣文史哲出版社印行的《中國文法要略》，著者不詳, 1975年再版, 第九章量詞。
❸ 有的學者把「measure word」譯成「量詞」。（例如，湯廷池著《國語變形語法研究》，學生書局，1976, p. 15, 24, 38。）為避免把「quantifier」和「measure word」混同起見，我把後者譯成「計詞」。

用來指稱某一個特定的象目 (object) 的——一個名叫萍萍的女孩。「萍萍」和這個女孩的指稱關係是一種單一的指稱關係。可是,量詞詞組,「三個蘋果」指稱什麼呢? 依萊昂茲(J. Lyons) 的說法,量詞是一種修飾詞;量詞與名詞結合起來產生一種詞組,這種詞組的指稱(reference),是由所指個象 (individual) 所成集合的大小(數量)來決定,或是由所指物質的總額來決定。一個量詞告訴我們,所指的元目或物質是多少❹。萊昂茲這些說法,給量詞詞組指稱什麼的問題,提出一些重要線索。

被萍萍吃掉的那三個蘋果, 無異是「三個蘋果」一詞的稱目 (referents) 。而且,「三個蘋果」的稱目,也只是那三個蘋果而已。可是,如果是這樣的話,則這些稱目並沒有把這個指稱詞組中的「數量」觀念顯示出來。但是,這裏這個數量概念是很必需的。當稱目看的那三個蘋果的每一個本身,一點也不含有數量「三個」的概念。「三個蘋果」的稱目,一定要能顯示出數量三個的概念。而我們也得承認,被萍萍吃掉的那三個蘋果,的確是「三個蘋果」的稱目——至少是其中一種稱目。因此,為充分顯示「三個蘋果」的稱目,除了認定那三個被吃掉的蘋果是「三個蘋果」的稱目外,我們至少還得找另一種可以顯示「三個」這一概念的稱目。我們認為,由這三個蘋果所成集合的大小(size)這一概念,可以充當「三個蘋果」的另一種稱目。要注意的,我們是說,由這三個蘋果所成集合的『大小』這一概念,可以充當「三個蘋果」的另一種稱目,而不是說,由這三個蘋果所成『集合』這一概念,可以充當「三個蘋果」的另一種稱目。

這樣,上述語句中的量詞詞組「三個蘋果」,便有二重稱目——一重是那三個被吃掉的蘋果,另一重是由這三個蘋果所成集合的大小。這種稱目的二種性,恐怕是量詞詞組的指稱關係方面的一個重要的特徵。試看下面一個語句:

---

❹ 萊昂茲前書 p. 455。

(2) 萍萍吃了紅色的蘋果。

這裏，詞組「紅色的蘋果」的稱目，無疑是那些被萍萍吃掉的紅色的蘋果。而且，除此以外，這個詞組沒有其他什麼稱目。所以，這個詞組只有單重的稱目。從這裏我們我們可以看到，從文法上看，雖然我們這裏討論的「三個」和「紅色的」都是「修飾」「蘋果」的，可是從深一層的語意來看，它們的修飾行爲是很不一樣的。在「紅色的蘋果」的「紅色」，是單純地修飾各個蘋果。這種修飾提供了辨認所提蘋果的辨認概念（identifying concept）；至少是部分的辨認概念。通常，我們之所以認爲某一個詞語在一個詞組中具有修飾（modifying）的作用，就是因爲這個詞語具有辨認概念的緣故。但是，在「三個蘋果」的「三個」，並不修飾各個蘋果。如果它有所修飾的話，恐怕是修飾由蘋果所成集合的大小。其實，「三個」在這個詞組中的行爲，與其說是修飾，不如說是選擇（choice）次數的規定。在詞組「三個蘋果」中，「蘋果」所做的是一種選擇行爲。它從眾物中把蘋果選出來。而「三個」則在規定選擇的次數。當然，這裏所謂選擇，實際是一種辨認行爲。辨認只涉及「質」，不涉及「量」。對可個象化（individuate）的東西而言，辨認行爲只是「一個一個」進行，例如，「這個蘋果，這個蘋果，這個蘋果，……」。這種行爲不涉及量的限制或規定。「三個」在「三個蘋果」中所擔當的是選擇次數或大小的規定。當有這種選擇次數的規定時，「三個蘋果」的行爲可以有兩種方式來完成。一種是，選擇（辨認）行爲和選擇次數的規定行爲（或計量行爲）依次分開進行。那就是，先做選擇行爲，等做完選擇或做完部分（或大部分）選擇後，再做計量行爲。另一種是，選擇行爲和計量行爲同時進行。用前一種方式時，其計量行爲常以「一、二、三、…」或「一個、二個、三個、……」的語言來進行。用後一種方式時，常拿「一個蘋果，二個蘋果，三個蘋果，……」的語言來進行。當然，在後者的情形中，「蘋果」字樣，也常不唸出來。

　　像「三個蘋果」這種量詞詞組的選擇行為和計量行為，是和這種詞組的二重指稱行為互相呼應的。在這裏，選擇行為和計量行為是就行為進行的過程和樣態來說的。 如果就行為的結果來說， 它們都可視為是指稱行為。我們所謂的二重行為，實際上可用這裏的選擇行為和計量行為來決定。在邏輯上，選擇行為比計量行為更基本。計量行為要以選擇行為為先行條件。我們可以有沒有計量行為相隨的選擇行為。例如，在「萍萍吃了蘋果」這句話中，「蘋果」一詞所做的只有選擇行為，而沒有計量行為。在這裏，「蘋果」所做的選擇行為是，萍萍吃的不是別的東西，而是蘋果。至於吃了多少蘋果，可以不問。但是，我們不能有「萍萍吃了三個」這樣的話，除非我們已經知道「三個」是指什麼東西的三個。從這種基本性的比較，我們將把相應於選擇行為的指稱，叫做主指稱 (primary reference)；而把相應於計量行為的指稱，叫做次指稱 (secondary reference)，或加接 (adjunct) 指稱。這樣，我們可以說，量詞詞組的指稱行為具有主指稱和加接指稱這種行為❺。

　　現在我們來看看量詞詞組的這種二重指稱行為的解析，是否適當。我們仍然拿萍萍吃了三個蘋果的例子，來檢試看看。我們假定萍萍是吃了什麼東西。

　　現在，如果「三個蘋果」這一詞組所做的二重指稱行為都滿足，也就是說，現在萍萍確實吃了「一些蘋果」，而這些蘋果（以一個個蘋果為單位）所成集合的大小——基數，是三，則「萍萍吃了三個蘋果」這一句話為真。反之，如果這一句話為真，則上述二重指稱行為都滿足，亦即有被萍萍吃掉的蘋果，而這些蘋果所成集合的大小是三。在另一方面，如果「

---

❺　西方文法學家大都把像「蘋果」(apple)，「人」(man) 這種名詞叫做可數名詞 (countable 或 count noun)；而像趙元任在講中國話文法時，則把它叫做個象名詞 (individual noun)（參看趙著前書，p. 507）。在直覺上，前一種叫法也許反應了「三個蘋果」這類詞組的計量行為， 後一種叫法也許反應了它的選擇行為或個象化行為。

三個蘋果」的二重指稱行為中有一重不滿足，例如，(a)被萍萍吃掉的雖然
是蘋果，但不是三個，(b)被萍萍吃掉的雖然是三個，但並不是蘋果，則上
述那句話便為假。反之，如果這一句話為假，則上述二重指稱行為中，至
少有一重是不滿足的。由上述檢試，我們很可以說，上述二重指稱行為
——一個詞組同時具有兩種稱目——的解析，是適當的❻。

我們以上的例子所顯示的，是對（ n ＋可數名詞）這種量詞詞組的解
析。現在，我們要看看這種解析如何推廣到（很多（個）＋可數名詞）和
（ n ＋計詞＋物質名詞），這類量詞詞組上。

我們的解析顯然很容易推廣到（很多(個)＋可數名詞）這類詞組上。
當然，這裏的「很多」一詞只是像「所有」，「很少」，「一些」等等這
類詞語的例示而已。試看語句：

(3) 萍萍吃了很多(個)蘋果。

在所論系絡中，所有那些被萍萍吃掉的蘋果，都應視為是「很多個蘋果」
一詞的稱目——主稱目。而由這些蘋果所成集合的大小，應視為是「很多

---

❻ 在所論系絡中，所有被萍萍吃掉的蘋果，都是「萍萍吃了三個蘋果」中「三
個蘋果」一詞的稱目，但不一定是「萍萍吃了紅色的蘋果」中「紅色的蘋果」
一詞的稱目。在這些被萍萍吃掉的蘋果中，如果有紅色的，則只有這些紅色
的，才是「紅色的蘋果」的稱目。在這些被萍萍吃掉的蘋果中，只要有一個
是紅色的，則「紅色的稱目」便有充足的稱目。但是，顯然只要有被萍萍吃
掉的蘋果，「三個蘋果」一詞的主稱目便算滿足，但除非被吃掉的是三個，
否則這一詞的加接稱目，便不滿足。這兩種詞組結構上的不同，也可從「萍
萍吃了三個蘋果」和「萍萍吃了紅色的蘋果」這兩句話的符示看出來。
設 a ＝萍萍
$Exy \leftrightarrow x$ 吃了 y 。
$Ax \leftrightarrow x$ 是蘋果。
$Rx \leftrightarrow x$ 是紅色的。
那末，我們可把這兩句話分別譯成：
(i) $(\exists x)(\exists y)(\exists z)[(x \neq y) \& (x \neq z) \& (y \neq z) \& Eax \& Eay \& Eaz \& Ax$
$\& Ay \& Az \& (u)(Au \rightarrow [(u=x) \lor (u=y) \lor (u=z)])]$
(ii) $(\exists x)(Eax \& Ax \& Rx)$

個蘋果」的另一重稱目—— 加接稱目。但後者是否適當，那就要看在所論系絡中，這個集合的大小是否稱得上很大。如果是，則這個集合的大小就是「很多個蘋果」的加接稱目，否則這個詞語就欠少適當的加接稱目。但決定這個集合的大小是否稱得上很大的問題，和我們這裏的討論無關。在這裏，我們只需指出，什麼東西可以適當地視爲是「很多個蘋果」這一類詞組的加接稱目，就可以了。

其次，讓我們看看（n＋計詞＋物質名詞）這一類詞組。試看語句：

(4) 萍萍喝了三碗鷄湯。

在所論系絡中，所有被萍萍喝掉的鷄湯，都是「三碗鷄湯」的稱目——主稱目。那些被萍萍喝掉的鷄湯，都是物質 (substance, matter)，也就是都是東西。所以，它可被「三碗鷄湯」所指稱；因而，它無疑可當「三碗鷄湯」的稱目。現在的問題是，「三碗鷄湯」一詞有沒有加接稱目？如果有，它是什麼？我們認爲當然有，否則它的指稱便不充分。那末，它是不是被萍萍喝掉的那三碗鷄湯所成集合的大小呢？不是。這並不是因爲「一碗鷄湯」「一碗鷄湯」不能構成某一集合的分子。這「一碗鷄湯」「一碗鷄湯」是可以當某一集合的分子的；當然，我們這樣說，是把「碗」當主概念來看，而把「鷄湯」當附麗概念來看。無疑，我們是可以這樣看的。上述集合的大小不能視爲是「三碗鷄湯」的加接稱目，是因爲這個大小只是「三」而已，而不是「三碗」。顯然，我們這裏需要的是「『三碗』的鷄湯」。

我們已經知道，「三碗鷄湯」的「三」是怎麼來的——由集合的大小來的。現在我們要看這裏的「碗」是怎麼來的。試看下列三個集合：

（ i ）{弗列格，羅素，維根斯坦}

（ ii ）{弗列格哲學家，羅素哲學家，維根斯坦哲學家}

（iii）{ 2 , 5 , 弗列格}

現在我們要問的是：在這裏的每一個集合中，其所有分子的每一個，從其

當各該集合的一分子的「資格」來看，其共有的性質或概念可能是什麼。
我們可以看出，集合 (i) 的這一性質或概念可以是「人」；集合 (ii) 的這一
性質或概念可以是「哲學家」；集合 (iii) 似乎沒有對我們有興趣的這一
性質或概念。我們很可以把這種共有的性質或概念，看成是各該集合的所
有分子所共有的一種「單位」(unit)；或者說得更精確些，這種性質或概
念就是該集合的一種單位。用來表示這種性質或概念的字眼，就是計詞。
「人」是集合 (i) 的一種計詞。「哲學家」是集合 (ii) 的一種計詞。而集
合 (iii) 似乎沒有我們感興趣的計詞，除非我們把「東西」也看成一種計
詞。依上述觀察，我們來看看三碗鷄湯這個集合。試看下個集合：

$$\{a, b, c\}, \text{其中} a, b, c \text{分別表示各個不同碗的鷄湯。}$$

在這個集合中，其所有分子的每一個，從其當這個集合的一分子的「資
格」來看，其共有的性質或概念可以是什麼呢？那就是「碗」。這個集合
的單位就是「碗」。「三碗」就是某一集合的大小「三」，和這個集合的
單位「碗」，結合而成的一個複合概念。我們將把由一個集合所得到的這
種複合概念，叫做這個集合的量位 (unit size)。

這樣，那些被萍萍喝掉的鷄湯，是「萍萍喝了三碗鷄湯」中「三碗鷄
湯」的主稱目，而由這三碗鷄湯（以每一碗當一分子）所成集合的量位，
可以說是「三碗鷄湯」的加接稱目。

其次，再讓我們看看下個語句：

(5) 萍萍喝了三公兩鷄湯。

在所論系絡中，被萍萍喝掉的那些鷄湯，都是「三公兩鷄湯」一詞的主稱
目。現在，我們要怎樣來辨認這一詞的加接稱目呢？首先，我們把被萍萍
喝掉的那些鷄湯，等分爲三部分❼。如果每一部分不是一公兩，則這裏的
「三公兩鷄湯」便沒有適當的加接稱目。這是因爲，如果是這種情形，則

❼ 實際說來，應該是在這些鷄湯被喝掉以前，我們才能分割它。但是，抽象地
說，我們不必做這些考慮。

被萍萍喝掉的雞湯，不是三公兩。現在，如果每一部分是一公兩，那末，我們可用三個容器分別把它們裝起來。設被裝在這三個容器的雞湯，分別為 a，b，和 c。這 a，b，和 c 分別為由一公兩「不同」的雞湯所成的個象(individual)❽。現在，由這三個個象所成的集合為 $\{a, b, c\}$。這個集合的單位就是「公兩」。這樣，這個集合的量位就是三公兩。由此，我們可以說，「三公兩雞湯」的加接稱目是三公兩。

像「很多碗雞湯」和「很多公兩雞湯」這類詞組的稱目是怎樣呢？顯然，這類詞組的主稱目和前面所舉「三碗雞湯」，「三公兩雞湯」這類詞組，沒有什麼不同。那末，它們的加接稱目到底怎樣？設 $a_1, a_2, \cdots a_i$ 分別代表不同碗的雞湯。那末，由 $\{a_1, a_2 \cdots, a_i\}$ 這個集合的大小是「很大的」所得量位——「很多碗」，是「很多碗雞湯」的加接稱目。同理，設 $b_1, b_2, \cdots, b_j$ 分別代表由一公兩不同的雞湯所成的個象。那末，由$\{b_1, b_2, \cdots b_j\}$ 這個集合的大小是「很大的」所得量位——「很多公兩」，是「很多公兩雞湯」的加接稱目。

我們以上的討論，都使用數目「三」。其實，這個數目可以是任意數目。這是顯而易見的。

如果我們討論的量詞詞組是像「很多蘋果」或「很多雞湯」這一類沒有計詞的詞組，要如何處理呢？在回答這個問題以前，讓我們再檢討一下量詞詞組的指稱行為。

二

首先，讓我們回顧一下「萍萍吃了三個蘋果」這句話。在前面的討論中，我們把這裏的「三個蘋果」解釋為三個自然形成的成個兒的蘋果。我

---

❽ 這裏所謂不同的雞湯，是指所提到的雞湯中加以物理的分割後，所成不同份的不同，而不是指不同種的不同。

們將把這種解釋叫做標準解釋。但是，這裏的「三個蘋果」除了標準解釋
以外，還有其他可能的解釋。例如，(i) 萍萍吃掉的是一片片的蘋果，而
這些蘋果片是由三個蘋果切成的；(ii) 萍萍吃掉的是 m 個成個兒的蘋果和
一些片片的蘋果，而這些蘋果片是由 n 個蘋果切成的，其中 $m+n=3$ ❾;
(iii) 萍萍吃掉的是 m 個成個兒的蘋果和一些片片的蘋果，而這些蘋果片是
由『許多個』蘋果所切成的許多蘋果片中的一部分所組成，而這些部分的
蘋果片可以「形成相當於」 n 個蘋果，其中 $m+n=3$ ❿。 如果是這三
種解釋之一的話，我們前面對「三個蘋果」這種量詞詞組的指稱行為的說
法，還可以適用嗎? 可以的。

　　首先來看看情況 (i)，即萍萍吃掉的是一片片的蘋果，而這些蘋果是
由三個成個兒的蘋果切成的。 現在設萍萍吃掉的蘋果片共有 $a_1, a_2, \cdots a_i,$
$b_1, b_2, \cdots b_j, c_1, c_2, \cdots, c_k$ 片，其中 $a_1, a_2, \cdots a_i$ 是由其中一個蘋果切成的
(所有) 蘋果片， $b_1, b_2, \cdots b_j$ 是由其中另一個蘋果切成的蘋果片，而 $c_1,$
$c_2, \cdots c_k$ 是由其中又另一個蘋果切成的蘋果片。那末，顯然我們可把有序
集合 $a=\langle a_1, a_2, \cdots a_i \rangle$ ， $b=\langle b_1, b_2, \cdots, b_j \rangle$ 和 $c=\langle c_1, c_2, \cdots, c_k \rangle$ 分別
看成各該成個兒的蘋果。這樣，我們便有集合 $\{a, b, c\}$。這個集合的分子
和大小，在所論解釋下，便分別為「三個蘋果」的主稱目和加接稱目。

　　其次，看看情況 (ii)，即萍萍吃掉的是 m 個成個兒的蘋果和一些片片
的蘋果，而這些蘋果片是由 n 個蘋果切成的。現在設 $m=1, n=2$。又設
a 為萍萍吃掉的那個成個兒的蘋果， $b_1, b_2 \cdots b_j, c_1, c_2, \cdots, c_k$ 為萍萍吃掉
的蘋果片，其中 $b_1, b_2, \cdots, b_j$ 是由某一個蘋果切成的蘋果片， $c_1, c_2, \cdots, c_k$
是由另一個蘋果切成的蘋果片。那末，萍萍吃掉的那三個蘋果，可以看成
是 a ， $b=\langle b_1, b_2, \cdots, b_j \rangle$ ，和 $c=\langle c_1, c_2, \cdots, c_k \rangle$。這樣，我們便有集

---

❾　此地(i)是(ii)的一個特殊情況。標準解釋也是(ii)的一個特殊情況。

❿　注意，這裏的「這些部分的」蘋果片，只是相當於 n 個蘋果，而不是「就
　　是」 n 個成個兒的蘋果所切成的。

合 $\{a, b, c\}$。這個集合的分子和大小，在所論解釋下，便分別為「三個蘋果」的主稱目和加接稱目。

再次，看看情況 (iii)，即萍萍吃掉的是 m 個成個兒的蘋果和一些片片的蘋果，而這些蘋果片是由諸蘋果所切成的許多蘋果片中的一部分所組成，而這些部分的蘋果片可以視為相當於 n 個成個兒的蘋果。現在設 $m = 1$，$n = 2$。又設 a 為萍萍吃掉的那個成個兒的蘋果，並設 $b_1, b_2, \cdots, b_j$ 和 $c_1, c_2, \cdots, c_k$ 為萍萍吃掉的蘋果片。現在假定那些為萍萍吃掉的蘋果片，可以視為相當於 2 個成個兒的蘋果。那末，我們自然可以把這些蘋果片分成兩個集合，使得這每一集合的蘋果片，形成一個成個兒的蘋果。現在假定這兩個集合的蘋果片，分別為 $b_1, b_2, \cdots, b_j$ 和 $c_1, c_2, \cdots, c_k$。那末，這兩個蘋果可以視為是 $b = \langle b_1, b_2, \cdots, b_j \rangle$ 和 $c = \langle c_1, c_2, \cdots, c_k \rangle$。這樣，我們便有集合 $\{a, b, c\}$。這個集合的分子和大小，在所論解釋下，便分別為「三個蘋果」的主稱目和加接稱目。

要是那些萍萍吃掉的蘋果片，由於是從「雜多」的蘋果切成的**⓫**，而不能視為相當於 2 個成個兒的蘋果，則將如何呢？如果是這樣的話，則我們將認為「三個蘋果」沒有明確的語意，因而也沒有明確的指稱行為。或者，我們也可說，這時候「三個蘋果」的指稱不明確；因而，我們無法特定它的指稱行為。

關於上述標準解釋和非標準解釋的問題，也會發生在「三碗雞湯」這類量詞詞組上。當萍萍喝了三碗雞湯時，如果我們指的是，她喝了三個一般認為標準大的碗盛的，「滿滿」或「接近滿滿」的雞湯，則我們稱這個解釋為標準解釋。在日常使用上，除了這種標準解釋外，顯然還有其他許多可能的解釋。例如，(i) 萍萍喝掉的雖然是滿滿的三碗雞湯，但是這三個碗卻是比一般標準的碗大或小。(ii) 她喝掉的三碗並不一樣大。(iii) 她雖然喝了三碗，但並沒有盛得滿滿的。等等諸如此類的。這些解釋在日常

⓫ 這些蘋果可能是成個兒的，也可能是成塊兒的，也可能是成片兒的。

使用上，都是可允許的。有兩點要注意的。第一，我們前面對「三碗鷄湯」這一類量詞詞組的指稱行爲的處理，都可以適用於這種種解釋。第二，像「三碗鷄湯」這類量詞詞組的主稱目，並沒有總額（amount）的觀念，這和「三公兩鷄湯」這類詞組的主稱目不一樣，後者有總額的觀念。只要萍萍喝掉的鷄湯不是三公兩——即多於或少於三公兩，則「三公兩鷄湯」便沒有主稱目。

其次，試看下面一句話：

(6) 萍萍吃了三個半蘋果。

現在我們要討論的，是諸如「三個半蘋果」這類含有非整數量詞詞組的指稱行爲。像「三碗半鷄湯」或「三公兩五公錢鷄湯」等詞組，都含有我們這裏所謂非整數量詞。這類含非整數量詞詞組的主稱目，和我們以上所討論的只含整數量詞的詞組的主稱目，並沒有什麼不同。萍萍吃掉的那三個半蘋果，就是「三個半蘋果」的主稱目。現在的問題是：要怎樣去形構這個詞組的加接稱目？我們從一個集合的大小只能獲得整數的概念；因此，我們從一個集合不能獲得「三個半」這種概念。

事實上，「三個半蘋果」應該視爲是「三個蘋果又半個蘋果」的簡稱。後者更可詳寫爲「三個成個兒的蘋果和一個半個兒的蘋果」。這樣，「三個半蘋果」應該視爲是兩個量詞詞組的複合詞組。一個是「三個蘋果」，另一個是「一個半個兒的蘋果」。其複合的方式是「和」。我們已經知道，「三個蘋果」的量位是「三個」。那末，「一個半個蘋果」的量位是怎樣呢？顯然，我們可把一個半個兒的蘋果，看成一個個象，因而看成某一個集合的一個分子。設 a 爲萍萍吃掉的那個「半個」的蘋果。那末，集合 $\{a\}$ 的量位是「一個半個」——大小是「一」，而單位是「半個」。這樣，「三個半蘋果」的加接稱目是「三個和一個半個」。

這裏我們要注意的，蘋果的單位「半個」是從蘋果的基本單位「成個兒」導出來的。蘋果的「成個兒」是蘋果這一概念的一種個象化。但蘋果

的「半個」卻不是。它是從蘋果的個象化導出來的一種單位。設 a_1, a_2, a_3 分別表示半個蘋果。那末，集合 $\{a_1, a_2, a_3\}$ 的量位是「三個半個」。這裏「半個」是一種單位。又設 b_1, b_2, b_3 分別表示成個蘋果。那末，集合 $\{b_1, b_2, b_3\}$ 的量位是「三個」。

「三個半蘋果」一詞與「七個半個蘋果」是等值的。設 $c_1, c_2, \cdots, c_7$ 分別表示半個蘋果。這樣，我們便有集合 $\{c_1, c_2, \cdots, c_7\}$。這個集合的量位是「七個半個」。

這樣，當我們要處理「三個半蘋果」的指稱時，我們可把它改寫成同義的「三個蘋果又半個蘋果」，或改寫成等值的「七個半個蘋果」。然後再對這些改成的詞組加以處理。

我們也可用同樣方式來處理像在

(7) 萍萍喝了三公兩二公錢鷄湯，

這句話中含有的非整數量詞的量詞詞組「三公兩二公錢鷄湯」。我們可把這個詞組改寫成同義的「三公兩鷄湯又二公錢鷄湯」，或者改寫成等值的「三十二公錢鷄湯」。從處理前一詞組，可得「三公兩二公錢鷄湯」的加接稱目爲「三公兩二公錢」。

現在我們來看看「很多蘋果」，「很多鷄湯」，「所有蘋果」，「所有鷄湯」，等等這類量詞詞組的指稱問題。

試看下面一句話：

(8) 萍萍吃了很多蘋果。

當我們要認眞追究這句話的眞假值，也就是當我們要認眞追究在什麼情況下這句話爲眞或爲假時，一定會發現「很多蘋果」這個量詞詞組的意義，是很含混和很有歧義的。到底要多少蘋果和用什麼樣的計量來算，才算是「很多」蘋果呢？就我們現在的討論而言，讓我們假定在所論情況下，我們知道要有多少蘋果，就是「很多蘋果」。現在的問題是：我們要怎樣才能表示「很多」蘋果。顯然，我們必須使用某種或多種計量的概念，才能

表示「很多」的意思。只是抽象而「含混地」說「很多」，是沒有明確的指稱意義的。一個句子中，除了當邏輯字眼使用的詞組以外，如果含有沒有指稱意義的詞組，就沒有真假可言❷。當我們認真追究語句(8)的真假時，我們就需要給「很多蘋果」中的「很多」一詞某種特定的指稱。這種特定就是要加接某種計詞。當我們說(8)這句話時，如果也要認真追究它的真假值的話，事實上我們在暗中是有加接某種計詞給量詞「很多」的。例如，我們可能給它加接「個」，「小箱」，「公斤」等計詞。如果暗中加接的是計詞「個」等，則我們可像前面處理語句(3)，卽，萍萍吃了很多蘋果，來處理這裏的語句(8)。如果加接的是計詞「小箱」等，則我們可像前面處理語句(4)，卽萍萍喝了三碗雞湯，和語句(3)那樣來處理語句(8)。如果加接的是計詞「公斤」，則我們可像前面處理語句(5)，卽萍萍喝了三公兩雞湯，和語句(3)那樣來處理語句(8)。當然，在「很多」後面，也可想像加接「雜多」的計詞。例如，我們可以說：「萍萍吃了很多蘋果，你看，她吃了兩個又一小箱又一公斤的蘋果。」或者，我們也可以說：「你看，她吃了很多個又很多小箱又很多公斤的蘋果。」顯然，我們可把這種含有雜多計詞的量詞詞組，當含有非整數量詞的詞組來處理。由以上的討論，我們可以找到「很多蘋果」和「很多雞湯」這些量詞詞組的加接稱目。

三

---

❷ 「沒有指稱意義」（without the meaning of reference）和「沒有稱目」（without the referent）是不同的。當一個詞組沒有指稱意義時，當然無所謂有沒有稱目的問題。但一個有指稱意義，或者說得更清楚些，一個有明確的指稱意義的詞組，未必有稱目。例如，在「The present King of France is bald」（現任法國國王禿頭）這句話中，「the present King of France」一詞顯然有明確的指稱意義，但卻沒有稱目，因為事實上沒有現任法國國王。一個句子中，除了邏輯字眼以外的詞組，如果所含詞組都有明確的指稱意義，但有些詞組卻沒有稱目，則這個句子有沒有真假值，可能依不同的理論而有不同的說法。但是，一個句子如果含有沒有明確的指稱意義的詞組，則一定沒有真假可言。

　　試看下面一句話:

　　⑼　萍萍吃了所有蘋果。

在日常使用上，⑼的適當解釋一定是指萍萍吃了「受某一定限制的」所有蘋果。例如，這一定限制可能是「在桌子上的」[13]。這樣，我們可把⑼想成:

　　⑼′　萍萍吃了在桌子上的所有蘋果。

雖然這樣，但是在我們尋找量詞詞組「所有蘋果」的指稱行為時，這個受某一定限制的條件，是無關緊要的。

　　我們了解，那些為萍萍吃掉的蘋果，可能就是這裏「所有蘋果」一詞的稱目——主稱目。但是，「所有蘋果」一詞的稱目，除此以外，一定還有別的什麼。否則的話，無法把其中「所有」的指稱襯託出來。現在我們來解析一下在⑼中「所有蘋果」一詞的意義。(i) 這裏所謂蘋果，當然是指為萍萍吃掉的那些蘋果。(ii) 這裏所謂所有蘋果，並沒有說蘋果的量是多或少，也沒有說蘋果的量是多少；因此，這一詞所指與所吃蘋果所構成的集合的大小無關。這一點就和「很多蘋果」有基本的不同。(iii) 很重要的一點是，這裏所謂所有蘋果，是指所論蘋果的「全部」。因此，當我們要特定這一詞的所指時，必須要把這個全部的概念含納進去。(iv) 這裏所謂所有蘋果，是指所論蘋果的全部都包括在所吃蘋果裏面這一意思。

　　我想，這個「所論蘋果的全部都包括在所吃蘋果裏面」這個觀念，就是這裏「所有蘋果」一詞的次指稱所應指的項目。現在的問題是，上述的觀念，能不能用像集合的大小和單位這些觀念來表示出來呢? 設「Ex」表示「x 是所吃蘋果」，「Ax」表示「x 是所論蘋果」。這樣，上述觀念可用下列兩式之一表示出來:

　　(甲)　$(x)(Ax \rightarrow Ex)$

　　(乙)　$\{x \mid Ax\} \subseteq \{x \mid Ex\}$

───────────────
[13]　這裏當然假定這張桌子是指在一定時空中的桌子。

我們很難看出可以拿一個「單純」的觀念，或諸單純觀念的「單純的」複合，可把（甲）或（乙）表示出來。

事實上，雖然我們把「所有蘋果」和「三個蘋果」都說是量詞詞組，可是它們的指稱行為有基本的不同。「三個蘋果」這一類詞組，可以拿來當「純指」（purely pointing）的詞組來用。例如，我們可以一面指着一面做這樣的說話做行（speech act）：「一個蘋果，三個蘋果，八個蘋果。……。」所以，我們可以說，「三個蘋果」這一類詞組可以「單獨地」當指稱詞組來用。反之，如果我們一面指着一面說：「所有蘋果」，則會令人有不知所云的感覺。或許有人會說，我們豈不是可以一面指着一面說：「所有這些蘋果」嗎? 不錯，我們可以這樣說。但是，當我們說：「所有這些蘋果」時，我們實際所說是：「這些蘋果」。那也就是說，「所有這些蘋果」一詞中的「所有」一詞，只是當強調之詞而已，它與指稱無關。「萍萍吃了所有這些蘋果」和「萍萍吃了這些蘋果」是一個意思的。但是，「萍萍吃了所有蘋果」和「萍萍吃了這些蘋果」的意思，不一定相同。前者有萍萍吃了所論蘋果的全部的意思，後者則沒有。

當我們說：「所有蘋果」時，我們有「意猶未盡」的感覺。我們應該說：「什麼什麼怎樣怎樣『所有蘋果』」，或者「『所有蘋果』什麼什麼怎樣怎樣」，才有說完話的意思。換句話說，「所有蘋果」一詞單獨使用時，不能有明確的指稱意思。它要在一個句子中出現時，才可能有明確的指稱意思。如果情況就是這樣子的話，則它的指稱意思的「內部結構」，必定跟它所在句子有不可分的關連。這就令人想起羅素（B. Russell, 1872-1970）在他的確定描述詞論中所說，一個確定描述詞單獨存在沒有意義，一定得在句子的系統中才有意義[14]。「所有蘋果」這一類量詞詞組的指稱意義，雖然可能和羅素理論中的確定描述詞的指稱意義，有基本的不同。但是，他從確定描述詞所在句子的系絡，找尋其指稱意義的做法，

---

[14] 關於羅素的確定描述詞論，參閱本書〈羅素的確定描述詞論〉。

值得我們參考。現在設「a」為「萍萍」，「Ax」為「x 是〔所論〕蘋果」，「Exy」為「x 吃了 y」。那末，「萍萍吃了所有蘋果」這句話可以表示為❺:

（ i ）　　$(x)(Ax{\to}Eax)$

從（i）可導出

$(Ax{\to}Eax)$

這是一個開放句式（open formula）。我們認為這個開放句式,或者說得更明確些，這個開放句式所呈現的概念架構，就是這裏「所有蘋果」一詞的加接稱目。

現在，我們來檢試一下，我們給「萍萍吃了所有（在桌子上的）蘋果」這句話中，「所有（在桌子上的）蘋果」一詞所確定的主稱目和加接稱目，是否適當。

根據我們的確定，那些為萍萍吃掉的桌子上的蘋果，就是「所有（在桌子上的）蘋果」的主稱目。而上述概念架構 $(Ax{\to}Eax)$ 就是它的加接稱目。當然，這裏我們把「Ax」了解為 x 是桌子上的蘋果。我們有兩個情形。

情形 1：設 b_1, b_2, 和 b_3 為所有在桌子上的蘋果。那就是說，所論蘋果是存在的。當上述（i），即 $(x)(Ax{\to}Eax)$，為眞時，b_1, b_2, 和 b_3 即為「所有（在桌子上的）蘋果」的主稱目；而 $(Ax{\to}Eax)$ 也為眞，即這一詞的加接稱目也成立。當（i）為假時，即表示 b_1, b_2, b_3 之中至少有一個不為萍萍所吃掉。如果 b_1, b_2, 和 b_3 中沒有一個為萍萍所吃，則所論一詞便沒有主稱目。如果 b_1, b_2, b_3 中有的為萍萍所吃，有的不為萍萍所吃，則所論一詞雖有主稱目，但其加接稱目卻不成立，即 $(Ax{\to}Eax)$ 為假。

---

❺　這個表示並沒有表示「有」蘋果存在。我們在這裏要討論的是「所有蘋果」一詞的指稱意義，而不是它的稱目，尤其是主稱目的有無問題。所以，我們不必考慮有沒有蘋果存在的問題。

情形 2：設在桌子上一個蘋果也沒有。在這情形下，便涉及所論量詞詞組的主稱目的存在不存在的問題。為了處理這個情形，我們必須把「萍萍吃了所有（桌子上的）蘋果」這句話，分兩種情形來了解。一種是無存在斷說，另一種是有存在斷說。在前者的了解下，我們應把這句話符示如前面的 (i)，即 $(x)(Ax{\to}Eax)$。在後者的了解下，我們應把這句符示為

(ii)　　$[(x)(Ax{\to}Eax)\&(\exists x)(Ax)]$

但是，不論是那一種了解，「所有（在桌子上的）蘋果」一詞的加接稱目，都是 $(Ax{\to}Eax)$。

當我們把所論句子了解為 $(x)(Ax{\to}Eax)$ 時，則它恒為眞。這時候，所論詞組的加接稱目也恒成立。但所論詞組的主稱目呢？我們似乎可參考弗列格（G. Frege, 1848-1925）處理沒有稱目的專名（proper name）那樣來處理。那就是，拿空集合當它的主稱目。因為我們永遠有空集合，所以，在這情形下，所論詞組恒有主稱目。

當我們把所論句子了解為上述的 (ii)，即 $[(Ax{\to}Eax)\&(\exists x)(Ax)]$ 時，則它恒為假。這時候，雖然所論詞組的加接稱目恒成立，但它卻沒有主稱目。

上述兩種了解，當然有存在斷說的了解較為自然。因此，我們處理起來，也很自然。這樣，我們就顯示了，我們給「所有蘋果」一類詞組所確定的主稱目和加接稱目，是適當的。

——原載《臺大文史哲學報》第29期1980年12月

奧斯丁論敘言與做言

一、小　引

　　奧斯丁 (J. L. Austin, 1911-1960) 是二次大戰後英倫最有影響力的哲學家之一。在 1960 年不意早逝以前，他在戰後牛津大學所產生的理知的權威，和維根斯坦 (L. Wittgenstin, 1889-1951) 在戰後劍橋大學所產生的相似。在世時， 他自己並沒有完成什麼書， 只出版過七篇論著。然而，經由講學和交談，他成為所謂「牛津哲學」或「日常語言哲學」公認的領袖之一。在他死後一兩年內，他的弟子們把已出版和未出版的論文和講稿，編成三部書❶。

　　在二次大戰以前,奧斯丁把他的許多時間和精力花在哲學學術研究上。他是萊布尼茲 (Leibnitz, 1646-1716) 哲學的專家。他對希臘哲學也做了許多研究，尤其是對亞里士多德 (384-322 B. C.) 倫理學的著作。在這期間，他自己的思想雖然相當敏銳，同時也有顯著的風格，但是大半還是屬於批評性的，缺少正面的探討。這跟他在戰後的工作很不一樣。有一篇

---

❶　這三部就是: ㈠*Philosophical Papers* (《哲學論文》)，收集他已出版的七篇及未出版的三篇論文，由 J. O. Urmson 和 G. J. Warnock 編成; ㈡*Sense and Sensibilia,* 由 Warnock 整理奧斯丁在知覺理論課程的講稿而成; ㈢*How to do Things with Words* (《如何拿話做事》)，由Urmson 整理奧斯丁於 1955 年在哈佛大學詹姆士講座的講稿而成。

他這早期已出版的論文〈有先驗概念嗎?〉❷,就極其代表他嚴肅的文格和景觀。這種文格和景觀,使他成爲有一個相當可怕人物的名聲。根據奧斯丁本人的供述,在二次大戰開始時,他才發展顯示他成熟作品的哲學和哲思方法。

在本文裏,我們要討論奧斯丁在這成熟階段作品中最重要的部份,那就是他的語言哲學。奧斯丁的語言哲學可以分爲兩個階段。頭一個階段是使他成名的敍言 (constatives) 和做言 (performative) 的區分。後一個階段是他放棄頭一個階段的理論後,所提出的說話做行論 (theory of speech acts)。在本文裏,我們要討論他的敍言和做言的區分❸。

二、敍言與做言區分的要義與來由

奧斯丁認爲,傳統上被文法家歸類爲敍說 (statements) 的講話 (utterances),可區分爲兩種在性質上有重要不同的類來處理。這兩種就是他所謂的敍境講話 (constative utterances, 或簡稱爲 constatives) 和做行講話 (performative utterances, 或簡稱爲 performatives)。我們將把這兩種講話分別簡稱爲敍言和做言。

奧斯丁把任何有眞假可言的講話,稱爲敍言 (constatives)。例如,「火星上有生物」,「螞蟻會飛」,和「2 + 3 = 8」等等,都是敍言。反之,有些在傳統文法上具有敍說形式的講話,我們不能說它具有眞假的性

---

❷ 卽 "Are There A Priori Concepts?",此文收在他的《哲學論文》。

❸ 奧斯丁在這方面的見解,可在他下述三項作品中看其一般: (1)《如何拿話做事》,以下簡稱《拿話做事》;(2)〈做行講話〉(Performative Utterances),此文收集在他的《哲學論文》裏;(3)〈做言與敍言〉(Performative-Constative),至少有下列三本文集收有此文: C. E. Caton 編的 *Philosophy and Ordinary Language*, (b)T. M. Olshewsky 編的 *Problems in the Philosophy of Language*, (c)J. R. Searle 編的 *The Philosophy of Language*。其中(a)册中含有專家與奧斯丁對此文的討論文字。

徵。例如下面這些就是這種講話❹:

(1)「I name this ship Liberty」（我把這船命名爲「自由號」）
——像在爲一艘船命名儀式上，把瓶子向船首擲碎那時的講話。

(2)「I give and bequeath my watch to my brother」（我把我的手錶
遺贈給我的兄弟）——像某人在遺言中出現的講話。

(3)「I welcome you」（我歡迎你）——像某人在一個歡迎會那時的
講話。

(4)「I promise to meet you at ten o'clock」（我答應在十點鐘和你相
見）——像某一個人和人相約那時的講話。

依據奧斯丁的說法，講話(1)是某一艘船進行命名的一部分，而不是關於某
一艘船命名的敘說。講話(2)是某人在做遺言，而不是在報導關於某人的遺
言。講話(3)是某人在做歡迎，而不是在報導歡迎。講話(4)是某人在做答
應，而不是在報導某一答應，也不是一個關於什麼將發生的敘說。像以上
這些講話，奧斯丁把它稱爲「做言」（performative），用來表示它們是履
行某某的行動，而不是這些履行的報導或描述❺。

　　以上是奧斯丁敘言與做言區分的要義。在還沒有繼續討論其細部以前，
讓我們先對他這種看法的發展歷程及其背景做點考察。

　　根據奧斯丁的筆記說，他在 1939 年就有這種區分的看法❻。在 1946

----

❹　爲了避免在用中文例子時解說上的困難，我們估用英文例子。

❺　「performative」是奧斯丁使用的一個新字。他叫我們就用他所說的意義來了
解它。我們現在用「做言」來翻譯它。前面「constative」也是奧斯丁鑄造的
新字。他用 constative 表示有眞假可言的講話。他拿這一新字來代替習用的
「statement」，其理由有二。(1)不是在文法上所有具有「statement」形式的講
話，都有眞假可言。(2)不是所有有眞假可言的講話，都是描述的或報導的，
而「statement」一詞總具有描述或報導的意味。例如，「地球是圓的」固然
是一個描述或報導的講話，但是，「如果天下雨，則路濕」這個講話雖然有眞
假可言，卻不是描述或報導的。在英文裏，又沒有其他字眼可用來表示剛剛
好具有眞假可言的講話，所以，奧斯丁便鑄這個新字。

❻　參看《如何拿話做事》編者序。

年發表的〈別人的心〉一文中❼，他已使用這種看法。例如，他說：

「認爲『I know』（我知道）是一個描述性片語，只是描述性謬誤（the descriptive fallacy）的一個例子而已❽。這種謬誤在哲學上很常見。卽使有些語言現在是純粹描述的，但是語言原本並不是這樣，而許多語言仍然不是這樣。在適當的環境中，顯然爲慣禮性片語的講話，並不在『描述』我們正在做的行動，而是在『做』（doing）這個行動（「我做」）：此外，這種講話，像聲調和表情或像標點和語氣那樣，當做我們以某種特殊方式，正在使用語言的一種暗示（「I warn」（我警告），「I ask」（我問），「I define」（我定義））。這種片語〔所顯示的講話〕，嚴格說來是不會『是』說謊的，雖然它們會『意味着』（imply）說謊。例如，『I promise』（我答應）意味着說我充分有意，而我是否充分有意，則可能不眞❾。」

顯然，在這個階段，奧斯丁對去「說」什麼是去「做」什麼，或者「借」說什麼或「在」說什麼我們就在做什麼，已經有了清楚的觀念。可是，在這時候，我們還沒看到他提出「做言」的概念。

以後，從 1952 到 1954 之間，奧斯丁每年都在牛津大學講授「言語與行爲」（Words and Deeds）。這些講授包括的基本內容，差不多和1955年，他在哈佛大學詹姆士講座講的一樣。後者的講稿構成他的主著《如何拿話做事》。就如我們所知，奧斯丁的紋言與做言區分的學說，就在這本書中充分展述出來。

現在讓我們考察一下奧斯丁這個學說產生的歷史背景。在哲學史上❿，哲學家向來多少都假定，紋說（statements）的唯一任務是描述事態或紋說事實；因而，它們必須不是爲眞就是爲假。但是，這種假定在本世紀二

❼　"Other Minds"，此文收在《哲學論文》。
❽　所謂描述性謬誤是指凡具有statement 形式的講話，都是描述事實和報導事實。
❾　奧斯丁著《哲學論文》，p.71。
❿　這裏指的是西方哲學史而言。

十年代有人開始質疑。這可分爲所謂「檢眞」(verification) 運動和「語言使用」(use of language) 運動這兩個階段來說。

（甲）檢眞運動

維根斯坦在他 1921 年問世的《邏輯哲學論集》中說道⓫：

「在哲學著作中看到的大部份命題和問題, 不是假的, 而是意義空洞的。因此，我們不能給這種問題任何回答，而只能建立它們是意義空洞的。哲學家的大部份命題和問題，都產生自我們對我們的語言邏輯失於了解。」

維根斯坦宣稱的「意義空洞」(nonsense) 之警語，大大影響二三十年代維也納學團 (Vienna Circle) 的邏輯實徵論者。實徵者的基本持題是，可檢眞的 (verifiable) 敍說才有意義 (meaningful)。這是他們著名的「可檢眞意義理論」(verifiability theory of meaning) 的要旨。我們要注意的，實徵論者並不是說，一個敍說要實際檢試爲眞才有意義。他們的要求並不那麼強。他們要求，一個敍說要可能用經驗來檢試爲眞 (verifiable) 或者檢試爲假 (falsifiable)⓬，才有意義。即使根據這個較弱的要求，傳統上許多形上學的命題和規範倫理的命題，要被判爲是無意義的語句，而被叫做擬似敍說 (pseudo-statements)。

維根斯坦的《論集》和實徵論者都認定，語言的唯一目的，或者說，語言的基要目的，是敍說或報導事實。語言中眞正算數的部分是「認知」(cognitive) 部分。簡單說來，語言的目的是傳播可爲眞或可爲假的事項。其次，他們把語言的元素──語詞、語句和命題，當做代表事物或可爲眞假的東西來處理。他們把語言的元素，當做是說者或聽者的行動或意圖以外的東西來處理。這些認定，在三十年代的後期，以及尤其是在二次大戰以後，受到強烈的挑戰。說來也頂微妙的，對這個認定挑戰最烈的是維根斯坦。

⓫　維根斯坦著《邏輯哲學論集》(*Tractatus Logico-Philosophicus*), 4.003。
⓬　這裏的敍說當然是指邏輯眞 (logically true) 或邏輯假 (logically false) 以外的敍說。

（乙）語言使用運動

維根斯坦在 1945 年完成的《哲學探究》部一中論道❸，敍說事實只是我們拿語言來做的數不盡的工作之一個而已，而語言元素的意義不落在它們抽象中具有的任何關係，而落在我們利用它們的使用中。他說：「語言是一種工具❹」；「對某一大類的情況來說，……一個語詞的意義，就是它在語言中的使用❺。」

維根斯坦又說：「但是語句有多少種呢？譬如說，斷說，問句，和命令句？—— 有數不盡的種類：我們所謂的『符號』，『語詞』，『語句』，有數不盡不同種類的使用。而這種多樣情形並不是一次固定了的；新類型的語言，或者如我們可說的新語言做戲，會產生出來，而其它的會廢棄和遺忘❻。」

二次大戰後，有關語言使用的哲學論說，如雨後春筍一般，層出不窮。前面提過的牛津哲學就是其中的大主流。有一點要注意的，雖然各家都熱烈討論語言使用，可是對「使用」一詞的觀念，各家之間可能有基本的差異。我們在這裏不想對這些差異做進一步的討論❼。不管怎麼樣，他們有一個共同的認定，那就是，語言元素的意義和該語言在具體的使用中的情境，以及說者和聽者的行動與意圖，有密切的關連。我相信這個共同的認定，就是他們要強調「使用」的道理。

現在讓我們來看一看，奧斯丁對這兩個運動的反響，以及他和它們之間的關連。

---

❸ 維根斯坦的《哲學探究》(*Philosophical Investigations*) 在 1953 年出版問世。此書共分兩部。部一完成於 1945 年。部二在 1947 和 1949 年之間寫成。

❹ 《哲學探究》，569 段。

❺ 《哲學探究》，43 段。

❻ 《哲學探究》，23 段。

❼ 在 G. Pitcher 的《維根斯坦哲學》(*The Philosophy of Wittgenstein*) 中，對這個問題有很好的討論。參看 pp. 228-254。

首先我們要注意的，從哲學思想發展史的角度來看，對檢眞運動來說，奧斯丁是在這個運動外面，受到它衝擊和影響的人。可是，對語言使用運動來說，他是在這個運動裏面的參與者。他不但是參與者，而且是其中主要的領導者之一。再說，他和維根斯坦還是這個運動的兩個獨立的開創者。對語言運動來說，他是交互影響者。

奧斯丁對檢眞運動評論說：「這個新探索做了許多好的東西；許多可能爲意義空洞的東西，被判定是意義空洞的。然而，我認爲並不是所有各類意義空洞的東西，都已被適當地歸類。也許有些被當做意義空洞而摒棄的東西，實際上並不是意義空洞的；但是，這個檢眞運動在其可及範圍內，仍然是很傑出的⑱。」

由這個評論，我們可以看出，奧斯丁是以肯定的態度來批評檢眞運動的。首先，他以讚譽的方式承認，有許多被檢眞運動判定爲意義空洞的問題，確實是意義空洞的。我們可以說，在奧斯丁看來，這類命題和問題，不但沒有「有眞假可言」這種意義，且而從他在敍言與做言區分這個階段的觀念來看，也沒有其它在哲學上值得認眞討論的意義。可是有些被檢眞運動判定爲意義空洞的敍說，奧斯丁認爲實際上並不是這樣。這是他不同意檢眞運動的地方。

檢眞運動的衝擊引起四面八方的反響。我認爲，從今天就可以估定爲在哲學上最具建設性一方的反響，是前面講過的語言使用運動。在這方面最具代表性的人物，就是維根斯坦和奧斯丁。後期維根斯坦所揭櫫的「數不盡的語言使用」和奧斯丁的做言和說話做行論，都可以說是檢眞運動衝擊下的產物。

嚴格講，雖然我們不能說前期的維根斯坦是檢眞運動的一員，可是無論如何，檢眞運動是維根斯坦《論集》的最重要的詮釋。因此，就某一個嚴格意義說，後期維根斯坦對檢眞運動的反擊，也就是等於對他自己前期

⑱　奧斯丁著《哲學論文》，pp. 220-221。

思想的一種反擊。奧斯丁的做言和說話做行論，除了受檢眞運動的影響以外，顯然也受了後期維根斯坦數不盡的語言使用的影響。在前者的影響下，奧斯丁可以說獨自開創了語言使用研究的先河。在後者的影響下，增強了他爲這個觀念建造若干一般理論。奧斯丁的做言和說話做行論，可以說就在這樣的哲學背景下產生出來的。

奧斯丁說：「因而人們開始質問，那些有被當做意義空洞而擯棄之虞的一些敍說，是否眞的要打算做敍說。它們也許不是要來報導事實，而是要來以某種方式影響人們或發抒情感嗎？⑲」他也說：「許多揷在貌似描述的敍說中特別複雜的語詞，並不用來表示被報導的實在中某些特別附加的特色，而是用來表示（不是報導）做這些敍說所在的環境。⑳」

奧斯丁這些話告訴我們，在檢眞運動的影響下，促使他去發現，一個具有敍說形式的講話，在沒有有眞假可言這種意義下，可能具有某種在哲學上有意義的意義。那麼，這種意義可能是什麼呢？這是奧斯丁想要追索的問題。

另一方面，奧斯丁對他自己身爲其中重要一分子的語言運動，也有不滿的地方。他認爲，人們易於乞求所謂新的語言使用，來解決哲學的困惑，而卻沒有給這些使用提出一些說明架構。他也認爲，我們不要對所謂數不盡的語言使用感到不知所措，同時也不要輕易談論所謂數不盡的語言使用。奧斯丁說道：「的確有許多語言使用。不論什麼時候人們想要幫助他們解除這個、那個，或某一個著名的哲學糾纏時，就易於乞求一種新的語言使用。我們很需要一種架構來討論這些語言使用。而我也認爲，我們不應像人們那樣易於對談論無限的（infinite）語言使用，感到失望；我們也不應像人們那樣易於談論無限的語言使用。……卽使有像一萬種的語言使用，我們也確能遲早把它們全部列舉出來。這個數目必竟不會大於昆蟲學家，

⑲ 《哲學論文》，p. 221。
⑳ 《如何拿話做事》，p. 3。

辛辛苦苦去列舉的甲蟲類的數目。㉑」

在奧斯丁看來，盡管檢眞運動和語言使用運動有它們的缺點，「但無論如何，沒有人可否認的，它們在哲學中產生一大革命，而許多人也許會說，在哲學史上最有益的革命。㉒」

奧斯丁就在上述哲學背景下，展開他的做言和說話做行論。以下我們將繼續討論他的敍言和做言區分說。

三、做言得體的必要條件

我們已經說過，根據奧斯丁，在文法上具有敍說形式的講話，有兩個重要的類別。那就是敍言和做言。所謂敍言是指有眞假可言的講話。所謂做言是指履行某種行動的講話。根據奧斯丁，一個做言雖然很可能「意味着」(implies) 若干別的為眞或為假的敍說，但是它本身是沒有眞假可言的。一個做言雖然不受眞假的批評，但是卻要受某種與眞假極不相同次元的批評。譬如，有人說:

I name this ship Liberty (我給這艘船命名為「自由號」)。
假如這個人並沒有資格給這艘船命名，則這個做言——我給這艘船命名為「自由號」——為無效 (void)。

一個做言可能在某種種情況下不令人滿意。奧斯丁把這些不令人滿意的情況，統稱為欠切情況 (infelicities)。說話者在欠切情況下的講話，統稱為不得體的 (unhappy)㉓。一個做言要在怎樣的條件下，才能令人滿

㉑ 《哲學論文》，p. 221。
㉒ 《哲學論文》，pp. 221-222。
㉓ 我們要注意奧斯丁這兩個語詞的用法。他用「欠切情況」來表示引起做言不令人滿意，亦卽引起做言不得體的那種情況本身。而用「不得體的」來述說不令人滿意的做言。當一個做言是在一個欠切情況下提出時，它必定是不得體的。當做言不得體時，它必定是在一個欠切情況下提出的。不過，由於欠切情況和不得體的做言之間，有上述的平行關係，而講話又是整個說話行動

意，也就是才得體呢（happy）？要給這個問題提出一般性的回答，似乎是不容易的，甚至是不可能的。但是，顯然我們可以研究一下，一個做言要成爲得體的若干重要的（必要）條件。奧斯丁認爲，一個做言要得體，顯然要滿足下列六條規則：

(A1) 必須存在一條被接受，而又具有一定約定效果的約定程序。這個程序要包括在一定情境下，一定的人講出一定的話。

(A2) 在一個所予場合中，特定的人和特定的情況，必須適合所求特定程序的要求。

(B1) 所有參與者都必須正確地實施程序。

(B2) 所有參與者都必須完全地實施程序。

(Γ1) 就如常有的情形，當一個程序是設計給具有一定思想或一定感情的人使用時，或者是設計給對參與者的任何一方，創導某一定相因而生的行爲使用時，那末一個參與並且因而求用這個程序的人，必須事實上具有這些思想或感情，並且也必須有意去做這些行爲。

並且更進一步，

(Γ2) 也必須隨後去做這些行爲。

如果我們違背這些規則的任何一條，我們的做言就會以種種情況而不得體。當然，不得體的情況會因違背條款的不同而不同。就如前面已經說

___

的一部分，「欠切的」和「不得體的」兩個語詞，不妨交互使用。奧斯丁在一二地方也這樣使用過。例如，他說：「That an act is happy or felicitous in all our ways does not exempt it from all criticism.」（在所有我們所說的情況下都得體或切合的行動，也不免受批評。）（《如何拿話做事》，p. 42）。又如他說：「So here we have a very unhappy situation. But still it is not infelicitous in any of our senses…。」（所以，這裏我們有一個非常不得體的情境。但是它仍然不是我們所講的不切合…）（《如何拿話做事》，p. 43）。又如他說：「Performative utterance on the other hand were to be felicitous or infelicitous」（在另一方面，做言不是切合的，就是欠切的）。（《哲學論文》，p. 234。）

過的，奧斯丁把所有這些違背的情況，統稱為欠切（情況）。

在分條詳細說明這些規則以前，讓我們先做一些一般說明。首先我們可把這些規則分為兩類。一類是用羅馬字母 A 和 B 標示的四條，另一類是用希臘字母 Γ 標示的兩條。 前一類可以說是支配外在情境 （outward situation) 的。 我們可以把這類規則稱為外在情境規則。後一類可以說是支配內在 (inward, internal) 或精神情境的。我們可以把這類規則稱為內在情境規則。根據奧斯丁，如果違背外在情境規則，則我們想要去實施的行動，就不會有結果，或不會達成。他把這種欠切叫做未成 (misfires)。在另一方面，如果違背內在情境規則，則雖然我們想去實施的行動是達成了，可是卻是在不誠實 (insincere) 情況下達成的。 奧斯丁把這種欠切叫做妄用 (abuse)。

例如，假如我們是沒有資格任命誰為外交部長的人。那末，如果我們說：「我任命你為外交部長，」則這個做言，也就是這個任命行動，是未成的。在這裏，我們的行動違反了規則 (A2)，因為我們不是適合於這種任命行動的人。又如，假如當我並不高興或當我並不相信你是應得的時候，我說：「我恭喜你，」那末，我就不誠實，我在妄用某種約定程序。在這裏，我違反了規則 (Γ1)。

當一個做言是一個未成的時候， 我們想要求助的程序是遭駁的 (disallowed) 或錯壞的 (botched)，而我們「想要的」(purported) 行動是空的 (void) 或沒有效果的。在另一方面，當一個做言是一個妄用的時候，則我們「聲稱的」(professed) 行動是「虛僞的」 (hollow)，沒有實現的，而不是空的或沒有效果的。這裏所謂空的或沒有效果的，並不是指我們什麼都沒有做。其實，我們已經做了許多事項；可是我們並沒有完成想要的行動。

在〈做言-敍言〉一文裏，奧斯丁除了把欠切分為未成和妄用以外，還

另添背諾 (breach of commitments) 一種❷。在這裏,他把違反規則(Γ1)稱爲妄用,而把違反規則(Γ2) 稱爲背諾。這種分法是他前此所沒有做的。背諾應否看成獨立於妄用的一種欠切呢? 等我們以後說明規則 (Γ)時,再詳細討論這個問題。

其次,我們必須弄清楚,違反規則(A)和違反規則 (B) 之間的一般區別。在違反規則 (A) 的時候,就有誤求 (misinvocation) 程序的情形。這種誤求,或是因爲沒有這種程序存在,而我們誤以爲有而求助於它; 或是因爲所求程序不能以所用方式來應用它。因此,奧斯丁把違反規則(A)這種欠切,叫做誤求。奧斯丁認爲,我們很可以把違反 (A2) 的誤求叫做誤用 (misapplication)。 所謂誤用就是所求的程序確實存在, 但卻不能依想要的方式去應用。至於違反 (A1) 的要求,奧斯丁說他還沒有找到好的叫法。不過,他曾叫它爲「non-play」, 後來放棄這個叫法❷。 我們不妨把它叫做「幻用」。和規則 (A) 對照起來, 違反規則 (B) 的情形是這樣的。所求程序都對,而程序也都可以應用,但是我們弄糟了儀式的實施,而產生一些糟糕的結果。所以, 奧斯丁把違反規則(B)叫做誤施 (misexcutions)。在誤施的情況下, 所想要的行動會因儀式舉行中的瑕疵 (flaw) 或障碍 (hitch) 而有污損 (vitiated)。

現在我們把欠切情情況表列如下❷:

---

❷ 在《如何拿話做事》和〈做行講話〉裏, 奧斯丁並沒有把背諾看成獨立於妄用的一種。但在 〈做言-敍言〉裏, 他明白標出這種來。而後者比前兩者寫作或講授的時間都晚一點, 依常理我們要依據後者。事實上, 在 〈做言-敍言〉裏,奧斯丁並沒有使用「欠切」和「未成」兩個用語。他在此文裏說的是: 無效 (nullity), 妄用, 和背諾是與做言相應的三種不同的不得體。 不過, 我相信,說他把欠切分成未成,妄用和背諾三種, 並無不可。

❷ 《如何拿話做事》,p. 17, 18, 31。

❷ 根據《如何拿話做事》編者 J. O. Urmson 說, 奧斯丁時常用其他的名稱來表示各不同的欠切。 譬如 (A1)non-plays; (A2), misplays; (B), miscarriages; (B1)misexecutions; (B2), non-executions; (Γ), disrespects; (Γ1), dissimulations; (Γ2), non-fulilments, disloyalties, infractions, indisciplines, breaches.

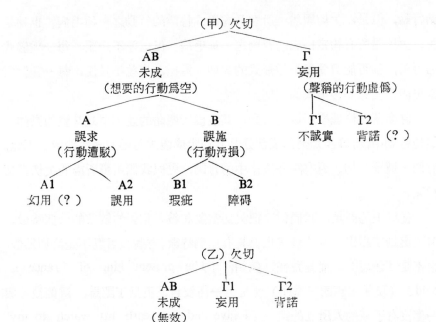

對上面（甲），（乙）兩個表有幾點說明。（甲）表是奧斯丁所列的，但在（A1）和（Γ2）兩個地方，他只列了「？」號。我現在添上名稱。(A1)的「幻用」是我杜撰的。（Γ2）的「背諾」是依奧斯丁的講法，我添上去的。（乙）表是我列的。這是欠切的三分法。（乙）表的其他地方應該和（甲）表的一樣。

現在讓我們來看看下面三個問題：

(1)欠切這個概念可應用到那種「行動」？

(2)這個欠切分類到底多完全？

(3)這些欠切類別彼此不相容嗎？

讓我們依次討論這些問題。

(1)欠切這個概念可應用到那種行動？

雖然到此為止，我們所討論的行動是講話行動，或者至少其部分是講

話行動，但是，欠切顯然是所有具有儀式特徵的行動之一種毛病。也就是說，欠切是所有約定俗成的行動之一種毛病。但這並不是說，每一種儀式的行動，都可能遭受每一種形式的欠切。這樣，也並不是說，每一種做言都可能遭受每一種形式的欠切。

許多落在倫理學領域的行動，其最後所憑藉的並不單是身體的動作。這種行動中,有許多是全部或部分具有約定或儀式行動的一般特徵。因此，它們會遭罹欠切。還有許多法律中的行動，更與我們這裏所講的欠切密切相關。

從以上的討論，我們似乎把欠切當做和敍言相對的做言的一個特徵。但是奧斯丁指出，有些敍言也很具有這個特徵。有些敍言既不是恰切為假，也不是「矛盾」，而是荒怪。例如，「The present king of France is bald」（現任法國國王禿頭）就是這一種敍言。奧斯丁認為，這個敍言與一個沒有手錶的人所立的遺言「I give and bequeath my watch to my brother」（我要把我的手錶遺贈給我的兄弟）——這是一個做言，會遭罹同樣的欠切。由於這兩個敍說中所稱指的「現任法國國王」和「我的手錶」並不存在，所以它們與其說是假，不如說是空的❷。

由此我們可知，欠切這個概念，不但可應用到做言，而且也可應用到非語言文字的約定或儀式的行為，以及一些敍言。

⑵這個欠切分類到底多完全？

奧斯丁說，這個分類表當然是不完全的。這可就下面三項來說。

（ⅰ）首先，在講出做言時，我們無疑是在「實施行動」。當做行動來看，做言會遭罹所有行動都會遭罹的不滿意 (unsatisfactoriness) 情況。而這些不滿意，是與我們這裏所討論的欠切有所不同的。例如，一般的行動

---

❷ 這是奧斯丁解決沒有稱目 (referent) 的稱指詞 (referring phrases) 的辦法。這與羅素和史陶生(P. F. Strawson) 的辦法都不一樣。在本文後面，我們將進一步討論這個問題。

可能在威脅或意外情況下做成，或者可能在錯誤或無意下做成。而這類行動我們一定不願意說它是完滿做成的。它一定有某種缺失，而我們這裏討論的欠切並不涉及這種缺失。奧斯丁認為，我們可以提出某種高層次的非常一般的欠切論來，而把我們所說的欠切，以及其它特色的「不得體」含蓋進去。

（ii）當做講話，做言「也」要承受「所有的」講話都會受到感染的某些其它種的毛病。雖然我們也可提出一種更一般的方式來處理這些毛病，可是奧斯丁卻有意不在這個欠切表上來考慮它們。譬如，奧斯丁舉例說，如果一個做言是由舞臺上的演員說出的，或者是在一首詩中引進的，或者是自言自語中說出的，則它會以一種特殊的方式為虛偽的或為空的。在這種情況中，我們並沒有「認真地」使用語言；我們是以寄生（parasitic）在其正規的使用方式來使用它。奧斯丁要以所謂語言萎化（etiolation）說來處理這種使用方式。我們這個欠切表所要討論的，是在日常環境中所提出的做言。

（iii）由所謂「誤解」所引起的毛病，這個欠切表是沒有討論到的。例如，要有一個答應，顯然我通常必須要使我的答應有人「聽到」，同時要聽到的人了解那是我的答應。如果這些條件有一個不滿足，則會產生懷疑我是否真的答應過，而也許有人會說，我的行動如果不是僅止於企圖，就是空的。

(3)這些欠切類別彼此不相容嗎？

答案顯然是否定的。這有兩個意義。一個是說，一個做言可能同時發生兩個欠切情況。例如，我們可不誠實地答應一隻猴子，給牠一個胡蘿蔔。這裏我們除了犯了不誠實（規則 Γ1）的欠切外，還可能因參與者——猴子——的不適當，而犯誤用（規則 A2）的欠切。另一個更重要的意義是說，我們所犯的欠切情況可能「重疊」或「互遮」，而要決定到底是那一種欠切，可能是隨意定奪的事。

　　譬如，奧斯丁舉例說[23]，設使你即將給一艘船命名，　你也被指派去為它命名，而現在你也即將把瓶子碰擊船首。但是就在這個時候，有一個階級較低的人跑出來，從你的手中把瓶子奪過來，把它打破在船首，並大喊說：「我給這艘船命名為史達林號」，然後又把定盤踢開。這裏我們當然會同意幾點。我們同意這艘船現在並未被命名為史達林號。我們也同意這件事是可惡可恥的。但是，我們也許不會同意在這個場合，我們應如何對這個特定的欠切加以歸類。我們也許會說，在這裏有一個完全合法和被同意的程序；但是這個程序卻在錯誤的環境下被求助，那就是參與的人錯了。那個階級較低的人錯了。那個階級較低的人並沒有被指派去做命名。但是在另一方面，我們也許會從不同的觀點來看它。我們也許會說，當做整個情形來看，這個程序並沒有正確地進行。這是因為當做為船命名程序的一部份，你應該首先獲得被指派去做命名的人，而這個階級較低的人卻沒有獲得這個指派。這樣，在不同的情況下，我們應如何把欠切加以歸類，也許是一件相當不容易的事。

四、外在情境與內在情境

　　在前一節裏，我們已經扼要討論了一個得體的做言必須滿足的六條規則（條件）。我們也說過，這六條規則中，有四條支配外在情境，有兩條支配內在情境。在本節裏，我們要進一步解析這些規則。首先讓我們看看規則（A1）：

　　（A1）必須存在一條被接受，而又具有一定約定效果的約定程序。這個程序要包括在一定情境下，一定的人講出一定的話。

　　這條規則的後一部分，只是為把規則限制到講話而設計的。在原則上，它並不重要。

――――――――――――
[23]　《哲學論文》，p. 227。

這條規則的製作中包含「存在」和「被接受」兩個用語。現在我們要問，(a)除了「被接受」是否可有任何「存在」的意義。也就是說，是否存在有沒有被接受的程序；(b)「在（一般）使用中」這個用語，是否應比「存在」和「被接受」都要好。

如果有人講出一個做言，同時由於所求程序「沒被接受」而這個做言被歸類爲未成，那末，我們可以假定，沒接受這個程序的是說話者以外的人（至少如果說話者是「認眞」說話的話，他是接受這個程序的）。例如，在我們這個國度的公民中，有一個人和他太太說：「我和妳離婚 (I divorce you)。」在這裏，我們可以說：「然而，他並沒有（成功地）和她離婚，因爲我們（很可能包括他太太）不承認只有一方說離婚就離婚的程序。」在某些宗敎社會中，認爲婚姻是不可解離的，因此根本就不承認有離婚程序。

當然，如果我們「從未」承認做某種事情的「某種」程序，問題顯然就比較簡單。可是，我們一樣有可能，在某種情況或在某方面有時接受一種程序，但是，在任何其他情況或其他方面就不接受這種程序。在這時候，我們就常常會不知道把一個欠切算在 (A1) 類好，還是算在 (A2) 類（甚至 (B1) 或 (B2) 類）好。例如，在某一個集會中，當我們要選邊時，你說：「我選阿蘭爲我這一邊」。可是阿蘭卻嘀咕說：「我不玩。」那末，阿蘭有沒有被選爲一邊呢？無疑的，這個情況是一個不得體的情況。這裏我們可以說，你並沒有選了阿蘭。這或者是由於我們並沒有你可選不在玩的人來玩的約定程序，或者是由於在這環境中，阿蘭不是一個適合挑選程序的對象。

或者在這裏，我們可以拿規則 (B2) 來考慮看看。那就是，所求程序並沒有被完全實施出來。這是由於阿蘭並沒有接受你的挑選，所以，這可以看做是所求程序並沒有由所有參與者，完全實施出來。

這個例子似乎顯示，對某一特定的事例，我們會遇到不知把欠切歸於

那一類的困難。可是奧斯丁認爲，在原則上，這種困難並不要緊。因爲，我們可經由對事實的同意，或者由新定義的引進，來解決這種困難。奧斯丁認爲，這個例子顯示的重要事項是，在原則上我們要清楚下面兩點：

(1)就違反規則（B2）來說，無論我們怎樣處置所求程序，有些人仍然可能會拒絕它。當有人拒絕所求程序時，固然我們可以把它視爲違反(B2)，但是這個程序之有人拒絕，是一個不爭的事實。因此，所求程序之「被接受」，是一個很重要的觀念。

(2)一個程序之「被接受」比僅僅「事實上通常被使用」，其所牽涉的東西要來得多。在原則上，任何人都可拒絕任何程序。一個人卽使迄今已經接受某一種程序，可是他也可不再接受它，或者在某一特定情況下不接受它。又我們是否可把「被接受」定義爲「通常」被使用，是一個問題。所以，所謂「被接受」的問題，是一個相當困難的問題。

其次，我們來看看所謂一個程序也許不存在，到底可以是什麼意義。這可分下面幾點來說。

（ⅰ）其中一個情況是，某一個程序雖然曾普遍被接受，但是它不再被普遍接受了，甚至不被任何人接受了。例如，過去盛行於西方的挑戰決鬪。這時候，這個程序就「不再存在」。

（ⅱ）我們可以創造一種程序。但是，一個被我們創造或啟用的「程序」，除非得到相當普遍的認識和接受，否則它不可能是一個約定的程序，亦卽它並不存在。例如，侮辱人是一種約定程序，這種程序主要是用某種語言文字來做成的。假如，有人要借「我侮辱你」來侮辱你，顯然不能達成效果。這是因爲「我侮辱你」並不是侮辱你的約定程序。因此，沒有這種侮辱人的程序存在。

（ⅲ）有一種更常見的程序不存在的情形，也許我們可以把它叫做「程序含混」的問題。這是一種程序的應用要擴及到什麼範圍不明確的問題。這是任何程序內在的性質。我們經常會遇到一種困難的或界際的情況。那

就是，一個程序先前的歷史，不足以用來明確地決定它是否可正確地應用到這個情況。譬如，我們能够向一條狗道歉嗎？向狗道歉的程序存在嗎？

其次，我們來看看規則（A2）。

（A2）在一所予場合中，特定的人和特定的情況，必須適合所求特定程序的要求。

像以前說過的，違反這條規則的欠切叫做誤用。舉個例來說，譬如，當你已經被認命，或者當別的人已被認命爲同一個職位，或者當我沒有資格去任命，或者當你是一條馬時，如果我說：「我任命你」，那我就誤用任命程序。

要區分所謂「不適當的人」和「不適當的情況」，並不十分困難。誠然，「情況」一詞顯然可推廣到含蓋所有參與者的「性質」。但是，人、對象、和名稱等等的不適當，是「沒資格」或「資格不合」（incapacity）的問題。這和對象或「做者」爲錯誤的種類有別。不過，這是一個粗糙而易於消失的區別。然而，在某些場合，譬如在法律的場合，這種區別不是沒有重要性的。因此，我們必須把下面兩種情況加以分別。那就是一個父親給一個錯誤的嬰孩（卽不是他的嬰孩而誤以爲是他的）取一個正確的名字，以及他說的：「我給這個嬰孩取名爲 2704。」在後者包括了某種錯誤的類別，而在前者其不適當只是資格有問題。

其次，我們討論違反規則（B），亦卽誤施的情形。先讓我們看看規則（B1）。

（B1）所有參與者都必須正確地實施程序。

違反這一規則就是所謂瑕疵。當有一個適合於人和情境的程序，但是這個程序卻沒有正確地進行時，便違反這一規則。在法律上較容易看到這類例子。例如，當事人之一方爲未成年人，其他都正確地依照結婚儀式進行，如果該未成年人未得監護人的同意，便違反這一規則。當然，我們也許可以把未得監護人同意的未成年人，看做不適格的當事人，而認定是違

反規則 (A2)。日常生活上的例子，可就沒有那麼明確可以判定出來。

(B2) 所有參與者都必須完全地實施程序。

如以前說過的，違反這條規則叫做障碍。當我們企圖去實現一個程序，但行動不全時，便有障碍。例如，我要打一個賭說：「我賭你六十元」，但是如果你沒說：「好」，「賭你」，或相當的講話，或做相當的行動，那末，我這個打賭的做言就不全。當然，在日常生活中，應允許某種程度的模糊在程序裏，否則什麼事都做不成。

有時候為完成一個程序，是否需要增加什麼事項，會不明確。例如，如果我要給你一個禮物，是否需要你去接受它，我的贈與才算完成？當然，在正式的事項上是需要接受行為的。但是在日常生活上是否也需要呢？同樣，如果沒有被任命者的同意，一個任命是否完成，也不明確。這裏的問題是一個行為可單方進行到什麼程度。同樣，一個行動到什麼時候才結束？怎樣才算一個行動的完成？這些都是問題。

以上我們在相當扼要程度內，說明了支配外在情境的四條規則。要對這些情境做詳盡的探討，我們似乎需要一種哲學上的情境論 (theory of situation)㉙。實際上，當前方興未艾的行動論 (theory of action)，可以說是情境論重要的一部分。奧斯丁對外在情境的解析，無疑是啟開現代行動論的先河。

其次，讓我們討論內在情境。支配內在情境的規則，如前面說過的是 (Γ1) 和 (Γ2)。

(Γ1) 就如常有的情形，當一個程序是設計給具有一定思想（或信念）或感情的人使用時，或者是設計給對參與者的任何一方，創導某一定相因而生的行為使用時，那末，一個參考並且因而求用這個程序的人，必須事實上具有這些思想（或信念）或感情，並且也必須有意去做這些行為，並且更進一步。

㉙ 這個名稱是筆者給的。

(Γ2) 也必須隨後去做這些行爲。

如果一個人使用上述其中一個公式時，不具有需要的思想、感情或意思，那末就有妄用程序，就有不誠實。例如，「我恭賀你」這個用語，是要設計給對受話人完成某一項功績感到高興，並且相信這個功績要歸功受話人個人，等等事項的人使用的。如果我說：「我恭賀你」，但是我並不高興，或者我並不相信這項光榮應屬於你的，那末這裏就有不誠實。同樣，如果我說我答應去做一些事情，但是卻沒有一點兒意思要去做，或者不相信這些事情是可以實現的，那末，這裏就有不誠實。在這些情況中，確實是有什麼錯了，但它不像未成。我們不應該說，我事實上並沒有答應；我們應該說，我是答應了，但卻答應得不誠實。我確實做了恭賀你的行爲，但這恭賀是虛僞的。

根據奧斯丁，我們在這裏並不是把「思想」、「感情」和「意思」當做嚴格意義的專技用語來使用㉚。不過，我們必須注意下面幾點：

(1)由於這些概念之間的區分很模糊，所以在具體場合，它們不一定能很容易區分出來。實際上，這些概念是可以結合在一起的，而且也常常結合在一起。例如，如果我說：「我恭賀你」，那末我必定眞正具有一種感覺，或者寧可說是一種思想你做得很好，或者你很值得。或者在答應的場合，固然我必定有意思去實現我的答應；但是，我也必定相信我所答應的是可以實現的，同時我也許也相信，受答應者相信我的答應對他有利，或者我也相信，我的答應對他是有利的。

(2)我們對下面兩回事必須分清楚。那就是，我們「眞正認爲」什麼東西是怎樣怎樣，和我們認爲什麼東西「眞正是怎樣怎樣」㉛。奧斯丁認爲，前者產生誠實和不誠實的問題。例如，當我們說：「我們認爲他有罪」，

㉚　當然在奧斯丁所做的分析程度內，這些用語還不能看做是專技用語。可是，如果我們對這些做進一步的詳細分析，則未嘗不可把它們看做是專技用語。

㉛　注意，這裏所謂「認爲」是指第一人稱現在式的「think」或者「believe」。

可是事實上我們並不眞正認爲他有罪時，便有不誠實的情況。這時候，我們在撒謊。後者要點則與事實上的眞假有關。例如，當我們誠實地說：「我們認爲他有罪」， 事實上他卻不是眞正有罪。 這時候， 我們的認識有錯。同樣，在感覺 (feel) 和「有意」(intend) 的問題上， 和「認爲」具有相同的結構。

如果我們的思想至少有某些不正確（而不是不誠實），就會產生一種不同的欠切。例如：

(a)我也許會把事實上不是我的東西（雖然我認爲是我的）贈給別人。我們也許可以說這是「誤用」。那就是說，環境、對象、人等等不適合贈與程序。 這是由於錯誤和誤解而產生的欠切。 不過， 像以前說過的， 奧斯丁在他的欠切表上，暫不討論這種欠切。我們應該注意的，一般說來，錯誤並不使一個行動無效 (void)㉜。但是， 錯誤也許可使一個行動可原諒。

(b)「我建議 (advise) 你去做什麼什麼」是一個做言。讓我們來討論一個例子。那就是，我建議你去做某一件事，而我認爲這對你是有利的，可是事實上卻不利。這個建議行動顯然有毛病。奧斯丁認爲，我們旣不想把這個行動認爲是無效，也不想把它認爲是不誠實的。他認爲，我們寧可給它一個完全新的批評。他把它指摘爲壞的 (bad) 建議。一個合乎我們所講情況的得體或切合的行動，並不一定免於其它的指摘。壞的建議可能是一個子。

(3)「我判定 (find)被告有罪。」這是一個做言。奧斯丁把這類做言叫做判言 (verdictives)。如果我們根據證據，誠實地認爲某一個人犯了罪，而說他「有罪」時，只要整個程序都對的話，這個做言是得體的。但是，

㉜ 錯誤的行動在形式上是違反規則(A2)的。依前面的討論可知, 違反規則 (A2) 的行動是無效的。但錯誤的行動卻不一定無效。因此, 由於錯誤而產生的欠切, 和本文所討論的欠切, 應屬於不同的次元。

我們仍然可能有一個「壞」判決。但是，這裏的毛病並不是本文所謂的欠切。因爲它並不無效，也並無不誠實。

(4)在以前的討論中，我們似乎還沒有直接觸及規則（Γ2）的問題。在前面第三節我們已經說過，奧斯丁在《如何拿話做事》的講稿中，把規則（Γ2）和（Γ1）並列，並把違反（Γ）統稱爲妄用，而把違反（Γ1）稱爲不誠實，但卻沒有把違反（Γ2）給與明確的名稱。可是在〈敘言–做言〉的講稿中，奧斯丁則把（Γ1）和（Γ2）分別獨立起來,而和規則（A, B）並列：並把違反這三者分別叫做無效、妄用和背諾。在把（Γ2）和（Γ1）結合起來，而與（A, B）並列在一起時，奧斯丁似乎是根據兩種考慮來做的。一種是違反（Γ2）和（Γ1）時，做言雖有毛病，但都有效；可是，違反（A, B）時，做言則無效。另一種考慮似乎是（Γ2）和（Γ1）都涉及內在情境的問題，而（A, B）則涉及外在情境的問題。但是，如果我們仔細考慮（Γ2）的情況，則會發現它和（Γ1）似乎有很大的不同。當然，違反（Γ2)時，我們不能說它是不誠實；可是，我們能說它是妄用嗎？例如，當我們還是親家時，我眞心地對你說：「歡迎你來我家玩。」可是後來我們變成寃家，你來我家時，遭到無禮。在這情況下，我的邀請做言有沒有欠切？如果有的話，我算不算妄用歡迎的程序？我算不算背諾（約）？如果我有理由對你無禮，是否可以免除被指謫？奧斯丁對這類問題似乎也感到頗爲疑惑。他說：「例如，我也許可以僅僅藉着說：『我將……』來表示我的意思，當然在我講話的時候，如果我要不是不誠實，我必須有這個意思；但是，如果我後來不去做它，這欠切的程度或模式到底確切是什麼？……或者再說，我給你建議，而你也接受，但以後我又來攻擊你；我有多少義務不要這樣做？❸」

在這裏，也許我們可以向奧斯丁提出一個挑戰性的質問: 規則(Γ2)的問題基本上是否是做言本身欠切的問題? 一個做言的得體與否，似乎不應

---

❸ 《如何拿話做事》，p. 44。

由在時間上，可能離開該做言很長遠的另一個行動來決定。如果一個理論認爲，一個做言是否得體，要由五年以後的行動來決定，你會認爲這是一個好理論嗎？不論如何，這是一個需要進一步討論的問題。

五、做言的可能標準

現在有了做言這個觀念以後，我們自然希望能够找到某種標準——不論是文法的或字彙的，可用來告訴我們一個講話是否是做言。奧斯丁認爲，我們有兩種標準形可用來決定一個講話是否是做言。（當然，這裏所謂標準形是指英文而言。）

（甲）以第一人稱單數現在直述主動的動詞開始的講話。我們以上所舉的做言例子，幾乎都具有這個文法形式。例如：

(1)I name this ship Liberty（我把這船命名爲「自由號」）。

(2)I promise that…（我答應…）。

這類做言的動詞有一個特色，那就是，這些動詞的第一人稱現在式的使用，與相同的動詞在其他人稱及其他時態的使用之間，有一種典型的反對稱。例如，當我們說：「I promise that……」（我答應……）和當我們說：「He promises that……」（他答應……）或在過去時態的：「I promised that……」（我答應過……）❸時，這兩者有很大的不同。因爲當我們說：「I promise that……」（我答應……）時，我們是在做一個答應的行動；我們並沒有去報導某人做答應的行動，尤其是我們並沒有報導某人使用「I promise」這個用語。我們是實際上去使用這個用語，並且去做答應。但是如果我們說：「He promises」（他答應），或者過去式的：「

---

❸ 在中文裏，文法上的時態並不清楚。例如，「I promised that」既可釋爲「我答應……」，也可譯爲「我答應了……」，或「我答應過……」等等。也因爲這樣，所以在討論有關時態的問題時，我們不得不拿英文當例子。

I promised」（我答應過），則我就在報導一個答應的行動，也就是使用「I promise」（我答應）這個公式，去報導一個行動——我報導一個他現在的答應行動，或者報導一個我自己過去的答應行動。這樣，在這個第一人稱單數直述主動，與其他人稱及其他時態之間，有個清楚的不同。這個不同就是前面所指的反對稱。

（乙）第二種標準形是以第二或第三人稱（單數或多數）現在直述被動的動詞開始的講話。例如：

(1)Passengers are warned to cross the line by the footbridge only （行人只得由人行橋通過鐵軌）。——如在路邊警示牌所寫的。

(2)You are hereby authorized to hunt and fish in…… （憑此照可在……漁獵）。——如在某一執照上所寫的。

這些無疑是做言，而事實上也常常需要簽字，用以表示是誰在做警告或核准的行動。「Hereby」是一個有用的標準，用來顯示所講的話是做言，而不是報導。

然而，除了這些高度形式化的顯式做言 (explicit performatives) 以外，我們還可以有和上述所謂標準形式的語氣和時態不同的做言。例如，「I order you to shut the door」（我命令你把門關起來），是一個非常典型的做言。可是在適當的情況下，我們也可使用命令式語氣：「Shut the door」（把門關起來）來做相同的行動。又如，我們可說：「I should turn to the right if I were you」（如果我是你，我就向右轉），來代替「I advise you to turn right」（我建議你向右轉）。又如，我們也可用不同的時態來表示行動。例如，我們可用 「You did it」 （你幹的）來代替「I find you guilty」（我判定你有罪）。

此外，使用一些做言像似的字眼，例如「off-side」（越位）等等，我們似乎可以拒絕上述支配有關主動或被動的使用規則。例如，我們可以不講：「I pronounce you off-side」（我判定你越位），而講：「You are off-side」（你越位）。這麼一來，我們也許會認為，某些字（words）也許可當做一個講話是否是做言的一種檢試。那就是說，我們可用「字彙」來檢試一個講話是否是做言。這和利用「文法」有所不同。例如，「off-side」（越位），「authorized」（被准予），「promise」（答應），「dangerous」（危險的），等等也許就是這類字眼。但是奧斯丁認為這並不行得通。這是因為：

Ⅰ．我們可不用作效的字眼而得到做言。例如，

(1)我們可不用「dangerous corner」（危險的角落），而用「corner」（角落）當做一種警告行動；我們也可不用「dangerous bull」（危險的公牛），而用「bull」（公牛）當做一種警告行動。

(2)我們可不用「you are ordered to……」（你被命令去……），而用「you willI」（你要）當做一種命令行動；我們也可不用「I promise to……」（我答應……），而用「I shall」（我要）當做一種答應行動。

Ⅱ．我們可有講話不為做言的作效字眼。例如，

(1)在拳擊賽中，一個觀眾說：「it was over」（結束），但因為他不是裁判，所以比賽並不因此結束。同樣，當我沒有權說你有罪或越位時，我也可講：「you are guilty (off-side)」；但因為我沒權，所以這個講話不能算做宣判行動。

(2)在像「you promise」（你答應），「you authorize」（你核准）等用語中，「promise」（答應）和「authorize」（核准）並不當做言來使用。

從以上的討論，我們可以看見，不論文法或字彙這種單一簡單的做言標準，都會遇到困局。不過，我們也許可以製作某種包括文法和字彙的複合標準，或者至少是某組單一或複合標準。例如，一個可能的這種標準是，凡用命令語氣動詞的講話都是做言。

由於文法上的標準有上述的障碍——有些不具這些形式的講話也可以是做言，我們也許希望，一個事實上為做言的講話應該可以化約、擴展或分解為這兩種標準形式之一。而事實上在某種程度內，這是可以辦到的。

例如，

　　(1)我們可把「Out」（出去）擴展爲「I declare (pronounce, give, call) you out」（我宣判，提出，叫）你出去）。

　　(2)我們可把「Guilty」（有罪）擴展爲「I find(ponounce, deen) you to be guilty」（我判定你有罪）。

　　(3)我們可把「You are warned that the bull is dangerous」（你被警告這公牛是有危險的），分解爲「I, John Carte, warn you that the bull is dangerous」（我約翰卡特警告你，這公牛是有危險的），或者分解爲

　　　　This bull is dangerous.（這隻公牛是有危險的）。

　　　　　　(Signed) John Carte

　　　　　　（簽字）約翰卡特

這種擴展可以把兩項東西顯現出來。第一，可以把一個講話顯現爲那是一個做言。第二，可以明白告訴我們所做的是什麼樣的行動。這也是使用上述兩個標準形的優點。

　　有一點很重要我們必須注意。那就是，當我們拿所謂第一人稱單數現在式直述動詞的形式，來當做做言與敍言的分別標準時，我們是就具有一定特性的動詞來說。當這個標準形式與「同一動詞」的其他人稱及其他時態之間，具有一種反對稱（asymmetry）時，這個標準形式才可以當做做言與敍言分別的標準。這個反對稱性恰好就是做言動詞的標記。前面我們已經舉過「promise（答應）」這個做言動詞爲例，來說明這種反對稱性。現在讓我們舉個不具這個特性的動詞例子。例如，「run」（跑）」就是這種動詞。例如，「I run」（我跑）與「He runs」（他跑）之間，就沒有這種對稱性。因爲這兩句話都是敍言。

　　利用所謂做言動詞的反對稱性和做言標準這些概念，我們可以：

　　(1)利用字典把所有做言動詞表列出來；

　　(2)設想所有事實上不具標準形的做言，都可化成標準形；因而我們可

把具有標準形的做言，叫做顯式做言。

現在假定所有做言都可化成標準形的做言。那末，做言與敍言之區分的問題，不是就解決了嗎？可是很不幸的，並不是所有具有這種標準形的講話，都可視為是做言。例如。

(1)具有這種形式的講話，可以用來描述我習慣上的行為。例如，「I bet him (every morning) seventy dollars that it will rain」（我（每天早上）跟他打賭七十塊錢天會下雨），或如「I promise only when I intend to keep my word」（只當我有意守信時我才答應）。

(2)具有這種形式的講話，可以用來表示「有歷史性的」現在。例如，我可用「On page 49 I protest against the verdict」（在第 49 頁上，我抗議這個判決），來描述我別時別地所做所為。

(3)有些用在這個形式上的動詞，可以同時有兩種用法。例如，「I call」（我叫就是這種動詞。例如當我說：「I call inflation too much money chasing too few goods」（我把太多的錢去獲取太少的貨品，叫做通貨膨脹）時，這句話既包含一個做言，也包含對這個行動的自然結果的描述。

(4)當我說：「I state that」（我敍說……）時，我也許不願把它當做一個做言。因為我說「I state that the sun rises in the east」（我敍說太陽從東方升起來），和我說「The sun rises in the east」（太陽從東方升起來），應該視為相同的講話。

(5)在使行動與言辭合一的場合，也許會產生做言，但其本身並不是做言。例如，我說「I slam the door」（我把門砰然關閉）時，我就把門砰然關閉。但是這種場合，有時會使一個講話代替一個行動。例如，有人說：「I salute you」（我向你致敬）時，他就向你致敬。此地，「我向你致敬」會變成致敬的代替物，因而也變成一個純粹的做言。這樣，說「我向你致敬」現在就是向你致敬了。

(6)有時候「化致」做言標準形未必可以做成。例如，我可能講某些話來侮辱你，可是我們卻沒有「我侮辱你」這種公式。這是因爲我不能用「我侮辱你」來侮辱你。

(7)當我們把一個做言化爲標準形的做言時，並不是都不會無所失。例如，「I am sorry」（我對不起）跟標準形的「I apologize」（我道歉）會是完全同一個意思嗎？

六、初式做言、顯式做言及其歧義

前面說過，奧斯丁把具有做言標準形的做言，叫做顯示做言。和這相對的，他把不具有這種標準形的一些做言，叫做初式（primary）做言㉟。例如，「I promise that I shall be there」（我答應我將在那兒）爲顯式做言，而「I shall be there」（我將在那兒）則可視爲是一個初式做言。前者把講「I shall be there」（我將在那兒）這句話時，所做的是什麼樣的行動顯現出來。如果有人說：「我將在那兒」，我們也許會問：「那是一個答應嗎？」我們也許會得到：「是的」，或者「是的，我答應的」這個回答。我們也可能得到：「不，但是，我有意要去」這個回答。

奧斯丁認爲，從語言演進的觀點來看，我們也許可以說，顯式做言必定比某種更原始的講話發展較晚。這些更原始的講話中，至少有許多已經是隱式做言。這些隱式做言當做部分包含在許多顯式做言中。例如，「I will」（我要）就比「1 promise that 1 will」（我答應我要）發展較早。奧斯丁認爲有一個可能的看法是，在原始語言中，還不清楚，也還不可能分清楚，在我們可能做的各種不同事項中，我們事實上是在做那一項。例

㉟　奧斯丁只用例子來說明什麼是初式做言。有時他也用「inexplicit」（不明顯）或「implicit」（隱式）來形容這種做言。不過，他比較喜歡用「primary」（初）一詞。

如，在原始語言中的單字講話「老虎」或「打雷」，可能是一個警告，一個通報，一個預期等等。奧斯丁認爲另一個可能的看法是，把這個講話所具有的不同意思力（force），明顯地分別出來，是語言後期的一個成就，而且是一個了不起的成就。原初形式的講話會保持在這方面原始語言的「歧義」或「含混」。這種形式的講話，不會把講話的精確意思力明白顯現出來。這也許有其用處。但是社會形式和程序的成熟與發展，必然會釐清這些意思力。

奧斯丁叫我們不要以爲我們「知道」，由於語句的初步使用應該是敍說的，所以必定是敍說的。他認爲，更爲可能的是「純粹的」敍說是科學發展所推動的一個目標，一個理想。同樣，語句的精確性也是科學發展所推動的一個目標。語言本身及其原始階段是不精確的，而也不顯現的。奧斯丁說，語言的精確使得所說——語句的意義（meaning），更爲清楚；語言的顯現使得講話的意思力，更爲清楚。奧斯丁認爲，顯式做言公式，只是許多相當成功地用來做同一個功能的說話設計的最後，而且也是「最成功的」設計。

「I order you to shut the door」（我命令你把門關起來）是一個顯式做言，而「shut the door」（把門關起來）則是一個初式做言。在使用這種命令式的講話時，我們可能在命令你把門關上。但是，我們並不清楚我們是在命令你，懇求你，激動你，引誘你，或者許多其他不同精細的行動之一。在簡樸的原始語言中，這些很可能還沒有區分。但是奧斯丁認爲，我們不需要高估原始語言的這種簡樸性。有許多設計可用來弄清楚，當我們在說話的時候，我們是在做什麼樣的行動。例如，語氣、聲調、音調的揚抑，副詞、連接詞、講話的伴勢、環境等等設計❸，常常可十分無誤地弄清楚一個命令式的講話，是命令，還是懇求。不過雖然有這些設計，但是仍然有許多歧義。由於缺少顯式做言動詞，因此也無法用做言本身來做

---

❸　這些設計的說明例子，參看《如何拿話做事》，pp. 73-76。

分辨。

　　利用顯式做言動詞和一些其他的設計，我們會把我們在講一句話時，到底我們正做的是什麼樣的確切行動顯現出來。不過在這裏我們必須分別，把我們正在做的是什麼樣的行動顯現出來，和把我們正在做的是什麼樣的行動敍說出來，這兩種極不相同的事。在講出一個顯式做言時，我們並不在敍說它是什麼樣的行動，而是在顯示或顯現出它是什麼樣的行動。奧斯丁舉出一個有趣的例子，來比較說明這個不同。在這個例子中，我們所做的約定俗成的行動，並不是說話行動，而是身體的動作。設如有一天，我在你面前深深彎腰。這是什麼意思，就有歧義。我可能只在檢視掉下的東西，也可能是使我的肚子舒服，等等這一類動作。反之，我也很可能對你致敬。為釐清這個歧義，我可做一些設計，譬如，說聲「你好！」，或諸如此類的事，用以顯現我的行動是做致敬，而不是別的。在這裏，沒有人會說，「你好」是在描述或報導我在做的致敬行動；可是，它顯然會把你在做什麼樣的行動，顯得更清楚。

　　初式做言固然會有歧義的情形，顯式做言是不是也會呢？很不巧的，也會。例如，「I approve」（我核准（贊成））可以具有提出核准的做行力，也可以有描述的意義——「我贊成這」。奧斯丁舉出兩種典型的例子來討論。這兩種就是他所謂的感言（behabitives）和註言（expositives）。

　　（甲）感言

　　在我們的日常生活中，常有這樣的情形。那就是，感覺到或感受到某種「情感」或「願望」，或者採取某種態度，在傳習上被認為是對某一種事態，或某人的行動的一種適當的反應。在這些情況下，當然我們可能感覺到，並且也經常實際感覺到這種情感或願望。而由於我們的情感或願望不容易被人查覺，所以通常我們想把我們所具有的這些情感或願望告訴別人。我們可以理解到的，雖然在不同的情況下稍有不同的理由，如果我們具有這些情感願望，在禮貌上我們需要把它們表示出來。甚至於當我們覺

得適合的時候，不管我們對我們正在報導的是否眞正感覺到，我們也要把它們表示出來。下面是在這種情況下，我們常用的一些講話：

顯　式　做　言	不 純 的 （半描述的）	描　　述　　的
I thank（我謝謝）	I am grateful（我感激的）	I feel grateful（我感到感激）
I apologize（我道歉）	I am sorry（我對不起；我難過）	I repent（我後悔）
I criticize（我批評） I censure（我責難）	I blame（我譴責）	I feel disgust（我嫌惡）
I approve（我贊成；我核准）	I approve of（我贊成）	I feel approval（我贊成）
I bid you welcome（我歡迎你）	I welcome（我歡迎）	
I congratulate（我恭賀）	I am glad about（我高興）	

在這個表上，第一欄的是顯式做言。這一類做言大體關涉到態度、感覺、和行爲反應的。奧斯丁把它們叫做感言。第二欄不是純描述，而是半描述的。第三欄只是報導的。在這些講話中，有許多因這種特意的兩重意義而受害或受益。如果有人說：「I am sorry」（我對不起；我難過），我們不知道這是否正好和「I apologize」（我道歉）一樣，或者它被當做一個他的感受狀態的描述。如果他說：「I feel perfectly awful about it」（我完全對它感到可怕），則我們應認爲它必定是他的感覺狀態的描寫。如果他說：「I apologize」（我道歉），則我們應該感到這顯然是一個做言。但是，如果他說：「I am sorry」（我對不起；我難過），則這是一個描述，還是一個做言，搖曳不定。

　　（乙）註言

有一種講話其主體部份通常是直截了當的敍說形式，但是其開頭部分卻是一個顯式做言動詞，而這部分告訴我們，這「敍說」是如何湊進這個談話系絡的。奧斯丁把這種講話稱爲註言 (expositives)。例如：

(1)I argue that there is no backside to the moon （我論證說，月亮沒有背部）。

(2)I conclude that there is no backside to the moon （我下結論說，月亮沒有背部）。

(3)I admit that there is no backside to the moon （我承認月亮沒有背部）。

這種講話有從描述轉移到做言，並且在這兩者之間搖曳不定的現象。尤其是看看下面一個講話：

I state that there is no backside to the moon （我敍說月亮沒有背部）。

這個講話和「I warn you that」（我警告你）的形式，看來並沒有很大的不同。顯然在這裏我做的行動是一個敍說行動。所以「I state that……」（我敍說……）不就是一個做言嗎？但是，我們又會覺得以「I state that……」（我敍說……）開頭的講話，確實必須爲眞或爲假；果眞如此，則它又是敍說了。

七、涵蘊、意味着、預設及做言與敍言的關連及其相似

我們以上的討論着重在做言及其欠切等概念。在本節裏，我們要討論奧斯丁如何用「涵蘊」、「意味着」和「預設」等邏輯或語言哲學的基本概念，來分析做言與敍言之間的邏輯，及其間的相似或相同的地方。首先讓我們說明一下這幾個基本概念的意義。

（甲）涵蘊、意味着和預設

在本項討論裏，我們設 P 和 Q 代表某「項目」。

(1)涵蘊

P 涵蘊 (entail) Q 的意思是，敘說 Q 是敘說 P 的一個邏輯歸結。換句話說，如果 P 涵蘊 Q，則非 Q 也涵蘊非 P。也就是說，如果 P 涵蘊 Q，則 P 眞時 Q 也眞，而且 Q 假時 P 也假。當 P 涵蘊 Q 時，$(P\&\sim Q)$ 必定爲假，也就是 $(P\&\sim Q)$ 必定是一個矛盾言 (contradiction) 或不一致言 (inconsistency)。換句話說，當 P 涵蘊 Q 時，如果我們說 P 同時又說些非 Q，則就有矛盾或不一致的情形。如果「所有客人都是臺灣人」涵蘊「並非有些客人不是臺灣人」，則「有些客人不是臺灣人」涵蘊「並非所有客人都是臺灣人」。如果「貓在桌子上面」涵蘊「桌子在貓下面」，則「桌子不在貓下面」涵蘊「貓不在桌子上面」。當「所有客人都是臺灣人」涵蘊「並非有些客人不是臺灣人」時，如果我說「所有客人都是臺灣人，而有些客人不是臺灣人」，就有矛盾或不一致的情形。我們要注意的，涵蘊是兩個敘說之間的一種二元邏輯關係。

(2)意味着

「意味着」(imply) 的意思，要比上述涵蘊的意思紛雜得多[38]。首先我們要注意的，這兩者的意思並不相同。在某一個情境中，當我說：「啊呀！」(alas!) 時，我通常 (normally) 被認爲是意味着我不快樂。但是我這樣說時，我通常不被認爲是好像我在說：「我不快樂」那樣在斷說 (assert) 我不快樂。再舉不同的例子來說。當有人說：「我家的狗都是白色的」時，他通常被認爲是意味他家養有狗（雖然不是說他家養有狗），而他的聽眾也很可以做這項認定（卽他家養有狗）。又如，當在適當的情況下有人說：「阿蘭已經出嫁了」時，他的話 (saying, words) 意味着他相

---

[38] 在英文裏，有些作者也把「entail」（涵蘊）叫做「imply」或「logically imply」（邏輯涵蘊），而把我們這裏所謂意味着叫做「contextually imply」（系絡涵蘊）。「imply」一詞的這種歧義和中譯的這種跳躍，要留心一下。

信或知道阿蘭已經出嫁了，而他的聽眾也很可以認定他（說話者）相信或知道這。

有幾個問題我們要注意。首先，我們要知道「意味着」是在什麼項目之間的關係。當我們說：「P意味着Q」時，P是什麼？Q又是什麼？通常可能有下面幾種情形：

(a)「說話者」意味着「說話者的某一信念」或「某一事實」。

(b)「說話者的話」意味着「說話的某一信念」或「某一事實」。

(c)「說話者」以他所說的 (by what he said) 意味着「說話者的某一信念」或「某一事實」。

如果是(a)(b)兩者，則意味着可以說是一種二元關係。如果是(c)，則意味着寧可說是一種三元關係。

其次，讓我們看看意味着是一種怎樣的關係。為說明方便起見，當我們說：「P意味着Q」時，讓我們假定「P」代表「說者說的話」，而稱「P」為意味項，「Q」為被意味項。首先我們要知道的，當P意味着Q時，非Q並不就意味着非P。例如，如果「貓在桌子上面」（我的話）意味着我相信貓在桌子上，則說「我不相信貓在桌子上面」意味着貓不在桌子上，是不對的。當P意味着Q時，從P未必可以導出Q來，那也就是說，當P為眞時Q未必為眞。例如，假如「貓在桌子上面」意味着我相信貓在桌子上面；但從「貓在桌子上面」卻導不出我相信貓在桌子上面這個結論來。雖然這樣，可是從我講的「貓在桌子上面」，卻「很可以推斷」說，我相信貓在桌子上面。「從 P 很可以推斷說Q」和「從 P 可以導出Q」是不相同的。如果從P可以導出Q，則P眞時Q必眞，而Q假時P也必假。但是，如果從P很可以推斷說Q，則P眞時Q未必為眞，而Q假時P也未必為假。既然這樣，那麼為什麼我們還可以說從P很可以推斷說Q呢？這是因為如果P意味着Q，則在日常生活中我們講P時，通常都會認定或期待Q。也因為這樣，當P意味着Q時，如果說「P但非Q」則會令

人覺得很怪謬。例如，「我家的狗都是白的，但我家沒有狗」這話是會令人覺得很怪謬的。但怪謬與矛盾或不一致不一樣。怪謬的敍說仍然可以爲眞，但矛盾或不一致的敍說卻不能爲眞。在這裏，怪謬可以說是語言哲學的觀念，而矛盾或不一致則爲邏輯的觀念㊴。

(3)預設

「預設」（presuppose）和意味着這兩個概念有相似的地方，也有不同的地方。預設和涵蘊也不一樣。如果「阿土的狗都是白的」預設阿土有狗，則阿土有狗未必預設他的狗都是白的。又如果「阿土的狗都是白的」預設阿土有狗，則「阿土的狗並不是都是白的」也預設阿土有狗。

我們知道，被意味着的東西是說話者的某一信念或者是某一事實。而

㊴ 奧斯丁在說明「意味着」（imply）的意思時，提到「意味着」的意義問題，是由穆爾（G. E. Moore 1873-1958）注意到的。現在讓我們看看穆爾怎麼說。在1912年出版的《倫理學》裡，他說：「在一個人以某一斷說所意指（mean）和他以同一斷說所表示（express）之間，有很重要的區別。這個區別不常爲人注意到。無論什麼時候我們做什麼樣的斷說（除非我們的意思並不是我們所說的），我們都會「表示」兩個事項之一——那就是，或者是我們『認爲』（think）事情就是那樣，或者我『知道』（know）就是那樣。」（p. 125）在這裏他所謂表示，就是意味着的意思。

在 1942 年穆爾的〈給我的批評者的回答〉（P. A. Schilpp 編 *The Philosophy of G. E. Moore*（穆爾哲學），他說：「我認爲確實有一種『典型倫理的』意思。那就是，如果一個人斷說布魯特（Brutus）的行動在這意思上是對的，那麼他會意味着（imply）在說話當時，他贊同這行動，或者不會不贊同這行動，或者至少他對這行動具有某種心理的態度。…但是，我認爲，通常，一個人只會意味着這。這意味着的意思是說，他意味着這並不是說他斷說這，也不是說，這會從他斷說的任何東西跟隨而來（follow）。我認爲這裏所謂「意味着」，其意思與下述情形相似。那就是，當一個人斷說任何可爲眞假的東西時，他意味着在說話當時，他自己相信或知道所說的東西……。例如，如果某一天我斷說前一個星期二我去看電影，那麼，雖然我並沒有說我相信或知道這，但借斷說這，我就意味着，在說話當時，我相信或知道這。但是在這裏，顯然我所意味着的，並不是我所斷說的一部份；因爲如果是的話，那末爲要發現那星期二我是否去看電影，一個人需要去發現當我說我去了時，是否我相信或知道這。顯然並不是這樣。也很顯然的，從我斷說的——即那星期二我去看電影，並不跟隨出來，當我說這樣時，我相信或知道這。」（pp. 540-541）。

被預設的東西則爲某一敍說或某一事實。通常，被預設的東西和說話者的信念，沒有特別的關連。被預設和被意味着的東西，通常都是講話時被假定要滿足的背景條件。預設所涉及的背景條件，是一個講話要算做有眞假可言的敍說之前，要滿足的條件。而意味着所涉及的背景條件，則是一個講話要算做「正常」時，要滿足的條件。因此，當我們做一個講話時，如果它意味着的條件不成立，則會有「不正常」的情形。也就是有怪謬的情形。當我們做一個講話時，如果它所預設的條件不成立❹，則這個講話就沒有眞假可言 ❹，因爲這個時候不產生眞假的問題。可是，這個講話並不因此而無意義 (meaningless)。奧斯丁認爲，這個情況下的講話是空的 (void) 或無效的❹。

（乙）做言與敍言的關連及其相似

在前項裏，我們說明了涵蘊、意味着和預設這三個關係的意義。在我們的說明中所用的例子都是敍言。我們知道，敍言都可應用到這三個關係上。而且相對於這三個概念，敍言可分別發生矛盾、怪謬和空洞（無效）的毛病。在本項裏，我們要看看做言與敍說之間，是否存在這三個關係，以及做言是否也可發生矛盾、怪謬和空洞的情形。

(1)如果做言「I apologize」（我道歉）爲得體，則我在道歉(I am apologizing) 這個敍說爲眞。

(2)如果做言「I apologize」（我道歉）要爲得體，則某些條件（尤其是規則A）得以滿足的敍說必須要眞。

---

❹　通常我們說:「P預設Q」。但嚴格說，應該是講「P」的「人」預設「Q」。但在我們這個討論裏，簡說成「P預設Q」也無妨。

❹　根據史陶生 (P. F. Strawson) 和奧斯丁的說法，在這種情況下的講話，是沒有眞假可言。可是根據羅素確定描述詞的理論，則認爲這時候的講話爲假話。

❹　關於預設和意味着的觀念，可參閱 P. Edwards 編 *The Encyclopedia of Philosophy* 中 Presupposing 條。

(3)如果做言「I apologize」（我道歉）要為得體，則某些其他條件（尤其是規則「1）得以滿足的敍說必須要眞。

(4)如果至少某種做言為得體，譬如契約上的做言，則我隨後應該或不應該去做某一特定事項的敍說為眞。

上面(1)告訴我們，敍言「I am apologizing」（我在道歉）之眞，依據做言「I apologize」（我道歉）的得體。但這種「依據」是一種什麼關係，不很清楚，奧斯丁也沒有明白說出來❸。

(2)是一個預設關係，因為如果規則A不滿足，譬如，我向一個不適當的人道歉，我的道歉是空的。

(3)是一個意味着關係。因為如果我的道歉為得體，你很可以推斷說，我眞心向你道歉。但如果我沒眞心，則雖然我的道歉行動有毛病，但並不無效。

(4)是一個涵蘊關係。「I promise」（我答應）涵蘊「I ought（我應當）。「I ought not」（我不應當）涵蘊「I do not promise」（我不答應）。

其次，讓我們看做言是否會發生矛盾、怪謬和空洞（無效）的情形。

(a)意味着與怪謬

「I promise to do……」（我答應去做……）意味着「I intend to do……」（我有意去做……）。但如果有人說「我答應去那裏，但我一點也無意去那裏」，則雖然他很可以這麼說，但他坦白招認不誠實，實在會令人覺得很怪謬。

---

❸ 這個關係不是涵蘊關係。因為當敍言「1 am apologizing」為假時，做言「1 apologize」（我道歉）固然有毛病，但未必為我們這裏所謂的不得體。這個關係也不是意味着。因為它似乎比意味着要強。這是因為從做言「1 apologize」（我道歉）的得體，我們可以導出敍言「1 am apologizing」（我在道歉）之眞。這個關係也不是預設。因為當敍言「I am apologizing」（我在道歉）為假時，做言「1 apologize」（我道歉）可以為不得體，但不為空。

(b)預設與空洞（無效）

「I bequeath my watch to you」（我把我的手錶遺贈給你）和「I don't bequeath my watch to you」（我不把我的手錶遺贈給你），都預設我有手錶。所以，假如一個人沒有手錶而作上述的遺言，他的講話是空的或無效的。

(c)涵蘊與矛盾

「I promise」（我答應）涵蘊「I ought」（我答應）。所以，如果有人說：「I promise to be there, but I ought not to be there」（我答應到那裏去，但我不應當去），則他的話本身便有自己否定的情形。又如有人說：「I welcome you」（我歡迎你），可是後來卻把你當敵人或侵犯者看，這樣他便有背諾、否定自己的話的情形。

八、敍言與做言區分的崩潰與說話做行論的提出

在以上的討論中，我主要在闡釋奧斯丁的做言與欠切的觀念，以及做言的可能標準等問題。有一點很重要，我們一直還沒有提到的是，雖然奧斯丁一直很用心很耐心地展述他的做言理論，可是在展述的過程中，他早已表示不滿這個理論。不但如此，他最後還放棄它。有一點很特別，值得一提的，正如法格生(L. W. Forguson)所說：「有時候，一個哲學家會對某一個論題發展一種見解，而後來卻拒絕它。奧斯丁也許是獨一無二的，那就是，他不但拒絕了他自己的見解，而且他還耐心地發展它，然後在同一個作品內，又顯示它終究是不能令人滿意的。他在有意出版的材料上，不但做了，而且做了三次❹。」

---

❹　參看 K. T. Fann（范光棣）編 *Symposium on J. L. Austin*, p. 412。後期的維根斯坦在一種意義上，也拒絕了他自己前期的見解。但在拒絕時，他已不提它了。

　　那麼，奧斯丁爲什麼要拒絕他自己這個理論呢？根據他自己的說法是這樣的。首先，我們找不到文法上或字彙上做言的標準。卽使我們有所謂顯式做言的形式，可是一方面有些做言無法化成這種形式。另一方面，有合乎這種形式的講話不是做言的。就其中典型的例子來說，譬如「I state that……」（我敍說……），一方面它似乎滿足這種形式，另一方面確實在做敍說，因而確有眞假可言。

　　其次，他認爲「做些什麼」(doing something) 是一個非常含混的用語，而他的理論又十分依據這個概念。他又認爲，去「說」(saying) 什麼經常是去「做」(doing) 什麼。因此，任何一個講話，也都可以視爲是一個做言。

　　再其次，他又認爲，他所謂的做言，尤其是其切合和欠切的問題，也與事實相關。他認爲，這種相關跟敍言和事實的相關，沒什麼很大的不同。再說，被他列爲做言的講話和敍言之間，也存有涵蘊、意味着和預設等關係。而且，敍言之間由這些關係而產生的毛病，譬如，矛盾、怪謬和空洞或無效等等，在做言之間也同樣發生。因此，奧斯丁認爲，做言與敍言之間的區分就削弱了，甚至瓦解和崩潰。

　　奧斯丁爲什麼會毫不猶豫地放棄他用心和耐心地發展出來的做言學說呢？固然，一方面是由於他不滿意它，另一方面，也許是更重要的，可能是他急欲提出一個更一般更廣泛的語言理論。在這個新理論中，可以含蓋語言的更多層面，尤其是可以把全部 (total) 的說話做行 (speeh acts) 都含蓋進去。同時，也可以釐清在原理論中，最使他頭痛的「去做一些什麼」這個曖昧的概念。因此，他要回過頭來，從根本上「徹底地去考慮，去說些什麼『就是』去做些什麼，或者「在」(in) 說些什麼我們做些什麼，甚至於「依」(by) 說些什麼我們做些什麼」，到底有那些意義。這個新理論就是他所謂的說話做行動 (theory of speech acts)。我們將在另一個研究

中詳細討論這個理論。

九、布拉克與法格生論做言

我們可以從許多方面來評論奧斯丁的做言學說。在本節裏，我們要討論布拉克 (Max Black) 和法格生兩個人的評論。 他們的討論主要放在做言概念本身。

布拉克爲了避免奧斯丁遭遇到的，並且使他放棄做言學說的主要困難之一，提出「做言」的兩個相異的定義。首先他提出「做言$_A$」的定義如下[45]:

(A) 一個在特定環境中使用的講話爲「做言$_A$」，恰好如果這個講話在這樣的使用中， 算做是說話者在做講說爲眞或爲假以外的些什麼東西的一個場合，或者是說話者在講說爲眞或爲假的東西以外，還做更多些什麼東西的一個場合。一個不是做言的講話，叫做敍言。

布拉克對這個定義中的主要用語，做了一些說明。其中和我們這裏的討論有關的是:

「在特定環境中」: 他說，我們是在討論「用在所予環境」中的語句或其他用語的一種分類。因此，同一個語句在某一個使用中，也許要算做是做言，而在另一個使用中則要算做是敍言。他說，這個定義的使用，不但要我們特定使用的環境，而且在困難的情況下，還要我們分析在這種說話中，到底發生些什麼。

「算做」: 一個講話「事實上」是在做眞理主張以外的東西，或在做比眞理主張更多的東西，還不夠算做是做言; 除此以外，還必須

---

[45] 參看 Max Black 的〈奧斯丁論做言〉(Austin on Performatives), *Philosophy* (1963) 。此文也收在 K. T. Fann 前書。

要有某種約定或規則,使得非承認,這是在做這就有錯不可。因此,他說,當一個人說:「那隻公羊脫繩了」時,也許「事實上」是在警告他的聽眾,但這並不就使他的講話算做是做言。

布拉克認為,他這個做言的定義,似乎可以抓住關於「敘言」與「做言」之間的不同這個蘊含。也就是,可以抓住關於僅僅用來做真理要求的講話形式,與在約定上用來做真理主張以外的東西,或在做比真理主張更多的東西的講話形式,這兩者之間的不同這個蘊含。但是他說,奧斯丁以及其他做言學說的討論者,因依據另一個概念的「做言」意義,而使得研究混淆不清。他說,奧斯丁把「I state」(我敘說)歸類為做言,就顯示他有這種混錯。

布拉克說,奧斯丁用來把「I state」(我敘說)歸類為做言的標準,顯示還有另一個意義的「做言」。他把這種做言的定義形製如下:

(B) 一個在特定環境中使用的「I X〔這樣那樣〕,(我 X〔這樣那樣〕)這個形式的講話為「做言$_B$」,恰好如果這個講話在這樣的使用中,算做是說話者就在那裏「X-ing」[46]。

這裏,「X」的兩個出現,必須想像為由「第一人稱單數現在直述主動」的英文動詞來取代。

「I say」(我說)是「做言$_B$」,不是「做言$_A$」,因為「I say」(我說)雖然當然算做是說些什麼,但是並不算做是做講說為真或為假以外的什麼東西,也不算做是做些比講說為真或為假更多的什麼東西。定義(B)所講的,似乎是英文的一個特色,並不普遍出現在所有語言中。布拉克認為,把「做言」的概念當做「做言$_B$」,一方面使借講話來做真理的主張與借講話來做別的事項,或做比做真理的主張更多的事項,這兩者之間的對照模糊起來,另一方面使我們注意太狹窄的某一特別的文字形式。而定義(A)則可避免這些缺失。因此,布拉克說:「我頗認為,像「做言$_A$」 這個概念將

[46] 由於這個定義要就英文講話來講,所以我保持「X-ing」的形式。

適合奧斯丁，以及所有對這個概念寄以厚望的哲學家的目的，並且卽使不是所有，但是許多奧斯丁所遭遇的困難，將會被這個選擇所克服。」

法格生卻完全不同意這點❹。他認爲，奧斯丁所遭遇的困難，卽使有也很少會被這種選擇所克服。他說，每一個講話的功能，都會做比僅僅說些爲眞或爲假的「更多」的東西。但是，當做兩個分離的講話類，「做言與籨言」的區分，完全使得講話的這個特色模糊不清。他說，奧斯丁尤其是爲了這個理由，才放棄這種區分，而轉到講話的意思力探究上去。他說，奧斯丁看到而布拉克看漏的重要之點是，確實沒有任何好理由，可用來區分做言與他「種」講話。所有講話，不論是單純的斷說，還是答應或要求，在討論中都具有其「做行的」任務。

我認爲法格生對布拉克的批評，不是錯誤，就是不相干。奧斯丁的確爲「I state」（我籨說）這類講話旣具有顯著的眞假特色，也具有做言的性質而困惑。布拉克的「做言_A」的定義，無疑可把這個困惑解除掉。這種解除方法是任意的嗎？換句話說，在「做言_A」的定義中，涉及解除這個困惑的部分在實質上適當嗎？布拉克對這一點並沒有提出令人滿意的解說。這個問題是說，像「I state」（我籨說）這一類講話，有沒有從做言的觀點去考究它的價值？如果沒有，則就不必把它列入某種做言的概念內。所謂從做言的觀點去考究的價值，主要指的是什麼呢？指的是它是否會產生重要的切合與欠切的問題，尤其是奧斯丁所提的欠切表上的問題。在這個意義上，我認爲像「I state」（我籨說）這一類講話，是沒有從做言的觀點去考究它的價值的。在這一點上，「做言_A」的定義是適當的。

至於法格生所說，每一個講話都會做比僅僅說些爲眞或爲假的更多的東西。布拉克也看到這一事實。布拉克說，「做言_A」的定義更爲嚴重的一個缺點是，在特定環境中，「混合情況」的講話普遍都可用來旣做眞理

❹ 參看法格生（L. W. Forguson）著 "In Pursuit of Performations", *Philosophy* (1966)，此文收在 Fann 前書。

要求，又做更多的東西。因此他說，人們會認爲「做言-敍言」的對照，與其說是用來處理彼此不相容的講話「類」，不如說是用來處理講話「層面」(aspect)。

就算每一個講話都具有這個特色好了，那麼做言與敍言的區分，是否就沒有必要和價值呢？

我的答案是否定的。爲什麼呢？

十、做言學說的評估

我認爲，奧斯丁做言理論的最重要貢獻是，發現了許多講話具有重要的人類行動的特質。這一發現有兩個直接的要點。一個是使我們「明白」知道，我們不但可以拿語言去報導或描述世界，而且也可以拿它去「做」許多人間事務。另一個要點是，研究人類的講話，不但是語言的研究，而且在許多場合也是人類行動的研究。因此，我以爲做言理論研究的重點，與其說是做言標準的尋找，不如說是當行動看的講話內容的解析及其評價——這就是行動論的一部分和欠切問題的探究。我們要知道的，做言標準的尋找，只是做言學說研究的補助問題，而不是中心問題。其次，站在語言使用這一基本立場來說，做言是「沒有絕對標準」的。因爲從語言使用的立場說，語言的「意義」或「功能」決定於語言的約定，使用的環境，說話者的意圖、態度，和聽者的注意點等等，而不是僅僅決定於「抽象」的語言關係本身。這樣，奧斯丁想從文法和字彙上去尋找做言的「絕對」標準，是在追求一個「沒有的東西」。他不能成功，是很自然的。

做言雖然沒有「絕對」的標準，可是卻有「相對」標準或可工作的標準。在一個特定環境中，我們雖然不能拿這種相對的標準去說某一個講話「必定」是做言，可是卻可以拿它去說某一個講話「算做」是做言。在前一節說過的布拉克形製的做言定義中，使用了「算做」這個觀念。這種算

做的觀念，一方面排除了「絕對」的觀念，另一方面也排除了「任意」的觀念。這兩者分別使「使用」和「約定」，在語言功能的釐定上佔據重要的地位。這種「算做」的標準，對我們來說已經很夠了。爲什麼呢？我們之所以要區分一個講話是做言還是敍言，或者是其他什麼，其主要目的是爲了讓我們知道，需要拿那一（些）個評價標準——眞假，得體不得體，誠實不誠實，好壞等等——去評定它，解析它。因此，在特定的使用環境中，只要一個講話算做是做言，我們就知道，可能需要拿眞假的評價去評定外，必定還需要拿得體不得體等評價標準去評定。奧斯丁最後放棄做言理論，我想恐怕是因爲他沒有認識到做言沒有絕對標準，以及我們也不需要有這種標準。

爲什麼我們要說做言學說的中心問題，不在做言標準的尋找，而應該在做言切合與否的探究呢？如果對本文前面所講的還沒有忘記的話，我們該記得，做言學說是對檢眞運動的反響而產生的。檢眞運動者說，哲學上的許多命題或敍說，是意義空洞的。奧斯丁固然同意被判定爲意義空洞的命題或敍說，有的確實是如此，可是有的則不然。這些他不以爲然的命題或敍說，從眞假觀點來看固然是意義空洞的，可是從別的什麼觀點來看卻未必然。我相信，「得體不得體和切合欠切」，就是奧斯丁所提出的「別的什麼觀點」。從哲學觀點看，這些觀點和眞假觀點至少是一樣重要的。有些命題或敍說從眞假觀點看，固然意義空洞，可是從得體不得體觀點看，卻有充足的意義。正如眞假觀點所關連的不只是語言問題，還有世界實在的問題；同樣的，得體不得體所關連的也不只是語言問題，還有人間事務或人類行動的問題。從哲學觀點來看，得體論與眞理論是一樣重要的。奧斯丁可以說是得體論的首創者。

奧斯丁可能因錯誤——認爲做言應該有一個絕對標準，可是卻無法找到——而終究放棄他的做言學說。但是，可能因他直覺的深處感到得體問題的重要，使他曾三次很耐心地去闡釋和發展已被他放棄的學說。

就維根斯坦所謂的意義空洞 (nonsense) 這個意味，來探究講話的意義空洞不空洞的觀點來觀照，眞假的概念和得體不得體的概念，可以說是屬於同一個邏輯空間的兩個不同的重要次元 (dimension) ❹。凡是可用這個邏輯空間裏的某一次元來評價的講話，都是意義不空洞的；其不空洞跟一個有眞假可言的講話之不空洞完全一樣。得體不得體的發現，可以說是這個邏輯空間裏一個重要次元的發現。由於得體不得體和眞假屬於同一個意義邏輯空間，所以奧斯丁所說，有些被檢眞運動者判定爲意義空洞的東西，並不是意義空洞。這是對檢眞運動的一個糾正。在這個邏輯空間裏的諸次元有一個共同的特點，那就是有兩極——眞與假，得體不得體等等。一個假講話之有意義，和一個眞講話之有意義，完全一樣。同理，一個不得體講話之有意義，和一個得體講話之有意義，完全一樣。

那些從維護傳統文化或宗敎信仰的立場來反擊檢眞運動的人，所採取的意義評價，則不在這個意義邏輯空間之內。首先，這種意義評定標準缺少兩極。因爲根據這些人說，有些命題雖然沒有眞假可言，但卻有文化價值，所以是有意義的。如果這麼說，那麼那些被他們判定爲無文化價值而又無眞假可言的命題，就意義空洞了。其次，所謂有無文化價值，純粹是「主觀的」。但是，我們上述的意義邏輯空間裏的次元是「客觀的」。再次，這些人所說的意義問題不涉語言本身，可是我們這裏的意義邏輯空間與語言的核心是共軸的。因此，我們可以說，這些人對檢眞運動的反擊，和檢眞運動的主張，毫不相干。這些人恐怕沒有看到這種意義邏輯空間。

用另一個方式說，奧斯丁的做言理論在哲學上的貢獻是：(1)告訴我們有一個意義邏輯空間❹；(2)顯示在這個空間裏，除了眞假這個重要的次元以外，還有得體不得體這個重要的次元；(3)顯示除了這兩個重要的次元以外，還可能有許多其他重要的次元待我們去建造、顯現和發覺。當維根斯

---

❹ 我借用維根斯坦的「邏輯空間」一語。

❹ 這是從他的主張推出來的，並不是他曾明白這麼說。

坦說，語言有數不盡種的使用時，他的話可以解釋為是說，這個意義邏輯空間是個無限的集合。但他並沒有把這個空間裏的次元特定幾個給我們。奧斯丁在這方面卻做了具體的貢獻。

加州大學哲學敎授史陶(Avrum Stroll)說：「……二十世紀強調解析當做哲學探究的基本模式。預設和系絡涵蘊這兩個概念，在這種一般取向中，擔當消極和積極兩方面的任務。就消極方面來說，它們是一種設計，當代思想家用來把哲學家和其他做思想的人，以過分簡化的概念模式去觀照世界的這種〔運思〕習向，減至最少。就積極方面來說，它們用來當做剖析和徹底了解人類某些涉及人類相互間意念交通效力的活動，譬如在答應、敍說、講說、意味着等方面的活動。❺」史陶在這裏對預設和系絡涵蘊這兩個概念所講的話，其實用到奧斯丁的做言及得體不得體等概念，有過之而無不及。

奧斯丁得體論對法律與倫理規範的研究尤其有用。許多涉及法律和倫理規範的行爲和得體論有關。奧斯丁在討論得體的問題時，也不時列舉法律行爲方面的例子。得體論給法律行爲和倫理規範行爲的解析和建構，提供許多有用的概念模式和內容，同時也給這方面的研究，提供某種新的哲學基礎。

——原載《思與言》第17卷第 1 期1979年 5 月

---

❺　參看 P. Edwards 編 *The Encyclopedia of Philosophy*, Presupposing 條。

一個沒有確定描述詞的語言

一

在本文裏，我主要是要顯示，在中文裏沒有依羅素(B. Russell, 1872-1970) 的解析模式那種意義的確定描述詞 (definite descriptions)。

根據羅素，所謂確定描述詞是指任何具有「the so-and-so(在單數)」這個形式的詞組❶。例如，他舉例說，「the present King of France」（現任法國國王），「the author of Waverley」（≪維法利≫的作者），

❶ 因為正如本文所要顯示的，在中文裏沒有確定描述詞，因此，當我們要舉確定描述詞的例子時，必須拿英文當例子。然後，才「勉強」附上中譯。本文以下都採取這種做法。

羅素在許多地方都討論過他的確定描述詞論。每次談論時，他都毫無限制地說，所謂確定描述詞是指任何具有「the so-and-so（在單數）」這個形式的詞組。羅素對確定描述詞這種毫無限制的徵定 (characterization)，被一些不同情他的理論的人，利用來攻擊他。可是，正如本文後面就要顯示的，羅素這種徵定，是有很深刻的語言上的意義的。

為參考起見，我們把羅素對描述詞做這種徵定的主要地方，列舉如下：

(1)"By a 'description' I mean any phrase of the form 'a so-and-so' or 'the so-and-so.' ……a phrase of the form 'the so-and-so' (in th singular) I shall call a 'definite' description." (「所謂『描述詞』，我的意思是指任何具有 'a so-and-so 或者 the so-and-so 這個形式的詞組，……我將把 'the so-and-so (在單數) 這個形式的詞組，叫做確定描述詞。」(羅素著≪哲學問題≫(*The Problems of Philosophy*), p. 52, 1912)。

(2) 'A description is a phrase of the form "the term which etc. ," or more explicitly, "the term x which satisfies $\phi\hat{x}$," where $\phi\hat{x}$ is some function

「the last person who came into this room」（最後來過這個房間的人），和「the sum of 43 and 34」（43 和 34 之和）等等，都是確定描述詞。

根據羅素，「The present king of France is bald」（現任法國國王禿頭）涵蘊 (implies) 下面三個命題：

(1)At least one person is present King of France（至少有一個人是現任法國國王）；

(2)At most one person is present King of France（至多有一個人是現任法國國王）；

(3)There is nobody who both is present King of France and is not bald（沒有既是現任法國國王又不禿頭的人）。

羅素又認為，這三個命題合起來（即其連言）也涵蘊「The present King of France is bald」（現任法國國王禿頭）。換句話說，前者與後者是等值的 (equivalent)❷。

那末，所謂在中文裏沒有依羅素的解析模式那種意義的確定描述詞，是什麼意思呢？在談到有沒有所謂確定描述詞的問題時，大家一定會想到英國哲學家史陶生 (P. F. Strawson, 1919-)，在攻擊羅素的確定描述詞論

---

satisfied by one and only one argument.'（描述詞是具有使得怎麼樣等等的名元"x"，這個形式的詞組，或者更明白說，是具有"滿足 $\phi\hat{x}$ 的名元x,"其中 $\phi\hat{x}$ 是滿足一個而且僅僅一個論元的函題 。（羅素著≪數理原論≫ (*Principia Mathematica*), p. 173。）

(3)在羅素著≪神秘主義與邏輯≫(*Mysticism and Logic*), p. 207 中，幾乎有和上面(1)同樣的文字。

(4)「有兩種描述詞，其中一種可叫做"有歧義 (ambiguous) 的描述詞"，"a so-and-so" 就是這種，而另外一種可叫做「確定描述詞」，"the so-and-so"(在單數) 就是這種。」（羅素著≪邏輯與知識≫(*Logic and knowledge*), p. 243）。

(5)「『描述詞』可有兩種，確定和不確定的 (indefinite)（或者有歧義的）。不確定描述詞是具有 "a so-and-so"（在單數）這種形式的詞組，而確定描述詞是具有 "the so-and-so"（在單數）這種形式的詞組。」（羅素著≪數理哲學導論≫(*Introduction to Mathematical Philosophy*), p. 167。）

❷ 以上解析參看羅素的≪數理哲學導論≫，第16章描述詞。

時所堅決主張的，在（英文裏）沒有羅素意味的確定描述詞❸。在本文後面，我會討論史陶生這個見解。我所謂在中文裏沒有確定描述詞，和史陶生所主張的在英文裏沒有確定描述詞，其意義完全不同。其實，我們在本文裏所要確定的一點，就是在英文裏有羅素意味的確定描述詞。但是，這並不是說，在中文裏沒有羅素意味的確定描述詞的證明，要依據在英文裏有這種確定描述詞的證明。不過，如果在英文裏有這種確定描述詞，而在中文裏卻沒有的話，這種「有」「無」的發現和比照，在語言哲學上會顯出一些重要的意義。

二

顯然，我們可以從若干不同的角度，來顯示在中文裏沒有確定描述詞的問題。依我看，從我所謂羅素式說話做行 (Russellian speech act) 這個觀念出發❹，恐怕是一個較深刻和觀念較鮮明的做法。

根據說話做行論 (theory of speech act)❺，當我們說 (say, utter) 一句話時，我們在做 (perform) 一個說話做行。例如，當我說：「我答應 (promise) 畫一幅畫給她」時，我做了一個允諾。當我說：「玉山終年掛雪」時，我做了一個斷說 (assertion)。這裏，允諾和斷說都是一種做行 (act)。

在講他的確定描述詞論時，羅素認為他的解析模式，是可以用來解析

---

❸ 參看史陶生的〈論指論〉(On Referring)，《心》(*Mind*)，Vol. 59 (1950)，pp. 320-44。又參看本書〈史陶生論指稱〉。

❹ 在這裏，我把「speech act」的「act」譯成「做行」。如果從孤立的情況來說，也許譯為「行動」或「行為」更好。但是，為要給這兩者分別留來譯「action」和「behavior」，我拿「做行」譯「act」。

❺ 這裏所謂說話做行論，我指的是奧斯丁 (J. L. Austin, 1911-1960) 和塞爾 (J. R. Searle) 等人所倡導的理論。

有確定描述詞出現的任何形式的命題的❻。爲了討論方便起見，現在我們要舉一個範例來說明所謂羅素式說話做行。

命題「The present King of France is bald」（現任法國國王禿頭）是一個有確定描述詞出現的命題。其中確定描述詞是「the present King of France」（現任法國國王）。我們就拿這個命題當範例來說明。

當我們說「The present King of France is bald」（現任法國國王禿頭）時，我們做了一個斷說，也就是做了一個說話做行。那麼，我們做了一個具有怎麼樣內容的說話做行呢？不同的哲學家可能有不同的說法，譬如，羅素有他的說法；史陶生有他的說法❼；塞爾有他的說法❽。當然，我們知道羅素和史陶生並沒有用說話做行的概念，來回答這個問題。但是，就如本文所要指出的，他們的說法是可以轉換成說話做行的概念來說的。他們的說法，實際上是定義了一種說話做行。我們將把他們定義了的說話做行，分別稱爲羅素式說話做行和史陶生式說話做行 (Strawsonian speech act)。

那末，羅素式說法做行到底怎樣呢？或者說，羅素式說話做行的內容如何呢？換句話說，羅素式說話做行的必要又充分的條件是怎樣呢？在還沒有析述這些條件以前，有幾點要先說的是：

(1)如果就顯示在中文裏沒有確定描述詞的用意來說，我只要指出其中幾個有關條件就夠了。但是，爲要對我所謂的羅素式說話做行這個觀念，有個明白和統含的了解，我還是想把這個做行的重要和特別的條件，盡量找出來。

(2)不過，本文的主要目的不在解析這個做行本身，因此，對所討論的條件的剖析，只想做到夠用和有個簡明的認識這種地步。

---

❻ 參看羅素著《數理原論》p. 173。

❼ 參看史陶生的〈論指論〉。

❽ 塞爾著《說話做行》(*Speech Acts*)，第七章。

(3)我不想堅持以下所剖析的條件，「就是」這種說話做行的必要又充分的條件。但是，我相信這些條件，也許「幾乎」就是了。

現在我們就利用說話做行的觀念來剖析羅素的說法。

當我們說「The present King of France is bald」（現任法國國王禿頭）時，我們做了一個斷說。這個斷說的說話做行包括下列的說話做行❾：

(1)**存在斷說的說話做行**　也就是斷說至少有一個現任法國國王的說話做行。但是，所謂「至少有一個現任法國國王存在」這個說話做行，到底又有怎樣的細部行為（behavior）呢？ 為了解析這，羅素利用了他所謂的命題函題的觀念。根據羅素，所謂命題函題（proposition function）「是指一個含有一個或多個未定成分的詞組，而當我們把值賦給這些成分時，這個詞組就變成一個命題。」❿例如，「x是人」和「$2x+y=5$」等等，都是命題函題。

根據羅素，「有……存在」（existence）這個觀念，基本上是某一個命題函題的一個性質⓫。根據羅素，「至少有一個現任法國國王存在」這個命題， 應該定義或解析成「『x是一個現任法國國王』是可能的（possible）」， 或者「『x是一個現任法國國王』不恒為假」。利用存在量號，這可表示成

$$(\exists x)(x是一個現任法國國王) ⓬$$

羅素認為,存在命題並不對實際的個元說話,而只對類（class）或函題說話⓭。

❾　下面這些做行未必是彼此獨立的。
❿　羅素著《數理哲學導論》，第15章。
⓫　羅素著《邏輯與知識》，p. 232。
⓬　在這裏有一點要注意，那就是，根據羅素， 我們要把「$(\exists x)(x$是一個現任法國國王）」唸成「『x是一個現任法國國王』是可能的」， 或唸成「『x是一個現任法國國王』不恒為假」，而不要像一般邏輯教科書那樣唸成「有一個x，其中x是一個現任法國國王」。因為根據羅素，「有一個x」 是無意義的，因為沒有這樣的東西，參看前書 p. 234。
⓭　前書 p. 234。

羅素對存在命題的這種解析，實際上可以看成是定義了，當我們斷說一個存在命題時，我們說話行爲的內容或樣態。在這種行爲中，總會涉及一個命題函題。

(2)**獨一無二斷說的說話做行**　也就是說，斷說了至多有一個現任法國國王存在。羅素也拿命題函題的觀念來解析這個斷說。根據他，「至多有一個現任法國國王存在」這個命題，應該定義或解析成「『如果 x 和 y 是現任法國國王，則 x 和 y 是等同的』恒爲眞」。利用全稱量號，這可表示成

$(x)(y)$(如果 x 和 y 是現任法國國王，則 x 和 y 是等同的) ⓮

羅素對獨一獨二命題的這種解析，可以看成是定義了，當我們斷說一個獨一無二命題時，我們說話行爲的內容或樣態。在這種行爲中，總會涉及一個含有兩個論元 (arguments) 的命題函題。

(3)**述性斷說的說話做行**　也就是說，斷說了沒有既是現任法國國王而又不禿頭的人。拿羅素的命題函題的觀念，「沒有既是現任法國國王而又不禿頭的人」這個命題，應該定義或解析成「『x 是現任法國國王而又 x 不禿頭』恒爲假」 ⓯。利用存在量號，這可表示爲

$\sim(\exists x)$(x 是現任法國國王而又 x 不禿頭)

這又是上述範例中的一個說話做行。

在本文第一節中已經指出，羅素認爲，命題

(甲) The present King of France is bald.

⓮　在這裏，這個式子也務必要唸成「『如果 x 和 y 是現任法國國王，則 x 和 y 是等同的』恒爲眞」，而不要唸成如一般邏輯教科書那樣「對任何一個 x 和 y，如果 x 和 y 是現任法國國現，則 x 和 y 是等同的」。

⓯　依羅素自己的解析，他把這個述性斷說寫成「Whoever is present king of France is bald」(誰是現任法國國王誰就禿頭) (參看羅素著《數理哲學導論》，p.177. 不過，穆爾 (G. E. Moore) 認爲這個寫法有毛病，而提出修正 (見穆爾著〈羅素的『描述詞論』〉，收集在 P. A. Schilpp《羅素哲學》(*The Philosophy of Bertrand Russell*)。而羅素本人也接受這個指正 (見同書 p.690)。本文的解析卽根據修正後的寫法。

　　　（現任法國國王禿頭。）

與下列三個命題的連言（邏輯地）等值：

　　(a)At least one perpson is present King of France.

　　　（至少有一個人是現任法國國王。）

　　(b)At most one person is present King of France.

　　　（至多有一個人是現任法國國王。）

　　(c)There is nobody who both is present King of France and is not

　　　bald.　（沒有既是現任法國國王又不禿頭的人。）

前面，我們根據羅素的這種解析，應用說話做行的觀念，把(a)，(b)和(c)這三句話的斷說，解析成前面(1)，(2)和(3)等說話做行。

　　現在我們要問的是：斷說命題（甲）的說話做行的內容，是否就是上述(1)，(2)和(3)等說話做行的總和呢？在邏輯上等值的兩個命題，其對應的兩個說話內容未必完全相同。例如，「他是總統或不是總統」和「他是小偷或不是小偷」這兩個命題是等值的，因為它們都是套套言（tautology），但它們對應的說話做行的內容，則顯然不完全相同。

　　根據羅素的解析，（甲）的說話做行至少還應該包括下述兩種說話行為：

　　(4)系絡獨立（context-independently）**獨一無二地**（uniquely）辨選（picking out, identifying）**的說話行為**。這實際上是由系絡獨立辨選，和獨一無二辨選兩種行為合在一起的行為。為了本文的方便，我們把它們合在一起講。這個行為或許可以從上述(1)和(2)兩種行為解析得來。

　　這種所謂獨一無二辨選行為，是指在我們的說話行為中，把合於某一性質的象目（object），選出一個而且僅僅一個來。如果這種象目有而且只有一個，則這個說話行為便成功；反之，如果這種象目一個也沒有，或者不只一個，則這個說話行為便失敗。例如，如果有而且只有一個現任法國國王，則在說命題（甲）時，這獨一無二辨選行為便成功，否則便失敗。

這裏所謂系絡獨立辨選行爲，是指只用說話行爲，而 (i) 不用或不需用說話行爲以外的條件，例如說話的環境、手勢等等，以及 (ii) 不用或不需用說話者心中意指那一個特定的象目，而把適合於描述的象目辨選出來的行爲。條件 (i) 是通常說明系絡獨立這個觀念時，所要使用的條件。條件 (ii) 似乎是我特別加的。我認爲在解析羅素的描述詞論時，這個條件很必要。爲顯示本文的主要論題，這個條件也很需要。

我這樣了解的系絡獨立辨選行爲，可以說是一種描性性行爲 (attributive behavior)，而不是一種指稱性 (referential) 行爲。這裏所謂描性性爲和指稱性行爲，是從加州大學哲學教授鄧南倫 (K. S. Donnellan) 的描性性使用和指稱性使用這兩個觀念，直接轉換過來的。根據鄧南倫❻，一個在某一個斷說中描性性使用某一個確定描述詞的說話者，對適合這個描述詞的人或物敍說一些事項。在另一方面，一個在某一個斷說中指稱性使用某一個確定描述詞的說話者，利用這個描述詞使他的聽眾能夠挑出他（指說話者）心目中所意指的某一個特定的人或事物，並且對這個人或事物敍說一些事項。在描性性的場合，這個確定描述詞，對辨認它所要用來挑出的象目，是非有不可的。至於在指稱性的場合，這個確定描述詞，只是叫人注意一個象目的方便工具而已；任何其它的設計——手勢，其他描述詞、名稱等等——都可充當同樣的功能。

用鄧南倫自己的例子來說明吧。假使我發現史密斯 (Smith) 死在那裏，身上有三十九個刀傷。我假定有人殺害史密斯，但我不知道是誰。從刀傷的殘忍和史密斯的無辜，我大呼：「史密斯的兇手是瘋狂的」(Smith's murderer is insane)❼。確定描述詞「Smith's murderer」（史密斯的兇手）

---

❻　見鄧南倫著〈指稱與確定描述詞〉(Reference and Definite Descriptions) 一文，《哲學論評》(The Philosophical Review)，LXXV, No. 3(1966), pp. 281-304。

❼　這裏「Smith's murderer」一詞，應該被看成是「the murderer of Smith」的一種方便寫法。鄧南倫在同一文中也使用過「the murderer of Smith is insane」這樣的句子。

的這種使用是描性性的。反之，讓我們想像仲斯（Jones）被控殺害史密斯而受審判。假定我在審判的聽眾席上看到仲斯的古怪舉止，而相信仲斯確實幹了這個愚蠢的行為。我也許會說：「史密斯的兇手是瘋狂的。」確定描述詞的這種使用是指稱性的。

當我們描性性使用確定描述詞時，我們做了描性性行為。當我們指稱性使用確定描述詞時，我們做了指稱性行為。在羅素式說話做行中，我們拿確定描述詞來做的是描性性行為，而不是指稱性行為。鄧南倫說：「他〔羅素〕無論如何沒有認得這『指稱性』使用」。他又說：「因此，當做一個確定描述詞論，羅素的見解如果有所應用的話，似乎僅只應用到描性性使用。」⑱

有一點我們需要知道的，上述系絡獨立的說話行為，一定是描性性的說話行為；而這種描性性行為也一定是系絡獨立的行為。依據這，在本文以後的討論中，我們將交互使用獨一無二系絡獨立行為和獨一無二描性性行為，這兩個觀念。當我們說拿確定描述詞所做的描性性行為，也一定是系絡獨立的行為時，並不是說，相應於某一語句中某一確定描述詞的行為，到底是描性性行為還是指稱性行為，在任何情況下，不需要語句所在的具體環境和看說話者的意圖來決定。這裏所謂系絡獨立的意義，是指當我們已確定某一確定指述詞是描性性使用時，其描性性行為就不需要依據描述以外的任何條件了。

還有一點值得一提的。為什麼如鄧南倫所說的，羅素在討論確定描述詞的理論中，只認得描性性使用，而不認得指稱性使用呢？或者說得更適當些，為什麼他的討論只涉及描性性使用，而不涉及指稱性使用呢？這會不會是因為在說話行為中，獨一無二描性性行為，是拿確定描述詞去做的獨特的特徵，而獨一無二指稱性行為，則除了確定描述詞以外，也可拿其

---

⑱ 鄧南倫前文。

它詞組或設計去完呢⑲?

羅素每次在徵定什麼是確定描述詞時，都毫無限制的說，確定描述詞是任何具有「the so-and-so（在單數）」這個形式的詞組。他經常說，確定描述詞完全由其形式來決定。他說：「當一個『確定』描述詞充分說出時，總是具有『the so-and-so（〔在單數〕）』這個形式的⑳。」就我所知，似乎還沒有人對羅素對確定描述詞這種硬定或嚴格（rigid）形式的徵定，加以特別注意。這種忽略似乎可由下列三個理由來說明。

㈠在羅素自己解析或徵定有「the so-and-so」（在單數）㉑這個形式的詞組出現的詞句時，他把這個詞組的硬定形式「瓦解」不見了。換句話說，這個形式在某一意義上，是可以被取代的。因此，會使人覺得這個形式，並沒有獨特的意義。

㈡自1950年史陶生斷然否定，在英文裏有羅素意味的確定描述詞以後㉒，也許使人覺得，這種形式的詞組，其形式在語言上只是偶然情形而已。

㈢對語言做哲學思索的哲學家，其母語大部分是英文或德文。他們對「the so-and-so」這種形式的詞組，習以爲常，也許覺得並沒有什麼獨特的地方。

雖然羅素在直覺上一再強調確定描述詞的硬定形式，但是，當他從事解析含有這種詞組的語句時，他貫注從範程的（extensional）邏輯觀點去做。因此，在他的解析過程中，他留心的是，這種語句的眞正邏輯結構是怎樣，以及解析所得語句是否和原語句在邏輯上等值的問題。當然，他也顧慮到他的理論，是否能够解決邏輯哲學上所產生的一些困題（puzzles）㉓。除此以外，他便無暇顧慮到整個說話做行上，原語句是否和解析所得

---

⑲　參看註❷。
⑳　羅素著《邏輯與知識》，p. 253。
㉑　在本文後面的行文中，除有必要，否則我們將省略「在單數」這個字眼。
㉒　見史陶生前文。

語句相等或相當的問題了。

然而，從說話做行的觀點看，他的解析遺漏了一些重要東西了嗎？依我看，他遺漏了一個重要的說話做行。那就是，

(6)拿「**the so-and-so**」這個**硬定**（rigid）形式的詞組來做的做行

這個做行可以視爲相當於奧斯丁所謂的構辭做行（phatic acts），用辭做行（rhetic acts），甚或言辭做行（locutionary acts）❷

這裏所謂硬定形式，並不是指這種詞組的序列必定是「the so-and-so（在單數）」，而是指在這種詞組中，必定有一個最外層的冠詞「the」（或其他相當的字眼），和一個受這個冠詞直接作用的單數名詞——也可以有用來限制或形容這個詞組的其他詞組，而這些字眼實際出現的次序如何，可以不問。

在羅素式說話做行中，「The so-and-so」這種硬定形式的詞組，是很重要的。實際上，如果一個說話不含這種形式的詞組，在嚴格意義上，就不可以說是羅素式說話做行。我們分兩點來說明這。首先，我們知道，根據羅素的解析，我們要把命題(甲)，卽「The present King of France is bald」（現任法國國王禿頭）了解成（乙）「One and only one person (thing) is a present King of France and that one is bald. ❷」後者可以不折不扣譯爲「有而且只有一個法國國王，而且他禿頭。」從羅素式說話做行的觀點看，說（甲）的做行和說（乙）的做行，「在邏輯上」是等值的。但它們在「說話做行的全體上」（the totality of speech acts）並不

---

❷ 羅素前書，p. 47。

❷ 奧斯丁著《如何拿話做事》（*How to Do Things with Words*），pp. 91-162。到底這個做行屬於這三個中的那一個，在這裏似乎不需決定。我們只要知道，這個做行是一個說話做行，而且是拿一種特定形式的詞組去做的，就可以了。

❷ 參看卡普蘭（David Kaplan）的〈什麼是羅素的描述詞論〉（What is Russell's Theory of Descriptions）一文。收集在皮爾士（D. F. Pears）編《羅素》（*Bertrand Russell*）。

完全相同❷。這是因爲前者含有硬定形式的「the so-and-so」，後者則沒有。這種差異，就產生了說話做行的差異。我不是說，兩個在文字上有所不同的語句，其相應的說話做行，必定有所不同。相應於上述（乙）及其中譯句的兩個說話做行，就沒有什麼不同。又如，說「The sun rises in the east」的說話做行，和說「太陽從東方升起來」的說話做行，並沒有什麼不同。但是，如果兩個說話含有在基本形式或結構上不同的詞組，則即使兩個說話在邏輯上等值，它們的說話做行本身，則可能有基本的不同。因爲說話行爲是「拿話（words）來做（perform）」的行爲。如果所拿的「話」（詞組）有基本形式或結構上的不同，則其說話行爲當然就有不同了❷。在上述（甲）中，有「the so-and-so」這種形式的詞組，但在（乙）中卻沒有，而「the so-and-so」在羅素式說話做行上，是有獨特的形式的。因此，說（甲）的說話做行和說（乙）的說話做行，有所不同。

其次，在羅素式說話做行中，拿「the so-and-so」這種形式來做的行爲，是怎麼樣的行爲呢？根據羅素，顯然，說「the so-and-so」時所產生的行爲，至少是「說『the so-and-so』而做的獨一無二描性性行爲」，以及可能其它和這個行爲相容的行爲。在說（乙）時，「獨一無二描性性行爲」是「直接顯現」出來的。但在說（甲）時，「獨一無二描性性行爲」是由說「the so-and-so」這種形式的話時，「間接涵蘊（implies）」出來的。由此可見，這兩個說話是不同的。這個不同就是由「拿『the so-and-so』這個硬定形式的詞組來做的行爲」產生出來的。因此，說「the so-and-so」這個行爲，在羅素式說話做行中，是一個很重要的行爲。

羅素在《數理哲學導論》中說：「在本章中，我們將要討論在單數的『the』這個字，而在下一章中，我們將要討論在複數的『the』這個字。用兩章去討論一個字，也許有人認爲是太過了。但是，對哲學數學家來說，

---

❷　我只就斷說（assertion）這種說話做行。其實本文所論也只就斷說來說。

❷　如果所拿的「話」在意義（meaning）上有所不同，則更不必說了。

這是一個具有非常重要意義的字的。」❷⑧

　　羅素花兩章的篇幅去討論這個字是對的。但是，在他的解析中，他把這個字「化掉」卻錯了。至少就語言哲學或說話做行的觀念來說，是錯了；因為這是一個基本得化不掉的東西。

三

　　在利用羅素式說話做行這個概念，來顯示在中文裏沒有確定描述詞這個問題以前，讓我們討論--些雖然與這個顯示沒有直接關連，可是卻與我們了解這個顯示的進行線索有關的事項。

　　我們都知道，羅素在 1905 年發表的著名論文〈論稱指〉中❷⑨，首次發表他的確定描述詞論❸⓪。直到今天，這個理論仍然被熱烈討論著。為什麼呢? 牛津大學的著名哲學教授漢普夏 (S. Hampshire, 1914-) 說得好：「我認為，……〈論稱指〉這篇論文，像笛卡兒 (R. Descartes, 1596-1650) 的《沉思錄》(*Meditations*)，或任何你認為它是里程碑的事物一樣，是哲學史上的一個里程碑。它是一篇經典之作，一個新的開端。它極度隱藏不明，沒有人或很少人──包括其作者在內──曾真正完全了解它。其極度不明的方式，就如同柏拉圖 (Plato, 427?-347 B. C.) 的《巴曼尼狄

---

❷⑧　見此書 p. 167。

❷⑨　〈論稱指〉(On Denoting) 首次發表在《心》(*Mind*) 雜誌 14 期。此文後來收集在馬斯 (R. C. Marsh) 編輯的羅素文集《邏輯與知識》以及其他許多文集中。

❸⓪　羅素在 1903 年出版的《數學原理》(*Principles of Mathematics*) 裏提出他的稱指論 (theory of denoting)。在 1905 年的〈論稱指〉裏，他提出了一個和 1903 年很不一樣的學說。在這個學說中，羅素首次提出確定描述詞論。1910 年，羅素在和懷德海 (A. Whitehead) 合著的《數理原論》(*Principia Mathematica*) 第一卷裏，嚴格地把他的描述詞論，編進演算系統中。而「描述詞」(descriptions) 一語，也首次在本書中出理。自此以後，羅素在許多地方討論過這個理論。參看❶。

思》(*Parmenides*) 或《辯士》(*The Sophist*) 的隱藏不明的方式。」❸

什麼是《巴曼尼狄思》的隱藏不明的方式呢? 在這裏, 正確的了解似乎是, 羅素的描述詞論所處及和說及的東西層面很多很深, 也很新, 其中牽連的東西也很廣, 而羅素本人明白注意到或看到的, 也許只是其中一兩面及其相關的東西而已; 因此, 還有許多東西待進一步探索和解析。加州大學哲學教授塞爾曾簡要地說: 「羅素著的確定描述詞論, 具有許多層面 (aspects), 而在羅素作品的歷程中, 這個理論呈現不同的局面(phases)。」❸

在前節中, 我們把羅素對含有確定描述詞的語句的解析, 看成是對斷說這種語句時所做的說話做行的解析。這種研究, 相信也是確定描述詞論的一個重要層面的研究, 甚至是一種新局面的研究。我們把羅素對含有確定描述詞的語句之定義, 看成是定義了一種說話做行——羅素式說話做行。任何人都可以抽象地去定義一種說話做行。但這樣定義的說話做行, 不一定可以在日常語言中找到實例, 尤其是不一定可以找到典型 (typical) 的實例。這裏所謂典型的實例, 是這種類型的說話做行, 在日常生活或學術活動中做的很頻多。

現在我們想問的是: 羅素式說話做行可以在日常英文使用中找到實例嗎? 我們的答案是: 有。不但有, 而且是非常典型的一種。不過, 這種做行在羅素以前, 似乎還沒有人明顯地形構出來。羅素對含確定描述詞的語句的解析, 就等於把它明顯地形構出來。因此, 我們可以說, 這是羅素「發現」的。這可以說是語言哲學上的一大發現。

雖然, 任何接受羅素確定描述詞論的人, 都會承認羅素式說話做行, 是日常英文使用中典型的說話做行。任何承認「the」這個字眼可以當做操作獨一無二描性性使用的人, 如鄧南倫等, 相信也承認在日常英文使用中

---

❸ 麥吉 (B. Magee) 著《當代英國哲學》(*Modern British Philosophy*), p. 38, 1973。

❸ 塞爾著《說話做行》(*Speech Acts*), p. 157, 1969。

有羅素式說話做行。又任何承認「the」這個字眼可以當做獨一無二運作詞 (uniqueness operator) 的人，如伯吉 (C. Burge) 等人❸，相信也承認羅素式說話做行，是日常英文使用中典型的說話做行。

　　史陶生及其指稱論的信徒，顯然會說，在日常英文使用中沒有羅素式說話做行。對於這一類人，我想辯說兩點。首先，讓我們來看看史陶生怎樣解析前面討論過的語句（甲），亦卽語句「The present King of France is bald」（現任法國國王禿頭）。根據史陶生❹，當一個人拿這個語句來做斷說時，他是拿「the present King of France」（現任法國國王）這個詞組去指稱(refer to) 或設想去 (purport to) 指稱合於「present King of France」（現任法國國王）這一類屬 (species) 的某一個特定的個體；而且，在做這時，他還預設 (presuppose) 有這樣的個體存在，而且他還認爲，做這個斷說的系絡會充分決定那一個個體，是他心目中所指的。當有這樣的個體存在時，他拿這個語句所做的敘說(statement)，或爲眞或爲假；但是，當沒有這樣的個體存在時，這個語句雖有意義 (meaningful)，但卻沒有眞假可言❺。

　　我們可以像在前面處理羅素式說話做行那樣，把史陶生上述解析和認定，兌換成說話做行的觀念。我們將把這樣兌換所得的說話做行，叫做史陶生式說話做行。現在讓我們比較一下羅素式說話做行和史陶生式說話做行：

　　㈠在羅素式說話做行中，所斷說的命題「蘊涵」一個獨一無二存在命

---

❸　參看伯吉著〈眞理與若干指稱性設計〉(*Truth and Some Referential Devices*), p.p. 33-101 1971. University Microfilms A Xerox Co., Ann Arbor, Michigan, U.S.A.

❹　參看史陶生的〈論指稱〉一文和他的《邏輯理論導論》(*Introduction to Logical Theory*)。

❺　當這類個體不只一個，而說話所在系絡又只可以讓我們辨選兩個或兩個以上的個體時，這個敘說是否有眞假可言？；如果有，是眞還是假呢？史陶生似乎沒有討論到這一點。

題❸。在史陶生式說話做行中，說話者「預設」一個存在命題。但是，從說話做行的觀點看，這個涵蘊者和預設者，都「在說話做行」裏面，屬於說話做行的一部分。當然，涵蘊行為和預設行為，是不一樣的行為。

㈡史陶生在解析他的指稱使用 (referring use) 的觀念時，特別強調語句與語句使用的不同❸。從說話做行的觀點看，這種分別，就無甚意義了；因為，沒有使用就沒有說話行為。在攻擊羅素的確定描述詞論時，史陶生特別依據這種語句與語句使用的區分這一觀念。在我們把羅素對確定描述詞的解析，兌換成說話做行的觀念來處理以後，史陶生基於這種區分而做的攻擊，便失去依據了。

㈢在羅素式說話做行中，「the so-and-so」這種硬定形式的詞組，是非有不可的。但在史陶生式說話做行中，則不是。在後者中，這種形式的詞組，是許多可能或已有的英文設計中的一種而已。而且，在後者中，這種形式的詞組，並不具有獨特的地位。

㈣在利用鄧南倫的描性性使用和指稱性使用的觀念，來確定和說明羅素式說話做行時，我們說過，羅素式說話做行是描性性行為，而不是指稱性行為。而根據鄧南倫的見解，史陶生並沒有看到確定描述詞的描性性使用。我們也同意這。因此，我們認為，史陶生式說話做行不是描性性行為。然而，這種說話做行是不是指稱性行為呢？根據鄧南倫的見解，史陶生式說話做行不是描性性行為。然而，這種說話做行是不是指稱性行為呢？根據鄧南倫的見解，史陶生所說的指稱使用，也不符合他的指稱性使用❸。因此，我們認為，史陶生式說話做行，也不是指稱性行為。當然，我們可以說，史陶生式說話做行是一種指稱行為。這裏所謂指稱行為，當

❸　這個存在命題是否獨一無二存在命題，不清楚。

❸　參看本書〈史陶生論指稱〉。

❸　注意，我們用「指稱性使用」來譯鄧南倫的「attributive use」，而用「指稱使用」來譯史陶生的「referring use」。這種分別是有用的。

然是指由史陶生的指稱使用之解析，兌換而成的行為。

　　現在我們要問的是：史陶生式說話做行是否可以在日常英文中，找到重要的實例呢？依我看是可以的❸。現在就假定可以吧。我們要特別強調的是，羅素式說話做行和史陶生式說話做行，是兩種可以有的說話做行。但這並不是說，同一個做行同時可以既是羅素式說話做行，又是史陶生式說話做行。我們的意思是指，在拿含有「the so-and-so」這種形式的詞組去做說話做行時，你既可以去做一個羅素式說話做行，也可以去做一個史陶生式說話做行。當然，你不能「同時」去做這兩個。在攻擊羅素的確定描述詞時，史陶生犯的最大錯誤，是在拿他所看到或發現的說話做行，去否認別人所看到或發現的說話做行。在我看來，羅素所看到和形構的說話做行，要比史陶生所看到和形構的說話做行，更重要和更見典型。以上幾點，是任何研究羅素的確定描述詞論和史陶生的指稱說的人，必須要注意的。

　　然而，假如史陶生及其指稱說的信徒，還要否認在日常英文使用中有典型的羅素式說話做行的話，那末，我們就要請他看看，當我們拿「The sum of 43 and 34 is 77」（43 與 34 之和是 77）這句話去做說話做行時，是否應該嚴格地依羅素式說話做行的模式去處理？而這一類說話在我們日常生活中，是否很多又很重要？

四

　　在我們用說話做行的觀念，來形構羅素對含有確定描述詞的語句的解析時，不能不對塞爾對羅素確定描述詞論的批評加以檢討。因為，塞爾也是從說話做行的觀點，去評估這個理論的。我們在第二節所做的，是拿說

---

❸　這一斷說在本文中並不重要。因此，我們不想「證」它。

話做行的一般觀念，去確定和形構羅素式說話做行的。而塞爾是拿他自己
所提出的說話做行論，來評估羅素的確定描述詞論的。

塞爾說：「只要我們了解『The king of France is bald』（法國國王
禿頭）』這個斷說是「如何」錯的，則不論我們說它是假的，還是無意義
的(pointless)，或是什麼，都沒有多大緊要。在日常說話中，我們也許不願
把它形容爲僅只是假的。這個不願的事實，只是一種表徵。這個表徵是，
任何強迫我們把它當作一個直截了當爲假的敍說之理論，諸如描述詞論，
是有什麼毛病的。把一個單稱主述命題，斷說爲錯誤的「一個情況」是，
述詞詞組對主詞詞組所指稱的象目爲假。「另一個很不一樣的情況」是，
沒有爲主詞詞組所指稱的象目，對述詞詞組可爲眞或爲假。如果我們要，
我們可把這兩種情況都視爲假……。但是這樣做，雖然沒錯，可是卻勢將
把這兩者之間深刻的不同,混淆在一起。在此,把我的觀點說得最強就是:
卽使我們反對史陶生，而發現多數講英文的人會把上述斷說徵定爲假，這
也不會影響反對描述詞論的情況。❹』

看了塞爾上面的話，「一則以喜，一則以憂」。喜的是，知道連一個
反對羅素確定描述詞論的人，也承認在日常英文裏，有羅素式說話做行的
存在。憂的是，不知道一個承認有羅素式說話做行存在的人，要怎樣來反
對羅素的確定描述詞論。

塞爾說，他反對確定描述詞論的基本理由是：「它〔確定描述詞論〕
把拿確定描述詞論（或根據羅素，甚至於是拿專名）來做的確定指稱的命
題做行（propositional act），當做和斷說一個獨一無二存在命題的言爲做
行（illocutionary act）等值看。因而，就沒有一個一致的方法，來把像這
樣的一個理論，和一個言爲做行理論合爲一體。在任何情況下，一個命題
做行都和斷說的言爲做行不等同，因爲，一個命題做行只能當某一個言爲
做行的部分出現，它自身不能單獨出現。在另一方面，做一個斷說，就是

❹ 塞爾著《說話做行》，p. p. 158-159。

去做一個完全的言爲做行。一旦我們考慮一個斷說裏的某一種命題做行，在斷說以外的某種言爲做行出現時，像羅素這種想把這種命題做行同化爲斷說的企圖，將告崩潰。❹」

更簡單來說，塞爾反對羅素的確定描述詞論，基本上是根據下列兩點：

(1)羅素把命題做行和屬於斷說的言爲做行混在一起，而根據塞爾，這兩者是絕不相同的。

(2)依塞爾的說話做行的觀念來解析，羅素的解析不能推廣到斷說以外的其他種類的說話做行。

現在讓我們簡單討論這兩點。

首先，我們要知道的是，這裏所謂命題做行，是塞爾自己修正奧斯丁所謂的用辭做行 (rhetic act) 和言辭做行(locutionary act)，而提出來的觀念❹。塞爾自己有他特定的意思。歷來對「命題」一詞，各家有不同的用法❹。根據塞爾❹，敍說 (stating) 和斷說是做行 (act)，而命題則不是做行。命題是在斷說做行中所斷說的東西；是在敍說做行中所敍說的東西；是在提問 (asking) 做行中所問的東西；是在指令 (command) 做行中所指令的東西，等等。命題的陳示 (the expression of a proposition) 是一個命題做行，而不是一個言爲做行。命題做行不能單獨出現。他認爲，performing propositional acts＝referring and predicating, 亦卽做命題做行＝指稱和述說。

---

❹　前書，p. 159。

❹　關於塞爾的命題做行這個觀念，請看他的〈奧斯丁論言辭做行和言爲做行〉(Austin on Locutionary and Illocutionary Acts)，《哲學論評》，LXXVII, No. 4 (1968), 405-24, 以及他的《說話做行》。關於奧斯丁這兩個觀念，請看他的《如何拿話做事》。

❹　參看 Jay F. Rosenberg 和 Charles Travis 編《語言哲學選讀》(*Readings in The Philosophy of Language*)，第三章；其中有 G. Pitcher, E. J. Lemmon, Peter Geach, John R. Searle, Alonzo Church 等人論命題的文章; Prentice-hall, Inc, Engleewood Cliffs, New Jersey, 1971。

❹　塞爾著《說話做行》，第二章。

　　根據塞爾❹，就拿我們前面的範例（甲）「The present king of France is bald」（現任法國國王禿頭）來說，除了述詞「is bald」（為禿頭），我們只有一個指稱詞組「the present king of France」（現任法國國王）。這個詞組不是語句，因而不足來做一個言為做行。但是，在羅素解析所得的詞組中，除了含有原來的述詞詞組以外，還有足以可用來做斷說做行的東西。羅素這樣做，為的是要滿足他的一個意圖。那就是，任何斷說一個具有指稱失敗這個毛病的命題的人，都在斷說一個假的命題。換句話說，塞爾在這裏是拿指稱做行不是斷說做行來反對羅素。根據塞爾，指稱不但不是斷說做行，更不會是斷說所指東西為存在的存在斷說。

　　然而，塞爾自己也覺察到他這個反對，可能被反駁為是一種乞求論點的論證。因為，有人也許會說，指稱就是某種斷說。因此，為加強他的論點，他反對羅素更大一個理由是，羅素的解析不能推廣到斷說以外其他種類的言為做行。

　　塞爾的批評，有幾點錯誤。第一，在羅素式說話做行中，根本不涉及指稱行為。我們在前面已經明白指出，羅素式說話做行是一種描性性行為，而不是一種指稱性行為。但塞爾卻用指稱行為的觀念來批評他。在這一點上，史陶生也犯了同樣的錯誤。第二，在羅素的解析中，他所定義的是在「The present King of France is bald」（現任法國國王禿頭）這個命題中的「the present King of France」（現任法國國王），而不是孤立的「the present King of France」。我們固然不能拿孤立的「the present King of France」來斷說什麼，但是，我們卻有可能拿在某一個命題中的這個詞組，來斷說什麼的。在後者中，除了這個詞組發生行為作用以外，還有別的東西也一起發生了作用。依據羅素，這「些」作用發生在一起時，就可能產生一種斷說行為。第三，依據羅素，命題要有「有斷說的」（asserted）

❹　前書，p. p. 159-160。

命題和「未斷說的」（unasserted）命題之分[46]。而塞爾卻把命題和斷說兩者完全分開。也就是說，一個說話者雖然可以斷說一個命題。但是，卻沒有所謂「有斷說的」命題。換句話說，命題只可當做斷說、提問，和指令等的對象，命題本身不具有「有斷說的」和「未斷說的」這種性質。因此，在塞爾看來，在上述範例中，雖然可能有確定指稱的命題做行，但卻沒有確定指稱的斷說做行。但是，在羅素看來，在這個範例中，卻有「有斷說的」獨一無二存在命題。在我看來，在這一點上似乎是一種基本的不同。但是，只要我們承認，當沒有現任法國國王存時，範例（甲）可以看成假的話，我們就得承認，羅素「有權」做他那樣的解析。

其次，我們要說的是，羅素從未企圖把他的確定描述詞論，推廣或應用到命題以外的語句。換句話說，他從未企圖把他的確定描述詞論，推廣或應用到斷說以外的言為做行。因此，我們不能因他的理論不能做這樣的推廣或應用，就否定它。何況，它是否真的如塞爾所論那樣不能推廣，還待細究呢？不過，這和本文的主題無關，我們不想追究下去。

五

就如我們開始說過的，本文的主要工作是要顯示在中文裏沒有羅素意味的確定描述詞。利用我們以上形構的羅素式說話做行，我們的工作實際上是，要顯示在日常中文使用中，沒有羅素式說話做行的存在。

首先，我們要顯示的是，在日常中文使用中，沒有拿「the so-and-so

---

[46] 參看羅素著《數學原理》，p. 35 和 p. 502。羅素在他的《數學哲理導論》中的命題觀念，與在他的《數學原理》中的有所不同。（參看丘崎（A. Church）著〈命題與語句〉（Propositions and Sentences）一文，《遍相問題》 (*The Problem of Universals*)(Notre Dame, Indiara: University of Notre Dame Press, 1956), p. p. 3-11)，此文也收集在前述 Jay F. Rosenberg 編的文集中。但這種改變與本文的討論無關。

（在單數）」這種硬定形式的詞組的說話做行。我們說過，在羅素式說話做行中，這種硬定形式的詞組，是非有不可的。我們也說過，這種詞組的基本形式是：一個確定冠詞「the」，加上受這個冠詞控制或作用的單數名詞詞組。

我們現在要顯示，在日常中文使用中，沒有這樣的詞組。我們分下列幾點來做。

　　㈠**在中文裏沒有單數名詞。**

我們將用下列各項，及其說明和顯示，來定義、說明和顯示所謂在中文裏沒有單數名詞。

　　（ⅰ）**在中文裏名詞一般都不標單複數。**

在中文的使用中，名詞本身一般都不標示單數或複數。在語句中，一個名詞到底是單數使用還是複數使用，要依下列三個條件之一或多來決定：

　　⒜語句中其他相關字眼。　這裏所謂其他相關字眼，主要是指限定這個名詞的量詞（quantifier），和跟這個名詞相關的述詞的補詞。例如，

　　　　⑴許多（或這些）人來了。

在這裏，量詞「許多」和「這些」限定名詞「人」。因此，我們知道在這裏，名詞「人」當複數用。又如，

　　　　⑵人來得很多。

在這裏，述詞「來得」的補詞「很多」，告訴我們名詞「人」當複數用。

　　　　⑶有一個人來了。

在這裏，量詞「一個」告訴我們名詞「人」當單數用。

　　⒝語句所在說話環境。例如，

　　　　⑷有人來了。

這裏的名詞「人」要當單數還是複數用，就要靠說話的環境來決定了。當然，有時候這種環境也沒辦法決定。這個時候，就有歧義了。

　⑹添寫人的複數語尾「們」字。例如，

　　⑸人們來了。

這裏，名詞「人」當複數用。不過，這裏也不妨把「人們」當一個集合名詞來看。有時候，不妨把「們」引伸到人身以外其他動物上。例如，

　　⑹猴子們來了。

有一點要注意，就是名詞「人」不加「們」也可當複數用。因此，在文法上，「們」不是非有不可的。又名詞「人」不加「們」字，也未必一定當單數用。

　（ii）在中文裏動詞或述詞的形式，不能顯示名詞的單複數來。

　　在英文裏，現在式時態的動詞或述詞的形式，一般都可以把相應名詞的單複數顯示出來。例如，

　　⑺The girl （?） in the garden is pretty（在花園裏的女孩漂亮）。

這裏，我們假定名詞「girl」（女孩）的單複數不清楚。但我們可以藉述詞「is pretty」的單數形式，而知道「girl」（女孩）是單數的。但是，在中文裏，動詞或述詞的任何形式，都不能顯示名詞的單複數來。

　（iii）在中文裏，一個名詞本身絕顯不出其單數。

　　像「人民」，「羣眾」等集合名詞，或者像「人們」這可視爲集合名詞的名詞等，其本身可顯示爲複數。但是，在中文裏，沒有一個名詞依其本身的形式，而顯示爲單數。

　㈡**在中文裏沒有確定冠詞，也沒有相當於確定冠詞的字眼。**

　　以上，我們已經相當嚴格地定義和顯示了，在日常中文的使用中沒有單數名詞。實際上，這個結果已足以顯示在日常中文的使用中，沒有相當於「the so-and-so（在單數）」這個硬定形式的詞組。因爲有單數名詞是有這種形式詞組的必要條件。但是，有人也許會懷疑說，孤立地看雖然沒有單數名詞，但是，如果我們有一種「確定單數冠詞」，或相當於這種冠詞的某些字眼，而這樣的字眼和名詞用在一起時，則仍然能顯出名詞的單

數性來。實際上，我在前面的顯示過程中，已經等於指出了沒有這樣的字眼。不過，為了顯示我們的主張具有充分的理由，我們還需要顯示在日常中文的使用中，沒有確定冠詞，也沒有相當於確定冠詞的字眼。

一個不爭的事實是，在日常中文中，是沒有相當於英文裏冠詞這種詞類的。現在的問題是，有沒有相當於「the」的字眼呢？我的答案是，也沒有。但是，有人也許會說「那（或那個）」或「這（或這個）」這兩個單數指示詞，不是也可拿來當做相當於「the」來使用嗎？一般英文文法書會告訴我們，「the」有若干種不同的用法。「那」和「這」確實可以相當於其中一些用法的。那末，「那」和「這」可以相當於「the」的那些用法呢？一言以蔽之，「那」和「這」可以相當於可以拿「that」去取代「the」那些情況下「the」的用法。現在就拿「那（個）」來看看。

試看下面的語句：

(1)Yesterday I saw a sailor in Long Beach harbor.

The sailor came from the orient.

顯然，這句話可以中譯成：

（中 1 ）昨天我在長堤港看到一個水手。那個水手從東方來的。

顯然，(1)中的斜體的「the」和（中 1 ）中的「那個」，具有相同的用法。但是，這個「*the*」卻不是羅素式說話做行中不可缺少的那個「the」。為什麼呢？因為前者可以拿「that」去取代，後者則不可。我們可把(1)改寫成

(2)Yesterday I saw a sailor in Long Beach hardor.

That sailor came from the orient.

這句話的中譯和（中 1 ）完全一樣。顯然，這裏「that sailor」（那個水手）這個指示詞組 (demonstrative expression) 是指稱性使用，而不是描性性使用的。這可以從(1)和(2)都可改寫成下列語句，看得更清楚：

(3)Yesterday I saw a sailor in Long Beach harbor.

>　　*He* came from the orient.（昨天我在長堤港看到一個水手。他
>　　從東方來的。）

這裏無論如何，人身代名詞「he」是指稱性使用，而決不是描性性使用的。
由此我們可以知道，（中1）裏的「那個」決不能視爲是相當於羅素式說
話做行中的「the」。

　　也許有人會問：我們是否可以把我們的範例（甲）中譯成

　　（中甲）那（個）現任法國國王禿頭。

如果可以的話，當然我們就可以把（中甲）中的「那個」，視爲相當於範
例（甲）中的「the」了。可惜，我們不可以做這樣的中譯。爲什麼呢？
因爲，在（中甲）中，「那個現任法國國王」是指稱性使用，而不是描性
性使用的。再說，如果我們想把（中甲）譯回英文，則該譯成的不是範例
（甲），而是：

　　That present king of France is bald.

這裏，「that present king of France」（那個現任法國國王）又是指稱性
使用，而不是描性性使用了。

　　以上我們已就「那個」出現在交互指涉（cross reference）的系絡，
和出現在獨立語句的系絡，分別顯示它不能視爲相當於羅素說話做行中的
「the」。一般說來，「那個」在這兩種系絡中，尤其是我們以上所舉的
例子所顯出的結構中，是最有可能視爲相當於羅素的「the」的。現在，
這種最有可能的都不可能，那末，我們自然可以下結論說，在日常中文的
使用中，「那個」不可能視爲相當於羅素的「the」。

　　其次，我們來看看「這（個）」這個字眼。就指示詞來說，「那」是
遠指的，而「這」是近指的。我們都知道，在英文裏，遠指的指示詞是「
that」，近指的指示詞是「this」。在英文裏，「this」和「that」的使用，
有嚴格區分。在英文裏，拿「that」去取代「this」所得語句，都應視爲與
原語句不相同。同樣，拿「this」去取代「that」所得語句，都應視爲與原

語句不相同的語句。這裏所謂不相同，當然是指「命題」不相同，而不是指「語句」不相同 ❼。由於這，我們很容易以為，在中文裏「這」和「那」的使用，也有這麼嚴格的區分。但事實上，卻不然。試看語句：

(4)Yesterday I saw a sailor in Long Beach harbor,

This sailor came from the orient.

(4)的意義和前面(3)的意義不同。在(3)中，「That sailor」是指前面一句中的「sailor」。但是，在(4)中指的是和前面一句的不同的人。中文語句：

(5)昨天我在長堤港看到一個水手。這個水手從東方來的。

旣可看成是(3)的中譯，也可看成是(4)的中譯。

現在假定在我們前面有兩個西瓜。假定我們要指出其中一個是大的，另一個是小的。如果用中文，我們旣可說成：

(6)「這個」西瓜是大的。「那個」西瓜是小的。

也可說成

(7)「這個」西瓜是大的。「這個」西瓜是小的。

但是，如果用英文，我們只可說成：

(8)「This」watermelon is big. 「That」watermelon is small。

而不可說成：

(9)「This」watermelon is big. 「This」watermelon is small.

事實是這樣的。在中文，有些地方，「這」可當「那」來用。但反之，並不然。旣然「那」不可視為相當於羅素的「the」。那末，當「那」用的「這」，當然也不可視為相當於羅素的「the」。現在我們要問的是，不當「那」用的「這」是否可視為相當於羅素的「the」。實際上，我們可把這樣的「這」，視為嚴格地相當於英文的「this」。在英文裏，任何「this」詞組都應不折不扣視為指稱使用。因此，我們可以說這種「這」

---

❼ 又這裏所謂「所得語句」，當然是指合文法的語句而言。有時候，這裏取代所得「詞組」，未必是合文法的語句。

不能視爲相當於羅素的「the」。

這樣，我們已嚴格地顯示了在中文裏沒有或沒有相當於「the so-and-so」這種硬定形式的詞組。

六

然而，有人也許會質問說，在日常英文的使用中，我們也可拿像「Smith's murderer」（史密斯的謀殺者），「Frank's teacher」（法蘭克的老師）來當羅素的確定描述詞。因而，在羅素式說話做行中，「the so-and-so」這種形式並不是非有不可的。事實上，就如我們在前面第二節已經看到的，鄧南倫就拿「Smith's murderer is insane」（史密斯的謀殺者是瘋狂的）中的「Smith's murderer」（史密斯的謀殺者），來當可以視爲羅素意味的確定描述詞。在中文裏，和「Smith's murderer」（史密斯的謀殺者）「類似」的詞組非常多。因此，如果在英文裏，「Smith's murderer」可以視爲是羅素確定描述詞的話，在中文裏也就有可視爲是羅素確定描述詞的詞組了。

現在估且假定「Smith's murderer」這類詞組，可以視爲是羅素確定描述詞好了。試看下列三個英文語句[48]：

(1)The present king of France is bald.

(2)The last person who came into this room is very rich.

(3)The sum of 43 and 34 is 77.

通常我們都會把這些語句分別譯爲：

（中１）現任法國國王禿頭。

（中２）最後來了這個房間的人很富有。

---

[48] 這三個語句文法上的主詞，都是羅素自己拿來當確定描述詞的例子。

（中3）43 和 34 之和是 77。

在這裏，「現任法國國王」，「最後來了這個房間的人」和「43 和 34 之和」等詞組，看起來都和「Smith's murderer」相類似。同時，我們又拿它們來譯羅素的確定描述詞。因此，我們似乎就很有理由說，這些詞組很可以視爲是羅素意味的確定描述詞了。

事實上，這些中文詞組和英文詞組的「Smith's murderer」，有一個很基本的不同。這不同就是，前者的主詞名詞沒有標明是單數還是複數，而後者則有——所標的是單數。在羅素的確定述描詞中，這種單數標示是非有不可的。由這可知，即使像「Smith's murderer」是羅素的確定描述詞，但是上述這些中文詞組也不是。因此嚴格說來，上面（中1），（中2）和（中3），並不是(1)，(2)，和(3)恰切的翻譯。其實，任何羅素式說話做行，都沒有恰切的中文翻譯。

再說，嚴格說來，「Smith's murderer」這樣的詞組，除非視爲是「the murderer of Smith」的簡寫、喬裝形式，或變體，否則是不可以視爲是羅素的確定描述詞的。羅素自己從來沒有舉過「Smith's murderer」這類形式的詞組當他的例子。羅素說過，任何完全敍說出來的確定描述詞，都具有「the so-and-so」這個形式[49]。加州大學的哲學教授伯吉（Burge）也說：「許多其他沒有明顯地含有「the」的確定描述詞——諸如「Bill's cousin」（比爾的侄兒）——當它們被轉換成含有「the」的在直覺上爲同義構形時，可以視爲包含相同的歧義。[50]」這個歧義就是「the」或是當指示詞，或是當獨一無二運算詞。由此可知，當我們要把「Smith's murderer」這類詞組視爲羅素的確定描述詞時，我們應把它視爲是「the murderer of Smith」這種硬定形式詞組的一種簡寫、喬裝形式，或變體。

現在我們要進一步問，爲什麼像「Smith's murderer」這類詞組本身，

---

[49] 羅素著《邏輯與知識》，p. 253。

[50] 伯吉前書，p. 54。

不可以視爲正格的羅素確定描述詞呢?

我們在前面說過，根據鄧南倫，在語句「The murderer of Smith is insane」(史密斯的謀殺者是瘋狂的) 中，「The murderer of Smith」可以描性性使用，或指稱性使用。可是，爲什麼可有這兩種使用呢? 在鄧南倫提出這兩種使用的時候，根據他自己說，他還找不出良好的解說。他說，不論在那一種使用時，語句的文法結構似乎都相同; 所以，不能說是語法上的歧義。他說，說是字義上的某種歧義，也不是動人的想法; 所以，也不像是語意的歧義。他說，或許可以看成是語用的歧義。但他說，他沒有好的論證來顯示這點[51]。然而，鄧南倫能看出這兩種使用，無論如何是一個重要的發現。

不過到了伯吉，對「the murderer of Smith」這類詞組的不同使用，可以說已經很清楚地看出其中原由。他說: 「除了特定的使用系絡以外，不是所有的確定描述詞，都可以被看出是當完全或不完全的。這是因爲，在許多確定描述詞中出現的「the」這個字，是有歧義的，而可被解釋爲是指示詞或獨一無二運算詞。[52]」

由這我們可以說，在鄧南倫當時沒看到的，到了伯吉看到了。那就是說，在像「the murderer of Smith」這類詞組中，對整個詞組發生作用的「the」有歧義。鄧南倫當時沒看到這一點，我想最大的理由是因爲他沒有特別注意「the」這個字所發生的作用。這可由在他的討論中，除了一個地方使用「the murderer of Smith」外，都使用「Smith's murderer」，看出來。

我現在想用衍生語法 (generative grammar) 的觀念，來解析「the」的行爲。就拿語句「The murderer of Smith is insane」(史密斯的謀殺者是瘋狂的) 來說吧。按照一般來了解，我們可用下面規則 1 來產生這個

---

[51]　見鄧南倫前文第七節。

[52]　見伯吉前書 p. 54。

語句:

> （規則 1）： 語句形式
>
> $$Art_{def}＋NP_{singular}＋be＋Adj$$
>
> 冠詞: the, ……
>
> 名詞: murderer, ……
>
> 介系詞: of, ……
>
> 專名: Smith, ……
>
> be: is, ……
>
> 形容詞: insane, ……
>
> 簡寫表: Art（Article, 冠詞）
>
> > def（definite, 確定）
> >
> > NP（Noun phrase, 名詞詞組）
> >
> > Adj（Adjective, 形容詞）

按照鄧南倫的了解，上舉語句能而只能用像規則 1 來產生，和顯出其結構來。但是，從規則 1，我們根本無法區分確定描述詞「The murderer of Smith」的描性性使用和指稱性使用來。

　　但是根據伯吉，顯然這句話中的「the」可有兩種解釋——指示詞或獨一無二運算詞。這樣我們就須有下列兩條規則來產生這個語句（除了語句形式外，這兩條規則的其餘部分都和規則 1 相同。）

> （規則 2）： 語句形式
>
> $$Art_{def(dem)}＋NP_{singular}＋be＋Adj$$
>
> 簡寫表: dem（demonstrative, 指示詞）
>
> （規則 3）： 語句形式
>
> $$Art_{def(uq)}＋NP_{singular}＋be＋Adj$$
>
> 簡寫表: uq（uniquenees operator, 獨一無二運算詞）

這樣，依據規則 2 產生的語句中，確定描述詞「the murderer of Smith」

當指示詞用；而依規前 3 產生的語句中，「the murderer of Smith」則當獨一無二運算詞用。

現在我們當然可以參考規則 2 和規則 3 的要領，製作兩條規則來產生鄧南倫的描性性使用和指稱性使用的語句了。我們把這兩條規則中的「Art$_{def(dem)}$」和「Art$_{def(uq)}$」，分別改寫為「Art$_{def(ref)}$」和「Art$_{def(attr)}$」。依據改寫所得，就可分別產生指稱性使用和描性性使用的語句。鄧南倫以前無法說明的歧義，便可獲得解決，只要他承認「Smith's murderer」這類詞組，是「the murderer of Smith」這種形式的詞組的一種簡寫、喬裝形式，或變體。由此可見，「the」這個字眼的行為在說話做行或深層語法上的重要了。

也許有人會問，既然我們可以對「the」做這種附標，難道我們不也可以對這個字以外的其他字眼或詞組做這種附標嗎？如果也可以的話，那麼對獨一無二運算行為來說，冠詞「the」就不是非有不可的了。現在讓我們看看有沒有這種可能。

為討論的方便，讓我們把一個詞組中某一個字（word）或某諸字的組合，叫做這個詞組的成分（constituents）。這樣，我們顯然可把一個詞組的成分分為兩種。一種是就這個詞組而言，它本身是一個字或詞片（phrase）。另一種是就這個詞組而言，它本身不是詞片❸。我們將把一個詞組的這前一種成分，叫做這個詞組的部分詞組。當然，一個詞組本身也是這個詞組的一個部分詞組。

就羅素所徵定的確定描述詞——卽「the so-and-so（在單數）」——

---

❸ 這裏「就這個詞組而言」的限制，只是為我們這裏的討論而加的。有的字的組合就這些字所在語言而言，是詞片，但就所論詞組而言卻不是。例如在「the girl who came into this room」（來了這個房間的那個女孩子），這個詞組中，「The girl」這字的組合，是個詞組的詞片，但「the room」這字的組合雖然是英文的一個詞片，但卻不是這個詞組的一個詞片。

來說，它們「共有」的部分詞組的形式有而且只有三種，卽「the」，在
單數的名詞（noun），和「the so-and-so（在單數）」這個詞組本身。
就羅素所徵定的確定描述詞來說，可以有意義地給它加指示行爲和獨一
無二運算行爲這種附標的部分詞組，也只有這三種形式的詞組。部分詞
組「the」的附標問題，我們已經討論過了。現在剩下還可能予以附標的
只有單數名詞和「the so-and-so」這個詞組本身。在英文和中文裏，名詞
是用來表示性質或種類的。如果沒有其他詞組的限制，或者沒有系絡的限
制，它本身是不能用來承擔獨一無二挑選的功能，也不能用來指稱特定的
東西，因此，我們不能給它標示爲（uq），也不能給它標示爲（dem）。

現在我們看看「the so-and-so（在單數）」這個詞組本身，可不可以
做這種標示。根據我們前面所說，「The so-and-so（在單數）」這種詞
組，旣然有獨一無二挑選的功能，也有指示性的功能，當然，我們給它做
這種標示，原非不可。不過就理論的觀點看，我們現在的努力「正是」要
找這種詞組有這兩種功能的「理由」，因此，如果我們現在做的，只是給
這種詞組本身加標示，這種說明是一種乞求論點或循環性的說明。這樣有
說等於沒有說。所以，就理論的觀點來看，這樣做並沒有什麼用處。

這樣，我們除了可給冠詞「the」做有意義的（uq）和（dem）標示以
外，再也找不到其它部分詞組可以做了。

所以，在英文裏，除了具有「the so-and-so（在單數）」這種硬定形
式的詞組外，沒有別的形式的詞組可視爲是羅素的確定描述詞。而嚴格地
說，在英文裏「Smith's murderer」這類形式的詞組，也不可視爲是羅素
意味的確定描述詞。因此，其中文的對應詞「史密斯的謂殺者」，更不可
視爲是羅素的確定描述詞了，因爲在後者中根本沒有單數的標示。

到此，我們可以說，我們已經很嚴格地證明或顯示了在中文裏沒有羅
素意味的確定描述詞了。可是，有人也許還會質疑說，固然，在日常中文的
使用中，我們是拿「現任法國國王」來譯「the present King of France」；

拿「最後來了這個房間的人」來譯「the last person who came into this room」；拿「43 與 34 之和」來譯「the sum of 43 and 34」，但是，當我們想正確地把這些詞組譯成具有羅素意味的確定描述詞時，我們就把它們分別譯爲「那個現任法國國王」，「那個最後來了這個房間的人」，和「那個 43 與 34 之和」。這樣，我們就可以給這些「那個」標示爲(uq)，而使這些詞組成爲羅素意味的確定描述詞。這樣做雖然不能說完全不適當，因爲語言必竟是可以因應而改變用途的，但是仍然有下面幾點不妥的地方。第一，這樣的中譯不是最普通最直覺的翻譯，而是刻意做的，也就是說，大部分道地講中國話的人，在做這些翻譯時，都不會加上「那個」。第二，「那個」當相當於英文的指示詞「that」的意味太強了，因此除非特意強調，否則它可當獨一無二運算詞的力量太弱。第三，由於「那個」可當獨一無二運算詞的力量太弱，因此，如果我們要強拉過來當的話，又會變成有特別強調的意思。這種特別強調的意思，並不是獨一無二運算詞通常所具有的。第四，即使「那個」所引進的詞組具有描性性行爲的功能，但它也不具有使成爲獨一無二存在命題的功能。例如，假如我說：「那個現任阿里太太是很性感的。」而又假定我這裏的「那個現任阿里太太」是當描性性使用的。但是，當合乎現任阿里太太這個性質的人有兩個人，而這兩個人又很性感時，他說的那句話還是眞的。這樣，這裏的「那個」就不能算是獨一無二的運算詞了。

　　這樣，相信我們有足夠的理由說，在中文裏沒有羅素意味的確定描述詞了。換句話說，在日常中文的使用中，沒有羅素式說話做行。

七

　　前面已經說過，我們主張在日常中文的使用中，沒有羅素式說話做

行，並不以在日常英文的使用中確有羅素式說話做行爲爲前提。但是我們
也說過，學者間相當普遍承認，在日常英文裏確有這種說話做行。現在我
們就認定在日常英文裏確有這種說話做行；不但有，而且還是很典型的一
種。在這個認定下，我們來研究看看在日常中文的使用中，其「對應的」
或相關的說話做行到底怎樣。

　　在討論他的確定描述詞論時，羅素曾舉命題❺

　　　(1)The author of *Waverley* was Scotch,

當例子。這句話的對應中文是：

　　　（中１）《維法利》的作者是蘇格蘭人❺。

（中１）的結構和

　　　(2)《西遊記》的作者是中國人。

完全一樣。而(2)的對應英文是：

　　　（英２）The author of *The Western Trip* was Chinese.

（英２）和(1)的結構完全一樣。現在，我們來看看(2)和（英２）。注意，
我們這裏使用「對應中文」和「對應英文」這些字眼。因爲，我們現在「
正要」研究命題(1)和（中１）的差異，以及命題（英２）和(2)的差異，所
以，我們不說（中１）是(1)的中譯，也不說（英２）是(2)的英譯。爲了便
於討論，我們現在只就(2)和（英２）來講。

　　就我們現在正要考慮的論點來說，(2)和（英２）有兩點不同。那就
是，在(2)的名詞詞組「《西遊記》的作者」，沒有單數標示，也沒有控制
最外層的確定冠詞。但是，在（英２）中，這兩者都有。這種不同是很重
要的。由於沒有單複數和確定冠詞這兩者的限制，(2)比（英２）具有更多
可能的解釋。也就是說，我們可以拿(2)來做更多種類的說話做行。在這些

---

❺　羅素著《數理哲學導論》，p. 177。

❺　在這裏「was」是過去式，而中文的「是」則沒顯出時態來。這個不同和這
　　裏的討論無關，我們不計較它。

可能的說話做行中，有沒有共同具有的說話行為呢？有的。它就是：

　　　　　(2.1) 如果有《西遊記》的作者，則其中至少有一個是中國人。

設　　　　　$Ax \leftrightarrow x$ 是《西遊記》的作者。

　　　　　$Cx \leftrightarrow x$ 是中國人。

則 (2.1) 可以符示為

　　　　　(2.11) $(x)[Ax \rightarrow \exists y(Cy \ \& \ Ay)]$

這就是說，在任何使用中，(2)至少涵蘊 (2.1) 或 (2.11)。從這我們可以說，任何指稱行為或獨一無運算行為，或類似的行為，都會指及類的徵定行為；這可以從(2.11)中所涉及的$(x)(Ax \rightarrow \cdots)$明顯看出來。類的徵定行為一定要拿「文字」(words)來做的。在這裏，是拿「《西遊記》的作者」這個詞組來做的。而事實上，我們也拿這個詞組和一些說話的系絡，來做指稱行為，獨一無二運算行為，或其他一些類似的行為的。這豈不是說，我們可以拿類名(class name)來做指稱行為嗎？事實是這樣的。在中文，由於沒有確定冠詞和名詞沒有標單複數，因此像「《西遊記》的作者」這類名詞，便被有歧義地使用——至少可解釋為指稱詞和類詞。這種情形在英文就較少發生。其次，因為在做指稱行為，獨一無二運算行為，或類似的行為時，我們必須做類的徵定行為。因此，類名和指稱詞和獨一無二運算詞組之間，有某種邏輯關連。事實上，羅素早已看出這種關連來。他不是在拿「the so-and-so（在單數）」來講確定描述詞之後，緊接著拿「the to-and-so（在複數）」來講類嗎[63]？

　　以上的討論已經提示，拿上述命題(2)，即「《西遊記》的作者是中國人」，我們可以做許多重要或典型的說話做行；比拿（英2），即「The author of *The Western Trip* was Chinese」，可做更多種類的說話做行。我們認為拿(2)可做下列重要或典型的說話做行：

　　㈠類似羅素式說話做行

---

[63]　羅素著《數理哲學導論》，第17章。

我們知道，在「是說話」(saying) 這個條件下，一個典型的說話做行的內容（即充分又必要條件）是：（i）完全由語句（其意義和形式）來決定；（ii）由語句和說話的系絡來決定；(iii) 由語句和說話者的意圖來決定；或（iv）由語句、說話的系絡和說話的意圖來決定。由於缺少確定冠詞和單數標示，當我們要拿命題(2)來做類似羅素式說話做行時，我們要借助說話的系絡和說話者的意圖非常多。幾乎除了鄧南倫式的描性性行為外，其他的行為都要借助說話系絡和意圖來做。有一個行為是拿(2)無法做成的，那就是做「the so-and-so（在單數）」這種硬定形式的構辭行為。因此，我們只能說拿(2)來做「類似」羅素式說話做行。由於我們要拿(2)來做類似或近似羅素式說話做行時，要借助語句(2)以外的事項太多了。這也是使我們堅信，在中文裏沒有羅素式說話做行的一個重要的理由。

㈡類似史陶生式說話做行

由於史陶生式說話做行，在語言方面不需由「the so-and-so（在單數）」這種形式的詞組來決定，而只要有附單數標示的名詞詞組就可以。因此，當我們拿(2)來嘗試做史陶生式說話做行時，我們幾乎可以完全做成。從說話做行的觀點看，我們拿(2)和拿（英2）去做，幾乎沒有什麼要緊的差異。

㈢有二指稱說話做行

在這裏我不準備詳細解析這種做行的可能內容，和分類這種做行可能具有的重要不同形態。我只想把這種做行的重要內容找出來，以便說明在中文裏，像(2)這種形式的語句——尤其是就英文法的主詞形式而言，所具有的特色。第一，當《西遊記》的作者有兩個或兩個以上時，只要這些作者都是中國人，則(2)為眞。第二，在這種做行中，雖然「《西遊記》的作者」所指的可能就是全類的所有分子，但是這是偶然的，而不是必然的。事實上，在這裏我們是拿「《西遊記》的作者」當指稱詞用，而不是當類名用。第三，這種做行是指稱性的，而不是描述性的；因此，只要說

話系絡中所指的《西遊記》作者都是中國人，卽使還有其他《西遊記》的
作者不是中國人，(2)仍然爲眞。我們不能拿（英2）來做這種有二指稱說
話做行。

㈣**有二描性性說話做行（或有二運算說話做行）**

在這種做行中,要所有合乎「《西遊記》作者」資格的人都是中國人,
(2)才眞。在日常英文中, (2)可以但不必等於「有所《西遊記》的作者都是
中國人」這個全稱命題。拿(2)當全稱命題的說話做行,.不是我們這裏要討
論的做行。不過, 當我們拿(2)去做有二描性性做行時, 從範程的 (exten-
sional) 觀點看, 實際上相當於拿這個全稱命題所做的做行。但是, 從說話
做行的觀點看, 這兩個做行並不一樣。全稱命題強調的是一個類的全部分
子。拿(2)去做描性性做行所著重的是合乎某某性質的人, 是怎樣怎樣。

㈤**多數合格說話做行**

我們也可拿(2)去做我們所謂的多數合格說話做行。也許我們拿「日本
作家很富有」這句話當例子, 更好說明這種做行。顯然, 在日常中文使用
中, 只要「大部分」的日本作家都很富有, 卽使有少部分的日本作家不很
富有, 這句話也可視爲眞。如果我們是做這種說話做行, 則我們在做多數
合格說話做行。這種做行就跟拿「所有日本作家都很富有」來做的不同。
因爲, 只要有一個日本作家不富有, 後者便假。多數合格說話做行, 一般
是描性性的。但和有二描性性說話做行不一樣。在多數合格說話做行中,
有「多數」的觀念在裏頭。這個觀念阻卻了有少數象目不具某某性質時,
所做命題要變爲假的情形。在有二描性性說話做行中, 由於沒有這種阻卻
作用。所以, 只要有一個象目不具某某性質時, 所做命題便爲假。在多數
合格說話做行中, 「多數」的觀念有時會由文字明白顯現出來, 有時則要
由說話系絡顯現出來。譬如, 「日本作家大都很富有」屬於前者；「日本
作家很富有」則屬於後者。

由以上的討論可以知道, 我們可以拿像「《西遊記》的作者是中國

人」這樣的語句，來做許多——至少五種——不同重要樣態的說話做行
的。而這許多都是由於名詞詞組「《西遊記》的作者」的不同使用或解釋
而來的。我們知道，在這裏，名詞詞組「《西遊記》的作者」，是英文裏
的確定描述詞「the author of *the Western Trip*」的中文對應。由此
可知，英文的確定描述詞的中文對應，要比英文的確定描述詞，有更多種可
能的重要不同使用或解釋。而在這些不同的使用或解釋中，可當「類似」
羅素確定描述詞使用的只是其中一種而已 。 而這一種也非常要靠說話系
絡，甚或說話者的意圖來完成。這使得我們更有理由來說，在日常中文的
使用中，沒有羅素意味的確定描述詞。從語法的結構看，像「《西遊記》
的作者」，「43 與 34 之和」這樣的詞組，只是一種很普通的名詞詞組而
已。因此，裏面沒有什麼特殊的結構。這樣，我們除了叫它們爲名詞詞組
以外，簡直就找不到有特定意義的名稱來稱呼它們。就這種詞組的使用來
說，比起其英文對應的使用，要系絡依賴得多得多了。

<h2 style="text-align:center">八</h2>

如果我們以上對英文裏「the so-and-so（在單數）」這種形式的詞組
及其中文對應詞組，研究所得結果可以接受的話，我們很可以說，一方面
我們點出了羅素在他的確定描述詞論中，發現了英文這個語言的一個重大
結構——有「the so-and-so（在單數）」個種硬定形式的詞組；二方面我
們也發現了中文這個語言的一個重大結構——沒有這種硬定形式的詞組。
用說話做行的觀念來說，羅素在日常英文的使用中，發現並形構了（雖然
不是完全形構了）我們所謂的羅素式說話做行。而我們發現並證明了在日
常中文的使用中，沒有羅素式說話做行——最多只有類似羅素式說話做
行。

我相信這兩個發現，不論在日常語言的使用上，或在語言哲學上，都

有很深長的意義。在日常語言，就我們所討論的部上分來說，我們發現中文和了英文之間，一個很深的基本結構上的不同。這種深結構的不同，也產生了語意的不同。我們發現，當像「The present King of France is bald」（現任法國國王禿頭）這一類語句中的「the」當獨一無二運算詞來使用時，我們無法拿中文把它正確地翻譯出來。注意，我們這裏所謂不能正確地翻譯，不是指這個特定英文語句，不能正確的譯成中文。如果是這樣的話，未必有什麼特別的意義。我們說的是某一類說話，中英文無法正確地互譯。當我們粗鬆或馬馬虎虎使用語言時，我們也許不會發覺這種無法正確翻譯，會產生什麼要不得的麻煩。但是，當我們做精密的討論時，這種不能正確互譯，便會產生問題。我們的討論，相當深刻和周詳顯示了這類問題產生的根源。有意去改進這種問題的人，可以根據我們的發現和說明，想法改進。

我們的研究也提供一些方法和線索，可讓我們進一步去發現中英文間或其他語言之間，可能有的深層的不同。這些不同，也會顯露出使用不同語言，可能產生的思想形態或思想行為之不同。

我們發現的中英文間這一部分的深層的不同，會不會給企圖給諸自然語言尋找或構作普遍語法 (universal gramma) 的人某種疑難？

自 1905 年羅素首次提出確定描述詞論以來，這個理論及其相關問題，在哲學上一直被熱烈討論著。前面已經說過，我們在本文也是從某一個層面——也許是相當重要的一個層面——去討論這個問題以及某些相關的問題。本文的討論，對羅素的確定描述詞論，既有正面的結果，也有負面的結果。在正面上，我們的研究顯示了，羅素的確發現和形構了日常英文的一個深層的結構。在負面上，我們的研究也許顯示了，羅素的發現對自然語言來說，並不是普遍的。羅素的理論對道地講中國話的人來說，恐怕沒有那麼重要。事實上，羅素的理論根本無法用純中文去表現出來。

過去西方的語言哲學家，尤其是講英文和德文的，常常不自覺地以為，

他們從英文或德文講起的語言哲學方面的理論，可以適用於所有語言。或者他們想找的就是要能講通一切語言的理論。這種不自覺和企圖最近逐漸受到挑戰。本文的結果至少告訴我們，任何語言哲學方面的理論——包括抽象得像維根斯坦（L. Wittgenstein, 1889–1951）在他的≪邏輯-哲學論集≫所講的——都得附條件地講，那就是，要相對於某某自然語言來說，是如何如何。我不知道我們能不能找到講通一切語言的理論。我目前的觀點是，有多少語言資具就講多少話。即使就少數的語言來講，我們已經可以發現許多有趣或困擾人的問題。這些問題足夠令人窮畢生之力了。

——原載≪思與言≫第18卷第1期1980年5月

邏輯命題沒說什麼嗎？

維根斯坦 (L. Wittgenstein, 1889-1951) 說：邏輯命題沒說什麼 (say nothing)(6.11)❶。這是維根斯坦在他的前期哲學中，始終一貫堅持的一個重要持題。但是，就個人所知，似乎還沒有人對這個持題直接挑戰過的。在哲學和邏輯界中，好像大家都默默接受它似的。

在本文裏，我要對維根斯坦這個持題，提出嚴重的挑戰。也就是說，我要指出並顯示，邏輯命題是「有說」什麼的。我的論證主要是要「以子之矛攻子之盾。」我主要的論據是：如果所謂眞正(genuine) 命題有說什麼(say something) 的話，則邏輯命題也有說什麼。例如，設 P, Q 為原基命題 (elementary propsitions)❷，那末，如果$(P{\rightarrow}Q)$, $(P{\vee}Q)$ 等命題有說什麼的話，邏輯命題也有說什麼。

在這裏先簡單講一下本文的寫法，也許有用。(a)我要先提出邏輯命題有說什麼的論證，然後才駁對維根斯坦自己對邏輯命題沒說什麼的論證，

---

❶ 維根斯坦著《邏輯哲學論集》(*Tractatus Logico-Philosophicus*), D. F. Pears 和 B. F. McGuinness合譯, 1963 修訂版, 第 6, 11 條。以後文中出現同類數字時，卽指此書中的條數。在本文中將簡稱此書為《論集》。

❷ 這裏所謂原基命題是指維根斯坦的 Elementarsatz。這個德文字也有人譯為 atomic proposition (原子命題)。但現在通用的《論集》英譯本，則把它譯為 elementary proposition。Elementary 普通譯為「基本」。通常我們也把 basic, fundamental, 等譯為「基本」。在《論集》上，elementary proposition 一詞有極專門的意義。為顯示它的特別性，我把它譯為「原基」。

以及駁對學者對維根斯坦這個持題的補助論證和辯解。這是因爲在駁對這些論證時，我需要嚴密地使用我爲堅持邏輯命題有說什麼，所提出的論點和觀念。(b)我們知道，維根斯坦在《論集》中提出的各種觀點，都緊緊相關；而且這些觀點的可能解說又很多。因此，在我們對其中一種觀點做討論時，幾乎不可避免也要對其他觀點加以討論。爲簡潔起見，對本文要使用和牽連到的若干觀點，我只好簡單地加以認定，而不做詳細的辯解。

<h1 style="text-align:center">一</h1>

首先，我要說的是，我的論證要利用「可能世界」(possible world)這個觀念。在維根斯坦的《論集》中，雖然充滿可能世界的想法和思想，而其論點也處處觸及到它，但是，他並沒有明白提出這個觀念，以及嚴格又刻意地利用這個觀念來展示他的思想和論點。我認爲，如果我們能適當地利用這個觀念來重寫或闡釋《論集》的觀點，則可以把其中若干曖昧和難懂的地方，弄得更明白更好懂。當然，一般說來，把一個觀點弄得更明白更好懂，可能會產生正負兩面的結果。在正面上，我們可能更可以確定它。反之，在負面上，可能使我們否定它。當我們使用可能世界這個觀念來解說《論集》中相關的論題時，也會產生這種兩面的結果。

實際上，在本文中，除了要使用可能世界這個觀念外，我們還要使用和這個觀念在定義或了解上不可分離的一些觀念。這些就是「這實際世界」(the actual (real) world)，「非實際(non-actual)世界」，和「不可能世界」。

通常，當我們說到「這實際世界」時，我們的意思也並不是僅僅指我們所住的這個地球。也不是僅僅指我們這個太陽系，或者是我們這個銀河系。我們所說的這實際世界，是指包含所有眞實存在的一切事事物物——

整個宇宙。

又當我們說這實際世界時，我們的意思並不是僅僅指現在呈現的這個宇宙。當我們說這實際世界是指包含所有真實存在的一切事事物物時，我們是以無時間意義來使用「存在」一詞的。因此，我們所指存在的事事物物，不但指現在存在的，而且指過去曾存在的，以及將來會存在的。這實際世界包羅所有過去，現在，以及將來的一切事事物物。

這麼說來，顯然這實際世界是一個可能世界。這是因為，如果某一東西實際存在，則它顯然可能存在。反之，並不是每一可能存在的東西，必定實際存在。並不是所有可能世界都是實際的。這樣，這實際世界只是許多可能世界之一而已。也就是說，除了我們這實際世界以外，還有其他可能世界。

除了這實際世界以外，所有其他世界都是非實際世界。每一個不可能世界是一個非實際世界。

以上我們非常簡單說明或定義了「這實際世界」，「可能世界」，「非實際世界」和「不可能世界」等的觀念❸。基本上，我們是用實指的方法來說明或定義這些觀念的。

雖然維根斯坦在《論集》中到處使用諸如「事態的可能性」(the possibility of the state of affairs)，「事態的可能成分 (possible constituents)」，「可能境態 (situation)」，「象目 (object) 在事態中的可能出現 (occurrences)」，「結構的可能性」，「思想的可能性」，「命題的可能性」，「否言 (negation) 的可能性」，「可能的經驗」，「邏輯形式的可能」，等等表示世界中某種項目或觀念的可能的觀念，可是他卻沒有明白使用更廣含的「可能世界」這個觀念。他唯有一次提到和可能世界這個

---

❸ 這些觀念的說明或定義，參看布萊德雷 (Raymond Bradley) 和史華茲 (Norman Swartz)合著《可能世界；邏輯及其哲學導論》(*Possible Worlds: an Introduction to Logic and Its Philosophy*)，Hackett Publishing Company, Inc, 1979, pp. 4-5.

觀念相當的觀念，那就是「想像的 (imagined) 世界」。他說：「顯然，一個想像的世界，不管它會跟這實際 (real) 世界有怎樣不同，必定跟它具有「某種」共同的東西。這東西就是一個形式。」(2.022) 不過，他卻沒有使用想像的世界這個更廣含的觀念，來說明他的哲學。

顯然如此，在討論《論集》時，很多學者已經明白使用可能世界這個字眼。譬如，史尉勒(David S. Shwayder) 說：「一個可能世界，維根斯坦稱它為一個真值可能性，……❹」；格律芬(James Griffin)說：「世界不是僅僅是東西 (thing)；我們不列舉象目 (objects) 來徵定世界。我想，我們之所以不這樣，是因為如同《論集》後來告訴我們的，象目是不會更變的：它們是在下面兩個意義上不會更變的。一個是，它們在『世界的』變遷中保持相同。另一個是，它們在任何可能世界中都在場。❺」又如，比查(George Pitcher) 說：「一個非實際但卻可能或想像的世界，必須由事態來組成，……。❻」不過，這些學者們並沒有很自覺地依重可能世界這個觀念，來處理《論集》的問題。

在本文裏，我們將明白使用可能世界的觀念，來討論我們的問題。

有一點得注意的，在《論集》裏可能世界這個觀念，有幾點特徵。第一，任何可能世界都是由事實——實際的或可能的——組成的。第二，事實由象目結合而成，而任兩個可能世界裏的象目都也一樣；就是說，所有象目在任何可能世界中都在場。第三，一個象目在任何世界中都不會更改；在不同的世界中，它只可能與別的象目發生不同形式的結合。當然，在《論

❹ 史尉勒著〈論語言的圖像論〉(On the Picture Theory of Language), *Mind*, vol. 72, no. 286, 1963, 4 月, pp. 275-88。此文也收集在柯比 (I. M. Copi) 和比爾德 (R. W. Beard) 合編的《維根斯坦的論集論文集》(*Essays on Wittgenstein's Tractatus*), Hafner Press, New York, 1973。

❺ 格律芬著《維根斯坦的邏輯原子論》(*Wittgenstein's Logical Atomism*), 1964 Oxford University Press 初版, 1969 University of Washington Press 版, p. 31。

❻ 比查著《維根斯坦哲學》(*The Philosophy of Wittgenstein*), Prentice-hall, Inc., Englewood Cliffs, N. J., 1964, p. 49.

集》中，這實際世界也是可能世界的一個。

還有一點很重要，也得注意的。在《論集》裏，「the world」一詞，有時應解釋爲「這實際世界」，有時則應解釋爲「一個可能世界」──這個可能世界也可以是這實際世界。

在本文中，我們明白提出可能世界這觀念來，並不是要給《論集》提出另一個新的或重要的觀念。我們只想把它和這實際世界（或世界）一起使用，用來代替《論集》裏的「世界」（the world）和「實是（界）」（reality）這兩個觀念。在世界這個觀念以外，維根斯坦想要引進的，原來很可能是可能世界這個觀念，而不是實是（界）這個觀念。由於實是（界）這個觀念，在哲學傳統上受過重重感染；因此，當維根斯坦使用它時，雖然想以他自己的意思來使用，但是，在不知不覺中滲入了他原來沒想要的觀念。因而，導致世界與實是（界）這兩個觀念之間，難以消除的不一致。

我們拿這實際世界（或世界）和可能世界，來代替世界和實是（界），至少有兩個好處。一個是，可以消除《論集》裏世界和實是（界）這兩個觀念之間，產生的或可能產生的不一致。另一個是，可以更順暢解說原來用世界和實是（界）來解說的種種觀念和問題。本文下面的討論，也可當做這些好處的一個例示❼。

二

在本文開頭，我們說過，本文的主要工作是要顯示，如果所謂眞正命題有說什麼，則邏輯命題也有說什麼。例如，設 P, Q 爲原基命題；那麼，我們要顯示，如果 $P, Q, (P{\rightarrow}Q), (P{\vee}Q)$ 等（眞正）命題有說什麼，則邏輯命題，例如 $(P{\rightarrow}P), [P{\rightarrow}(P{\vee}Q)]$，等等也有說什麼。

---

❼　我將另寫專文顯示這種代替的適當性。

首先讓我們看看一個原基命題有說什麼是什麼意思。在≪論集≫裏，「說」（say）一詞是一個專技名詞。而這個專技名詞可能有數種不盡相同的意義。

我們在這裏要討論的「說」，是「有說什麼」，「沒說什麼」，「可以說」（can be said），「不可以說」（cannot be said），等等的「說」。

在≪論集≫裏，維根斯坦並沒有對這種「說」做過直接而明白的解釋。他只在很多地方使用它而已。

我們都知道，在≪論集≫裏，維根斯坦常拿「說」和另一個重要觀念「顯示」（show）來對照使用。在≪論集≫裏，「顯示」也是一個專技名詞。

有的學者說，去「說」什麼（to 'say' anything）與「描述」些什麼（ 'describing' something），是等值的[8]。這是對「說」是什麼的一種直截了當的說法。有兩點要注意。這裏只說，去「說」什麼與「描述」些什麼是「等值的」，而沒有說這兩者是等同的或同義的。其次，請注意一下英文原文的用詞。原文說的是「to 'say' anything」（去「說」什麼）與「'describing' something」（「描述」些什麼）等值，而不是說前者是與「to 'describe' anything」（去「描述」什麼）等值。「描述些什麼」除了描述以外，還有斷說（assert）所描述的就是如此這般的意思；而「去描述什麼」則沒有這種斷說。這種精細的差異，我們必須看出來。

假如去說什麼與描述些什是等值的話，那麼，一個有說什麼的命題到底描述些什麼呢？維根斯坦說：「境態可予以描述，但不能以予名稱（name）。」（3.144）「一個複合態（complex）只依其描述才能予以舉示出來；這描述不是對就是錯。」（3.24(2)）[9]「一個命題乃是某一個事態的一個描述」。（4.023(3)）由這些引述，我們可以知道，一個命題所描述的是一個

---

[8] K. T. Fann（范光棣）著≪維根斯坦的哲學概念≫（*Wittgenstein's Conception of Philosophy*), University of California Press, 1971, p.22。

[9] 324(2) 中括號裏的「2」是指第 3.24 條的第 2 款。以下同。

事態或境態。由這我們也可以說，一個命題如果有所說，則它所說的就是它所描述的事態或境態。

當一個命題有所說時，它也有所斷說。根據維根斯坦，一個原基命題斷說某一個事態的存在。(4.21)由這，我們也可以說，一個（原基）命題所說的是某一個事態。

顯然，一個原基命題不是眞（true）就是假（false），不是假就是眞，但不能既眞又假。如果一個原基命題爲眞，則它所說或描述的事態存在；如果一個原基命題爲假，則它所說或所描述的事態不存在。(4.25)注意，這裏所謂存在不存在，是指「實際」(actual)存在不存在。所謂實際存在，是指一個事態在這實際世界存在。所謂實際不存在，是指一個事態在這實際世界裏不存在。

根據維根斯坦，一個事態乃是諸象目的某一個結合。(2.1)而象目是單純的。(2.02)象目形成世界的本體（substance）。(2.021) 世界是事實的總合，而不是東西的總合。(1.1) 世界分成諸事實。(1.2) 一個事實的結構是由事態的結構組成的。(2.034) 在《論集》，我們可拿「事實」一詞有歧義地表示事態和境態。事態是單純由象目構成的。因此，當事實是僅僅用來表示事態時，就把它叫做原子事實（atomic fact）。境態是由諸事態組成的。當事實是用來表示境態而非事態時，就把它叫做分子（molecular）事實。

我們將把存在於這實際世界的原子事實，叫做實際原子事實，而把存在於可能世界的原子事實，叫做可能原子事實，或簡稱爲原子事實。由於這實際世界是可能世界的一個，所以一個實際原子事實，也是一個可能原子事實。我們將把可能但非實際的原子事實，叫做純只（mere）可能原子事實。

一個原基命題描述一個可能原子事實。當這個可能原子事實爲實際原子事實時，這個命題爲眞。當這個可能原子事實爲純只可能原子事實時，

這個命題爲假。這樣，一個實際原子事實是一個正面事實（positive fact）；一個純只可能原子事實是一個負面事實（negative fact）。（2.06）

根據《論集》，命題只能說事物是「怎樣」（how），而不能說事物是「什麼」（what）。（3.221）一個命題「如果」爲眞就「顯示」（show）事物是怎樣的情況。而它「說」這些事物就是這樣的情況。（4.022(2)）一個命題是某一個事態的一個描述。（4.023(3)）由這些我們很可以說，所謂一個（原基）命題「說」什麼，就是說它「描述」某一個（可能的）原子事實，並且它又斷說（assert）這個原子事實是實際的，也就是它又說這個原子事實是在這實際世界裏的。（4.21）因此，當它所描述的原子事實實際上「是在」這實際世界時，它爲眞；但它所描述的原子事實實際上「不在」這實際世界，而是在某一（些）個純只可能世界時，它爲假。我想我這個解釋，也許是最接近維根斯坦所謂一個命題有「說」什麼的「說」的意思。如果我這個解釋適當，那麼一個命題有「說」什麼，就是指它有「描述」什麼，並且它又斷說它所描述的是在這實際世界裏。因此，所謂一個命題「沒說」什麼，應該是指或者它「沒有描述」什麼，或者它沒說它所描述的是在這實際世界，或者它雖然有說它所描述的是在這實際世界裏，但是實際上它所描述的不但不在這實際世界，而且也不在任何可能世界。

根據《論集》，一個原基命題一定有描述什麼，（4.023(3)）並且也說它所描述的是在這實際世界裏。（4.022(2)）並且我們也知道，一個原基命題所描述的是某一個可能原子事實。一個原子事實是僅僅由象目結合而成的。因此，如果它不在這實際世界，也必定在某一（些）可能世界裏。所以，一個原基命題必定有說什麼。

三

　　一個不是原基命題的命題叫做複合 (compound) 命題，或者叫做分子 (molecular) 命題❿。

　　現在我們要討論的是：複合命題有說什麼嗎？如果有，它是在什麼意義之下有的？

　　我們在前面剛剛討論過，所謂一個原基命題有說什麼，就是指它有描述什麼，並且它又斷說它所描述的是在這實際世界裏。我們現在要指出的是，根據《論集》對複合命題的一些更基本的原理，所謂複合命題有說什麼，其意義是和原基命題有說什麼是一樣的。但是它們的一樣不是立即可見的，而是需要解析才可以看到的。

　　設 P 爲某一個原基命題，a 和 b 爲某兩個象目。又設 $\langle abP \rangle$ 爲命題 P 所描述的原子事實，其中字母「P」只是表示這個原子事實爲命題 P 所描述的，沒有別的意思的。那麼，原子事實 $\langle abP \rangle$ 要嗎在這實際世界裏，要嗎至少在某一個可能世界裏。根據《論集》的說法，這是顯而易見的。這樣，命題 P 所說的就是原子事實 $\langle abP \rangle$，並且斷說這個原子事實在這實際世界裏。如果 $\langle abP \rangle$ 眞的在這實際世界裏，則 P 爲眞，否則爲假。原子事實 $\langle abP \rangle$ 是由象目 a 和 b 以某種方式結合而成的。

　　現在設 Q 爲另一個原基命題，c 和 d 爲另兩個象目。那麼，$\langle cdQ \rangle$ 爲命題 Q 所描述的原子事實。現在的問題是：複合命題，譬如 $(P{\rightarrow}Q)$ 和 $(P{\vee}Q)$，所說的是什麼呢？首先我們應該知道，根據《論集》，像 $(P{\rightarrow}Q)$ 和 $(P{\vee}Q)$ 這類複合命題一定有說什麼的。因此，它們一定有描述什麼。我

---

❿　在《論集》中，沒有使用「複合命題」或「分子命題」這些詞語。它常常單純地用「命題」來表示「複合命題」。爲討論方便，本文將使用「複合命題」一詞。

們知道，原基命題 P 和 Q 所描述的，分別是 $\langle abP \rangle$ 和 $\langle cdQ \rangle$ 。我們不但可以「想像到」$\langle abP \rangle$ 和 $\langle cdQ \rangle$ 這些事實，而且也可以「看到」它們。但是，我們雖然可以「想像」在這實際世界裏如果有 $\langle abP \rangle$ 則有 $\langle cdQ \rangle$，和或者有 $\langle abP \rangle$ 或者有 $\langle cdQ \rangle$，但是卻「看不到」這類事實。當然，像 $(P\&Q)$ 這種複合命題所描述的（分子）事實，我們可以想像到和看到。譬如，我們看到它是 $\langle abP \rangle$ 和 $\langle cdQ \rangle$。但一般說來，我們是看不到複合命題所描述的事實的。

但是，我們不能因爲看不到複合命題所描述的事實，就說沒有這種事實。看得到看不到是直覺力的問題。雖然大家都看得到 4 的平方根是 2，但是雖然我們都知道或想像 5 「有」平方根，但是卻看不到它。

雖然，一般說來，我們看不到複合命題所描述的事實，確定像什麼，但是，我們可以討論這種事實是怎樣形成和決定的，和它大體像什麼。

在討論這個問題以前，有幾點我們必須指出和顯示的。那就是：

（ i ）原基命題的眞假概念和原基命題的眞假，是由原基命題所描述的原子事實——實際的或可能的，和這實際世界的實際情況，以及諸可能世界的可能情況，來決定。

根據《論集》，原基命題是由名稱（names）組成的。一個原基命題是諸名稱的某一個連聚（concatenation）。(4.22)但是，《論集》並沒有說，諸名稱的「任一個」連聚卽組成一個原基命題。因此，我們可以說，只有描述某一個原子事實——實際的或可能的——的諸名稱的某一個連聚，才是一個原基命題。當一個原基命題所描述的原子事實在這實際世界時，它爲眞；當它所描述的原子事實不在這實際世界，而在某一個或某些個可能世界時，它爲假。

從最基層的觀點說，不是原基命題的眞假，決定它的描述和所說，而是原基命題的描述和所說，決定它的眞假概念和它的眞假。范光棣說：「如果一個原基命題「對上」（matches）它所描述的原子事實，則它爲眞；否

則它爲假。**⑪**』

  (ii) 一個命題——原基或複合——的眞假，由組成這個命題的諸原基
    命題的眞假及其組成形式，唯一決定。而每一個命題都可分析成
    完全由諸原基命題所組成。

  根據《論集》，每一個命題是組成它的諸原基命題的一個眞值函題（
truth function）。每一個原基命題是它自身的一個眞值函題。(5)原基命題
是命題的眞值論元(truth arguments)。例如，如前所述，設 P 和 Q 爲原基
命題。那麼，所謂命題 $(P{\rightarrow}Q)$ 是原基命題 P 和 Q 的一個眞值函題，就是
指 $(P{\rightarrow}Q)$ 的眞假值，完全由 P 和 Q 的眞假值，以及 $(P{\rightarrow}Q)$ 的形式，來
決定。那就是說，當 P 眞 Q 假時，$(P{\rightarrow}Q)$ 爲假，而在 P 和 Q 的其他眞假情
況下，$(P{\rightarrow}Q)$ 都眞。根據《論集》，每一個命題都可分析成完全由諸原
基命題所組成。(3. 202, 3. 2, 3. 203) 這個持題維根斯坦只有說，沒有證。
論者都加以懷疑。譬如，對所謂全稱命題，譬如「所有的人都會死」，要
怎樣分析成有限個原基命題，便是一個難題。不過，本文對這個質疑可以
不必觸及；因爲，本文的論點只需適用於那些可以分析成諸原基命題的命
題，就够了。

  (iii) 一個複合命題的眞假，雖然要由組成它的諸命題的眞假及其組成
    形式來決定，但是它的「所說」卻不是由這些來決定，而是由這
    些原基命題的「所說」及其組成形式來決定。

  這一點非常重要。一般論者沒有注意到這點，而維根斯坦自己似乎也
沒有警覺到這點。根據比查，在《論集》裏，所謂一個命題的「意思」
(sense, Sinn)，至少有兩個重要的意義**⑫**。其中一個是，一個命題的意思
是它所描述的境態 (situation)。他主要的理由是，《論集》第 3. 3 條說：
「只有命題具有意思。」第4. 031(2)條說：「我們可以僅僅說『這個命題

⑪ 范光棣前書 p. 16。
⑫ 比查前書第三章。

描示（represent）如此這樣一個境態』，用以代之說『這個命題是有如此這樣一個意思。』」第2.221條說：「一個圖像描示的是它的意思。」而我們知道，一個命題是一個「邏輯圖像」。一個命題的意思的另一個意義，是指如下面兩條中所說的意思。第3.144(2)說：「（名稱好像點；命題好像箭頭──它們具有意思。）」第4.0621(3)說：命題「P」和「～P」具有相反的（opposite）意思，但有而且只有一個可能事實與它們對應⑬。比查說，這個意義的意思像一條箭頭，具有「方向」（direction）的概念，而且在下述意義下，這個意義的意思和前述意義的意思關連起來。那就是，第二個意義的意思指稱一個「方向」，在這個方向中諸象目「在」一個境態中關連起來，而這個境態構成第一個意義的意思之稱目。

我們不準備對上述兩個意義的意思做進一此解析。我們只要知道，所謂一個命題的意思，主要是包含或涉及事實，事態，或境態，就好了。對於這一點，波楨（James Bogen）說得好。他說：「原基命題斷說（behauptet）某一個事態的獲得（das Bestehen eines Sachverhalte）。(4.21) 一個事態的獲得是諸象目的某一個羅聚的獲得。一個命題或圖像的意思，是這個命題所呈現（present）的東西 (2.221, 2.202, 2.203, 4.021, 4.031, 4.04)，或者是這個命題所具有 (3.3) 或表示（expresses)(4.2, 4.431)的東西。這些對命題的意思的述說是否一致，並不清楚，但是，也許從它們和第4.21條一起，我們可以說，一個命題的意思牽涉或包括「諸象目的某一個羅聚的獲得。」⑭這裏波楨所謂諸象目的某一個羅聚的獲得，就是指一個事態或原子事實的獲得。不論這個詞組的意義如何，我們可以說，所謂一個命題的意思，雖然未必「就是」這個命題所描示、呈現、表示、描述或具有的事實，可是它一定是非常「逼近」這個事實，或者是把它「看成就

---

⑬ 第 4.0621(3)第二句的原文是：有而且只有一個相同的實是（界）與它們對應。由於本文用可能世界等概念來取代實是（界）等概念，所以這裏做相應的改寫。

⑭ 波楨（James Bogen）著《維根斯坦的語言哲學》（*Wittgenstein's Philosophy of Language*), New, York, Humanities Press, 1972, p. 16。

是」這事實來處理，在許多方面都沒關係。

　　史尉勒 (D. S. Shwayder) 更直接了當說：「我們的結論是，我們也許可以把意思（Sinne）和有些哲學家所謂的可能事實，看成同一個東西。《論集》的若干段落堅強地支持這個解釋。❶」

　　不過，把一個命題的意思解釋爲它所描述的可能事實，會遇到一個困難。根據《論集》，一個命題「顯示」這個命題的意思。(4.022) 而「可以」顯示的東西，就「不能」說。(4.1212) 又根據我們前面說的，一個命題所描述的事實，就是這個命題所說的東西。這樣便會產生不一致的情形。我認爲問題在「可以顯示的東西，就不能說」這句話。歐少倪斯 (Edna O'Shaughnessy) 說：「在說：『4.1212可以顯示的東西，就不能說』時，維根斯坦是錯了。❶」 我同意他的看法。事實上，可以「顯示」的東西遠多於可以「說」的。一個命題所描述的事實，既可以由這個命題顯示給我們，也可以說給我們。我認爲第 4.1212 條應改爲「可以顯示的東西，『未必』可以說。」 當然，可以說的東西也未必可以顯示。例如，一個命題可以「斷說」(assert) 它所描述的事實是在這實際世界裏，但它卻不能做這種顯示。

　　現在，就讓我們認定一個原基命題的意思，就是這個命題所描述的那個事實——實際的或可能的。

　　根據《論集》第 5.2341 條，P 的某一個眞值函題的意思 (sense)，是 P 的意思的一個函題 (a function)。我認爲在《論集》裏，這個持題和第 5 條的一樣重要，甚至更重要。但是，論者很少提到它。

　　由於這個持題中出現「命題的意思」，「眞值函題」和單純的「函題」等詞語，所以有點費解。我認爲這個持題實際就是：一個命題的意思是這

❶　史尉勒前文。參看❹。

❶　歐少倪斯著〈意義的圖像論〉(The Picture Theory of Meaning), *Mind*, N. S., vol. 62., no. 246, 1953, 5 月, pp. 184-201.

個命題中諸原基命題的意思的一個意思函題 (The sense of a proposition is a sense function of the senses of the elementary propositions of the proposition)。換句話說，一個命題的意思，是由組成它的諸原基命題的意思及其組成形式，唯一決定。

我們都知道，維根斯坦前期哲學深受德國哲學家和邏輯家弗列格 (G. Frege, 1848-1925) 的影響。在意義論上，弗列格的兩個著名的持題是：(1)一個詞組 (expression) 的意思 (sense, Sinn) 由組成這個詞組的成分詞組的意思，唯一決定；(2)一個詞組的稱目 (referent) 由組成這個詞組的成分詞組的稱目，唯一決定[17]。我們將把像上述兩個持題那樣，決定一個詞組的意義的原理，叫做詞組意義的弗列格函應式 (functional) 決定原理。

我們都知道，根據弗列格，名稱和語句都可以既具有意思也具有稱目。但是，維根斯坦認為，名稱只具有意義 (Sinn, meaning)，而不具有意思；命題只具有意思，而不具有稱目[18]。根據《論集》，一個命題的真假由組成它的諸原基命題的真假及其組成形式，唯一決定[19]。(5)這樣，雖然維根斯坦認為命題沒有稱目，但是他的命題真假的決定原理，卻是弗列格函應式決定原理的一例。由此我們很可以推得，在《論集》裏，命題意思的決定原理，也應該是弗列格函應式決定原理的一例[20]。這就是為什麼我們把《論集》第 5.2341 條，像前面那樣解釋；雖然在《論集》中，所謂命題的意思和弗列格所謂命題的意思，其所指並不一樣。

---

[17] 參看本書〈弗列格論意思與稱指〉。

[18] 但在維根斯坦較早的著作〈釋邏輯〉(Notes on Logic)（見維根斯坦的《筆錄》(*Notebook*), p. 94）上，卻認為命題有意思和稱目。

[19] 這裏的行文雖根《論集》第 5 條不同，但第 5 條的解釋應該如此。

[20] 我們得注意的，弗列格函應式決定原理要應用於「任何」詞組，而在《論集》，僅僅把這個原理應用於「命題」。

四

　　現在，我們就認定，在《論集》裏，一個命題的意思，是由組成它的諸原基命題的意思及其組成形式，唯一決定。那末，我們現在要討論的是：一個複合題所說，到底如何決定，以及它大體像什麼。

　　我們在前面已經指出和顯示，所謂一個原基命題「說」什麼，是指（甲）這個命題描述什麼，和（乙）這個命題「斷說」它所描述的（原子事實）是在這實際世界裏。我們將把上述（甲）和（乙）稱爲原基命題說什麼的（甲）持題和（乙）持題。當一個複合命題說什麼時，也應該有相應於（甲）（乙）的持題。當然，對一個複合命題說什麼，相應於（甲）的，應和（甲）完全一樣；那就是，它描述一個事實——可能的或實際的。

　　現在就讓我們探討一個複合命題描述的事實，到底是怎樣形成，以及像個什麼樣子。我們也已經指出和顯示，一個命題——原基或複合——的意思，就是它所描述的事實。由於一個命題的意思是由組成它的原基命題的意思及其組成決定的，所以，一個複合命題所描述的事實，也應該是由組成它的原基命題所描述的事實及其組成形式決定的。

　　像前面那樣，設 P 和 Q 爲原基命題，a，b，c 和 d 爲象目，$\langle abP \rangle$ 和 $\langle cdQ \rangle$ 分別爲 P 和 Q 所描述的原子事實——實際的或可能的。那末，複合命題 $(P \rightarrow Q)$ 所描述的事實就是：如果 $\langle abP \rangle$ 則 $\langle cdQ \rangle$。「如果 $\langle abP \rangle$ 則 $\langle cdQ \rangle$」這個事實是「看不到」的。但我們可以想像可以這個事實。舉個例子來說。我們都知道，根據《論集》的原基命題的概念，我們幾乎舉不出一個原基命題的實例。不過，對這裏的說明而言，我們做下述的舉例並無不可。設 'P' 爲「洛杉磯在加州」，'Q' 爲「那隻白花貓在那張黑桌子上」。在直覺但不是在《論集》上，我們可把「洛杉磯在加

州」和「那隻白花貓在那張黑桌子上」這兩個命題，看成原基命題。它們所描述的事實，分別爲洛杉磯在加州和那隻白花貓在那張黑桌子上。我們可以「看到」這兩個事實——不論它們是實際的還是可能的。複合命題 $(P{\to}Q)$，卽「如果洛杉磯在加州，則那隻白花貓在那張黑桌子上」所描述的事實或境態——實際的或可能的，是：如果洛杉磯在加州，則那隻白花貓在那張黑桌子上。然而，我們卻看不到這個事實。但是，我們以前說過，看不到的東西不一定就沒有。

現在要指出的是，複合命題 $(P{\to}Q)$ 所描述的事實：如果 $\langle abP \rangle$ 則 $\langle cdQ \rangle$ ——不論它是實際的或可能的，是由原子事實 $\langle abP \rangle$ 和 $\langle cdQ \rangle$ 及其組成形式「如果……則……」所構成和決定的。這個事實就是：如果 $\langle abP \rangle$ 則 $\langle cdQ \rangle$，而不是別的。同樣，複合命題「如果洛杉磯在加州，則那隻白花貓在那張黑桌子上」所描述的事實——不論它是實際的或可能的，是由洛杉磯在加州和那隻白花貓在那張黑桌子上這兩個事實，及其組成形式「如果……則……」所構成和決定的。這個事實就是：如果洛杉磯在加州，則那隻白花貓那張黑桌子上。

現在讓我們引進一個觀念。那就是，所謂就命題 A（原基或複合）的足夠可能世界情況圖式，或簡稱爲 A 的世界圖式。設 ‘W’ 表示這實際世界，‘W_i’ 表示某一個可能世界。那末，原基命題 P 的世界圖式是：

(i)　$\{\langle abP \rangle \in W \mid \langle abP \rangle \in W_i \lor \langle abP \rangle \notin W_i\}$

括波 ‘$\{\ \}$’ 裏表示的就是 P 所說的足夠可能世界的情況。垂線 ‘$\mid$’ 表示「並且」；在它左邊的是這「實際世界相」，用來表某一（些）個原子事實存不存在於這實際世界，以及其存不存在的樣態。在它右邊的是「可能世界相」，用來表示某一（些）個原子事實「必須」存在於可能世界的樣態或最簡樣態。這個圖式表示的是，在諸可能世界裏，該原子事實存在不存在的情形。圖式(i)告訴我們，當 P 說什麼時，它就描述原子事實 $\langle abP \rangle$，並且斷說，$\langle abP \rangle$ 在這實際世界是發生在這世界的，並且它又斷說，

$\langle abP \rangle$ 在某一個可能世界 W_i 或者不在 W_i。這最後一個句子， 卽「$\langle abP \rangle$ 在某一個可能世界 W_i 或者不在 W_i」，是下面一句話的「代表」。這句話就是：$\langle abP \rangle$ 在一個或多個可能世界， 或者 $\langle abP \rangle$ 不在任何純只可能世界。就我們的討論而言，我們僅僅說那句代表的話就「足夠」了。這就是爲什麼我們把圖式 (i) 稱爲 P 的「足夠」可能世界情況圖式的道理。這完全是爲討論的方便而採用的構作。

複合命題 $\sim P$ 的世界圖式是：

(ii)　$\{\langle abP \rangle \notin W \,|\, \langle abP \rangle \in W_i\}$

這個圖式告訴我們，當複合命題 $\sim P$ 說什麼時，它描述一個原子事實 $\langle abP \rangle$，並且斷說，$\langle abP \rangle$ 不在這實際世界是發生在這實際世界的，並且又斷說，$\langle abP \rangle$ 在某一個可能世界裏。圖式 (ii) 也可寫成：

(ii)′　$\{\sim(\langle abP \rangle \in W) \,|\, \langle abP \rangle \in W_i\}$

這個圖式告訴我們，當複合命題 $\sim P$ 說什麼時，它描述一個原子事實 $\langle abP \rangle$，並且斷說，$\langle abP \rangle$ 在這實際世界是不發生在這實際世界的；並且也斷說 $\langle abP \rangle$ 在某一個可能世界 W_i。(ii) 和 (ii)′ 這兩個圖式的說法，對我們的討論都有用。

複合命題 $(P\&Q)$ 的世界圖式是：

(iii)　$\{\langle abP \rangle \in \& \langle cdQ \rangle \in W \,|\, (\langle abP \rangle \in W_i \& \langle cdQ \rangle \in W_i)$
$\qquad\qquad \lor \sim(\langle abP \rangle \in W_i \& \langle cdQ \rangle \in W_i)\}$

這個圖式告訴我們，當複合命題 $(P\&Q)$ 說什麼時，它描述 $\langle abP \rangle$ 和 $\langle cdQ \rangle$ 這兩個原子事實，並且斷說，這兩個原子事實同在這實際世界，是發生在這實際世界的，並且也斷說，$\langle abP \rangle$ 和 $\langle cdQ \rangle$ 或者同在某一個可能世界 W_i，或者不同在 W_i。

複合命題 $(P\&\sim Q)$ 的世界圖式是：

(iv)　$\{\langle abP \rangle \in W \& \langle cdQ \rangle \notin W \,|\, \langle cdQ \rangle \in W_i\}$

這個圖式的可能世界相寫或 $\langle cdQ \rangle \in W_i$。爲什麼呢？因爲，在實際世界

相裏沒有 $\langle cdQ \rangle$。所以，$\langle cdQ \rangle$ 必須在某一個可能世界裏，譬如在 W_i 裏。它在 W_i 的樣態有兩種。一種是和 $\langle abP \rangle$ 同在 W_i，一種是自己在 W_i 而 $\langle cdQ \rangle$ 不在 W_i。我們可用 $\langle cdQ \rangle$ 來「代表」這兩種情形。因為根據命題邏輯，我們可用 'A' 來代表 $[(A\&B)\lor(A\&\sim B)]$。

複合命題 $\sim(P\&Q)$ 的世界圖式是：

(v)　$\{\sim(\langle abP \rangle\in W\&\langle cdQ \rangle\in W)\,|\,\langle abP \rangle\in W_i\lor\langle cdQ \rangle\in W_i\}$

這個圖式告訴我們，當 $\sim(P\&Q)$ 說什麼時，它描述 $\langle abP \rangle$ 和 $\langle cdQ \rangle$ 這兩個原子事實，並且斷說,這兩個事實同在這實際世界，是不發生在這實際世界的；並且又斷說，$\langle abP \rangle$ 和 $\langle cdQ \rangle$ 至少有一個在可能世界裏。

其他各種形式的複合命題的世界圖式，可依上面 (i) 到 (v) 所顯示的規則去構作。

在構作命題的世界圖式時，我們都先把命題改寫成諸原基命題或其否言 (negation) 所成連言 (conjuntion)，或所成連言的否言。命題邏輯告訴我們，任何真函命題都可以改寫成這樣的形式。我們所以要這樣改寫，是因為一個命題改寫成這樣的形式時，它所說的東西可以用「並且」，以及「存不存在於世界——實際的或可能的」，或者「在不在這實際世界發生」，等觀念表示或說出來。而用這些觀念表示或說出來時，比較容易「看到」所表示或說出的「事實」的樣態。

複合命題 $(P\to Q)$ 可改寫為 $\sim(P\&\sim Q)$。$\sim(P\&\sim Q)$ 的世界圖式是：

(vi)　$\{\sim(\langle abP \rangle\in W\&\langle cdQ \rangle\notin W)\,|\,\langle abP \rangle\in W_i\lor\langle cdQ \rangle\notin W_i\}$

複合命題 $(P\to P)$ 可改寫為 $\sim(P\&\sim P)$。$\sim(P\&\sim P)$ 的世界圖式是：

(vii)　$\{\sim(\langle abP \rangle\in W\&\langle abP \rangle\notin W\,|\,\langle abP \rangle\in W_i\lor\langle abP \rangle\notin W_i\}$

圖式 (vii) 具有圖式 (vi) 的結構。因此，如果圖式 (vi) 告訴我們，當 $\sim(P\&\sim Q)$ 說什麼時，它所說的就是，它描述 $\langle abP \rangle$ 和 $\langle cdQ \rangle$ 這兩個原子事實，並且斷說，$\langle abP \rangle$ 在這實際世界，而 $\langle cdQ \rangle$ 不在這實際

世界，是不發生在這實際世界的；它又說或者 $\langle abP \rangle$ 在某一個可能世界 W_i，或者 $\langle cdQ \rangle$ 不在 W_i。這樣的話，圖式 (vii) 就告訴我們，$\sim(P\&\sim P)$ 所說的就是，它描述 $\langle abP \rangle$ 這個原子事實，並且斷說，$\langle abP \rangle$ 在這實際世界而又不在這實際世界，是不會發生在這實際世界的；它又說，或者 $\langle abP \rangle$ 在某一個可能世界 W_i，或者不在 W_i。但是，我們知道 $\sim(P\&\sim P)$，亦卽 $(P\rightarrow P)$，是一個套套言，也就是一個邏輯命題。因此，我們顯示了，如果一個普通的複合命題，譬如 $(P\rightarrow Q)$，有說什麼的話，則邏輯命題，譬如 $(P\rightarrow P)$，也有說什麼。

　　從以上命題的世界圖式的解析中，可以看出很重要的一點。那就是，雖然一個命題所說要涉及可能世界，但是只要這個命題所含諸原基命題所描述的原子事實，存在於任一可能世界，則這個命題的「真假」及其決定，只和這實際世界有關，而和可能世界無關。這樣，一個套套言之為真和一個非套套言的命題之真，完全一樣——決定於它們的描述和斷說，符不符合這實際世界。所謂符不符合這實際世界，就《論集》來說，就是它們所含諸原基命題所描述的原子事實的結合情況，發不發生在這實際世界。當然，本文所做解析，都是在《論集》的基本觀點上做的。

　　一個套套言——卽一個邏輯命題——描述一些原子事實的結合情況，並且斷說，這個情況發生在這實際世界。而事實上，這個斷說是對的，因此它為真。這和一個普通命題描述一些原子事實的的結合情況，並且斷說，這個情況發生在這實際世界。而事實上，如果這個斷說是對的，則它為真，這種情況完全一樣。

　　我們拿一個套套言去做一個行為，和拿一個普通的命題去做行為，完全一樣。因此，如果一個普通的命題有說什麼，一個套套言——邏輯命題——也有說什麼。而且，如果一個為假的普通命題有說什麼，則一個矛盾言 (contradiction) 也有說什麼。這個斷說的論證形態和對套套言所做，完全一樣。

五

以上我們從維根斯坦所謂一個命題有說什麼的意義本身著手，論證了如果一個普通命題有說什麼，則邏輯命題——套套言，就有說什麼。而根據維根斯坦，一個普通命題是有說什麼的。所以，根據維根斯坦，一個邏輯命題是有說什麼的。

可是，在《論集》裏，維根斯坦卻明白說，邏輯命題沒說什麼。(6.11, 5.43) 他的理由是，邏輯命題是套套言。(6.1) 而套套言沒說什麼。(4.461(1), 5.142, 5.513) 他也提出許多理由，說明為什麼套套言沒說什麼。我現在要在這裏，一一指出和顯示他的理由是錯的。

他的基本錯誤有四點。第一，他沒有從一個命題，尤其是一個複合命題，有說什麼這個概念本身著手解析，來探討套套言有沒有說什麼的問題。第二，當他說一個命題有說什麼時，他心目中想的是原基命題，而當他說套套言沒說什麼時，他心目中想的是複合命題。第三，一個複合命題有說什麼，應由組成這個命題的諸原基命題所說及其組成形式，來形成和決定，而不應由這些原基命題的真假及其組成形式，來形成和決定。維根斯坦沒有注意這。第四，他把命題真假的發現方法和語言行為的內容，錯誤地關連起來。

我們現在就來討論和批評，維根斯坦所謂套套言沒說什麼的論證和說法。

㈠《論集》第 5.14 條說，如果一個命題從另一個命題跟隨而來，則後者說的比前者更多，而前者說的比後者更少。又第 5.142 條說，一個套套言從所有的命題跟隨而來：它沒說什麼。這個論證的樣態是：

前提　(1)如果命題 B 從命題 A 邏輯地導出來，則 A 說的比 B 更多，而 B 說的比 A 更少。

(2)任一套套言都可從任一命題導出來。

結論　　套套言沒說什麼。

先讓我們假定這兩個前題都成立。從前提(1)，可以得知，我們可把所有有所說的命題，依其說的多和少排成一列。設命題C爲最末一個，卽C爲所有有所說的命題中說的最少的一個或其中一個。設T爲任一套套言。那末，依前提(2)，T可從C導出來。現在除非假定，

(3)任何從C導出的命題都沒說什麼，

否則卽使T所說的比C更少，T未必沒說什麼。但是，我們沒有什麼理由支持(3)成立。所以，上述論證不成立。也許有人會說，C本身可能沒說什麼。但是，如果C沒說什麼，則依前提(1)，從C導不出T，因爲卽使T沒說什麼，T也不能比C說的更少，因爲當C沒說什麼時，沒有比它說的更少的命題。所以，無論如何，上述論證不成立。更何況上述前提(1)不成立。因爲，如果B從A導出，B可能跟A說的一樣多。

維根斯坦似乎認爲，如果B可從$(A_1 \& A_2 \& \cdots\cdots \& A_n)$導出，則$B$必定比任何一個$A_i$說的更少。但事實上不盡然。例如，$(A\&C)$可從$\{[A \to (A\&C)]\&A\}$導出，但$(A\&C)$未必比$[A \to (A\&C)]$或$A$說的更少。

㈡維根斯坦認爲，套套言承認「所有」可能的境態。(4.462(1))所以，它不能以任何方式決定可能世界。(4.463(3)因此，它沒描示(represent)任何可能境態。(4.462(1))這樣，它就沒說什麼。

這裏，所謂套套言承認「所有」可能的境態，很不好解釋。也許最好的解釋是，一個套套言在「任何」可能世界都眞。它不「排斥」任何可能的境態。這樣，你就不能拿任何套套言去區分，這個可能世界和那個可能世界的不同。所以，它不能以任何方式決定可能世界。但是，從以上所說，我們推不出說，套套言沒描示任何可能境態。套套言也許不能決定這個可能世界和那個可能世界的不同，但非套套言的其他可能的命題，可以決定它們的不同。如果命題「地球是圓的或扁的」有描示某種可能境態，爲什

麼套套言「地球是圓的或者不是圓的」沒描示什麼可能境態？地球是圓的或者不是圓的，和天下雨或者沒下雨，是描示不同的可能境態的。這樣，爲什麼說這兩個套套言沒說什麼呢？

我們也可以想像可能有一個原基命題 P，它在任何可能世界都眞。這樣的原基命題難道就沒描示什麼事態嗎？

㈢維根斯坦說，一個套套言和一個命題的邏輯積 (logical product)，和這個命題說相同的東西。因此，這個積和這個命題等同。(4.465) 譬如，$[Q\&(P\vee\sim P)]$ 和 Q 說相同的東西。所以，$(P\vee\sim P)$ 沒說什麼。(5.513 (3))

讓我們稱兩個命題爲等題，恰好如果它們說相同的東西。讓我們稱兩個命題爲等值，恰好如果它們具有相同的眞假值。在《論集》裏，維根斯坦一直把兩個命題的等值當等題看。我想這是他混淆的一個地方。兩個等題的命題固然一定等值，但兩個等值的命題卻未必等題。在歐幾里得幾何內，過一直線外一點能而且只能做一直線與它平行這個命題，和三角形內角之和爲一百八十度這個命題爲等值——它們都眞，但它們並不等題——它們並不說相同的東西。

當然，如果命題 $[Q\&(P\vee\sim P)]$ 和 Q 是等題，則它們說相同的東西。這樣，我們便很可以說 $(P\vee\sim P)$ 沒說什麼。但是，$[Q\&(P\vee\sim P)]$ 和 Q 雖然等值，但是未必等題。它們是否等題正是我們要去顯示的。所有的邏輯命題固然都等值——它們都眞，但它們未必說相同東西(對照5.43(2))。

設 'a'、'b'、'c'、和 'd' 爲相異的象目，又設 $\langle abP\rangle$ 和 $\langle cdQ\rangle$ 爲都在這實際世界的兩個原子事實。那末，就這實際世界來說，命題 P 和 Q 爲等值——它們都眞，但它們顯然並不說相同的東西。

$[Q\&(P\vee\sim P)]$ 和 Q 可以互相改寫，完全是就眞函邏輯 (truth functional logic) 的觀點來說的，也就是完全就等值的觀來說的，而不是就等題的觀點來說的。所以，我們不能因爲這兩個命題爲等值，就說它們爲等題。

既然它們未必說相同的東西，我們就不能由此推得($P\lor\sim P$)沒說什麼。

㈣《論集》第 4.461 條說，套套言和矛盾言都欠缺意思。在同條裏有兩個括號附句說，像有一點，從它有兩個箭頭以相反方向互相走開；例如，當我知道天正在下雨或天不正在下雨時，我對天氣並沒有知道什麼。從這裏，我們可以知道維根斯坦認爲，由於套套言欠缺意思，所以它沒說什麼。爲什麼欠缺意思就沒說什麼呢？他並沒有進一步解說。

在這裏所謂套套言欠缺意思，到底指什麼呢？我們在前面第三節說過，根據比查，所謂一個命題的意思有兩個相關的意義。一個是指這個命題所描述的境態或事實。另一個是指在這個命題所描述的事實——實際的或可能的——上諸象目所關連的「方向」。我們要指出的是，不論就那一個意義言，維根斯坦的論證都不成立。

就第一個意義說，如果所謂套套言欠缺意思，是指套套言欠缺它所描述的事實，所以它沒說什麼，則這是一個乞求論點(begging the question)的論證。因爲所謂一個命題沒說什麼，其最重要之一點，就是指它沒描述什麼事實。

至於第二個意義的意思，依比查所說，是指所謂命題的「方向」。比查這樣的解說不甚清楚。現在讓我們進一步解析看看。

在〈釋邏輯〉一文中，維根斯坦說：

「每一個命題本質上是有眞假的。這樣，一個命題具有兩極(poles)（與其眞的情況及假的情況相對應）。我們把這叫做一個命題的『意思』(sense)。一個命題的意指(meaning)，是實際上和這個命題相對應的那個事實。我的理論的主要特徵是：P 和非 P 具有相同的意指。㉑」

㉑　維根斯坦著《筆錄》，p. 94。在討論《論集》時，我把一個命題的"meaning'(Bedeutung)譯爲「意指」，把 'sense'(Sinn)譯爲「意思」。把「意義」留爲一般所謂的意義。

芬奇 (Henry Le Roy Finch) 把這段話解釋爲：

　　　一個命題的意思總要含涉兩個事實——一個與這個命題爲眞時對應的正面事實，和一個與這個命題爲假時對應的負面事實（而且要了解這個命題我們得了解這兩個事實）。然而，一個命題的意指是實際與這個命題對應的那「一」個事實，並且直到我們知道這個命題「是」眞「或者是」假，我們不能知道它。不論一個命題是正面說出或負面說出，它都具有相同的意指。因此，意思是兩個事實，而意指是一個事實。❷」

　　在這裏，芬奇把比查解釋爲具有「方向」這個有點意義模糊的意思，很徹底地解釋爲它「就是」正面事實和負面事實。我們雖不敢說，具有方向這個意義的一個命題的意思，就是這個命題所對應的正面事實和負面事實，但是它和正面事實和負面事實總非常貼近，或者和這兩個事實的觀念有不可分的關連。維根斯坦說，命題 'P' 和 '~P' 具有相反的意思。(4. 0621 (3)) 他也說，一個命題的意思，乃是它跟事態的存在和不存在的諸可能性的符合和不符合。(4. 2) 從這裏，我們也可把這個意義的命題的意思，解釋爲命題具有爲眞和爲假這兩種可能的性質。至少，我們可以說，一個命題具有爲眞和爲假這兩種可能，是這個命題具有意思的必要條件。

　　現在讓我們看看在意思的上述幾種解釋下，是否能顯示一個命題欠缺意思就沒說什麼。

　　如果一個命題的意思，就是這個命題爲眞或爲假時，所對應的正面事實或負面事實，那末，所謂套套言欠缺意思，就是指它們沒有對應的正面事實，或者沒有對應的負面事實，或者兩者都沒有。如果所謂套套言沒說什麼，是因爲它們既沒有對應的正面事實，也沒有對應的負面事實，那末這個論證還是乞求論點的。如果所謂套套言沒有說什麼，是因爲它們沒有

---

❷　芬奇著《維根斯坦－早期哲學》(*Wittgenstein-The Early Philosophy*), Humanities Press, New York, 1971, p. 61。

對應的正面事實或負面事實之一，則這個論證也不正確。因為，如果因為套套言沒有對應的正面事實，就說它們沒有說什麼，那是不對的。因為一個假原基命題，也沒有對應的正面事實，否則它就不假。而且，如果一個假原基命題因為有對應的負面事實而有說什麼，則套套言如有對應的負面事實也應該有說什麼。如果因為套套言只有對應的正面事實但卻沒有對應的負面事實，就說它們沒有說什麼，就更不對。因為，那些對應的正面事實正是它們所描述的事實。當一個命題有對應的正面事實時，如果我們不考慮它的然態性質（modal property），我們根本不必考慮所謂它的對應的負面事實。這種命題之有描述什麼，更不用說。

其次，一個命題的意思，如果是指這個命題具有為真「和」為假這「兩種」可能的性質，而所謂套套言欠缺意思，是指它們不具為假的可能性。套套言有為真的可能性不待說。為什麼一個具有為真性質但不具為假性質的命題就沒說什麼呢？當一個命題為真時，不是正好有一個事實——正面的或負面的——與它對應嗎？這個對應的事實，不正是它所描述的事實嗎？如果是的話，為什麼還說它沒說什麼？

有一點更重要我們該知道的，是命題所說或所描述決定命題的真假，而不是命題的真假決定命題所說或所描述。所以，我們不能由命題有沒真假可言，來顯示命題有沒有說或有描述的問題。在知道命題有沒有真假的值以前，我們先要知道命題有沒有說和有沒有描述。當我們知道一個命題有真假值時，它便沒有有無所說或有無所描述的問題。當然，當我們知道一個命題「的」真假以後，我們可以去問它到底是描述一些什麼東西。凡是拿命題有無真假的問題，來顯示命題有沒有說或有沒有描述的做法，都由於沒弄清楚上述觀念。

㈤在《論集》裏，維根斯坦說，一個命題是世界的一個圖像。（4.01）一個命題把某一個境態傳播給我們，這樣，這個命題本質上必定與這個境態相連結。而這個連結確切就是這個命題的邏輯圖像（picture）。一個命題

只當它有一個圖像時，才敍說(state)一些東西。由此我們可以知道，一個命題要有所說的必要條件是，它必須是一個圖像。而維根斯坦說，套套言不是世界的圖像。(4, 462(1))因為，套套言為分析（眞）命題。(6. 11)。而分析命題的眞假，可由分析它們的結構而得知，不必和世界比較。但是，為了得知一個圖像是眞還是假，我們必須把它和世界比較。(2. 223)僅僅從圖像本身不可能得知它是眞還是假。(2. 224)沒有圖像是先驗地(a priori)眞。所以，套套言不具圖像。因此，它們沒說什麼。

維根斯坦的意思就是，可以由分析而得知眞假的「命題」，不具圖像。沒有圖像就不能描述事實。不能描述事實，就沒說什麼。而套套言可由分析得知眞假，所以不具圖像，所以沒說什麼。

現在我們來檢討維根斯坦這個論證。這個論證毋寧是有效的。問題在前提。沒有圖像就不能描述事實，這是所謂維根斯坦的圖像說（theory of picture)中，一個重要持題。我們在這裏不想對它質疑和討論，因為這要花很大的篇幅。我們姑且認定它好了。我們要討論的是分析命題不是圖像這個前提。為什麼說一個命題可由分析而得知它為眞就不具圖像呢？當然，我們不能說這是因為它是分析命題，沒有描述事實，所以不具圖像。因為這樣說是乞求論點的說詞。其實就實際世界說，一個分析命題固然可由分析而得知它為眞，但也可拿它和這實際世界比較而得知它為眞。例如，「如果地球是圓的則地球是圓的」是一個分析命題。固然我們由分析方法得知它在這實際世界為眞，但是我們也可拿它和這實際世界比較，而得知它為眞；你看，當在這實際世界裏地球是圓的時，在這實際世界裏地球不就是圓的嗎？你不是可以想像到這事實嗎？你之可以想像到這個事實，和你可以想像到當天下雨時路濕的情形是一樣的。如果「如果天下雨則路濕」是一個眞命題，則當你看到天下雨時，你也可以看到路濕。也許你會說，如果如果天下雨則路濕，則當我們看到天下雨，就看到路濕時，會比如果如果地球是圓的則地球是圓的，則當我們看到地球是圓的，就看到地球是

圓的時，「更多」的事實。就假定這種說法是對的好了。但是，不論你是否看到更多的事實，但是在這兩種情況下，你「都」看到事實。當你講一句話時，我只要因你講話而看到某種事實，你便「在講話」，也就是你有所說。

　　一個命題只要在這實際世界裏有所說，它便有所說。我們依分析的方法，得知，一個分析命題在所有純只可能世界也眞。但是，我們沒有任何理由說，一個分析命題具有這樣一個性質，便說它不具圖像，而沒說什麼。還有，是不是套套言可僅僅依分析，而不必和世界比較，就知道它爲眞嗎？我們將在下一節討論這一點。

　　維根斯坦以上五種顯示套套言沒說什麼的論斷和論證，是我們從《論集》歸納出來的。相信這些已經包括維根斯坦提出的所有主要，甚或所有可能的論證。依以上的討論，我們很可以說，維根斯坦對套套言沒說什麼所提理由，都無法支持他的觀點。在下一節裏，我們將看看一些論者對套套言沒說什麼這個持題的辯解，是否成理。

六

　　㈠首先讓我們看看普林斯頓大學教授比查的說法。在他的《維根斯坦哲學》一書上 ㉓，比查並沒有強烈表示，套套言沒說什麼，是很有道理的。但是，他也絲毫沒有表示這個持題有問題。他只在盡量解釋套套言沒說什麼。現在讓我們看看他的解說。他說：

　　　　「維根斯坦把邏輯命題當套套言的觀點，這樣便以種淸楚可解的方式，說明了我們所具有的邏輯命題這種知識；但是這種觀點的好處是花了代價去獲得的——雖然這個代價大部分的經驗論者都很樂意去付。這個代價就是：由於邏輯命題是套套言，邏輯眞理是完全空的，因爲套套言『沒說什麼』」。……

㉓　參看❻。

邏輯命題不是關於柏拉圖元目的實質的眞理，也不是關於任何種元目的實質的眞理；它們根本不是實質的眞理。我們是把它們降爲空而確切獲得它們這種知識的。一個套套言爲空和沒說什麼，僅僅是因爲不管實是(界)像什麼樣子，它在所有情況下都眞。當我們說一個非空命題或實質命題——例如「天下雨」時，我們對實是(界)做了一個聲言，因而在某種程度上我們冒了險。像這樣一個命題就聲言說，事實是如何如何；這些事實會不這樣，因而這個命題會爲假。但是，一個套套言沒做這樣的聲言。不論事實如何，它都眞，因此它沒說什麼。……

不像非空命題——諸如「天下雨」，它描述某一個境態，它挑出實是(界)的某一個可能的情態，並且斷說這個情態是存在的——一個套套言沒描述什麼境態。它沒描述某個可能的境態，而斷說它存在，因爲如果它斷說，它也許會變假；這樣的話，它就不會是套套言的。由於一個命題描述的境態是這個命題的意思，而一個套套言沒描述什麼境態，所以我們可以說它欠缺意思。(4.46(3))[24]』

現在讓我們檢討比查的解說。在《論集》系絡內，任何非了無意義的(nonsensical)命題的討論，都和所謂柏拉圖元目無關。我們都知道,在《論集》裏，構成世界的本體(substance)是象目。(2.021)而象目根本不是柏拉圖式的東西。在我們討論邏輯命題是否有說什麼時，我們一定要認定，構成邏輯命題的原基命題，都是道道地地的《論集》式的原基命題。那就是，每個原基命題僅僅由諸名稱組成，並且描述一個原子事實——實際的或可能的。而每個這樣的原子事實，都是由諸象目羅聚而成的。這樣，如果邏輯命題有關於什麼元目的話，和一般命題或原基命題一樣，都是象目，而不是別的。在《論集》的系絡裏，討論邏輯命題有沒有說什麼的問題，不是討論構成它的諸原基命題有沒有說的問題——它們當然有所說，而是討論其中的複合命題是不是有所說的問題——在《論集》裏每一

---

[24] 比查前書 pp. 109-110。

個邏輯命題都是複合的（因為它是套套言）。這一點我們要記住。

比查說，邏輯命題不是實質的眞理。這只能看成是邏輯命題沒說什麼的一種解釋，而不是支持邏輯命題沒說什麼的一個理由。

拿不管實是（界）像什麼樣子，一個套套言在所有情況下都眞，來當理由說明套套言沒說什麼，這是維根斯坦自己的說法。但是，我們不能理解，為什麼一個命題不論在什麼情況下都眞，就沒說什麼。這點有待進一步解說。

比查說，不論事實如何，一個套套言都眞，因此它沒說什麼。這裏，不知道他所謂事實如何的事實指的是什麼。如果是指世界或實是（界），則如我們剛剛所講，拿不論世界如何套套言都眞，來當理由說明套套言沒說什麼，則這個理由是否成立，有待進一步解說。如果不論事實如何是指不論對應於套套言的那個事實，是在這實際世界或在某一可能世界，則正好說明套套言有所描述的事實，因而有所說。如果不論事實如何是指一個套套言所對應的那個事實，不在任何可能世界（包括這實際世界），則這是不可能的，因為如果一個套套言有對應的事實，則這個事實一定可以發生在某一個可能世界裏。由此可見，比查所說，不論事實如何，套套言都眞，所以套套言沒說什麼，是不成立的。

比查又說，套套言沒描述某一個可能的境態，並斷說它存在，因為如果它斷說，它也許會變假；這樣，它就不會是套套言。在《論集》裏，一個命題的說行為（behavior of saying）包含兩個主要的行為[25]。一個是描述行為，另一個是斷說行為。就《論集》來說，要先有非空的描述行為，然後斷說行為才不空。所謂非空的描述行為，是指這個描述行為描述了某一個事實，不論它是實際的還是可能的。只要是一個命題，而不是問句或命令句等，人如果用它來斷說時，它就有斷說行為，不論這個斷說是

---

[25] 在《論集》裏，並沒有使用語言行為這個觀念。這裏所謂說行為，是本文分析《論集》所謂命題有沒有說的說時，拿來用的。

空的、成功的還是不成功的。所謂空的斷說，是指對空的描述行爲的結果所做的斷說。所謂成功的斷說，是指與實際世界相符的斷說，卽包含眞命題的斷說。反之，所謂不成功的斷說，是指與實際世界不相符的斷說，卽包含假命題的斷說。

比查的意思是，套套言不包含斷說行爲。我想這是錯的。當我說如果地球是圓的則地球是圓的時，我就斷說了：如果地球是圓的則地球是圓的。你最多只能說，我的斷說是空的，但你不能說我說的這句話沒有斷說。

沒有斷說就沒有眞假的觀念或眞假的可能。有非空的斷說，就有爲眞或爲眞的可能。但事實上，也可能只有爲眞而無爲假的情形，或者只有爲假而無爲眞的情形。我們不能說，套套言沒有爲假的可能，所以，它就沒有斷說。就這實際世界來說，一個眞命題就沒有假的可能，但我們不能因此就說它沒有斷說。

由以上的討論，我們可以看出，比查並沒有提出什麼有力的理由，來說明套套言爲什麼沒說什麼。不但這樣，如所指出的，他的辯解還包含若干基本的錯誤。

（二）牛津大學哲學敎授格律芬 (James Griffin) 在追踪維根斯坦的顯示說 (doctrine of showing) 的系譜時說：

「邏輯命題至少在這些方面不像日常命題。日常命題 (i) 對世界說了些東西，而且 (ii) 因而爲決定它們的眞假，必須和這世界裏的一些東西相校核。邏輯命題不需和這世界相校核，所以，至少在日常命題有所說這一意味上，它們不能對這世界說什麼。這樣，維根斯坦就從邏輯命題和他所謂的眞實命題這兩者的區分開始。❷」

讓我們假定，格律芬在這裏所說 (i) 和 (ii) 相關的話是正確的。但這也沒顯示套套言沒說什麼。除非我們假定爲決定它的眞假，套套言不需和世界相校核，否則從格律芬上述的話，我們不能推得有關套套言的什

❷ 格律芬前書 p. 22。

麼。現在就讓我們做這個假定好了。我們推得的是，套套言不是日常命題，就是沒對世界說什麼。

現在讓我們看看，所謂套套言不是日常命題可能是什麼意思。在《論集》裏所討論的命題，基本地是原基命題和由原基命題所組成的複合命題。讓我們把這些命題叫做「論集式命題」。我們日常使用的命題從其表面形式看，都不能算是論集式命題。但依《論集》的說法，它們都可改寫或分析成論集式命題。如果所謂套套言不是日常命題，指的是，從其外表看，套套言不像是日常命題，而是論集式命題，則所謂套套言不是日常命題，當然是對的。如果是這樣，則從格律芬上述說法，推不出套套言沒說什麼。如果所謂套套言不是日常命題，指的是，套套言不是論集式命題，則所謂套套言不是日常命題，當然不對。如果是這樣，則從格律芬上述說法，可以推得套套言沒說什麼。但是，套套言是論集式命題，至少在《論集》裏討論的套套言，應該是論集式命題。這樣，從格律芬上述說法，推不出套套言沒說什麼。

更嚴重的問題，是所謂決定套套言的真假不需和世界相校核。很多人這樣說。但這是一種嚴重的錯誤。為什麼呢？不小心檢查，這種錯誤是很難發覺的。

像前面那樣，設 P, Q 為原基命題。現在我們給複合命題 $(P \to Q)$ 和 $[P \to (Q \vee P)]$ 分別構作真值表如下：

(1)	$(P \to Q)$			(2)	$[P \to (Q \vee P)]$			
	T	T	T		T T	T	T	
	T	F	F		T T	F	T	
	F	T	T		F T	T	F	
	F	T	F		F T	F	F	

表(1)的第一列（橫列）是說，「當」 P 為真（以 'T' 代表） Q 為真時，$(P \to Q)$ 為真；第二列是說，當 P 為真 Q 為假（以 'F' 代表）時，$(P \to Q)$

爲假。其餘以此類推。從整個表的主行看，我們知道，$(P \rightarrow Q)$ 爲適眞言（contingency）。依同理，從表(2)我們可知，$[P \rightarrow (Q \vee P)]$ 爲套套言，因爲這個表主行的值都眞。很多人從上面兩個表看來就說，爲決定表(1)的適眞言 $(P \rightarrow Q)$ 的眞假，我們必須拿它和這世界相校核；因爲它在有些情況下爲眞，但在另些情況下爲假，我們必須拿它跟世界相校核，才能知道在那些情況下 $(P \rightarrow Q)$ 爲眞，和在那些情況下它爲假。但是，爲決定表(2)的套套言 $[P \rightarrow (Q \vee P)]$ 的眞假，我們不需拿它跟世界相校核，因爲它在所有情況下都眞，所以我們只要看看命題的符號本身，就可以知道它都眞。馬馬虎虎聽來，上述說法似乎也通。但是，如果認眞細究，就會發覺有問題。

事實上，爲要決定表(2) $[P \rightarrow (Q \vee P)]$（套套言）的眞假，跟爲要決定表(1) $(P \rightarrow Q)$（適眞言）的眞假完全一樣，我們都需要拿它們跟世界相校核。拿表(1)來看，當我們就其第一列說，「當」P 眞 Q 眞時，$(P \rightarrow Q)$ 爲眞，我們確切的意思是，如果拿命題 P 和 Q 跟世界相校核，而發現 P 爲眞 Q 也眞時，依命題眞假的眞函決定原則，我們就決定 $(P \rightarrow Q)$ 的值爲眞。在這裏，我們拿命題 P 和 Q 跟世界相校核，然後「發現」P 和 Q 的眞或假；在這樣的事實情況下，最後我們「決定」$(P \rightarrow Q)$ 的眞假。

拿表(2)來看，當我們就其第一列說，「當」P 眞 Q 眞時，$[P \rightarrow (Q \vee P)]$ 爲眞，我們確切的意思是，如果拿命題 P 和 Q 跟世界相校核，而發現 P 爲眞 Q 也眞時，依命題眞假的眞函決定原則，我們就決定 $[P \rightarrow (Q \vee P)]$ 的值爲眞。在這裏，我們也一樣拿命題 $[P \rightarrow (Q \vee P)]$ 跟世界相校核。

有人也許會說，在表(2)的場合，不管你拿 $[P \rightarrow (Q \vee P)]$ 或拿其中的原基命題 P 和 Q，怎樣跟世界相校核，所得結果都使 $[P \rightarrow (Q \vee P)]$ 爲眞。這等於說，我們不必拿它們跟世界相校核，就知道 $[P \rightarrow (Q \vee P)]$ 爲眞。在這裏，「這等於說」這個說法是錯的。你如果不拿 $[P \rightarrow (Q \vee P)]$ 或其諸原基命題跟世界相校核，你怎麼會知道 $[P \rightarrow (Q \vee P)]$ 爲眞呢？「不論怎樣跟世界相校核」和「不需跟世界相校核」，是不等值的兩回事。

　　有人也許會說，我可以用「邏輯的演證」而知道 $[P→(Q\lor P)]$ 爲眞。所以，我不需拿它跟世界相校核，就知道它爲眞。事實上，你「僅僅」用邏輯的演證，你絕對無法知道 $[P→(Q\lor P)]$ 爲眞；你最多只能知道它是某個系統的一個「定理」而已。除非你「已經」用跟世界相校核的方法，證得凡是定理都眞，不然你不能因證得某一個命題爲定理，就斷定它爲眞。

　　總而言之，不論你用眞值表法也好，用演證法也好，證得 $[P→(Q\lor P)]$ 爲眞或爲套套言，你都得「先」拿 $[P→(Q\lor P)]$ 或和它有邏輯關連的命題，跟世界相校核。因此，凡是說不必跟世界相校核就知道或能顯示套套言爲眞的說法，都是錯的。我將把這種錯誤，叫做套套言謬誤（fallacy of tautology）。這種錯誤很嚴重而且很普遍，值得拿套套言之名來叫它。

　　（三）邏輯經驗論健將，英國牛津大學哲學教授艾爾 (A. J. Ayer, 1910-)說：

　　　「在他的《論集》裏說完：『一個命題乃是一個和諸原基命題的眞值可能性相符或不相符的詞組。（4.4）』以後，維根斯坦把套套言徵定爲『對諸原基命題的所有眞值可能都眞的』命題。(4.46)這樣說也有一個涵蘊。這是維根斯坦明白承認的。那就是，套套言不產生事實的資訊（factual information）。就如他說的，『當我知道天下雨或天不下雨時，我對天氣毫無所知。』(4.46)❷」
美國康乃爾大學哲學教授布雷克 (Max Black) 說：

　　　「在維根斯坦的特定意味上，『可以說』這個詞語，是限於 P 是一個經驗命題這種情況的。這由下面三個有關數學和邏輯的敍說證示出來。這三個敍說是，『數學命題是恒等言，因而是擬似命題。』(6.2)『世界的邏輯，在邏輯命題以套套言顯示出來，在數學以恒等言顯示出來。』(6.22)『所以，邏輯命題沒說什麼（它們是分析命題）。』

❷　艾爾著《哲學中心問題》(*The Central Questions of Philosophy*),Penguin Books Ltd, England, 1973, p. 186。

(6.11)這樣，似乎是說，P『有說』什麼乃是說P是經驗的；P『顯示』但並不說什麼，乃是說P不是經驗的。……然而維根斯坦不會想去否認，數學恒等言對初次看到它們的人，會傳送某種『資訊』。不過，他關心的是，強調這種資訊和由經驗命題傳送的資訊之間的不同。❷⃝」

上面艾爾和布雷克的討論，實際上並沒有直接提出什理由來支持套套言沒說什麼的說法。他們毋寧說是對套套言沒說什麼是什麼意義，提出一種解釋。他們認爲，維根斯坦所謂套套言沒說什麼，是指套套言沒有說什麼「經驗」事實。由於這種解釋在二十世紀三十年代以來，產生很大的影響，所以我們這裏提出來略加檢討。

他們這種解釋涵蘊兩個很不同的歸結。如果這種解釋意味着，所謂一個命題有所說，指的僅僅是說「經驗事實」，則他們的解釋在某種意味上，提供套套言沒說什麼某種佐證。如果這種解釋意味着，所謂一個命題有所說，指的是說經驗事實以外，還有說某種（不宜稱爲非經驗）事實或境態，例如布雷克所謂數學恒等言對初次看到它們的人，會傳送某種資訊，則他們的解釋在某種意味上，否認了套套言沒說什麼這個更強的持題。我認爲，在《論集》裏，所謂事實或意態，實際上包含了比所謂經驗事實更多的東西。原子事實就不是經驗事實可以概括的。但是，描述原子事實的原基命題，卻是標準的有所說的命題。早期的邏輯經說論者在閱讀《論集》時，恐怕嚴重地看漏了這點。

㈣拉薩羅維（Morris Lazerowitz）在〈套套言與眞值表〉中指出❷⃝，

❷⃝ 布雷克著〈若干與語言相關的問題〉(Some Problems Connected with Language)，《亞里士多德社年報 N. S.》(*Proceedings of the Aristotelian Society*, N. S., vol. 39, Harrison and Sons, Ltd, 44-7, St Martin's Lane, London, W. C. 2, 1939, pp. 43-68.

❷⃝ 拉薩羅維著〈套套言與眞值表〉(Tautologies and the Matrix Method)，《心雜誌》(*Mind*), vol. XLVI. No. 182 April, 1937.

不像適眞命題，套套言不是眞值函題。因此，套套言的「眞」和一般適眞命題的眞，不是同種類的眞。他這篇文章雖然沒有明白說是要顯示套套言沒說什麼，但是如果他上述的聲言及其顯示成立的話，也是支持套套言沒說什麼的一個好理由。因此值得在此略加介紹和檢討。

他說，任何適眞命題 A 如果爲眞，那是因爲外在於 A，有一個或一組存在於所謂實際世界的事實，和 A 有某種唯一的對應關係；並且 A 如果爲假，那是因爲沒有這種關係。這樣，任何適用於某一個適眞命題 A 的性質「眞」或「假」，就 A 有和這實際世界某種相符或不相符的關係。這裏所謂「相符」和「不相符」，是指如果 A 爲眞則在這實際世界裏有某個事態，「致使」它爲眞；如果 A 爲假則在這實際世界裏也有某個事態「致使」它爲假。這樣，任何適用於適眞命題的性質「眞」或「假」，和這實際世界的相符或不相符的某種「關係」性質，不是等同就是等值。然而，很清楚的，設想要加給套套言的性質「眞」和要加給矛盾言的性質「假」，是不會和這實際世界相符或不相符的某種關係性質等同或等值的。因爲，對套套言來說如果有所謂眞，則爲「內在地」(intrinsically) 眞；而對矛盾言來說，如果有所謂假，則爲「內在地」假。這樣，它們的眞和假，並不是和外在於它們的這實際世界，有某種關係。這就是說，套套言的眞和矛盾言的假，並不「決定」於任何外在於它們的東西；在世界裏的事實，並不致使套套言爲眞，也不致使矛盾言爲假。

我不準備在此直對拉薩羅維的見解加以批評，我想我在前面對格律芬所做批評，也可以適用於拉薩羅維。在下節我們要介述布萊德雷和史華茲的單一眞理論，也可看做是對它的一種批評。

七

在本節裏，我們要介述布萊德雷和史華茲所堅指的單一眞理論 (single

theory of truth)❸⓿。這個單一眞理論，一方面可用來批評任何所謂適眞命題的眞假性質，和套套言及矛盾言的眞假有所不同的說法；二方面也可用來當我們所堅持的套套言有和適眞言一樣，都有說什麼，這一見解的一個有力的旁證。

試看下個適眞命題：

(1)日本在臺灣的東北方❸①。
這實際上是一個眞命題。它之爲眞，是因爲這實際世界的某一定的地理特徵使然。這個特徵在其他一些可能世界都有，但是確定地不是所有可能世界都有。

同樣，我們也可以問下個套套言（一個非適眞命題）爲什麼會眞；

(2)羅素在 1920 年到過中國，或者他在那一年沒到過中國。
有些人也許會說，問(2)是否爲眞和問(1)是否爲眞，不是同種類的問題。因爲這些人會說，(1)的眞假值會因不同的可能世界而不同，但是(2)的眞假值則不會。不管別的可能世界多麼奇特古怪，(2)在它那裏的眞假值和它在這實際世界裏的都相同。在這實際世界裏，羅素確實在 1920 年到過中國，所以(2)爲眞。但是，在某些可能世界裏，羅素在 1920 年一直留在英國，沒有遠行，然而在這些世界裏，(2)也眞。

在某些哲學家的眼光中，這後一個事實會使人不同意眞理對應論 (the correspondence theory of truth)。這些哲學家會說，由於不論什麼事實發生，套套言都眞，因此套套言的眞假值不能拿「它們和事實適合(fit)」來說明。我們怎麼可以拿某一組事實，來解說(2)在某一個可能世界裏的眞假，而又拿一組不同的事實，來解說(2)在另一個可能世界裏的眞假呢？這對那些哲學家來說，似乎就構成眞理對應論的一個致命的弱點。在他們看來，套套言就是沒有任何適當「對應」組的事實。因此, 他們就得提出「另外」

---

❸⓿　見他們的前書，pp. 58-62。參見❸。

❸①　這個以及下面的一些例句，是參考原例改換的。

的眞理論，以便說明套套言或非適眞命題的眞假值。

　　但是，布萊德雷和史華茲認爲，我們不需要另外的眞理論。能够說明適眞命題的眞假值的眞理對應論，一樣能够很好地說明套套言或非適眞命題的眞假值。

　　他們認爲，邏輯和數學能够很成功地應用於世界。爲什麼呢？我們可用必然眞理的可能世界分析來說明這。像數學眞理等必然眞理之能應用到世界，是因爲它們在所有可能世界都眞；而由於這實際世界也是一個可能世界，所以，它們在這實際世界也眞——即適用於實際世界。我們要注意的，這樣處理必然眞理，並不需要一種和處理適眞命題不同的眞理論。所謂一個命題在這實際世界爲眞，就是說它和這實際世界裏的事實相適合。也就是說，在這實際世界裏的事實就和命題所說那樣。同樣，所謂一個命題在某一其他可能世界甚或所有可能世界都眞，就是指，在該可能世界甚或所有可能世界裏，諸事態就如這個命題所說那樣。一個而且同一個眞理論，足够來說明所有情況：一個命題在所有世界都眞的情況，和這個命題僅僅在某一（些）個可能世界（也許包括這實際世界）爲眞的情況。

　　他們認爲，套套言或非適眞言的眞假，並沒有「特別」的問題。它們眞假的方式和適眞命題眞假的方式，完全是同種類的。那就是，它們的眞假依據是否和事實適合而定。認爲有兩個種類的眞假，或需要兩種眞理論的想法，是一種誤解。命題不是眞就是假；它們不是適眞就是非適眞。命題爲眞或爲假，或爲適眞或爲假，等等性質有種種結合方式。但是，我們不要誤以爲，當我們說，譬如一個命題爲非適然地眞時，我們是說這個命題的眞是兩個型態的「眞理」之一。我們說這個命題爲適然地眞，毋寧應解釋爲是它爲「非適然『而且』爲眞」。從這裏，我們可以說，是否需要特別的方式來講套套言或非適眞命題的眞假的問題，簡直不會發生。邏輯不需要更多的眞理論。

八

在這裏，我們要對以上幾節的論略，做一個簡單的綜合結論。

在《論集》裏，維根斯坦說，一個眞正的命題有說什麼。但他卻堅持邏輯命題——套套言——沒說什麼。本文的主要目的，是要指出並且顯示維根斯坦這個堅持是錯的，而且是沒有理由的。據個人所知，從未有人從正面，認眞又細心地對這個持題提出挑戰。從他提出這個持題以後，在哲學，尤其在邏輯哲學方面的影響很大。大部分的《論集》研究者，只在解釋和辯解這個持題，很少甚或沒對它提出質疑的。

爲了討論的方便，本文首先把豐富地半藏半隱在《論集》裏的兩個觀念——這實際世界和可能世界，明白提出來，用以代換《論集》中世界和實是（界）的觀念。在駁對套套言沒說什麼這個主題工作上，我們基本地是從深密分析和挖掘，維根斯坦所謂一個命題有沒有說什麼的「說」這個觀念做起。我們的研究發現，所謂一個命題有說什麼，基本而重要地是指(1)這個命題有描述什麼和有斷說什麼——描述一個實際或可能的事實（事態或境態）和斷說這個事實在不在這實際世界裏。我們根據這個發現進而顯示，如果一個原基命題和諸如由原基命題 P 和 Q 組成的複合命題 $(P \rightarrow Q)$ 等等，有說什麼的話，則套套言，諸如 $(P \rightarrow P)$ 和 $[P \rightarrow (Q \lor P)]$ 也有說什麼。在做顯示時，我們提出所謂命題的世界圖式，來支持我們的論點。

在做完套套言有說什麼的工作後，我們徹底歸納和檢討在《論集》裏，維根斯坦自己所提出的種種支持套套言沒說什麼的理由和觀念。他的理由和觀念雖然都很深刻，但我們檢討的結果，發現它們都欠乏決定性的力量。

其次，我們也對若干哲學家對維根斯坦這個持題的辯解，做相關的批評。我們發現他們的說詞都沒有理由。他們最多只是把《論集》的一些話，說得較清楚一點而已。

最後我們介紹布萊德雷和史華茲所堅持的單一眞理對應論。這個理論，一方面，可用來反駁若干哲學家對維根斯坦這個持題所做辯解的若干說法，另一方面，也可用來當我們所堅持的套套言有說什麼的一個好的旁證。

我們堅持邏輯命題有說什麼，並不排斥邏輯命題在所有命題中有特定的地位。但是我們認為，邏輯命題的特定地位與它有沒有說沒有關係，因為它也有說什麼。

——原載《臺大哲學論評》第 4 期 1981 年 1 月

中文和英文的「是」(yes)與「不」(no)的功能

一

　　本文要討論的「是的」(yes) 和「不」(no) 這些字眼，是指用在問句的回話上，當所謂質詞 (particle) 用的「是的」(yès)和「不」(no)。

　　有一本英文字典說❶，「yes」是「it is so; the opposite of *no*, and used to express agreement, affirmation, or confirmation。」又說，「no」是「not so; the opposite of *yes*, used to deny, refuse, or disagree. *No* is also used to give force to a negative that follows。」這本字典說的就是，「yes」是用來確認 (affirm) 的，而「no」是用來否認 (deny) 的❷。

　　在本文裏，我們要指出並論證說，這種說法是錯的。也就是說，在英文裏，「yes」不是用來確認的，而「no」也不是用來否認的。但是在中文裏，「是的」和「不」卻可以解釋為分別是用來確認和否認的。

　　試看下面的問答：

　　(問) Is the earth round?　(地球是圓的嗎？)

---

❶　參看 *Websters' New World Dictionary of the American Language*，第二 college 版，「yes」和「no」條。其實我們所看到的英文字典，都大同小異這樣定義。

❷　嚴格說來，agreement, consent, affirmation, 和 confirmation 等在語意上，都有些微的不同。但就本文的論點來說，這些不同可以忽略。為討論的方便，我們選用 affirm 和 deny 來當代表。

（答1）Yes, it is round. （是的，地球是圓的。）

（答2）No, it is not round. （不，地球不是圓的。）

讓我們把這一問一答，叫做問答情境（question-answer situation）。讓我們用「Q」代表這種問答情境中的問句部分；「P」代表答句中質詞「yes」（是的）或「no」（不）部分；「A」代表答句中質詞以外的敍說部分。這樣，我們可把這種問答情況看成是Q，P，和A的一種集合。在英文和中文來說，這種集合還可以看成是一種有序三〈Q, P, A〉❸。我們也可把這種集合，叫做問答集合。

現在，假定P是用來確認或否認的。那末，它是用來確認或否認問答集合中「那一份子」的「什麼」呢？顯然，在日常英文和中文中，如果P是有所確認或否認的話，它是對問答集合中的Q的❹。也就是說，如果質詞「yes」（是）和「no」（不）有所確認或否認，是就問句部分確認或否認的。重要的地方是，它們是對問句的「什麼」確認或否認的？我們可以說，它們是對問句的「標的」（object）確認或否認的。每種問句可有不同種類的標的。在我們現在所討論的 yes-no 問句，其標的可以說是一種命題。例如，前面的問句「Is the earth round?」（地球是圓的嗎？）其標的是命題「The earth is round。」（地球是圓的。）❺ 所以，在問「Is the earth round?」這個問句時，所問的是「The earth is round」（是否為

---

❸ 從邏輯觀點來說，(1)這種集合可以不必是有序的；(2)在一種語言裏，這種有序集合可以不只一種。但就英文和中文來說，則只有文中所列這種有序三。

❹ 如果P有所確認或否認，未必一定對Q。它對A裏某一部分，未必不可。我們可以有一種語言，使得有一種問答集合〈Q, P, A＝{H. G}〉，其中H是對Q的某種回答，而G是P對H確認或否認的結果。在這種語言裏，P就未必對Q確認或否認。

❺ Yes-no 以外的問句，其標的不是命題。例如，「Who is in the room?」（誰在房間裏？）在這個問句中最多含有開放句「x is in the room」（x在房間裏）。因此，這裏所問——問句的標的，是「x」的值，最多也只是使這個開放句成為眞的x 的值。關於這些問題，參看萊昂茲（John Lyons）著《語意學》（Semantics），第16章第3節問句，Cambridge University Press 1977.

眞）這個問題。

現在就以這個問句爲例，看看質詞「yes」和「no」是否是用來確認和否認的。現在我們就假定問句「Is the earth round? 」的標的是命題「The earth is round」。

在討論這個問題以前，我們必須先要辨認，在問答集合中，如果質詞P有所確認和否認的話，它確認和否認所得結果是那一項目。就英文和中文來說，可能是這一項目的顯然只有A——全部A。現在我們就假定就是A。

在以上認定和假定下，我們可以說，如果質詞P對問句Q的標的（假定爲p）做「確認」，則確認所得結果應該是答句A，並且其中A就是p，或者與p等值，或者涵蘊p；如果P對Q的標的p做「否認」，則否認所得結果應該是A，並且其中A就是p的否言（negation），或者至少是與p正悖（contrary）❻。上面的說法，也等於徵定了這裏所謂質詞的確認和否認到底是什麼意思。它實際上提供我們檢試質詞是否用來確認和確認的標準——可能是唯一的標準。爲方便起見，我們把上述說法寫成下列兩個參考式：

（Y式）　　$Q[p] \times P \Rightarrow$ $\begin{cases} \text{A；A就是}p。 \\ \text{A；A與}p\text{等值}。 \\ \text{A；A涵蘊}p。 \end{cases}$

（N式）　　$Q[p] \times P \Rightarrow$ $\begin{cases} \text{A；A與}p\text{矛盾}。 \\ \text{A；A與}p\text{正悖}。 \end{cases}$

---

❻　「contrary」一詞有的人譯爲「大反對」或「正值對反」。我現在把它譯爲「正悖」。這樣譯比較凝結，而且也容易顯出是一種專門用語。語句F與語句G爲正悖，恰好如果它們不能同眞但可同假。語句F與G爲負悖（subcontrary），恰好如果它們不能同假但可同眞。有人把負悖譯爲「小反對」或「負值對反」。
有一點要注意的，我們這裏說與p正悖，是假定如果p爲量辨（quantified）命題時，p的主詞所指至少有一個元目存在。這樣假定是爲便於我們的形構。不這樣假定，我們的論點仍然成立。

在這兩式中，Q〔p〕表示問句 Q 的標的 p；Q〔p〕×P 表示質詞 P 對 Q〔p〕做確認或否認；⇨表示確認或否認將得到什麼。括波右邊上下並列項目，表示確認和否認後可能得到的結果。

在問答情境中，如果質詞 P 的作用滿足上面（Y式），則我們就可以把它解釋爲是用來確認的；反之，P 的作用滿足上面（N式），則我們就可以把它解釋爲是用來否認的。現在我們就根據這兩點來檢試「yes」和「no」，在問答情境中是否用來確認和否認。

顯然就前面舉的有關地球是圓的那個問答情境中來看，「yes」滿足（Y式），而「no」滿足（N式）。因此，如果只就這一類例子來講，我們很可以把「yes」和「no」分別解釋爲是用來確認和否認的。可是，有關地球是圓的那個問句，也可以用否面（negatively）來問。當我們用否面來問時，則可得下面的問答情境❼：

（問）Isn't the earth round?（地球不是圓的嗎？）

（答1）Yes, the earth is round.（不，地球是圓的。）

（答2）No, the earth is not round.（是的，地球不是圓的）。

在這個問答情境中，「yes」和「no」是用來確認和否認嗎？這個問題的回答，要看我們把什麼樣的命題當問句的標的而定。如果我們把這個負面問題的標的看成與上面正面（positive）問題的標的一樣，也就是看成是「The earth is round」這個命題，則這個負面的問答情境除了問題是用文法上負面的形式提出以外，便沒有與上面正面的問答情況有什麼不同。這樣，「yes」和「no」在這個問答情境中，當然可解釋爲是分別用來確認和否認的。但是，我們認爲不應把這個負面問題的標的看成是正面命題「The earth is round」，而應該看成是負面命題「The earth is not round」。正如萊昂茲說：「像⑵〔即 Isn't the door open?（門不是開着嗎？）〕這種單純負面問題，就說話者是期待接受或拒絕命題～P，也沒有輕重之別；這

❼ 括號內的中譯只是供參考，請暫不要計較。

命題~P就是被質問的問題。❽」

我們對 yes-no 問題的標的命題的這種認定，可以從下面某乙對某甲的正面敍說和負面敍說的對話，看得更清楚：

㈠對甲的正面敍說

　　(甲) The earth is round. (地球是圓的。)

　　(乙) (1) Yes, the earth is round. (是的，地球是圓的。)

　　　　 (2) No, the earth is not round. (不，地球不是圓的)。

㈡對甲的負面敍說

　　(甲) The earth is not round. (地球不是圓的。)

　　(乙) (1) Yes, the earth is round. (不，地球是圓的。)

　　　　 (2) No, the earth is not round. (是的，地球不是圓的。)

如果我們把前面的正面問答情境和負面問答情境，分別和上面㈠和㈡對話比較一下，可以看出，其回話部分前後兩者完全一樣，但其開話部分，前者爲問句，後者爲敍說。其中，正面問句對應正面敍說，負面問句對應負面敍說。由此我們很可以說，如果把正面問句的標的看成是正面命題 P，則無疑應把負面問句的標的看成是負面命題~P。

現在讓我們認定，負面問句的標的就是負面命題~P。這樣，「yes」和「no」在負面問答情境中，是否可以解釋爲是分別用來確認和否認呢？我們只要查看一下參考式(Y式)和 (N式)，和上面對甲負面敍說的對話，立卽可以看出，其答案是否定的。因爲，在這種情境中，如果「yes」是用來確認的話，則它作用所得應該是「The earth is *not* round」，或與這一敍說等值的語句，但我們實際所得到的卻是「The earth *is* round。」又如果「no」是用來否認的話，則它作用所得應該是「The earth *is* round」，或與「The earth is *not* round」正悖的語句，但我們實際所得到的卻是「The earth is *not* round。」由此，我們可以說，在負面問答情境中，

❽ 見萊昂茲前書 p.765。

「yes」和「no」並不用來確認與否認。

在前面陳示的參考式（Y式）和（N式）中，我們對 Q〔p〕中的Q和p都沒有做是正面還是負面的規定。我們不做這樣限制，是要這些參考式既可適用於正面問句，也可適用於負面問句。顯然，「yes」和「no」是否用來確認和否認，應該通過正負兩面的問答情境的檢試來決定。雖然它們通過正面問答情境，但卻通不過負面問答情境的檢試。因此，我們要下結論說，「yes」和「no」不是用來確認和否認的。

從上面的討論，我們知道，「yes」和「no」不是用來確認和否認的。然而，依我們的看法，在中文裏，質詞「是（的）」和「不」卻可以解釋為是用來確認和否認的。試看下面正面問答情境：

（問）地球是圓的嗎？

（答1）是的，地球是圓的。

（答2）不，地球不是圓的。

這個正面問答情境的問答集合，和前面用英文提出的正面問答情境的問答集合完全相似。因此，很容易看出，這個情境中的質詞「是」和「不」，分別滿足參考式（Y式）和（N式）。

現在，讓我們看看下面負面問答情境：

（問）地球不是圓的嗎？

（答1）是的，地球不是圓的。

（答2）不，地球是圓的。

這個負面問答情境的問答集合，和前面用英文提出的負面問答情境的問答集合，有很重要的不同。在英文的場合，當質詞P為「yes」時，答句A為一個正面語句；但在中文，當質詞P為「是」時，答句A卻是一個負面語句，卽「地球不是圓的。」反之，在英文，當質詞為「no」時，答句為負面語句；但在中文，當質詞為「不」時，答句卻為正面語句，卽「地球是圓的。」中文的這種情形，剛好可以使得質詞「是」滿足參考式（Y式），

也可使「不」滿足參考式 (N式)。這麼一來，在中文，「是」與「不」不但在正面問答情境中分別滿足參考式（Y式）和（N式），而且在負面問答情況中也分別滿足這兩個參考式。由此，我們可以說，在中文，當質詞的「是」和「不」，可以解釋爲是用來確認和否認的。

　　然而，有人也許會說，像「Is the earth round? 」(地球是圓的嗎?)」這樣的 yes-no 問句，可以解釋爲是與「Is the earth round or not? 」（地球是圓的還是不是圓的? ）這個二項選言問句等值的。依萊昂茲的看法，這種選言問句可以適當地用「yes」或「no」來回答❾。依據他，如果是用「yes」，則這「yes」就涵蘊 (implies) 由「The earth is round」這個敍說所表示的命題；如果是用「no」，則這「no」就涵蘊由「The earth is not round」這個敍說所表示的命題。

　　那末，這裏所謂涵蘊是什麼意思? 它有沒有確認和否認的作用? 依我們看來，這裏所謂涵蘊就是普通邏輯上所謂的涵蘊關係，即存在於語句（或命題）之間的涵蘊關係。但有人也許會說，這裏的「yes」和「no」並不是語句啊! 從表面文法看來，「yes」和「no」誠然不是語句，但從深層文法來看，它們卻是一種隱然的語句。假定它們是一種隱然的語句好了。那末，當我們把它們顯現出來時，它們可能是一種怎麼樣的語句呢? 就我們現在這個例子來說，相對於「yes」，它可能是「The earth is round」；相對於「no」，它可能是「The earth is not round」。爲什麼我們只說「可能」，而不說「就是」呢? 那是因爲有資格相當「yes」或「no」的隱然語句的，可能很多，而這兩者只是其中之一而已。所有這類語句都具有一個特徵。那就是，如果它是「yes」的隱然語句，則它涵蘊「The earth is round」──即正面選項；如果它是「no」的隱然語句，則它涵蘊「The earth is not round」──即負面選項。顯然，這種涵蘊關係不是確認，也不是否認。它與確認和否認沒有任何關連。在這裏，說「yes」和

---

❾　見前書 p. 757.

「no」的說話做行 (speech act) 是一種選擇行為 (choice behavior)。前者選擇正面選項，或選擇一個涵蘊這個正面選項的隱然語句；後者則選擇負面選項，或選擇一個涵蘊這個負面選項的隱然語句。這種選擇不是確認或否認行為。因此，卽使像「Is the earth round」這種問句可改為像「Is the earth round or not?」這種二項選言問句，也顯不出質詞「yes」和「no」有任何確認和否認的作用❿。

顯然，如果在英文的問句「Is the earth round?」可改寫成二項選言問句「Is the earth round or not?」則在中文的問句「地球是圓的嗎?」也應該可以改寫成二項選言問句「地球是圓的還是不是圓的?」這樣，中文的質詞「是」和「不」對這樣的選言問句如何作用呢? 依據我們的看

❿ 當然，如果正面問句「Is the earth round」可改寫成二項選言問句「Is the earth round or not」，則相對的負面問句「Isn't the earth round」也應該可以改寫成同樣的二項選言問句。這麼一來，正面問句「Is the earth round」和負面問句「Isn't the earth round?」豈不是完全一樣了嗎? 如果是完全一樣，我們前面對正面問句的標和負面問句的標的認定和說明，不是完全崩潰了嗎? 其實，當我們接受正面問句「Is the earth round?」可改寫成二項選言問句「Is the earth round or not」時，我們只是把前者與無正面實際期待 (positive actual expectation) 標示的後者當等值來看的。因為在前面討論的系統裏，沒有做這種標示的必要，所以我們沒有加以標示。但是，如果細究起來，我們是非加以這樣標示不可的。里奇 (Geoffrey Leech) 說 (見他的《語意學》(Semantics), p. 320, 1974): 「負面問句『Can't you drive a car? (你不會開車嗎?)』與正面問句『You can drive a car? (你會開車嗎?)』不同的地方是，前者傳達在說話者部分有下列兩個假定: 『我想你會開車，但現在顯現你不會。』那就是，有一個取消的期待 (『You can drive a car (你會開車)』，和一個實際的期待 (『You can't drive a car (你不會開車)』。」根據里奇的說法，當我們把負面問句「Isn't the earth round?」改寫成二項選言問句「Is the earth round or not?」時，我們至少要給後者加個標示說，這個問句是有「The earth is not round」這個實際期待的。根據里奇的說法，當我們把正面問句「Is the earth round?」改寫成二項選言問句「Is the earth round or not?」時，至少要給後者加個標示說，這個問句是有「The earth is round」這個實際期待的。也許有人會反對說，從負面問句有某種實際期待，未必就能推得正面問句也有某種實際期待。卽令接受這個反對，我們也很有理由說，正負面問句改成的二項選言問句，有所不同，因為至少負面問句改成的有負面語句的實際期待，而正面問句改成的則沒有。

法，在日常中文的使用中，對這種選言問句，我們不使用「是」或「不」去回答。因此，在中文我們不必考慮這種情況。

三

從以上的討論我們可以知道，在問答情境中，中文的質詞「是」和「不」，可以解釋爲是分別用來確認和否認的；但英文的「yes」和「no」則不可以。這樣，英文的「yes」和「no」用來做什麼呢？

首先，從上面正負問句可改寫成二項選言問句的討論中，我們可以知道，在這種選言問句的問答情境中，英文的「yes」和「no」，是可以解釋爲用來做選擇作用的；同時，也可用來分別當涵蘊正面選項和負面選項的某種隱然語句。當然，這種擔當也可以視爲是一種信號。這種信號就是，跟在「yes」後面出現的，是相應於問句的某種正面語句；跟在「no」後面出現的，是相應於問句的某種負面語句。顯然，這種擔當和信號功能，在正面問句和負面問句的問答情境中，一樣也有。不論怎樣，這些作用都不是確認和否認作用。

在本文開始我們引用的英文字典說：「No is also to give force to a negative that follows」(「不」也給跟在後面的負面語句一種語勢（力）)。這一點我覺得說對了。從純邏輯觀點看，在問答情境中，「yes」和「no」除了可視爲是某種隱然語句的代表或簡寫以外，沒有什麼用途。可是，從說話做行這種較廣體的觀點來看，它們是具有某種說話勢力的。有「no」在前的負面語句，會令人感到更強的否定力。這較強的否定感，就是由「no」所給的或產生的。其實，「yes」也會產生某種語勢。那就是，有「yes」在前的正面語句，會令人感到更強的肯定力。

現在我們來看看，在中文裏，「是」和「不」是否有這種力量。單單從正面問句的問答情境來看，我們說它們和「yes」和「no」一樣具有這種

力量，也無不可。但是，如果把這種說法推廣到負面問句的問答情境，則不適合了。一個解釋如沒有同時滿足正面問句和負面問句的問答情況，是不能接受的。因此，我們要說，在問答情境中，「是」和「不」不具有這種力量。事實上，「是」和「不」所產生的，是純邏輯的運算力，不是語用上的實效力。

　　由以上的討論我們可知，在問答情境中，中文的「是」與「不」，和英文的「yes」與「no」，雖然有某種外貌的對應相似，但其功能卻完全不一樣。這是我們學習和講解中文和英文時不可不留心的地方❶。

---

❶　本文原用英文寫成，現改寫成本文。英文稿曾請紀久恩 (John Keenan) 先生潤飾。他做完後，我問他同不同意我的觀點。他說同意，並且對他也很有用；因為，過去向他學習英文的中國學生每次問到「yes」和「no」的問題的時候，他都不知道如何向他們解說。現在他可有了。聽了他的話，我很高興。

如 言 的 定 義

1. 小 引

　　語句可由各種不同方式的組合而形成更複雜的語句。其中有一種組合，可以叫做眞函 (truth-functional) 組合。在眞函組合裏，新語句的眞假值由其成分語句的眞假值來決定。

　　在命題邏輯裏，我們有所謂否言 (negation)，連言 (conjunction)，選言 (disjunction)，如言 (conditional)，和雙如言 (biconditional)，等等語句。這些語句就是眞函組合的語句，或簡稱爲眞函語句。設 P，Q 爲語句，"$\sim$"，"&"，"$\vee$"，"$\rightarrow$" 和 "$\leftrightarrow$" 分別表示"非"，"而且"，"或者"，"如果……則"，和"恰好如果"。那末，$\sim P$ 就是 P 的否言，而 $(P\&Q)$，$(P\vee Q)$，$(P\rightarrow Q)$ 和 $(P\leftrightarrow Q)$ 分別爲 P 和 Q 的連言，選言，如言和雙如言。依顧及和不顧及這些語句可能反映日常語言的意義，我們可有兩種方式給這些語句做眞函定義。設 "T" 表示眞值，"F" 表示假值。那末，在不顧及這些語句可能反映日常語言的意義時，我們可用眞值表逐自給它們做眞函定義如下：

(1)否言

P	$\sim P$
T	F
F	T

(2)連言

P	Q	$(P\&Q)$
T	T	T
T	F	F
F	T	F
F	F	F

(3)

P	Q	$(P \vee Q)$
T	T	T
T	F	T
F	T	T
F	F	F

(4)

P	Q	$(P \rightarrow Q)$
T	T	T
T	F	F
F	T	T
F	F	T

(5)

P	Q	$(P \leftrightarrow Q)$
T	T	T
T	F	F
F	T	F
F	F	T

或是先給上面(1)和(2)，(1)和(3)，(1)和(4)這三組中任一組做眞值表，然後利用定義方式，再給其它語句做定義。例如，先給上面(1)和(2)做眞值表以後，利用定義：

$$(P \vee Q) = df \sim (\sim P \& \sim Q)$$

$$(P \rightarrow Q) = df \sim (P \& \sim Q)$$

$$(P \leftrightarrow Q) = df [(P \rightarrow Q) \& (Q \rightarrow P)]$$

再給 $(P \vee Q)$，$(P \rightarrow Q)$，和 $(P \leftrightarrow Q)$ 做定義。

可是，在顧及這些語句可能反映日常語言的意義時，除了使用眞值表或其它適當方法來定義以外，我們還得說明這些定義如何符合日常語言的用法，或是說明這些定義如何從日常語言的用法轉述過來。例如，語句"東京不在日本"是語句"東京在日本"的否言。顯然，後者爲眞時前者爲假。反之，後者爲假時前者爲眞。這種情形正和上面表(1)相符。等等諸如此類的說明。我們會發現，由於否言，連言，和選言的日常用法相當清楚，因此，要給它們的眞函定義做說明，是相當容易的事。但是，如言和雙如言的日常用法，可就沒有那麼清楚了。因此，要給它們的眞函定義做說明，就比較費神了。本文的目的有二：一，討論如何給如言和雙如言的定義做說明；二，顯示邏輯家給如言所做的實質涵蘊的眞函定義，深刻地

反映日常如言的眞實用法。由於雙如言的定義很容易從如言的定義得來，所以，我們只要討論如言就可以了。

首先，讓我們看看史陶 (R. R. Stoll)，修斐士 (P. Suppes)，蒯英 (W. V. O. Quine)，和柯比 (I. M. Copi) 等幾位邏輯家和著名邏輯敎本的作者，怎樣給如言的定義做說明。然後，我們要對他們的說法加以評論。最後，再提出我個人的說法。

在還沒有討論這些邏輯家的說法以前，先簡單說一下如言的定義。設 P, Q 爲語句或句式。那麼，「如果 P 則 Q」(if P then Q) 這種形式的語句或句式，叫做如言，而 P 和 Q 分別叫做這如言的前件 (antecedent) 和 (consequent) 後件。例如，設 $P \leftrightarrow$ 阿蘭嫁給阿土，$Q \leftrightarrow$ 阿土回鄉耕田，那末，「如果阿蘭嫁給阿土，則他回鄉耕田，」亦卽 $(P \rightarrow Q)$，便是一句如言。當我們說這句話時，我們斷說的並不是「阿蘭嫁給阿土」或是「阿土回鄉耕田」這兩個句子，我們斷說的是這整個如言。換句話說，當我們斷說一句如言時，並沒有斷說其前件或後件，我們斷說的是整個如言。那麼，上述如言在怎樣情形下爲眞和在怎樣情形下爲假呢？在日常使用上，當阿蘭眞的嫁給阿土，但阿土卻沒有回鄉耕田時，亦卽當 P 爲眞而 Q 爲假時，這個如言顯然爲假。而當阿蘭眞的嫁給阿土，而阿土也眞的回鄉耕田時，亦卽當 P 爲眞而 Q 也爲眞時，相信這個如言會被認爲是眞的。可是，在日常使用上，當阿蘭沒嫁給阿土時，不論阿土回鄉耕田或沒有回鄉耕田，亦卽當 P 爲假時，不論 Q 爲眞或爲假，這個如言到底應該爲眞或爲假，便不清楚。這也就是說，在爲這個如言構作如下的眞值表時，其第三列和第四列的主行，到底要寫 "T" 或 "F"，便不清楚：

	P	Q	$(P \rightarrow Q)$
(1)	T	T	T
(2)	T	F	F
(3)	F	T	?
(4)	F	F	?

但是，為了種種理由，我們必須給在這情形下的這如言為眞或為假做個決定。邏輯家一般認為我們最好給這些情形下的如言做為眞的決定。換句話說，上面的眞值表要完成如下：

$$
\begin{array}{cc|c}
P & Q & (P\to Q)\\
(1)\,T & T & T\\
(2)\,T & F & F\\
(3)\,F & T & T\\
(4)\,F & F & T
\end{array}
$$

那麼，有什麼理由使我們這樣決定呢？邏輯家間就有種種說法。現在先讓我們看看史陶、修斐士、柯比和蒯英諸人的說法。

2. 史陶的説法

史陶認為❶，當我們說$(P\to Q)$時，我們直覺上的了解是，$(P\to Q)$為眞，恰好如果Q以某種方式可從P導出來。因此，如果P為眞Q為假，我們就要$(P\to Q)$為假。這說明上面眞值表的第二列為何為假。其次，設Q為眞。那麼，獨立於P及其眞假值，我們可以斷說$(P\to Q)$為眞。這個推理提示我們，要把眞的值賦給眞值表的第一列和與三列。現在看看第四列。試考慮語句$[(P\&Q)\to P]$。不論P和Q怎樣選擇，我們總認為這個語句為眞。但是，如果P為假時，$(P\&Q)$就為假。於是，這個語句的前件和後件都為假；可是，我們總認為這個語句為眞。因此，這使我們務必接受：如果一個如言的前件和後件都為假，則整個如言為眞。

3. 修斐士的説法

修斐士也像一般邏輯家那樣，認為當一個如言的前件為眞而後件為假

---

❶ 見 R. R. Stoll: *Sets, Logic, and Axiomatic Theories*, p. 62, 1961.

時，人人會同意整個如言爲假❷。 當前件和後件都眞時，幾乎人人也會同意整個如言爲眞。他也認爲，問題在前件爲假的情形。當然,他也像一般邏輯家那樣，認爲當前件爲假時，不論後件爲眞爲假,整個如言應該爲眞。

他說，也許有人會基於兩個考慮，來反對如言的這種定義和用法。首先，有人也許會反對說，如言不是眞函語句。因此，像語句，

(1)　如果詩是爲年青人的，則 $3 + 8 = 11$,

不應視爲一句眞話，而應視爲無意義的語句；因爲這句話的後件一點也不「依據」其前件。不過，修斐士認爲把這類如言視爲眞函語句，不論在邏輯推演的理論上或實用上，都非常適當。

其次他說，卽使把這類語句視爲眞函的，有人也許會反對說，當一個如言的前件爲假時，我們不應把這個如言規定爲眞。但是，他說，一些例子會強烈支持如言的這種定義和用法。試看下面後件爲假的例子❸：

(2)　如果在臺灣約有五千萬丈夫，則在臺灣約有五千萬太太。

修斐士說，很難想像有人會否認(2)爲眞。再看後件爲眞的情形。現把(2)修改爲如下的例子:

(3)　如果在臺灣約有五千萬丈夫，則在臺灣的丈夫人數比在香港的丈夫人數爲多。

相信也沒有人會否認(3)爲眞。因此，他說，如果我們承認(2)和(3)爲眞，那末，一個前件爲假的如言的眞函規定便確定了。

4. 蒯英的說法

關於如言的定義和用法，蒯英的說法可以概括爲下面幾點❹。

---

❷　見 P. Suppes: *Introduction to Logic*, pp. 9-8, Princeton, 1957.
❸　在不變更其說明力內，我更換了例(2)和例(3)的內容。
❹　見 W. V. O. Quine 下列兩書:
　(1) *Methods of Logic*, pp. 19-23, New York, 1972.
　(2) *Mathematical Logic*, pp. 14-18, Cambridge, Mass. 1951.

(i) 從日常態度來說，在我們斷說一個如言以後，如果前件爲眞，則我們就得承認後件，並且準備如果後件證實爲假，就得承認我們做了錯誤的斷說。反之，如果前件爲假，那麼就好像我們沒有斷說過這如言一樣。

(ii) 當我們要把一個如言考慮爲眞函語句時，我們就離開了這種日常態度了。一個眞函如言的前件爲眞時，上述日常態度提示我們，要把整個如言的眞值和後件的眞值視爲相等。這也就是說，當前件後件都爲眞時，整個如言算爲眞；而當前件爲眞後件爲假時，整個如言算爲假。反之，當前件爲假時，整個如言要採取什麼樣的眞值便成爲相當任意的了。因爲這個時候，從日常態度來說，這個如言可以說是無由的 (idle) 或了無意義的 (senseless)了。不過，在眞函邏輯上顯得最方便的，是把所有前件爲假的如言視爲眞。我們可把這樣定義和使用的如言稱爲實質如言 (material conditional)。

(iii) 一般化 (generalized) 如言和反事實 (contrafactual) 如言不是實質如言。這兩種如言不能像實質如言那樣定義。

(iv) 實質如言的眞值表增添給我們的，是日常用法以外的東西。這東西基本上是理論性的。因此，這個表並沒有給「如果……則」的日常用法增添什麼規定。在日常用法上卽令有這個眞值表可資參考，一個人如果可以直截了當去斷說某一個如言的後件或去否定其前件時，他自然不會自找麻煩去斷說這整個如言。因此，根據實質如言的眞值表，我們把諸如下列如言當眞看時，我們會覺得不自然：

(1) 如果法國在歐洲，則海水是鹹的。

(2) 如果法國在澳洲，則海水是鹹的。

(3) 如果法國在澳洲，則海水是甜的。

不用說，把這些如言看成眞，似乎會令人覺得怪怪的。可是，把這些如言解釋爲假，也不會令人覺得更不怪怪的。不論就 (1)-(3) 爲眞或爲假來說，這怪怪寧可說是內在於 (1)-(3) 語句本身。這是因爲在日常上，從無條件已

知爲眞或爲假的成分語句構作如言，總是不平常的。這不平常，其理由容易看出來。當我們得以斷說一個較短和較強的語句「海水是鹹的」時，爲什麼要斷說像(1)或(2)那樣長的語句呢？當我們得以斷說一個較短和較強的語句「法國不在澳洲」時，爲什麼要斷說像(3)那樣長的語句呢？

（v）眞函如言（$P \rightarrow Q$）的眞值表，到底多符合「如果……則」的日常用法，是語言分析的事，而對眞函邏輯無關重要❺。

5. 柯比的説法

關於如言的定義和用法，柯比的説法可以概括爲下列幾點❻。

（i）一個如言所斷說的是其前件涵蘊（implies）其後件。一個如言並不斷說其前件爲眞，它所斷說的只是，如果其前件爲眞則其後件也眞。一個如言並不斷說其後件爲眞，它所斷說的只是，其後件爲眞如果其前件爲眞。一個如言的核心意義，是存於其前件和後件這個次序之間的涵蘊關係。所以，要了解如言的意義，我們必須了解涵蘊是什麼。

（ii）試看下列若干不同的如言：

(a) 如果凡人都會死而孔丘是人，則孔丘會死。

(b) 如果老張是單身漢，則老張沒結婚。

(c) 如果藍色石蕊試紙放在酸裏，則藍色石蕊試紙會變紅色。

(d) 如果紅葉隊輸掉世界杯球賽，則我要吃我的帽子。

上面每一個如言，似乎都斷說一個不同類型的涵蘊。相應於這每一個不同涵蘊，各有一個不同意義的「如果……則」。(a)的後件從其前件邏輯跟隨而來。(b)的後件依名詞「單身漢」的定義——卽沒結婚的男人，從其前件跟

---

❺ 關於這一點參閱作者著〈自然語言的邏輯符號化〉一文，第10節如言，《邏輯與設基法》，三民書局。

❻ I. M. Copi: *Introduction to Logic*, pp. 258-264, The Macmillan Company, New York, 1972.

隨而來。(c)的後件既不單單依邏輯，也不依其名詞的定義從其前件跟隨而來。其前件和後件之間的關連必須從經驗上去發現。所以這兩者之間的涵蘊是因果的。最後，(d)的後件既不依邏輯，也不依定義從其前件跟隨而來。其前後件之間也沒有什麼因果律存在。(d)只是報導在某種情況下，說話者決定如何做。雖然這四個如言各自斷說不同類型的涵蘊，可是這些涵蘊並不是完全不同的。那麼，有什麼共同於它們的部分意義呢？

柯比認為，我們可依處理「或者」(or)一詞的程序和模式，來為這些不同的涵蘊，尋求一個共同的部分意義。他處理「或者」的程序如下。第一，強調「或者」一詞有兩個不同的意義。這就是說，「或者」有可兼容和不可兼容兩個意義。一個可兼容的 (inclusive) 選言斷說至少有一個選項為真。一個不可兼容的 (exclusive) 選言斷說至少有一個選項為真，但是兩個選項不能同真。第二，指出這兩個類型的選言有一個共同的部分 (partial) 意義。這個共同的部分意義就是至少有一個選項為真。然後用選言號 "∨" 去代表這個共同的部分意義。第三，指出就保持選言三段論式為一個有效的論證形式而言，這個代表共同的部分意義的符號，無論對那一個意義的「或者」，都是一個適當的翻譯。

(iii) 現在就依據處理「或者」的程序和模式，來處理「如果……則」。我們已經知道，相應於四種不同類型的涵蘊，有四種不同意義的「如果……則」，所以第一步已經完成。現在看看第二步要怎樣做。這一步是要發現一個共同於這四種不同涵蘊的意義。柯比認為，發現這的一個方法，是去探問在什麼情況下足以使一個如言為假。顯然我們會發現，對任何一個如言來說，當前件為真後件為假時，整個如言為假。這也就是說，當連言 $(P\&\sim Q)$ 為真時，如言「如果 P 則 Q」為假，亦即當如言「如果 P 則 Q」為真時，否言 $\sim(P\&\sim Q)$ 為真。這樣，我們可把 $\sim(P\&\sim Q)$ 視為「如果 P 則 Q」的一個部分意義。這部分意義是這四個不同類型的涵蘊所共有的。

現在我們可拿符號 "→" 去代表「如果……則」一詞的這個共同的部分意義。我們拿 $(P→Q)$ 當 $\sim(P\&\sim Q)$ 的簡寫來定義符號 "→"。"→" 並不構成上述四種涵蘊中任何一個的全部意義。顯然，我們可把符號"→"看成代表異於上述四種涵蘊的另一種涵蘊，並把稱它叫做實質涵蘊(material implication)。

(iv) 一個實質涵蘊並沒有提示其前件和後件之間的任何「眞實關連」(real connection)。 一個實質涵蘊所斷說的，不過是前件爲眞而後件爲假是假的。實質涵蘊號是一個眞函連號。其定義如下：

	$(P$	$→$	$Q)$
(1)	T	T	T
(2)	T	F	F
(3)	F	T	T
(4)	F	T	F

柯比認爲，下面兩種考慮可消除這個表令人覺得怪怪的地方。

(a) 試看語句「如果希特勒是軍事天才，則我是一個猴子的叔叔。」因爲一個眞如言不可能有眞前件和假後件，所以，斷說這個如言等於否定其前件爲眞。這個如言似乎是說，當「我是一個猴子的叔叔」爲假時，「希特勒是軍事天才」不爲眞。因爲前者顯然爲假，所以，這個如言必須要了解做否定後件。而說這如言的人，一定認爲他在斷說一個眞如言。這顯示上面眞值表的第四列完全可以成立。

(b) 因爲數 2 小於數 4 （記作 $2<4$ ），所以任何小於 2 的數也小於 4 。對任何一個數 x，如言

如果 $x<2$ ，則 $x<4$

爲眞。現在試用數 1 ， 3 ，和 4 依次代變元 x，可得下列三個如言：

（甲）如果 $1<2$ ，則 $1<4$ 。

（乙）如果 $3<2$ ，則 $3<4$ 。

（丙）如果 $4<2$ ，則 $4<4$ 。

這三個如言只不過是上面那個如言的三個例子。因此，如果上面那個如言
對任何一個數 x 都眞，則這三個如言也要爲眞。顯然我們都接受上面那個
如言對任何一個數 x 都眞。所以，我們也要接受（甲），（乙）和（丙）
爲眞。在（甲），前件和後件都眞，這說明上面眞值表第一列成立。在
（乙），前件爲假後件爲眞，這說明第三列成立。在（丙），前件後件都
假，這說明第四列成立。第二列之成立不待多說。這麼說來，上面眞值表
有什麼可怪的地方呢？

（v）現在我們提議，拿符號 "→" 去翻譯以上所論各種意義的「如果
…則」。這個提議對眞函邏輯是適當的，因爲這個翻譯可使原來含有上面
各種涵蘊的論證之有效性保持不變。

6. 以上各説法的評論

首先我們得知道的，本文研究的問題是把如言 $(P \rightarrow Q)$ 定義成下表的
適當性：

$$\begin{array}{c|ccc} & (P & \rightarrow & Q) \\ \hline (1) & T & T & T \\ (2) & T & F & F \\ (3) & F & T & T \\ (4) & F & T & F \end{array}$$

這裏所謂適當性有兩層意義。一層是指眞函邏
輯上的適當性。所謂眞函邏
輯上的適當性，是指這樣定義的如言，可否使含有如言的論證保持其眞函
邏輯上的有效性。所謂日常語言分析上的適當性，是指這樣定義的如言，
可否符合如言的日常用法。很多邏輯家沒能把這兩種適當性加以分別。

我們在本文討論如言的定義和用法，重點不在眞函邏輯的適當性上。
這種適當性不是僅僅分析如言本身的用法即可獲得，而是需要從邏輯系統
本身，及其應用的適當性上探討才能獲得。我們討論的重點，母寧在日常

語言分析的適當性上。

還有一點我們也得知道的。那就是，我們的討論是範程性的 (extensional)。這也就是說，我們對如言的討論，是就一個如言的眞假如何決定於其成分語句的眞假來討論，而不是就眞假以外其它意義的討論。這點認識非常重要。不過所謂範程性的討論，不一定就是眞函性的討論。眞函固然是範程的，但範程的未必就是眞函的。

好了，讓我們依次對上面各邏輯家的說法加以評論。在我們做以下評論時，請記住本節開頭那個如言的眞值表。

(i) 史陶說法的評論

史陶利用「可導出」(deducible)的觀念，來說明眞值表的第二列，在直覺上不失爲一個很深刻的說法。我認爲這個觀念也可用來說明第一列。其次，他認爲設 Q 爲眞，則獨立於 P 及其眞假值，我們可以斷說 $(P \rightarrow Q)$ 爲眞。這一說法在直覺上不夠淸楚。爲什麼當 Q 爲眞時，不論 P 爲眞或爲假，$(P \rightarrow Q)$ 一定爲眞呢？這需要進一步說明。他利用語句 $[(P\&Q) \rightarrow P]$ 恒爲眞，來說明第四列爲何要眞，不失爲一個很好的技巧設計。

(ii) 修斐士說法的評論

修斐士說，有人也許會基於兩種考慮來反對這個如言眞值表。這兩種考慮就是：一，如言不是眞函的；二，卽使是眞函的，第三第四兩列的主行不應規定爲眞。修斐士所設想的這兩個反對是很深刻的。可是，他對這兩個可能反對的回答，對我來說雖然正確，但還不夠周詳深刻。首先看看語句

   (a)   如果詩是爲年青人的，則 $3 + 8 = 11$，

是不是一個眞函語句。我認爲這個問題的回答要涉及一個基本的假定。這個假定就是：一個直敍 (declarative)語句不是眞便是假，不是假便是眞。

讓我們稱這個假定爲直敍語句二值假定，或簡稱爲語句眞值假定。注意，語句眞值假定並不涵蘊每個如言是眞函的。但是，有了這假定，可使我們對諸如語句(a)，是不是一個眞函語句的問題，能得到一個決定性的回答。如果沒有這個假定，那麼對諸如此類問題的回答，便相當任意了。在下一節，我們將對這些問題做進一步的探討。

對上述第二個反對，亦卽當一個如言的前件爲假時，我們不應把這個如言規定爲眞，修斐士的回答是舉出一些實例來支持這個規定。他的實例確實是好的。可是，他的實例似乎還不能推廣到，能够說明爲何也要把上面如言(a)以及下列各如言視爲眞：

(b) 如果東京在臺灣，則太陽從東方升起來。

(c) 如果東京在臺灣，則太陽從西方升起來。

(d) 如果阿蘭嫁給我，則我買一件皮大衣給她。（但是阿蘭沒嫁給我，而我卻買一件皮大衣給她。或是阿蘭沒嫁給我，而我也沒買皮大衣給她。）

我認爲除非利用語句眞值假定，否則不能給爲何要把語句(a)(b)視爲眞，提出適當的說明。我們也將在下一節進一步討論這個問題。

(iii) 蒯英說法的評論

我對蒯英說法要提出下面幾點評論。

（甲）蒯英把一般化如言，反事實如言和實質如言分開，並確定前兩者不能和後者給予相同的眞值定義，我認爲這是對的。一般化如言和反事實如言，在外貌上雖然和實質如言一樣，具有「如果……則」這個形式，但是在眞假關係上，前兩者和後者不同。因此，在討論實質如言時，把前兩者分開是很有用的。

（乙）蒯英說，當一個如言的前件爲假時，就好像我們沒有斷說過這如言一樣。這個時候，這個如言是無由的或了無意義的。我現在要問的

是，這好像沒有斷說這如言一樣，是指真的什麼也沒有斷說，還是實質上有，只是表面上看來沒有？ 如果真的沒有，那麼我們把一個如言考慮爲真函語句時，我們的確是離開了如言的日常用法，而從事一種理論性的規定了。而這種規定是日常用法以外的。可是，如果不是真的沒有，只是表面上沒有，而在經過某種深刻的分析之後，我們發現是斷說了什麼時，這種規定就未必是純理論性的或日常用法以外的了。當然，依蒯英的看法，這時候是沒有斷說什麼的。因此，是無由的或了無意義的。但是，我的看法則不一樣。我認爲，這個時候雖然表面上看來似乎沒有明確地斷說什麼，可是如果我們深一層分析，就會發現，我們是斷說了些什麼的。如果我們確實是斷說了些什麼，那麼就不是無由的或了無意義的了。這一點很重要。我們將在下一節詳細討論。

（丙） 依蒯英的說法，當我們依實質如言的真值表，來了解諸如下列的如言時，我們會覺得不自然：

    (1)　如果法國在歐洲，則海水是鹹的。

    (2)　如果法國在澳洲，則海水是鹹的。

    (3)　如果法國在澳洲，則海水是甜的。

蒯英解釋說，我們之會對這些如言感到不自然，是因爲如果我們可以直截了當去斷說某一如言的後件或去否定其前件時，自然不會自找麻煩去斷說這整個如言。因此，如果真的自找麻煩去斷說這整個如言時，自然就會令人覺得不自然了。

首先我對蒯英的說法，即一個人如果可以直截了當去斷說某一個如言的後件或去否定其前件時，自然不會自找麻煩去斷說這整個如言，不表贊同。當然，通常一個人如果可以直截了當去斷說某一個如言的後件或去否定其前件時，他可以不必去斷說這整個如言。但是爲了某種理由，譬如爲了強調爲了諷刺或爲了滑稽，他也許會這樣做。試看下面幾個例子：

    (4)　如果阿土追得上阿蘭，我不姓王。

　　(5)　如果我不揍你，我不是人。

首先我們假定講(4)的人姓王，而講(5)的人是不折不扣的人。講這些話的人，當然認爲他們很可以斷說「阿土追不上阿蘭」或「我揍你」。但是他們現在不斷說較短和較強（邏輯上）的話「阿土追不上阿蘭」和「我揍你」，而卻斷說了以這些話句的否言爲前件的如言(4)和(5)。凡懂得中文的人，都不會反對(4)和(5)是非常自然的日用中文。我們知道，說(4)和(5)的人，在強調其前件之爲假。他用含假後件的如言來斷說如言的前件爲假。任何知道說(4)的人姓王，說(5)的人是人，並且相信阿土追不上阿蘭和我會揍你（某一特定的人）的人，無不相信(4)和(5)爲眞話。

　　試再看例子：

　　(6)　卽使 (even if) 海枯石爛，我愛妳不渝。

　　(7)　不論你去不去，我都去。

這兩個語句表面上看來不像如言，可是事實上卻是如言。先看語句(6)。中文的「卽使」（卽英文的 "even if"）一詞的意思是「假使」(if)，亦卽「如果」。請看下面的句子：

　　(8)　卽使在多天，我也住在阿里山。

有而且只有在多天而我不住在阿里山時，(8)才假。所以這句話的意思是：當多天的時候，我住在阿里山。這是一個如言的形式。不過，語句(6)的解釋應比(8)曲折的多。語句(6)可以像(8)那樣寫成「當海枯石爛的時候，我愛妳不渝」嗎？不可以。我們知道如言「當海枯石爛的時候，我愛妳不渝」不但沒有強調「我愛妳不渝」的意思，反而削弱其力量。這是因爲這個如言的適當理解，應該是其前件爲假。當前件爲假時，後件爲眞或爲假都無關緊要了。可是，(6)的意思在強調「我愛妳不渝」。因此，如言「當海枯石爛的時候，我愛妳不渝」不是(6)的適當解釋。

　　要給(6)做適當解釋，首先要知道「海枯石爛」一句話在(6)所擔當的眞假地位。「海枯石爛」在(6)不是表示假語句，更不是表示眞語句，而是表

示任何語句。因此，設 P 代表任何（有眞假可言的）語句。那麼，語句(6)
的意思是：

(6′) 如果 P，則我愛妳不渝。

要使如言 (6′) 爲眞，則其後件「我愛妳不渝」一定要眞。這正是強調「
我愛妳不渝」的一種特別表示法。

其次，讓我們看看語句(7)。首先我們應該知道，(7)的眞假值完全由語
句「我去」決定。如果「我去」爲眞，則(7)爲眞。反之，如果「我去」爲
假，則(7)爲假。因此，(7)是與「我去」等值的。這兩者雖然等值，但並不
是同一個語句。因此，我們不能說(7)的意思就是「我去」。在(7)裏含有「
不論你去不去」的意思，但「我去」裏則沒有。「你去不去」的意思是「
你去或你不去」。「不論你去或你不去，我都去」可以視爲「如果你去或你
不去，我去」。因此，設

$P \leftrightarrow$ 你去

$Q \leftrightarrow$ 我去

那麼，(7)可解釋並符示爲

(7′) $[(P \vee \sim P) \rightarrow Q]$

(7′) 的眞假完全由 Q 的眞假來決定。從語句的結構看，Q 的眞假以 $(P \vee \sim P)$ 的眞假爲條件。這正是(7)所要說的。有人也許會說，(7′)可符示爲

(7″) $[(P \vee \sim P) \& Q]$

不錯（7″）的眞值和（7′）的完全一樣。可是，在（7″）裏並沒有表示 Q
的眞假以 $(P \vee \sim P)$ 的眞假爲條件的意思。所以，我們寧可視(7′)（而不
是（7″））爲(7)的適當解釋。

(7′) 是一個如言。(7′) 所要斷說的實際是 Q。

如果我們以上的分析和解說不錯的話，那麼，蒯英的見解，卽一個人
如果可以直截了當去斷說某一個如言的後件或去否定其前件，他自然不會
自找麻煩去斷說這整個如言，就未必正確了。因此，我們不能利用這個見

解，來說明爲什麼我們對諸如語句 (1)-(3) 會覺得不自然。

在我看來，我們之會對語句 (1)-(3) 覺得不自然，其緣由和我們之會對下列語句覺得不自然完全一樣：

(1′)　法國在歐洲，而海水是鹹的。

(2′)　法國在澳洲，而海水是鹹的。

(3′)　法國在澳洲，而海水是甜的。

在我看來，我們之會對諸如上述三個連言覺得不自然，不是因爲其連項爲明顯的眞或爲明顯的假，而是因爲我們覺得這些連言的連項之間，似乎沒有什麼「眞實關連」。同理，我們之會對諸如上面如言(1)-(3)覺得不自然，不是因爲其前件爲明顯的假或其後件爲明顯的眞，而是因爲我們覺得這些如言的前件和後件之間，似乎沒有什麼眞實關連。要是一個如言的前件和後件之間，似乎有什麼眞實關連，則無論其前件多麼明顯爲假或其後件多麼明顯爲眞，我們也不會覺得這個如言爲不自然。現在假如我們已經知道某一桶水是從海水中取來的，那麼，如果我們拿語句「這桶水是鹹的」取代前面如言(1)的前件，則可得如言：

(1″)　如果這桶水是鹹的，則海水是鹹的。

這個如言的後件明顯爲眞，可是我們一點也不會覺得這個如言怎麼不自然。這是因爲我們覺得，這個如言的前件和後件之間存有某種眞實關連。現在試拿語句「巴黎在澳洲」取代前面如言(3)的後件，則可得如言：

(3″)　如果法國在澳洲，則巴黎在澳洲。

這個如言的前件明顯爲假❼，可是我們一點也不會覺得這個如言怎樣不自然。這是因爲我們覺得，這個如言的前件和後件之間存有某種眞實關連。

蒯英似乎把我們之會對某些語句覺得不自然，和我們會對某些語句依眞函定義來接受覺得不自然，混在一起。

---

❼　這應該相對於歐美的知識分子而言。

（iv）柯比說法的評論

柯比認爲，我們可依處理「或者」一詞一樣的程序和模式來處理「如果……則」。 他認爲「或者」有可兼容和不可兼容兩種不同的意義。 選言號 "∨" 可表示可兼容「或者」的全部意義，但只可表示不可兼容「或者」的部分意義。他認爲「如果……則」一詞也有各種不同的涵蘊意義。如言號 "→" 表示這些不同涵蘊的共同的部分意義。我在這裏要特別指出的，柯比所指的「或者」的兩種「意義」之意義，和「如果……則」的各種不同涵蘊「意義」之意義，是不盡相同的。「或者」的兩種意義是完全按眞假的範程性（extensionality）來了解的。可是「如果……則」的各種不同涵蘊意義，不是僅僅按眞假的範程性來了解。這點認識頗爲重要。由於「或者」的兩種意義是完全按眞假的範程性來了解的，所以這兩種意義可以依一個選言的選項之眞假來定義或說明。同時，事實上，「或者」的這兩種意義可拿眞值表來做明確的定義。設 P，Q 爲任意語句（有眞假可言的），"∨" 代表可兼容的「或者」，"△" 代表不可兼容的「或者」。那麼，「或者」的這兩種意義可分別定義如下：

$(P \lor Q)$				$(P \triangle Q)$		
T	T	T		T	F	T
T	T	F		T	T	F
F	T	T		F	T	T
F	F	F		F	F	F

由這兩個表我們知道，「或者」的這兩個意義,不但可完全按眞假的範程性來了解，而且可完全按眞函定義來了解。可是，由於「如果……則」的各種不同涵蘊意義，不是僅僅按眞假的範程性來了解的，所以這種種意義不能依一個如言的前後件之眞假來定義或說明。因此，這種種意義也就不能拿眞值表來做明確的定義。事實上，「如果……則」一詞之所以有各種不同的涵蘊意義，是因爲我們除了按眞假的範程性來了解它以外，還按意含性

(intensionality)來了解它。這一點我們不可不知道。當柯比說，我們可依處理「或者」一詞的程序和模式來處理「如果……則」時，他似乎沒有覺察到這一點。誠然，當我們按範程性來了解「或者」時，「或者」有兩種不同的意義。可是，如果我們僅僅按範程性來了解「如果……則」時，「如果……則」可有各種不同的涵蘊意義嗎？在我看似乎是沒有的。假如沒有，那麼，柯比所說，他是依處理「或者」一樣的程序和模式，來處理「如果……則」，便有問題。第一、他所謂一樣程序和模式的「一樣」恐怕不妥。因為一個是完全按範程性來了解的，另一個是按範程性和意含性兩種含意來了解的，所以並不「一樣」。柯比所謂的「一樣」很容易使人誤導。第二、依柯比看來，$\sim(P\&\sim Q)$ 是各種如言「如果 P 則 Q」的共同的部分意義。可是，如果我們是完全按範程性來了解「如果……則」的話，恐怕 $\sim(P\&\sim Q)$ 是各種如言「如果 P 則 Q」的「全部」意義，而不僅僅是共同的部分意義了。如果我這一點說法正確的話，柯比上述說法便顯得不很適當了。

柯比拿諸如下例兩個例子來說明，把如言定成實質涵蘊並不奇怪，在我看來是適當的：

（甲）如果希特勒是軍事天才，則我是一個猴子的叔叔。

（乙）對任何一個數 x，如果 $x < 2$，則 $x < 4$。

不過他的說明，還不足以充分說明，我們為何可以拿實質涵蘊來定義各種不同的涵蘊。

7. 作者對如言定義的說法

在上一節評論各家就如言定義的說法裏，我已經表示過對如言定義的部分看法。在本節裏，我要進一步探討這個問題。

在邏輯研究裏，通常我們都把直敍語句定義為有真假可言的語句。可是在討論如言的定義和用法時，大家似乎都忘了這個定義，以為它和如言

的定義和用法的問題沒有什麼關連的樣子。 在我看來， 要給如言的定義和用法做適當的說明，我們必須利用這個定義。或是說得更嚴格一點，我們必須利用和這個定義密切相關的，我們在前面已經提過的語句眞值假定——一個語句不是眞便是假，不是假便是眞。在本節裏，我們便要利用這個定義，來說明爲什麼邏輯家向來所做的如言的眞函定義，就正確的反映日常語言的用法而言，是適當而又深刻的。

首先我們要知道，如言眞函定義之日常語言分析上的適當性問題，是探討如言的這個眞正定義，是否符合其日常用法的範程性意義的問題。這樣， 有關如言的意含性意義問題， 便可撇開不論。 如言的範程性意義問題，是指如言的前後件的眞假如何決定整個如言的眞假問題。其次，我們也要像蒯英那樣，把反事實如言和一般化如言撇開不論。

在日常語言上，如言的範程性意義中最明顯的部分是: 前件爲眞後件也爲眞時，整個如言爲眞; 前件爲眞後件爲假時，整個如言爲假。顯然，我們就可直接利用這兩個在直覺上非常清楚的情況，來說明爲什麼如言眞值表的第一列要爲眞和第二列要爲假。現在的問題在前件爲假而後件爲眞或爲假的情形，日常的直覺似乎沒有告訴我們整個如言要什麼值，或是有沒有什麼值。依蒯英的說法，在這時候好像我們沒有斷說什麼，因此，這如言是無由的或了無意義的。換句話說，依蒯英的意思，在這時候，這如言應該是沒有眞假可言。假如我這個推論沒錯的話，那麼，蒯英這說法是不能接受的。我可以至少立即舉出兩個不能接受的理由。第一、蒯英這說法和語句眞值假定相衝突。 語句眞值假定說， 每一個直敍語句不是眞便是假，不是假便是眞。但是蒯英的說法涵蘊有沒有眞假可言的如言。第二、如果蒯英的說法成立，則會使得我們在日常直覺上認爲彼此等值的語句變成不能等值。例如，試看語句:

(1) 不是你去就是我去。

這句話的意思顯然是:

(1′)　如果你不去，我就去。

或是

(1″)　你去或是我去。

這樣，(1′)和(1″)應該等值。那麼，當語句「你去」為眞時，不論語句
「我去」為眞或為假，(1″)都眞。這樣，當語句「你不去」為假時，不
論語句「我去」為眞或為假，(1′)也應該都眞。可是，根據蒯英的說法。
這個時候(1′)沒有眞假可言。這裏便有衝突，除非(1′)和(1″)眞的是
不等值。我的觀點是，當前件為假時，整個如言有眞假值。不但有眞假值，
而且還可以確定應該為眞的值。當然大多數邏輯家也規定這時候整個如言
的值為眞。可是他們的理由大牛都認為只是為了方便而已。我則認為，與
其說是為了方便，不如說是為了適當和合理。

現在讓我們來顯示這適當性和合理性。

我相信不論在中文或在英文，句式 $(P{\rightarrow}Q)$ 和 $\sim(P\&\sim Q)$ 所表示的
語句，具有相同的範程性意義，亦即等值。巴克教授說❽，語句

(2) If the Cavaliers win today, then 1 am a monkey's uncle,

可改寫為

(2′) It is not the case both that the Cavaliers win today and,

that I am not a monkey's uncle。

試看語句

(3) 如果阿土欺負阿蘭，我就揍他。

假如我們不用如言詞，而要表示和(3)一樣意思的話語，通常我們可能這麼
說：

(3′) 阿土欺負阿蘭而我不揍他，我不是人。

設 P 為任意語句。在我們的語言習慣裏，當我們說，

P，我不是人，

---

❽　見 S. F. Barker: *The Elements of Logic*, p. 105, 1965.

我們的意思實際上就是否定 P，亦卽認為 P 為假。所以，(3′) 的意思是

（3″）阿土欺負阿蘭而我不揍他，是一句假話。

這樣，至少在範程意義上，(3)和 (3″)是一樣的。當語句「阿土欺負阿蘭」為假時，不論語句「我揍他」為真或為假，(3″)都真。因此，當(3)的前件為假時，不論其後件為真或為假，(3)都真。現在假如在這情況下，我們認為(3)為假的話，不僅僅是不方便，而且是不適當和不合理。因為在這情況下假如(3)為假，則(3)和 (3″)不可能等值，但無論如何(3)和 (3″)是等值的。

上面的說理多多少少是間接的。也就是說，我們是藉(3)和 (3″)的等值來支持為什麼當(3)的前件為假時，(3)應為真。現在我們利用語句真值假定和訴諸日常直覺，說明為什麼當(3)的前件為假時，(3)應為真。

在中文裏「好漢」一詞可能有好多意義。其中一個重要的意義，可能是指說話算話的人。所謂說話算話，是指說真話或是說了就做，要是說了沒做就得承認自己不是好漢。在這個意義下，所謂「不是好漢」就是說假話。現在假如你是好漢而且說了語句(3)。請看下面幾種情況：

（甲）當阿土真的欺負阿蘭而你也真的揍他時，假如我說你是一個好漢，相信你會點頭稱是。可是假如在這時候，我說你不是一個好漢，你恐怕會連我也揍一頓。換句話說，這時候你說的語句(3)是真的。

（乙）當阿土真的欺負阿蘭而你卻沒有揍他時，假如我說你是一個好漢，恐怕你反而會把我揍一頓，因為你會認為我奚落你侮辱你。可是，這時候假如我說你不是好漢，你會毫不猶豫說，「是啊！我真該揍他」。換句話說，這時候你說的語句(3)是假的。

（丙）當阿土沒有欺負阿蘭而你卻揍他時，假如我說你是好漢，你也許會說，「是啊！我一向說話算話」。你的意思是說，你向來不說假話，包括說(3)在內，你說的也不是假話。可是，假如在

這時候，我說你不是好漢，你一定會辯解說，你不是不是好漢，因為你只說如果阿土欺負阿蘭你就揍他，你沒說如果阿土不欺負阿蘭你就不揍他。因此你不會承認(3)為假話。不是假話，那麼根據語句真值假定，便是真話。

(丁) 當阿土沒欺負阿蘭而你也沒揍他時，假如我說你是一個好漢，你也許也會說，「是啊! 我一向說話算話」。你的意思是說，你向來不說假話，包括說(3)在內，你說的也不是假話。可是，假如在這時候，我說你不是好漢，你也一定會辯解說，你不是不是好漢，因為你只說如果阿土欺負阿蘭你就揍他。你沒說如果阿土不欺負阿蘭你就揍他。因此，你不會承認(3)為假話。不是假話，那麼根據語句真值假定，便是真話。

我們再舉一個例子，來說明為什麼當(3)的前件為假時，(3)應為真。當我們向某人說了某一句話以後，如果我們以為我們說了假話而向對方道歉時，如果對方是一個明理而願意接受道歉的人，那麼如果他接受我們的道歉時，那就表示，他認為我們說了假話。可是，如果他覺得愕然或沒有什麼可接受時，那就表示，他不以為我們說了假話。現在假如你說了下面一句話:

(4) 如果妳 (指阿蘭) 嫁給我，我就買一件皮大衣給妳。

讓我們考慮下面幾種情形:

(甲) 當阿蘭嫁給你 (假如你是女士的話，你不妨假定自己為阿蘭，而說這句話的人為你的如意郎君)而你也買一件皮大衣給她時，假如你向她說，「阿蘭，這次真對不起，妳嫁給我而我也買皮大衣給妳。」輕者她也許只是愕然，重者她也許會以為你神經病。換句話說，她是認為你說了真話，而你自己卻以為不是。當然，在這情況下，相信你不會對阿蘭這麼說。

(乙) 當阿蘭嫁給你而你卻沒有買皮大衣給她時，假如你向她說，「阿蘭，這次真對不起，妳嫁給我而我卻沒買皮大衣給妳」，假

如她很愛你，相信她會回答說，「沒關係，下次買好了」。這表示她接受你的道歉。換句話說，她認為你說了假話。假如你是講理的君子，相信你也會向阿蘭這麼道歉，因為你也認為你說了假話。

（丙）當阿蘭沒嫁給你而你卻買皮大衣給她時，假如你向她說，「阿蘭，這次真對不起，妳沒嫁給我而我卻買皮大衣給你。」相信這時阿蘭會覺得莫名其妙，因為她會覺得你在說白話，你的「道歉」缺少「標的」。換句話說，她不認為你講了假話。因為她認為，你只說了如果她嫁給你，你就買皮大衣給她，你沒說如果她沒嫁給你，你就不買給她。相信你也不會向她這麼道歉，除非你是神經兮兮的或是存心開玩笑，因為你也不會認為你說了假話。不是假話，根據語句真值假定，便是真話。

（丁）當阿蘭沒嫁給你而你也沒買皮大衣給她時，假如你向她說，「阿蘭，這次真對不起，妳沒嫁給我而我也沒買皮大衣給妳。」這時候阿蘭也許會說，「何必呢，你又沒說如果我沒嫁給你，你就買皮大衣給我。」她的意思是你並沒說假話，何必道歉。假如你是個頭腦清晰的人，相信你也不會向她這麼說，因為你並不認為你說了假話。不是假話，根據語句真值假定，便是真話。

在上面兩個例子的情形（丙）和（丁）中，我們都使用了語句真值假定。有人也許認為無此需要。其實不然，因為如果不使用這個假定，我們不能從不是真推得便是假。因為不是真，可能為假，也可能沒有真值。所以這個假定是必要的。否則當前件為假時，我們不能從上面兩個例子的考慮，推得整個如言有明確的值。

假如以上討論沒有錯，而且接受語句真值假定的話，那麼我們可以說，當前件為假時，整個如言不但有真假可言，而且可以有明確的值，即真的

值。假如這個結論沒錯，則當前件爲假時，我們便不能說，整個如言爲無由的或了無意義的，或是說其值的規定是任意的。固然，當前件爲假時，日常表面直覺，似乎沒有告訴我們整個如言有什麼值，可是如果做深層一點的分析，我們會發現，我們的直覺非常明確告訴我們，整個如言應爲眞。邏輯家的實質如言的眞函定義，豈不是爲我們發覺深層的東西？

當前件爲假時，整個如言到底斷說了什麼？答案是：斷說了眞。它之斷說了眞，正如同當前件爲眞後件爲假時整個如言斷說了假一樣。

中華文明傳統中有沒有邏輯學？

一

中華文明傳統歷史悠久。和世界其他歷史悠久的重要文明傳統比較起來，它有許多特徵。其中一個重要而基本的特徵是缺少邏輯。由於邏輯對人類思想和知識的影響，是基本而普遍的。所以，邏輯的缺少對中華文明傳統的影響，也是基本而普遍的。從現代的文明評價看來，一個文明傳統中缺少邏輯，是這個文明的一個嚴重缺點。而且，這種缺點，也沒有和不會換得什麼優點。

我們這裏所謂中華文明傳統缺少邏輯，是指下面兩個相關的情況和事實：

㈠中華文明傳統中沒有邏輯學(science of logic)；

㈡由於沒有邏輯學，所以在思想和知識的建造上，以及在日常討論上，沒有而且也不能有機會，自覺地使用由邏輯學所提供的邏輯概念和邏輯方法。

為了說明和顯示上述第一點，我們必須先說明一下，我們心目中所謂邏輯學到底是研究什麼的一門學問。現在通常所謂邏輯(logic)一詞，包括指一個人使用邏輯的能力，邏輯思考和推理本身，合不合邏輯的事實，以及當一門學問——系統之學——來研究的邏輯學。為了本文討論的方便，在表示最後一個意義的邏輯時，我們將使用邏輯學一詞。

根據當代邏輯家，加州大學教授丘崎（A. Church）的定義，邏輯學是有系統地研究命題的一般結構，和有系統地研究有效推演的一般條件的學問；在這個研究中，其方法是把命題的內容或質料抽掉不問，而僅僅處理命題的邏輯形式。

這是一個很適當的定義。這個定義很深邃地把一個研究是爲邏輯學的必要條件，很清楚地說出來。根據這個定義，第一，邏輯學研究的對象是命題的一般結構和有效推演的一般條件。爲了一般讀者好懂起見，我們可把這裏所謂有效推演的一般條件，改說爲有效的（正確的）推論形式。要成功的研究有效的推論形式，一定得先研究命題的一般結構。丘崎教授把命題的一般結構和有效（正確）的推論形式，並列爲邏輯學研究的對象，相信不過是把在研究後者時，必定要研究的重要部分——前者，明顯說出來罷了。當然，邏輯學研究的本格對象，應該是有效的推論形式。第二，邏輯學是要有系統的研究上述對象。首先，要有一個統一或一致的理論來說明命題的諸一般結構。然後，在命題的一般結構和有效的推論形式之間，要建立邏輯關連。最後，在諸有效的推論形式之間，也要建立邏輯關連。第三，邏輯學的研究方法是要研究命題的邏輯形式，而不研究命題的內容和質料。這一點可以說是重要的注意說明而已。因爲，要成功的研究有效的推論形式，一定得研究命題的邏輯形式。僅僅研究命題的內容或質料，是得不到有效的推論形式的。我們常拿具有內容的命題來解析，只是爲了便於了解而已。其實，解析到最後，我們非捨棄內容而專注意其邏輯形式不可。否則，我們的研究就不是邏輯。

二

現在，我們根據前面對邏輯學的了解，也就是根據我們所了解的一個研究是爲邏輯學的必要條件，來檢查看看，中華文明傳統中有沒有邏輯學。

要檢查在一個那麼大那麼悠久的文明傳統中，有沒有與人類思想緊密相關的某一門學問，本來是一件十分浩大的學術工程。但是，要檢查在中華文明傳統中有沒有邏輯學，卻相當簡單。這是因為，(1)一個研究之是為邏輯學的必要條件，很單純很清楚。(2)在中華文明傳統的浩瀚文獻典籍中，的確缺少講邏輯的。(3)即使有一二典籍或段落被認為是講邏輯的，但是，我們可以很容易顯示，它們所講，即使就不嚴格的意義說，也不是邏輯學。

在中華文明傳統中，有可能被認為是「講邏輯學」的，只有先秦時代的墨子的《墨辯》，和以惠施和公孫龍為代表的名家的「名學」。

但是，《墨辯》和名家的名學，都不是邏輯學。為什麼呢？因為它們都沒有有系統的研究命題的一般結構和有效的推論形式。

無疑的，墨子是中國哲學思想家當中，最富於邏輯思辯的。這可以從《墨子》一書，處處顯出「講求邏輯」的思想形態，看出來。但是，講求邏輯的著述，並不就是在講邏輯學。例如《莊子》一書是很講比喻和修辭的，但它並沒有講修辭學。

有人拿《墨子》中許多講述或論辯的例子，合乎種種有效的推論形式當證據，來主張說《墨子》是講邏輯學的。這種說法是完全錯的。講一萬個合乎有效推論形式的「例子」，而沒有明白說出一個有效推論的「形式本身」，仍然是沒有講邏輯學。

在有邏輯學以前，人們已經做過許多合乎邏輯的講述和思辯。中外皆然。這正猶之乎，在有數學以前，人們已經做過許多正確的計算和簿計。在有建築學以前，人們已經建過許多合乎建築原理的房子。人生下來，在已開化的文明中，會獲得或學得一些「自然的邏輯」概念和能力。由這種自然的邏輯概念和能力，所表現出來的講述和思惟形態，並非就是邏輯學。把一個建築物「速描」起來，並非就是建築學。

只有抽象地提出有效（正確）的推論形式，才「開始」有邏輯學。墨

經中雖然有許多合乎簡單有效的推論形式的「例子」，但卻從沒有提出一個有效的推論形式來。

我們都知道，邏輯學是在公元前三百多年以前，由古希臘大哲學家亞里士多德（384-322 B. C.）所創建的。他在邏輯學方面的著作，包含在他的論文集《工具》(*Organon*) 一書中。亞里士多德把邏輯學叫做《解析學》(*analytics*)。「邏輯學」(logic) 一詞是亞里士多德以後才使用的。在亞里士多德以後，公元前三世紀左右的斯多噶學派哲學家，以及十二世紀到十四紀的哲學家，在亞里士多德邏輯上增加若干重要的邏輯。這一相傳的邏輯，我們今天把它叫做傳統邏輯。自十九世紀後期以後，主要自德國邏輯家和哲學家弗列格（G. Frege, 1848-1925）以後，邏輯有了嶄新的發展。從弗列格以後，發展到今天的邏輯，通稱為現代邏輯。在今天，邏輯已經成為根枝葉都非常茂盛的一門學問。

亞里士多德邏輯的主幹是所謂三段論法。在亞里士多德邏輯中已經提出許多清清楚楚的有效的三段推論形式。譬如，凡 M 是 P，凡 S 是 M，所以凡 S 是 P；又如，凡 P 是 M，有些 S 是 M，所以有些 S 是 P，等等都是有效的推論形式。亞里士多德也告訴我們，種種區別有效和無效推論形式的方法。他也對命題的一般結構做了若干重要解析。譬如他把所謂定言命題分成四種結構。那就是全稱肯定命題（凡 P 是 S），全稱否定命題（沒有 P 是 S），偏稱肯定命題（有些 P 是 S），和偏稱否定命題（有些 P 不是 S）。

不要小看亞里士多德的這些發現、解析和構作。從今天的眼光看來，這些雖然都是很初步的東西，但是它們對思想和知識的解析和建構，已經提供了很有用的工具。在比希臘文明更悠久的整個中華文明傳統中，這類東西一個也沒有提出來。

三

我們現在試找出墨經中最具邏輯意義的詞句，看看它們到底講些什麼。

在〈小取篇〉中有「以名舉實，以辭抒意，以說出故」這樣的話。對這三句話最具邏輯意義的解釋也許是：「拿名稱來舉出實人實物或實事，拿辭語來表示意義，拿原因或理由來說出道理來。」前兩句話是語意學的初步概念，而與邏輯學本身沒有直接關連。後一句話只是叫人要講道理而已。

〈經上篇〉說：「小故，有之不必然，無之必不然。……大故，有之必然……。」一般論者認為，這是墨經對必要（小故）和充分（大故）條件的概念，所做的一種定義。但我們要注意的，必要條件和充分條件的概念，只是方法論上的概念，而不是邏輯學上的概念；雖然我們可用邏輯概念來定義它們。

〈小取篇〉說：「辟也者，舉也（他）物而以明之也。侔也者，比辭而俱行也。援也者，曰：『子然，我奚獨不可以然也？』推也者，以其所不取，同於其所取者予之也。」不管我們怎樣解釋這些話，它們最多不過是講述一些說明和論辯的方式而已。它們並沒有指出這些方式要怎樣進行，才是對的。因此，它們並沒有提出有效或正確的推論形式來。

至於像名家惠施所說的「至大無外，……至少無內。」「無厚，不可積也，其大千里。」「卵有毛。」「火不熱。」等等都不涉及命題結構的解析，更不涉及推論的形態。所以，不是講邏輯學的。

而名家公孫龍所討論的「白馬非馬」，「物莫非指，而指非指」，「離堅白」等說法，不是語意含混得很難解釋，就是一些只是很初步的涉及類概念的討論而已。

總之，墨辯和名家的名學，都不涉及邏輯學。在墨辯中如果還有跟邏

輯相關的話，那只是邏輯學以前的一些含混的邏輯思想而已。名家的名學和墨辯的一部分，也許可以說只是語意學的一些初步的討論而已。這樣的討論，不是邏輯學。

四

墨辯和名家的名學雖然沒有直接觸及到邏輯學——從沒有提出純邏輯學的核心概念，但是它們卻相當濃厚地涉及到邏輯學周圍的一些東西。這種思考的注意，是產生邏輯學的良好的思想和文化背景。然而，自秦以後，由於整個墨家思想的衰微，以及名家著作的散失或脫落，墨辯和名家這種思考的注意，對以後的整個中華文明傳統，並沒有產生什麼影響。而自墨子和名家以後，在中華文明傳統中，「實際上」也沒有出現特別注重或關心邏輯思考的思想家。

我們以上說的是，在中華本土文明中並沒有產生邏輯學。現在我們要看看在西學輸入的潮流中，邏輯學有沒有「濡化」(acculturation) 為中華文明傳統。

一六三一年明（崇禎四年）刊行，由耶穌會敎士葡萄牙人傅汎際(Francisco Furtado) 譯義（解釋）和中國人李之藻達辭（譯語）的《名理探》，是西洋邏輯學傳入中國的濫觴。但是這個譯本只是對耶穌會內發行的，因此對中國一般知識界的影響不大。

嚴復在一九〇二年翻譯英國思想家穆勒 (J. S. Mill) 的 *System of Logic* 一書。其前半部在一九〇五年出版，叫做《穆勒名學》。這是一九〇〇年，嚴復為避義和團之亂，在上海組織「名學會」（講名學，即邏輯學）時所做的。從這時候起，中國知識界對西方的邏輯學，才普遍關心起來。不過，由於受《穆勒名學》一書的影響，大家心目中所謂邏輯學，除了演繹邏輯學以外，還包括歸納法等廣義的方法科學在內。我們前面所講

的邏輯學，是僅僅指演繹邏輯學的。

由於《穆勒名學》的衝擊，那時研究思想的中國學者，譬如章士釗（1882-1975）、胡適（1891-1962）、章炳麟（1869-1933）、梁啓超（1873-1928）、王國維（1876-1927）等，起而對先秦名家和墨家思想的研究。在一九一八年（民國七年）寫成的《孫文學說》一書中，孫中山也竭力鼓吹邏輯研究的重要。把邏輯（logic）譯爲「理則學」，就是孫中山在這本書中提出的。

自《穆勒名學》傳入中國以後，雖然一般思想開通的中國學人，開始注意邏輯，並且逐漸感覺到邏輯的重要，但是，認眞去學好初步邏輯的人卻不多，而下工夫專門去學邏輯的人更少。一九四九年以前，在中國大陸較著名的邏輯敎授，好像只有金岳霖和沈有鼎兩個。但是據他們的學生殷海光——我的老師，告訴我說，他們的邏輯程度不會超過一階述詞邏輯。中共佔據中國大陸以後，在所謂「辯證邏輯優於形式邏輯」這種胡說八道的氣焰籠罩下，形式邏輯——我們所說的邏輯，當然生長不出來。這是一種風馬不相及的比較。民國以來，普通邏輯雖然常被列爲大學的共同必修科目。但是，絕大部分敎這門學科的人，都是「玩票」和「兼職」性質的。他們的邏輯修養極其有限。從整個中國的文明傳統來看，顯然西方邏輯學的傳入，還在濡化的極其單薄的表層。

今天在美國有兩個國際一流的華裔邏輯家。他們是哈佛大學出身現任洛克斐勒大學敎授的王浩，和柏克萊加州大學出身現任洛杉磯加州大學敎授的張辰中（C. C. Chang）。後者是我的老師。不過，他們的著作都用英文發表，而且也沒有在中國本土敎書和做長期的研究。因此，他們的成就不影響中華文明傳統。

三十多年來，臺港兩地的邏輯傳播和研究，也許比中國大陸好一點。在老一輩人當中，陳大齊一直很忠實地推廣傳統邏輯，並從這個程度上，對中國傳統的東西做若干研究。十多年以前，殷海光一直很熱烈地鼓吹邏

輯的重要。他也對現代邏輯做一些初步的介紹。應用邏輯的觀念解析事理
方面，他的成就最大。中央研究院數學研究所的劉世超和李國偉，和臺大
數學系的洪成完，寫了不少有程度的邏輯著作。不過，他們的東西都是純
數理邏輯方面的，因此，在一般思想和知識方面的影響不大。其他如臺大
出身，現在臺大及臺港各大學執敎的何秀煌、林正弘、陳文秀、楊樹同、
楊惠男、黃慶明、楊斐華等，都很實實在在地傳播邏輯。社會人士吳定遠
也相當有水準翻譯幾本邏輯名著。殷海光之後，在臺灣鼓吹和傳播邏輯最
力的，也許是作者本人。然而，從文明的進度來看，我們這些人的努力，
還只是拓殖邏輯的初步階段而已，離開建造一個有邏輯的文明傳統，還相
當遙遠。

傳統邏輯與現代邏輯

前些時，我的朋友畫家兼美術學家何懷碩先生，在電話裏問起傳統邏輯和現代邏輯有什麼區別的問題。這一問題，我也常被我的學生和關心邏輯的朋友問過。我們知道，在臺灣，幾乎有百分之七八十以上大學生，學過或正在學邏輯。所以，在這裏，簡單來談談這一問題，想必很有意思。

我們知道，邏輯這門學問，是兩千兩百多年以前古希臘的偉大學問家亞里士多德所創的。中世紀的學林哲學家，也在亞里士多德這個邏輯傳統上，增添了重要的新部分。歷史上，把依亞里士多德和中世紀哲學家的「方法」，來處理他們所「認定」的邏輯「題材」這一學問，叫做傳統邏輯。

在十九世紀，英國的數學家布爾 (G. Boole, 1815-64) 和狄摩根 (A. D. Morgan, 1806-71)，幾乎同時分別用代數方法，來處理傳統邏輯的若干重要題材。更重要的，在十九世紀末和二十世紀初，德國耶拿大學數學教授弗列格(G. Frege, 1848-1925)，模仿數學的方法，首次很深密地利用數學式的符號，把傳統邏輯符號化起來，並形成一種結構清楚的「邏輯」演算系統；同時，他也對邏輯的基本概念，做很深層的哲學探討。自弗列格以後，許多傑出的邏輯家，譬如，羅素 (B. Russell, 1872-1970)，弋代爾(K. Gödel, 1906-78)，塔斯基 (A. Tarski, 1902-)，在弗列格所建的這個基礎上，繼續擴建和發展。這一發展的邏輯就是所謂現代邏輯。弗列

格被認爲是現代邏輯之父。現代邏輯已經是一門非常高深富麗的學問。

其實，傳統邏輯的題材就是現代邏輯初步階段的題材。這樣，爲什麼還要分什麼傳統邏輯和現代邏輯呢？其實，在歐美邏輯發達的國家，除了研究邏輯史以外，這兩個名詞之分，已經成爲「歷史名詞」了，至少在邏輯界是這樣的。

我們知道，傳統邏輯已有兩千兩百多年的歷史。而且，自創設以來，這門學問便一直深入西方的學術思想中，並且有很深的社會影響力。當現代邏輯興起時，許多習慣於傳統邏輯但不懂現代邏輯的人，對「現代」邏輯有很大的反抗力和排斥力。他們自以爲是的理由是，一般人學習邏輯的主要目的，是要用邏輯來處理推理和「思想」的問題。利用「符號」來研究的現代邏輯是「符號邏輯」或「數理邏輯」，與思想無關。他們認爲，只有用「文字」來處理的傳統邏輯，才能處理推理和思想的問題。這情形和數理經濟學興起時，許多習慣於不用數學來研究經濟現象的古典經濟學者，對數理經濟學的批評與抗拒很相似。

但是，從現代邏輯學家看來，(1)傳統邏輯裏有用的東西，已經充分兼消或吸收到現代邏輯裏。(2)傳統邏輯所研究和提供的東西，只是一些判定推理或論證是否正確的「技術」而已，這些技術既零散而力量也薄弱，同時不具廣含性。這與現代邏輯所提供的有系統、力量又強，而又具有廣含的邏輯方法，不能同日而語。(3)傳統邏輯充其量只是一些技術而已，其本身並不構成一門嚴謹的知識系統或理論。而現代邏輯本身現在已經是一門根枝葉都非常茂盛的學問了。

試看下面一個簡單而有趣的論證：「凡馬都是動物，所以，凡馬的頭都是動物的頭。」我們一看，就知道這個論證是正確的。可是，傳統邏輯卻壓根兒無法用它所提供的方法，告訴我們這是一個正確的論證。但是，從現代邏輯看來，這是一個很簡單的問題。講究現代邏輯的人，便常拿這個例子來「冷嘲」傳統邏輯的「笨拙」。

　　過去，由於在學界，尤其是哲學界，有傳統邏輯和現代邏輯這種相激相盪，所以，便有所謂傳統輯輯和現代邏輯之分。

　　可是，現在，尤其是在西方學術先進國家，這種傳統與現代之激盪，已經快盪平了。現在所謂邏輯，尤其是邏輯家心目中的邏輯，指的都是現代邏輯。這麼一來，現代邏輯的「現代」一詞，便沒有特殊意義了。

　　其實，傳統邏輯和現代邏輯之間的關連和「區分」，最容易從算術和代數（或「數學」）之間的關連和區分，看出來。當我們要解答「應用問題」——諸如龜鶴問題、年齡問題、行程問題——時，算術只能提供我們各別的公式。而且卽使有這些公式，只要遇到稍難的問題，便很不容易，甚至不能解答。可是，代數卻能提供用方程式的方法，輕而易舉把這些問題解決。我們從小學算術學到的，只是一些零散的四則運算。但是，我們從代數卻可學到一門系統的數學知識。我們現在的小學一年級起，已經沒有「算術」了。我們的小學生現在是從「數學」學起和講起了。

　　明眼的人一看就知道，我們的數學教育整個是講「現代數學」了。但這種現代數學絕不是完全拋棄「傳統數學」。傳統數學上有用的東西，都被吸納到現代數學裏。現代數學卻以更精密有力的數學概念和方法來展開數學的。現在講數學的人都這樣講了。因此，我們也沒有必要在數學之上冠上「現代」了。邏輯的情形也完全一樣。但目前在臺灣，邏輯的教育和研究，遠比數學落後，因而，講現代邏輯的人，常常還需花「氣力」去爲「現代」邏輯爭辯。

——原載《民生報》1980 年 10 月 1 日

如何研究中國哲學

——與陳榮捷院士一席談

去月八月中，和中國哲學專家韋政通，研究中國哲學的年輕學人王讚源、陳郁夫、趙玲玲和王邦雄，一起在圓山飯店，訪問了回國參加中央研究院院士選舉，和漢學會議的世界著名的中國哲學專家陳榮捷教授。這位哈佛大學出身，前嶺南大學教務長，美國徹談慕大學哲學講座教授，達慕斯大學中國哲學文化榮譽教授，美國《哲學百科全書》有關中國哲學條款的撰寫者，雖然年近八十，可是身體和精神都還非常好。他和我們談了三個多小時的話，一點也沒有倦意。他對中國哲學問題的討論，興趣非常濃厚。

這位在美國任教多年的華裔學人，一方面具有美國學人的特色：嚴謹和爽朗。由於嚴謹，所以講哲學要求要有「證據」。因爽朗，所以無問而不答。另一方面，也有中國人的特色：隨和而不替個己的世界在別人面前劃界線，也喜歡在餐桌上慷慨掏錢請客。

首先我們請教陳教授的是，要做一個中國哲學的研究者，是否需要一般西方哲學的知識和訓練。他說是需要的，至少需要一個良好的大學程度的西方哲學的知識和訓練。他說，我們需要從這些知識和訓練，獲得哲學的基本觀念，發覺哲學問題和處理哲學問題的基本要領，尤其是獲得哲學解析的能力。其次，我們請教陳教授的是，做爲一個中國哲學的研究者是否需要什麼有關中國的特別的學問。他說，研究中國哲學的人需要懂得佛

學，尤其是魏晉的佛學。陳教授這個看法，使我想起一個說法。那就是，胡適的《中國哲學史大綱》寫完上册之後，下册一直沒能寫下去，就是因為他對魏晉佛學沒下過工夫。

其次，我們請教陳教授要如何教育和訓練學生，去做中國哲學的研究。他說，首先要熟悉有關中國哲學的典籍資料。其次，要好好閱讀歷代重要哲學典籍及其重要的註疏。再次，中國原典的外文翻譯本，譬如英文和日本的翻譯本，我們也要好好參讀。關於這三點，我想在這裏簡單說明一下。

就西方來說，那些典籍是哲學著作，自古希臘哲學以來，就很容易辨認出來。因此，初學者很容易接近這些典籍。在哲學系的圖書館裏，好好擺在那裏。但就中國來說，在浩瀚的古書中，那些是講哲學的，初學者很不容易知道。而且，就我所知，也沒有一個圖書室，把它們好好整理排列出來。這樣，對於哲學古籍的「導讀」工作，便很重要了。其次，中國的哲學古籍，大都「詞簡意賅」。初學者，連字面意義的了解，都辦不到。因此，歷來都有專家學者做註疏的工作。參閱這些註疏，是接近原典不可缺少的步驟。現在一些重要的中國哲學古籍，也有日文和英文的翻譯。這些翻譯都是專家學者所做的。我們知道，翻譯就是一種「解釋」。因此，閱讀這些翻譯作品，也等於參閱原作的一種解釋。這種參閱翻譯作品，似乎一直為國內研究中國哲學的人所忽略的。

我們也請教陳教授，假如要他推薦接近中國哲學的人必讀的五本中國哲學古籍，他要推薦那五本。他推薦的是：《論語》、《老子》、《莊子》、慧能的《六祖壇經》，和朱熹編的《近思錄》。我也問他，有人說《易經》是中國最高的哲學著作，他贊同不贊同這種看法。他說，不贊同。他似乎說，《易經》並沒有什麼深的思想。

有人問陳教授說，臺大哲學系的黃振華先生一再堅決主張，中國哲學思想的高峯時代是在「堯舜時代」，他同不同意這種主張。陳教授說，這

是不應該的：因爲，沒有證據——沒有文字和出土的證據。

我們也問到美國有那些大學可以去研究中國哲學的。他說，現在有四五個可以去的，譬如，哈佛大學、密西根大學，聖巴巴拉加州大學(U. C. Santa Barbara)、譚普爾大學 (Temple)。這每一個大學他都舉了一個（而且很可能是唯一的一個）中國哲學專家的名字。我說，這麼看來，在美國的中國哲學專家並不多呀！他說，是不多的。他說，當年杜維明在哈佛唸中國思想史專攻王陽明哲學時，在哈佛就沒有什麼專人可以指導他的。他說，下學年杜維明，就會離開柏克萊加州大學到哈佛去教書了。我們知道，就西方哲學的研究來說，在美國我們至少可以找到五十個以上相當好的大學可以去念的。相形之下，中國哲學的研究在美國實在太少了。我問陳教授，在美國研究中國古典哲學的人爲什麼那麼少。他說，中國古典哲學的研究，對西方人而言，文字的障礙太大了。再說，這種研究對美國人而言，看不出有什麼實用的價值。不像中國近代和現代的研究，如果變了半個中國通以後，也許可以在國務院找到一官半職。沒有學生，就沒有教授。沒有教授，就沒有研究了。

不過，陳教授卻相當推薦在日本的中國哲學的研究。因此，他特別建議有意研究中國哲學的人，要懂得日文。在國內高喊中國文化的人，很少人能注意到這一點。

有人問陳教授，在美國，中國哲學的研究和印度哲學的研究，那一個比較興盛。他說是印度哲學。主要是因爲用英文寫的印度哲學的著作比較多，而且就梵文和巴利文而言，對西方人，恐怕要比中文容易學的多。講到這裏，陳教授認爲，把中國古典名著認真譯成英文是非常重要的。在這方面，陳教授已經做了不少，而且現在也在美國主持這種譯述工作。

最後，我們請教陳教授評論二三十年來，中國大陸和臺港等地中國哲學的研究成果如何。他說，中國大陸這些年來，並沒有做出什麼呢。一些用馬克斯主義去講的中國哲學，太主觀了，不足爲取。前些時，他也到過

中國大陸去，他想看看馮友蘭和金岳霖，可是跟他接觸的人說，還要接頭看看。這樣，他就不再想看他們了。至於說到臺港間的中國哲學研究，固然出版了不少書，可是他認爲這些也太主觀了，沒有做嚴格的學術研究。他說，這些大部分是「宣言」和「詭辯」。他也舉了一些例子做說明。他所謂宣言，是指一些只提出主張和「意見」，而沒有提出嚴格的論證和證據的說詞。他認爲，哲學研究是要講「知識」的。他所謂詭辯，似乎是指一些主張雖然有論證，但這些論證，並不是嚴格根據歷代有關重要著述而提出的，而只是相當隨意提出來的自己的意見而已。

最後，我們也順便問他對這次漢學會議的看法。他說，這次有很多人的論文題目，不像是「學術論文」的題目。很多人好像在做「宣言」。

陳教授的這些看法，值得我們深思和參考。

——原載《自立晚報》文化界週刊 1981 年 1 月18日

參 考 書 目

Anscombe （安士科夫人）, G. E. M.

  1959 *An Introduction to Wittgenstein's Tractatus*（≪維根斯坦論集導論≫）, London: Hutchinson, 1959; 修訂版: Harper Torch Book, 1963.

Austin （奧斯丁）, J. L.

  1961 *Philosophical Papers*（≪哲學論文≫）, Oxford University Press.

  1962 *How to Do Things with Words*（≪如何拿話做事≫）, Clarendon Press, Oxford.

Ayer （艾爾）, A. J.

  1972 *Bertrand Russell*（≪羅素≫）, New York, The Viking Press.

  1973 *The Central Questions of Philosophy*（≪哲學中心問題≫）, Penguin Books Ltd.

Barker （巴克）, S. F.

  1965 *The Elements of Logic*（≪邏輯基本≫）, New York: McGraw-Hill.

Black （布雷克）, Max

  1939 "Some Problems Connected with Language"（〈若干與語言相干的問題〉）, *Proceedings of the Aristotelian Society* N. S., vol. 39, 1939, pp. 43-68.

  1960 *Translations from the Philosophical Writings of Gottlob Frege*（≪弗列格哲學著作選譯≫）, Basil Blackwell, Oxford, 第二版。

  1964 *A Companion to Wittgenstein's Tractatus*（≪維根斯坦論集導釋

≫）, Ithaca, N.Y.: Cornell University Press.

Bochenski （包忱斯基）, I.M.

　　1961　*A History of Formal Logic* （≪形式邏輯史≫）, 　Notre Dame.

Bogen （波植）, James

　　1972　*Wittgenstein's Philosophy of Language*（≪維根斯坦語言哲學≫），
　　　　　New York, Humanities Press.

Borstein （波斯坦）, Diane D.

　　1977　*An Introduction to Transformational Gramma* （≪變形語法導引
　　　　　≫）, Winthrop Publishers, Inc.

Bradley （布萊德雷）, R; Swartz （史華茲）, N.

　　1979　*Possible Worlds: an Introduction to Logic and Its Philosophy*
　　　　　（≪可能世界: 邏輯及其哲學導論≫）, Hackett Publishing Company,
　　　　　Inc.

Burge （伯吉）, Charles Tyler

　　1971　*Truth and Some Referential Devices*（≪眞理與若干指稱性設計≫
　　　　　）, University Microfilms A Xerox Co., Ann Arbor, Michigan.

　　1979　"Sinning Against Frege", *Philosophical Review*, Vol. LXXXVIII,
　　　　　pp. 398-432.

Carnap （卡納普）, R.

　　1946　*Meaning and Necessity* （≪意義與必然≫）, Chicago University.

Carney （卡尼）, James D; Fitch （費奇）, G.W.

　　1979　"Can Russell Avoid Frege's Sense?" （〈羅素能避免弗列格的意思
　　　　　嗎? 〉）, *Mind*, LXXXVIII, No. 351.

Caton （卡頓）, Charles E. （編）

　　1963　*Philosophy and Ordinary Language* 　（≪哲學與日常語言≫）,
　　　　　University of Illinois Press.

Chao （趙元任）, Yuen-Ren

　　1970　*A Grammar of Spoken Chinese* （≪中國話的文法≫）, University

of California Press.

Chomsky (杭士基), N.

 1957 *Syntactic Structures* (《語法結構》), The Hague: Mouton.

 1965 *Aspects of the Theory of Syntax* (《語法理論層面》), Cam-
   bridge, Mass.: M. I. T. Press.

Church (丘崎), Alonzo

 1956 "Logic" (〈邏輯〉), *Encyclopaedia Britannica.*

 1956 "Propositions and Sentences" (〈命題與語句〉), 收在 *The Problem*
   of Universals (《普相問題》), Notre Dame, Indiana: University
   of Notre Dame Press.

 1956 *Introduction to Mathematical Logic* (《數理邏輯導論》),
   Princeton University Press.

Copi (柯比), I. M

 1966 *Essays on Wittgenstein's Tractatus*(《維根斯坦論集論文集》),
   與 R. W. Beard 合編, New York: Macmillan.

 1972 *Introduction to Logic* (《邏輯導論》), New York: Macmillan.

Donnellan (鄧南倫), Keith S.

 1966 "Reference and Definite Descriptions" (〈指稱與確定描述詞〉),
   Philosophical Review, LXXV, No. 3, pp. 281-304.

Dummett (譚美), M.

 1967 "Gottlob Frege" (〈弗列格〉), *The Encyclopaedia of Philosophy*,
   P. Edwards 編。

 1973 *Frege: Philosophy of Language* (《弗列格: 語言哲學》),
   Harper & Row.

Fales (法斯), Evan

 1976 "Definite Descriptions as Designators" (〈當指呼詞的確定描述詞
   〉), *Mind*, LXXXV, No. 338。

Fann (范光棣), K. T.

1969 *Wittgenstein's Conception of Philosophy* (《維根斯坦的哲學概念》), University of California Press.

1969 *Symposium on J. L. Austin* (《論奧斯丁集》), New York: Humanities Press.

Finch (芬奇), H. L. R.

1971 *Wittgenstein- The Early Philosophy*, New York: Humanities Press.

Findlay (淮蘭), J. N.

1961 "Use, Usage and Meaning", *Proceeding of the Aristotelion Society*, supp. vol. 35.

Frege (弗列格), G.

1884 *Die Grundlagen der Arithmetik.*

1892 "On Sense and Reference" (〈論意思與稱指〉), 在 M. Black (布雷克) 與 P. Geach (紀其) 合編 *Translations from the Philosophical Writings of Gottlob Frege*, Basil Blackwell, Oxford 1960 第二版。

1892 "On Concept and Object" (〈論概思與象目〉), 在 Black (布雷克) 和 Geach (紀其) 合編前書。

1966 *Translations from the Philosophical Writings of Gottlob Frege* (《弗列格哲學著作選譯》), Max Black 和 Peter Geach 合編, Blackwell, Oxford.

Griffin (格律芬), J.

1964 *Wittgenstein's Logical Atomism* (《維根斯坦的邏輯原子論》), Oxford University press.

Hintikka (辛棣卡), Jaakko

1965 "Are Logical Truths Analytic?" (〈邏輯眞理是分析的嗎? 〉), *Philosophical Review* 74.

Kalish (嘉理錫), D ; Montague, R.

1964 *Logic*: *Techniques of Formal Reasoning* (《邏輯: 形式推理的技術》), Harcourt, Brace & World, Inc.

Kaplan (卡普蘭), David

1966 "What is Russell's Theory of Descriptions?" (〈羅素的確定描述詞是什麼? 〉), 此文在 University of Denver 發表, 收在 D. F. Pears 編 *Bertrand Russell.*

Klemke (克蘭基), E. D. (編)

1968 *Essays on Frege* (《弗列格論集》), University of Illinois Press.

1970 *Essays on Bertrand Russell* (《羅素論集》), University of Illinois Press.

1971 *Essays on Wittgenstein*, University of Illinois Press.

Kneale (倪爾), William

1956 "Gottlob Frege and Mathematical Logic" (〈弗列格與數理邏輯〉), 在 Ager 等編的 *The Revolution in Philosophy*, London, Macmillan & Co. Ltd.

Kripke (庫律基), Saul A.

1970 "Naming and Necessity" (〈稱呼與必然〉), 此文爲庫律基在普林斯頓大學授稿, 收在 G. Harman 和 D. Davidson 合編的 *Semantics of Natural Language* (《自然語言語意學》), pp. 253-355, Boston; 1980 年修訂本單獨發行。

Lazerowitz (拉薩羅維), Morris

1937 "Tautologies and The Matrix Method" (〈套套言與眞值表〉), *Mind*, vol. XLVI, No. 182.

Leech (里奇), Geoffrey

1974 *Semantics* (《語意學》), Penguin Books Ltd, England.

Lyons (萊昂茲), John

1977 *Semantics* (《語意學》), Cambridge University press.

Magee (麥吉), B.

1973　*Modern British Philosophy*（《當代英國哲學》），Paladin.

Martinich（馬提尼），Aloysius P.

1975　"Russell, Frege and The Puzzles of Denoting", *International Studies in Philosophy*, VII, Forino, Halia.

Mill（穆勒），J. S.

1843　*A System of Logic*（《邏輯系統》）London, Longmans.

1865　*Examination of Sir William Hamilton's Philosophy*, London.

Moore（穆爾），

1936　"Is Existence a Predicate?"（〈存在是述詞嗎?〉），*Supplementary Proceedings of the Aristotelian Society*, XV.

1944　"Russell's Theory of Descriptions,"（〈羅素的「描述詞論」〉），收在 P. A. Schilpp 編 *The Philosophy of Bertrand Russell*.

O'Shaughnessy（歐少倪斯），Edna

1953　"The Picture Theory of Meaning"（〈意義的圖像論〉），*Mind*, N. S., vol 62, no. 246. 此文收在 Copi 編 *Essays on Wittgenstein's Tractatus*.

Parkinson（柏金森），G. H. R.（編）

1968　*The Theory of Meaning*（《意義理論》），Oxford University.

Pears（皮爾士），D. F.（編）

1972　*Bertrand Russell*（《羅素》），Doubleday & Company, Inc.

Pitcher（比查），George

1964　*The Philosophy of Wittgenstein*（《維根斯坦哲學》），Prentice-hall, Inc., Englewood Cliffs, N. Y.

Quine（蒯英），W. V.

1951　*Mathematical Logic*（《數理邏輯》），Cambridge, Mass.

1972　*Methods of Logic*（《邏輯方法》），Holt, Rinehart and Winston, Inc.

Ramsey（賴姆塞），F. P.

1960 *The Foundations of Mathematics and Other Logical Essays* (《數學基礎及其他邏輯論文》), Littlefield, Adams & Co. Paterson, New Jersey.

Rosenberg (洛森保), Jay F.; Travis, Charles (編)

    1971 *Readings in the Philosophy of Language* Prentice-hall, Inc, Inglewood Cliff.

Rudner (魯納), R.

    1952 "On Sinn as a Combination of Physical Properties", *Mind* (《心雜誌》), LXI, pp. 82-84. 此文收在 Klemke 編 *Essays on Frege.*

Russell (羅素), Bertrand

    1903 *The Principles of Mathematics* (《數學原理》), Cambridge Press.

    1910 *Principia Mathematica* (《數學原論》), Vol 1 Cambridge Press.

    1912 *The Problems of Philosophy* (《哲學問題》), Home University Library.

    1918 *Mysticism and Logic* (《神秘主義與邏輯》), Longmans Green.

    1919 *Introduction to Mathematical Philosophy* (《數理哲學導論》), London.

    1940 *An Inquiry into Meaning and Truth* (《意義與眞理探究》), New York: Norton.

    1948 *Human Knowledge: Its Scope and Limits* (《人類知識: 其範圍及限度》), London: George Allen & Unwin.

    1956 *Logic and Knowledge* (《邏輯與知識》), R. C. Marsh 編, Allen & Unwin, London.

    1957 "Mr. Strawson on Referring" (〈史陶生論指稱〉), *Mind*, n. s. 66. 此文也收在羅素的 *Essays in Analysis.*

    1973 *Essays in Analysis* (《解析論文集》), 由 Douglas Lackey 編,

New York: George Braziller.

Ryle (萊爾)，G.

1953 "Ordinary Language" (〈日常語言〉)，*The Philosophical Review* (≪哲學評論≫)，LXII. 此文也收在 Caton 編≪哲學與日常語言≫。

1961 "Use, Usage and Meaning", *Proceeding of the Aristotelian Society*, Supp. Vol. 35.

Schilpp (席爾甫)，P. A. (編)

1944 *The Philosophy of Bertrand Russell* (≪羅素哲學≫)。

1942 *The Philosophy of G. E. Moore* (≪穆爾哲學≫)，Library of Living Philosophers, Inc.

Searle (塞爾)，John R.

1958 "Prcper Name" (〈專名〉)，*Mind*, LXVII, No. 266, pp. 166-73.

1967 "Proper Names and Descriptions" (〈專名與描述詞〉)，P. Edwards 編 *The Encyclopaedia of Philosophy*.

1968 "Austin on Locutionary and Illocutionary Acts" (〈奧斯丁論言辭做行和言爲做行〉)，*Philosophical Review*, LXXVII, No. 4, pp. 405-24.

1969 *Speech Acts* (≪說話做行≫)，Cambridge University Press.

Shwayder (史尉勒)，D. S.

1963 "On the Picture Theory of Language", *Mind*, Vol. 72, No. 286.

Stebbing (司特賓)，L. S.

1950 *A Modern Introduction to Logic* (≪邏輯現代導論≫)，Harper Torchbooks.

Stoll (史陶)，R. R.

1961 *Sets, Logic and Axiomatic Theories* (≪集合，邏輯與設基理論≫)。

Strawson （史陶生）, P. F.

   1950 "On Referring" （〈論指稱〉）, *Mind*, LIX, No. 235, pp. 320-
         44.

   1952 *Introduction to Logical Theory* （《邏輯理論導論》）, Methuen
         & Co. LTD, London.

   1954 "A Reply to Mr. Sellars", *The Philosophical Review*, 63.

Suppes （修斐士）, P.

   1957 *Introduction to Logic* （《邏輯導論》）, Princeton.

Tang （湯廷池）, Ting-chi

   1976 *Studies in Transformational Grammar of Chinese* （《國語變形
         語法研究》）, 臺灣學生書局。

Walker （瓦克爾）, Jeremy D. B.

   1965 *A Study of Frege* （《弗列格研究》）, Cornell University Press.

White （懷特）, R. M.

   1972 "Can Whether One Proposition Makes Sense Depend on The
         Truths of Another?" *Understanding Wittgenstein*, Royal Institute
         of Philosophy Lectures, Vol. 7.

Wienpahl （維恩保）, Paul D.

   1950 "Frege's Sinn und Bedeutung" （〈弗列格的意思與稱指〉）, *Mind*,
         LIX, pp. 483-494. 此文也收在 E. D. Klemke 編 *Essays on
         Frege*, 1968.

Wilson （威爾生）, George

   1978 "On Definite and Indefinite Descriptions" （〈論確定和不確定描述
         詞〉）, *Philosophical Review*, LXXXVII, No. 1.

Wittgenstein （維根斯坦）, L.

   1913 "Notes on Logic" （〈釋邏輯〉）, H. T. Costello 編, *The Journal
         of Philosophy* 54 (1957). 重印於 *Notebooks* 1914-1916.

   1914 "Notes Dictated to Moore in Norway", 重印於 *Notebooks* 1914-

1916.

1914　*Notebooks* 1914-1916(≪筆錄≫)，由 G. E. M. Anscombe 和 G. H. von Wright 合編，由前者英譯。Oxford: Basil Blackwell, 1961.

1922　*Tractatus Logico-Philosophicus* （≪邏輯-哲學論集≫），C. K. Ogden, 英譯，London, 1922; D. F. Pears 和 B. F. McGuinness合英譯，London, 1961.

1953　*Philosophical Investigation* （≪哲學探究≫），由 G. E. M. Anscombe 和 R. Rhees 合編，後者英譯，Oxford; 1958 第二版。

本書作者著作表列

現代邏輯引論（編譯　裴森和奧康納原著　商務版）

集合論導引（譯　黎蒲樹著）

命題演算法（編譯　倪里崎原著）

現代邏輯與集合（編譯　修裴士原著）

數理邏輯發展史（編譯　倪里崎原著）

集合，邏輯，與設基理論（譯述　史陶原著）

邏輯觀點（自撰）

初級數理邏輯（譯述　修裴士和席爾合著　水牛版）

現代邏輯導論（譯述　波洛原著）

邏輯與設基法（自撰　三民版）

中國哲學思想論集（項維新合編　牧童版　已出九册）

開放社會（自撰）

語言哲學（自撰　三民版）

政治也是要講理的（自撰　四季版）

滄海叢刊書目（二）

— 1 —

恕道與大同　　　　　　　　　張　鈞　著著
現代存在思想家　　　　　　　起　結　著
中國思想通俗講話　　　　　　項　穆　著
中國哲學史話　　　　　吳怡、張起鈞　著
中國百位哲學家　　　　　　黎　建　球　著
中國人的路　　　　　　　　項　退　結　著
中國哲學之路　　　　　　　項　退　結　著
中國人性論　　　　　　臺大哲學系主編
中國管理哲學　　　　　　　曾　仕　強　著
孔子學說探微　　　　　　　林　義　正　著
心學的現代詮釋　　　　　　姜　允　明　著
中庸誠的哲學　　　　　　　吳　　怡　著
中庸形上思想　　　　　　　高　柏　園　著
儒學的常與變　　　　　　　蔡　仁　厚　著
智慧的老子　　　　　　　　張　起　鈞　著
老子的哲學　　　　　　　　王　邦　雄　著
老子哲學新論　　　　　　　劉　福　增　著
當代西方哲學與方法論　　臺大哲學系主編
人性尊嚴的存在背景　　　　項　退　結編訂
理解的命運　　　　　　　　殷　　鼎　著

馬克斯·謝勒三論　阿弗德·休慈原著
　　　　　　　　　　　　　　江　日　新　譯
懷海德哲學　　　　　　　　楊　士　毅　著
海德格與胡塞爾現象學　　　張　燦　輝　著
洛克悟性哲學　　　　　　　蔡　信　安　著
伽利略·波柏·科學說明　　林　正　弘　著
儒家與現代中國　　　　　　韋　政　通　著
思想的貧困　　　　　　　　韋　政　通　著
近代思想史散論　　　　　　龔　鵬　程　著
魏晉清談　　　　　　　　　唐　翼　明　著
中國哲學的生命和方法　　　吳　　怡　著
生命的轉化　　　　　　　　吳　　怡　著
孟學的現代意義　　　　　　王　支　洪　著
孟學思想史論（卷一）　　　黃　俊　傑　著
莊老通辨　　　　　　　　　錢　　穆　著
墨家哲學　　　　　　　　　蔡　仁　厚

— 2 —